Jojo Moyes

Still Me

我依然是我

喬喬・莫伊絲——著　歸也光——譯

獻給親愛的莎絲琪亞：驕傲地穿上妳自己的條紋内搭褲。

首先，認識你自己；然後根據這樣的認識而妝點你自己。

——哲學家愛比克泰德（Epictetus）

1.

那一撮小鬍子讓我想起自己已不在英國：完整的灰色馬陸，嚴實蓋住男人上唇，村民的小鬍子，牛仔的小鬍子，意味工作的微型掃把頭，在家裡就是不會蓄那種鬍子。我無法移開視線。

「女士？」

我唯一見過在家也蓄那種小鬍子的人只有奈勒（Naylor）先生，我們的數學老師，老是在他的小鬍子裡蒐集食物碎屑——我們總在上代數課時計算裡面藏了多少碎屑。

「女士？」

「噢，抱歉。」

穿制服的男人手指一揮示意我上前，目光沒有離開他的螢幕。我在櫃檯前等待，滑過漫長路徑的汗水慢慢滲入我的洋裝乾涸。他舉起手擺動四根胖手指，幾秒後我才理解，這是在要我的護照。

「姓名。」

「上面有。」

「您的姓名，女士。」

「露薏莎・伊莉莎白・克拉克（Louisa Elizabeth Clark）。」我打量櫃檯內。「不過我從不用中間的伊莉莎白，因為我媽幫我取好名字後，才發現會變成露莉西，如果念很快會像露納西（lunacy），瘋子的意思。雖然我爸說剛好很適合我。不是我發瘋的意思。我是說，你不會希望瘋子進入貴國吧。哈！」我的聲音神經質地從壓克力隔板反彈。

男人這才第一次正眼看我。他肩膀厚實，還有能像電擊槍一樣定住你的目光。他沒有微笑，等著我自討沒趣。

「抱歉。」我說。「穿制服的人令我緊張。」

我回頭瞥一眼入境大廳，看著蜿蜒的隊伍；這串隊伍不斷反繞，最後化為一片無法穿透、焦躁不安的人海。「我想我應該是覺得站在那條隊伍裡有點怪。那真是我排過最長的隊了，弄得我懷疑起是不是該開始擬我的耶誕節清單。」

「手放上掃描器。」

「一向都這種規模嗎？」

「掃描器？」他皺眉。

「隊伍啦。」

但他已沒在聽了，研究起螢幕上的東西。我把手指放在小面板上，這時我的手機叮了一聲。

媽：降落沒？

我用空著的那隻手輸入回應，但他猛地轉向我。「女士，這個區域裡禁用手機。」

「只是我媽而已，她想知道我到了沒。」把手機收起來時，我試圖偷偷按下大拇指的表情圖案。

「旅行目的？」

那啥？我媽立即回應。她這些日子以來像鴨子愛水一樣沉溺於傳訊息，現在打起字來比說話還快，而她說話的速度可是飛快。

——妳知道我的手機無法顯示那些小圖。是求救嗎？露薏莎告訴我妳沒事。

「旅行目的，女士？」小鬍子惱怒地抽動。他緩緩補充：「來美國做什麼？」

「我得到一份新工作。」

「什麼工作？」

「為紐約的一個家庭工作。中央公園。」

非常短暫地，男人的眉毛或許揚起了一毫米。他檢查我填在表格內的地址，確定是紐約沒錯。「什麼樣的工作？」

「有點複雜，我算是有給薪女伴。」

「有給薪女伴？」

「是這樣的，我以前為這男人工作。我是他的女伴，也負責給藥、帶他出去和餵他吃飯。沒有聽起來那麼怪，順帶一提——他的手不能用。跟性變態一點關係也沒有喔。事實上，我的上一份工作最後遠不只如此，因為很難不跟你照顧的人變得親近，而威爾（Will）——就是那男人——棒透了，所以我們……嗯，我們陷入愛河。」太遲了，又是淚水湧出的熟悉感覺。我迅速抹抹眼睛。「所以我想應該是像那樣，除了愛情的部分。還有餵食。」

移民官瞪著我。我試著微笑。「事實上，我談工作時通常不哭的。雖然名字長這樣，但我不是真的發瘋。哈！但我愛他。他也愛我。然後他……嗯，他選擇自我了斷。所以我算是試圖重新開始。」眼淚此時非常丟人地從眼角滾滾滲出。我似乎阻止不了。我似乎什麼也阻止不了。「抱歉，一定是時差的關係。現在差不多是正常時間的半夜兩點對吧？再加上我實際上不再談他了。我是說，我現在有新男友，而且他很棒！他是急救員！而且很性感！就像贏得男友樂透對吧？性感的急救員？」

我在手提包裡翻找面紙，抬頭時，男人遞出面紙盒。我抽出一張。「謝謝你。所以，總之，我朋友納森（Nathan）——他來自紐西蘭——在這裡工作，他幫我找到這份工作，而我還不知道確切工作內容，只知道要照顧一個有錢人的妻子，她陷入低潮。不過我決定這次要實現威爾對我的期望，因為我之前做得不對，最後落得在機場工作。」

我凍結。「不是說——呃——在機場工作有什麼不對！我確定海關是一份非常重要的工作。真正重要。只是我有計畫。我來這裡的每週都要做不一樣的事，而且我要說好。」

「說好？」

「對新事物。威爾老說我總是拒絕新體驗。所以這就是我的計畫。」

移民官審視我的文件。「地址的地方沒填好。我需要郵遞區號。」

他將文件推向我。我拿出之前印出來的紙張查看數字，接著用顫抖的手填寫。我瞥了一眼左邊，我這區的隊伍愈來愈焦躁。隔壁排最前面的中國家庭正接受兩名官員盤問，其中一名女子抗議，他們隨即被帶入小房間。我突然覺得無比孤單。

移民官看了看等候的人群，接著突然在我的護照蓋下印章。「祝好運，露薏莎．克拉克。」

我注視他。「就這樣？」

「就這樣。」

我微笑。「噢，謝謝你！你人真好。我是說，這輩子第一次獨自來到世界的另一邊感覺很詭異，而我現在覺得有點像遇見第一個對的人，而且——」

「妳現在必須前進，女士。」

「當然，不好意思。」

我收好東西，撥開臉上一片汗濕的頭髮。

「還有，女士……」

「是？」不知道這會兒又是哪裡出錯。

他沒從螢幕抬起頭。「留心妳對什麼事說好。」

納森如他所承諾在入境區等我。我掃視人群，感覺莫名不自在，暗自確信沒人會來，不過他就在那兒，大手在身旁來來往往的人群上方揮動。他舉起另一隻手，臉上綻開微笑，推擠過人群迎向我，用一個巨大的擁抱把我抬離地面。「小露！」

一看見他，我心裡某個東西出乎意料地縮了起來——有關威爾、失去，以及在略嫌顛簸的飛機上坐了七小時而生的生猛情緒——真慶幸被他緊緊抱住，我才有時間鎮定下來。「歡迎來到紐約，小矮子！看來妳挑衣服的品味還在。」

他拉開一臂的距離咧嘴而笑。我撫平我的七零年代虎紋洋裝。我原本以為穿上這件洋裝可能會看起來像〈歐納西斯年代〉（The Onassis Years）的賈姬．甘迺迪（Jackie Kennedy）[1]，如果她也把半杯飛機上的咖啡翻倒在膝上。「真高興見到你。」

他一把搶走我的沉重行李箱，彷彿裡面裝的都是羽毛。「走吧，我們送妳回家。普銳斯（Prius）送去保養，所以高先生借我他的車。交通一團亂，不過妳會氣氣派派地抵達。」

高普尼克（Gopnik）先生的車豪華漆黑，而且有公車那麼大，車門關上時發出有力、低調的聲音，聽得出六位數的標價。納森把我的行李箱放進後車廂，我則是嘆了口氣窩進後座。我檢查手機，用一則訊息回覆媽媽的十四個訊息，簡單告訴她我在車上、明天再打電話給她，然後用「剛降落，XX[2]」回覆山姆（Sam）說想我的訊息。

「那傢伙怎麼樣?」納森瞥了我一眼。

「他很好,謝了。」為了安心,我又在訊息裡多加了幾個吻。

「妳來這裡他不難過嗎?」

我聳肩。「他認為我需要來。」

「我們都這麼認為。只是花一點時間找到妳的方向而已。」

我放下手機,往後靠,凝視路上不時出現的陌生名稱:米洛輪胎行、理查健身房,還有救護車和悠搬(U-Haul)[3]卡車,油漆剝落、門廊搖搖欲墜的殭屍房,籃球場,以及用超大塑膠杯啜飲飲料的司機。納森打開收音機,我聆聽一個叫羅蘭佐的人談論一場棒球賽,短暫感覺自己置身某種懸宕的現實。

「所以妳還有明天可以熟悉環境。有什麼想做的事嗎?我想我應該會讓妳睡晚一點,再拖妳出去吃早午餐。妳應該在妳到這的第一個週末享受完整的紐約快餐。」

「聽起來很棒。」

「他們要到明天晚上才會從鄉村俱樂部回來。過去這週有點衝突,等妳補眠後我再詳細告訴妳。」

我注視他。「沒有祕密,對吧?不會像——」

「他們不像崔諾(Traynor)家。只是一般的不正常百萬富翁家庭而已。」

注1 一九九一年的三集迷你影集《A Woman Named Jackie》描述第三十五任總統約翰.甘迺迪的夫人賈桂琳.甘迺迪從開始工作、成為第一夫人,到與希臘船王亞里士多德.歐納西斯(Aristotle Onassis)的第二段婚姻。此處所說為本影集第三集。

注2 小露的書信和訊息中會大量用 OOXX 這種表示擁抱和吻的代號。O=hug、X=kiss。

注3 提供搬家卡車、拖車以及倉儲空間租賃的美國公司。

「她人怎麼樣？」

「她很棒。她很……麻煩，但也很棒。男雇主也是。」

能從納森口中聽到這樣的個性參考應該很不錯了。他遁入沉默——向來不愛八卦——而我坐在平穩、空調吹拂的賓士 GLS 豪華七人座後座，努力對抗一波波威脅著要席捲我的睡意。我想著山姆，他現在應該在幾千哩外的火車上熟睡。也想著翠娜（Treena）和湯姆（Thom），他們應該窩在我倫敦的小公寓裡。接著被納森打斷：「到囉。」

我抬起乾澀的眼睛，就在布魯克林橋的另一邊，曼哈頓，有如光線化為百萬片尖突碎片那般燦爛、令人敬畏、閃閃發光、難以置信地濃縮且美麗。太常在電視與電影中看見這畫面，這會兒我不太能相信自己竟親眼目睹。我挺直身子，隨著車子快速駛向這星球上最知名的都會區，震驚得無法言語。

「這景象永遠不老，嗯？稍微比斯坦福堡（Stortfold）壯觀一點點。」

我的新家。我不認為我在這之前有此體認。

「嘿，阿榭克（Ashok），最近好嗎？」納森把我的行李箱推進大理石大廳，我則是凝視黑白地磚和黃銅扶手，努力不絆倒，腳步聲在這洞窟般的空間中迴盪。這裡像一座富麗堂皇但略顯衰頹的旅館入口：電梯是光亮的黃銅，地板鋪上制式紅金雙色地毯，接待處暗得令人有點不舒服。整個聞起來有蜜蠟、拋光的鞋和錢的味道。

「不錯，老兄。這是誰啊？」

「這是露薏莎。她來為高太太工作。」

穿制服的管理員從他的桌子後走出來，伸手跟我握手。他有一道寬寬的微笑，和似乎看盡一切的雙眼。

「很高興認識你，阿榭克。」

「英國人！我有個表親在倫敦。克羅伊登。妳知道克羅伊登嗎？離妳近嗎？他是個大傢伙，妳知道什麼意思吧？」

「我跟克羅伊登（Croydon）不熟。」接著我發現他臉垮了下來，緊接著又說：「不過下次經過時我會特別留意找找他。」

「露薏莎，歡迎蒞臨雷維瑞大廈（The Lavery）。無論妳需要什麼、想知道什麼，隨時告訴我。我二十四小時全年無休。」

「他說真的。」納森說。「我有時候覺得他就睡在桌子底下。」他示意位於大廳後方的員工電梯，電梯門是暗淡的灰。

「三個不到五歲的小孩，老兄。」阿榭克說。「相信我，待在這裡我才能保持神智正常，不能說對我老婆也有一樣效果就是了。」他咧嘴而笑。

「說真的，露薏莎小姐。無論妳有什麼需要，我任憑差遣。」

「毒品、招妓和妓院也行？」我低語，電梯門同時關上。

「不。應該是戲票、餐廳訂位、最佳乾洗店那些。」納森說。「這可是第五大道耶，老天。妳在倫敦到底都做些什麼？」

高普尼克宅面積七千平方英尺，位於一棟哥德式紅磚建築的三樓和四樓，這樣的雙層公寓在紐約這區域相當罕見，由此可見高普尼克家族世代富裕。而這裡，雷維瑞大廈，是知名的達科塔大廈縮減規模仿製版，納森說，也是上東區歷史最悠久的合作公寓之一。除非獲得頑強反對改變的居民委員會首肯，否則沒人能買或賣這裡面的公寓單位。公園對面那些浮誇的獨立產權公寓裡住著新富——俄國獨裁者、流行明星、中國鋼鐵巨擘，還有科技億萬富翁——擁有社區餐廳、健身房、托兒所與無邊際泳池，雷維瑞的居民則喜歡老派風格。

這些公寓單位代代相傳，居民學會容忍三零年代的配管系統，得經過長期迂迴抗戰才能取得任何規模大於換電燈開關的變更許可，假裝沒看見周遭的紐約是如何日新月異，就像你忽視手拿卡紙告示的乞丐一樣。

我們走上一條從廚房延伸而出的窄長通道，直朝塞在三樓最隱密角落的員工房前進——遠古時代遺留的反常格局，途中我只勉強瞥見雙層公寓本身的宏偉：拼花地板、挑高天花板，還有垂落地板的錦緞簾幔。較新或翻修過的大樓沒有員工房，管家和保母得從皇后區或紐澤西州搭黎明時分的火車過來，天黑後再回家。但自從這棟大樓剛建好，高普尼克家族便擁有這些小房間，不能擴建或出售，與主宅的契約綁在一起，引誘著屋主把它們當成儲藏空間。不難理解為什麼這些房間會自然而然被當作儲藏室。

「到了。」納森打開一扇門，放下我的行李。

我的房間長寬都大約十二英尺，裡面有一張雙人床、一部電視、一個抽屜櫃和一個衣櫥。一張米色布面小扶手椅放在中央，椅墊下陷，證明前一個使用者有多勞累。一扇小窗，可能面南，或北，或東。很難判斷，因為窗戶位於建築後側單調磚牆上方約六英尺高度，太高了，我得伸長脖子臉貼著玻璃才看得到天空。

通道上的近處有個廚房，由我、納森和管家共用。管家的房間在通道對面。五件墨綠色休閒衫和看起來像黑長褲的衣物整齊疊好放在我床上，都帶著鐵氟龍的光澤。

「他們沒跟你提起制服？」

我拿起一件休閒衫。

「只是休閒衫和長褲。高普尼克家的人認為制服會讓事情簡單容易點，大家都知道自己該站在哪。」

「前提是你想看起來像個前高爾夫球手。」

我探頭察看緊鄰臥房的迷你浴室，裡面鋪設結了一層水垢的棕色大理石，有一個馬桶、可以追溯到四零年代的小洗手槽，還有淋浴間，紙包裝的肥皂和一罐殺蟑劑擺在一旁。

「以曼哈頓的標準來看，其實算很不錯了。」納森說。「我知道看起來有點破舊，不過高太太說可以隨意揮灑油漆。多放幾盞燈，再快速走一趟特力屋，就會——」

「我很喜歡。」我轉身面對他，聲音突然顫抖起來。「我在紐約了，納森。我真的來了。」

他捏捏我的肩膀。「對啊，妳真的來了。」

我強忍睡意撐過打開行李、和納森一起吃點外帶食物（他稱之為外賣，就跟真正的美國人一樣），轉過小電視八百五十九個頻道中的幾臺，其中大部分似乎都是循環播放的橄欖球賽、消化問題廣告，或是我完全沒聽過而且光線很差的犯罪節目，然後我就失去意識了。我在清晨四點四十五分驚醒。剛醒來的幾分鐘很混亂，遠處傳來的陌生警笛、卡車倒車的低沉轟鳴都令我困惑，然後我打開燈，想起自己在哪，些微的興奮感隨即一掃而過。

我從包包拿出筆電，對山姆發出一則訊息。

在嗎？XXX

我等了等，但沒有回應。他說過他回去值勤了，也搞不懂時差怎麼算。我放下筆電，稍微試了試繼續睡（翠娜說我沒睡飽時看起來像匹悲傷的馬）。然而城市陌生的聲音聲聲呼喚，六點我就下床淋浴，試著忽略蓮蓬頭爆出的水中有鐵鏽。我著裝（丹寧吊帶裙搭配印有自由女神像的復古藍綠色短袖上衣）出發尋覓咖啡。

我放輕腳步沿通道前進，努力回想納森昨晚告訴過我位置的員工廚房在哪。我打開一扇門，一個女人轉身瞪著我。她中年矮胖，頭髮梳整成整齊的深色波浪，像個三零年代的電影明星。她的深色眼睛很美，但嘴角下垂，彷彿永恆的非難。

「呃……早安！」

她繼續瞪著我。

「我——我是露薏莎？新來的女孩？高普尼克太太的……助理？」

「她不是高普尼克太太。」那女人讓這句陳述懸在空中。

「妳一定是……」我拷問我那時差中的大腦，但問不出名字。**噢，快說點什麼**，我用上意志力。

「真不好意思。今天早上我的腦像麥片粥一樣。時差。」

「我是伊拉莉雅（Ilaria）。」

「伊拉莉雅。當然，就是這個名字。抱歉。」我伸出手，但她沒跟我握手。

「我知道妳是誰。」

「呃……可以告訴我納森都把牛奶收在哪嗎？我只是想泡杯咖啡。」

「納森不喝牛奶。」

「真的？他以前喝的。」

「妳認為我騙妳？」

「不。我不是那個——」

她走到左邊，手指一牆櫥櫃；這個櫥櫃只有其他的一半大，而且有點太高。「這是妳的。」接著她打開冰箱，把她的柳橙汁放回去，我注意到她的架上有一瓶滿滿的兩公升裝牛奶。她關上門，毫不寬容地注視著我。「高普尼克先生今晚六點半到家，穿上制服跟他會面。」說完她便沿通道離開，室內拖鞋拍打著她的腳底。

「很高興認識妳！我相信我們一定會常常見面！」我在她身後喊道。

我盯著冰箱看了幾分鐘，然後決定現在出去找牛奶應該不算太早。畢竟這可是座不夜城。紐約或許醒著，雷維瑞卻籠罩在無聲中，寂靜如此濃厚，彷彿大家都吃了安眠藥。我沿通道走出去，輕輕在身後關上前門，檢查了八次有沒有帶錢包和鑰匙。我想時間這麼早，大家都還在睡，我可以放肆地更清楚看看自己最後來到什麼地方。

我躡手躡腳前進，長毛地毯模糊了我的腳步聲，一隻狗在一扇門內吠了起來——堅持以吠叫表達憤怒的抗議——一個老邁的聲音喊了一句什麼，我沒聽出來。我快速經過，不想負起吵醒其他居民的責任，沒走主梯，反倒搭員工電梯下樓。大廳沒人，於是我自己走出去街上，直接踏入噪音與光線中；這陣喧囂太過逼人，我得站定幾分鐘才能維持直立。前方的中央公園綠洲看似延伸數哩。左邊的小街已開始忙碌——身穿連身工作服的高大男人從側開門貨車卸下板條箱，一名警察在旁邊監看，火腿般的雙臂橫過胸口。掃街車勤奮地嗡嗡響。一名計程車司機透過打開的車窗跟一個男人閒聊。我在腦中為大蘋果的景象報數：馬車！黃色計程車！高得不可思議的建築！我目瞪口呆的當下，兩個疲倦的觀光客各自用嬰兒車推著孩子從我身旁擠過，手裡緊握保麗龍咖啡杯，或許還受某個遙遠時區的影響。曼哈頓朝四面八方延展，廣袤、陽光輕拂，熱鬧又光輝。

我的時差症狀隨最後一絲黎明蒸發。我吸口氣，出發，意識到自己正咧嘴而笑，但停不下來。我走了八個街口都沒看到便利商店，接著轉上麥迪遜大道（Madison Avenue），經過玻璃店面、大門深鎖的大精品店，幾家餐廳點綴其中，窗戶都像閉上的眼睛般黑暗，還有鍍金的旅館，我經過時身穿制服的門房看也沒看我一眼。

我又走了五個街口，慢慢發現這並不是那種你可以迅速走進雜貨店的區域。我原本幻想每個街角都有紐約快餐店，裡面有花俏的女服務生和頭戴平頂闊邊帽的男人，然而這裡的一切看起來都好大、好浮誇，一點也不像有乳酪煎蛋捲或一杯茶在門後等著的樣子。跟我擦身而過的人大多是跟我一樣的觀光客，或是狂熱慢跑的健美身軀，裹著光滑的萊卡布料，沉浸於耳機間，敏捷地掠過臉上滿是皺紋與鉛色汙漬、怒目而視的流浪漢。最後我終於撞上一間大咖啡館，是家連鎖店，紐約半數早起的鳥兒似乎都聚集在這，坐在各自的隔間裡低頭看手機，或餵食異常歡快的學步兒童，牆上的擴音器流瀉泛用輕音樂。

我點了卡布奇諾和瑪芬蛋糕，服務生沒問過我就把我的瑪芬切成兩半、加熱，接著抹上大量奶油，一邊和同事聊一場棒球賽，從頭到尾沒間斷。

我付錢，帶著裹油紙的瑪芬坐下，咬下一口。就算沒有時差引發的飢餓感不停抓搔，這仍是我吃過最美味的食物。

我坐在窗邊凝望清晨的曼哈頓街道大約半小時，嘴裡交替塞入黏糊糊的奶油瑪芬和被滾燙的濃咖啡燙洗，我那總是存在的內心獨白有如脫韁野馬（*我在紐約的咖啡廳裡喝紐約咖啡耶！我走在紐約的街道上！就跟梅格．萊恩一樣！或是黛安．基頓！我身處真正的紐約耶！*），我霎時確切理解威爾兩年前想對我解釋的事：在那短短幾分鐘，嘴裡塞滿陌生食物，眼中盡是陌生景象，我只存在於這瞬間。我完全活在這當下，感官鮮活，整個人門戶洞開接收周遭新體驗。我置身於這世上我唯一可能存在的地方。接著，顯然完全沒來由地，隔壁桌的兩個女人揮拳打了起來，咖啡和派餅渣飛過兩張桌子，服務生跳過去拉開她們。我拍掉洋裝上的食物碎屑，關上包包，決定多半是時候回歸雷維瑞的寧靜了。

我走進去時，阿榭克正在將大捆大捆的報紙分成編好號的小堆。他微笑起身。「喲，日安，露薏莎小姐。妳在紐約的第一個早晨過得怎麼樣呀？」

「很棒，謝謝你。」

「妳在街上走的時候有沒有哼〈讓河水奔流〉[4]？」

我停下腳步。「你怎麼知道？」

「所有剛來曼哈頓的人都這樣。要命，就連我有時候早上也會，而我看起來可一點也不像梅蘭妮．葛莉芬（Melanie Griffith）[5]。」

「這附近沒有雜貨店嗎？我走了一百萬哩才喝到咖啡，而且完全不知道該上哪買牛奶。」

「露薏莎小姐，妳應該先問我的。來。」他指指櫃檯後方，打開一扇門，招手帶我進入一間黑暗的辦公室，裡面破舊又凌亂的裝潢和外面的黃銅和大理石一點也不相稱。桌上一排監視器螢幕，之中有一部老舊電視機和一本大帳簿，此外還有一個馬克杯和幾本平裝書，以及一大堆無牙小孩歡笑的照片。門後有一部古董冰箱。「來，這給妳。之後再還我一罐就好。」

注4　〈Let the River Run〉，電影《Working Girl》主題曲，由 Carly Simon 主唱，獲一九八九年奧斯卡與金球獎最佳原創歌曲獎。

注5　上述電影女主角，因該片獲金球獎最佳喜劇或音樂類電影女主角。

「管理員都這樣嗎？」

「管理員才不這樣呢，不過雷維瑞有所不同。」

「那大家都上哪買東西？」

他扮鬼臉。「住這大樓的人不購物，露薏莎小姐。他們根本不會想到購物這檔事。我發誓他們之中有一半的人認為食物是靠魔法送來，而且直接料理好上桌。」他瞥一眼身後，壓低音量。「打賭這大樓裡八成的女人五年內沒煮過一頓飯。嘿，大樓裡一半的女人根本不吃飯，就這樣。」

我目瞪口呆，而他只是聳聳肩。「有錢人不像妳我這樣過日子，露薏莎小姐。而紐約的有錢人……嗯，他們過起日子跟任何人都不像。」

我接下紙盒裝的牛奶。

「想要什麼就讓人送來，妳會習慣的。」

我想問問他有關伊拉莉雅和顯然不是高普尼克太太的高普尼克太太，以及我即將會見的這家人，但他的視線轉向門廳。

「哎呀，早安，德威特夫人（Mrs. De Witt）！」

「這麼多報紙在地板上是怎麼回事?這裡看起來活像可悲的報攤。」一名瘦小的老婦人對他還沒拆完的一落落《紐約時報》和《華爾街日報》煩躁地咂嘴。儘管時間尚早，她卻打扮得一副要參加婚禮的樣子，覆盆子粉色防塵外套、紅色藥盒帽、巨大玳瑁太陽眼鏡遮住她滿是皺紋的小臉。牽繩繫著一隻氣喘吁吁的巴哥犬，雙眼外凸，好戰地注視我（至少我認為是注視著我，牠的眼睛老時轉來轉去，實在很難確定）。我站起來幫阿榭克搬開擋住她去路的報紙，然而當我彎腰，狗咆哮撲向我，因此我往後彈，差點被《紐約時報》絆倒。

「噢，天哪！」接下來是顫抖、毫不退讓的聲音。「現在妳弄得狗不開心了！」

我的腿感覺到巴哥犬的牙齒輕碰，皮膚因近距離接觸而震顫。

「請務必在我們回來之前清掉這些——這些垃圾。我跟歐維茲先生（Mr. Ovitz）說過好幾次了，這棟大樓在走下坡。還有，阿榭克，我在我門外放了一包廢棄物，請立刻拿走，否則整條走廊都會有爛百合的味道。天知道誰會拿百合花當禮物，葬禮的東西嘛。狄恩馬丁（Dean Martin）！」

阿榭克輕碰他的帽子。「沒問題，德威特夫人。」他等到她走遠後才轉身查看我的腿。

「那隻狗想咬我！」

「是啊。那是狄恩馬丁，最好離牠遠點。牠是這棟大樓裡脾氣最壞的居民，這才叫厲害。」他又彎腰將另一落報紙抱上桌，然後稍微停下噓聲趕我離開。「妳甭擔心這些，露薏莎小姐。這些很重，而樓上夠妳忙的了。祝妳有美好的一天囉。」

我還沒來得及問這話是意思，他已經走遠。

這天在一片模糊中度過。接下來的上午我都在整頓我的小房間、打掃浴室、放上山姆、爸媽、翠娜和湯姆的照片，好讓這裡更有家的感覺。納森帶我去哥倫布圓環（Columbus Circle）附近的一家快餐店，我用車輪那麼大的盤子用餐，還喝了好多濃咖啡，走路回家的路上雙手都發抖了。納森指出幾個可能對我有用的地方——這家酒吧開到很晚、那輛餐車的炸鷹嘴豆餅非常美味、可以從這個提款機安全領到現金……新印象和新資訊弄得我暈頭轉向。下午的某個時候，我突然覺得頭昏眼花、腳像灌了鉛一樣，於是納森勾著我的手臂陪我走回公寓。大樓安靜、深色的內部和拯救我免於走樓梯的員工電梯都令我心懷感激。

「睡個午覺吧。」我踢掉鞋子，而納森這麼建議我。「不過我不會睡超過一小時，不然妳的生理時鐘會更混亂。」

「你說高普尼克家的人幾點回來？」我說話開始變得含糊。

「通常六點左右。現在三點，所以妳還有時間。睡吧，閉上眼休息一下。妳會恢復人形的。」

他關上門，而我滿懷感激地陷入床墊中。我快睡著時突然想到，如果只是等待，我沒辦法和山姆說上話，於是伸手拿出筆電，暫時提振起精神。

在嗎？我在通訊軟體中打字。

幾分鐘後，照片伴隨冒泡的聲音展開，而他就在那兒，又在火車上，龐大的身軀窩在螢幕前。山姆。急救人員。人形山脈。新鮮無比的男友。我們像兩個傻瓜一樣對彼此咧嘴傻笑。

「嘿，美女！怎麼樣啊？」

「很好！」我說。「我可以讓你看我房間，不過轉動螢幕時可能會撞上牆。」我扭動筆電好讓他能夠看見我這小房間的完整盛況。

「我覺得看起來很好。有妳在裡面。」

我注視他身後灰色的窗，完全可以想像在車頂亂彈的雨、撫慰人心地漫起蒸氣的車窗、樹林、濕氣、外面滴水的手推車下躲雨的母雞。山姆凝視我，我抹抹眼睛，突然希望自己記得化點妝。

「你去工作了嗎？」

「對啊。他們覺得我一週內可以全職復工。要強壯得能夠扛起一個人而不綳開縫線才行。」他下意識地一手放在下腹部，不過幾週前，一顆子彈擊中這個位置——一次差點要了他小命的例行出勤，也讓我們的關係更加緊密——我內心深處冒出一種不平衡的感覺。

「真希望你也在這。」我來不及阻止自己。

「我也是。不過這只是妳冒險的第一天，接下來會很棒的。一年後妳就會坐在這裡——」

「不是這裡，」我打斷他，「是你裝修好的家才對。」

「在我裝修好的家，」他說，「我們會一起看妳手機裡的照片，然後我會偷偷想著，噢，天啊，她又來了，又在炫耀她在紐約的時光。」

「那你會不會寫信給我？滿是愛戀、渴望，灑滿寂寞淚水的信？」

「啊，小露。妳知道我實在不是寫作的料，不過我會打電話。而且四週後我就去找妳了。」

「對。」我的喉嚨一緊。「好囉，我最後睡一下。」

「我也是。我會想著妳。」

「噁心色情那種想嗎？或是浪漫愛情喜劇那種？」

「回答哪一種才不會惹上麻煩？妳看起來很棒，小露。」他停頓一分鐘後說。「妳看起來……令人目眩。」

「我感覺頭暈目眩。我感覺像個非常、非常累的人，同時稍微想要爆炸。這有點令人困惑。」

我把手放在螢幕上，他一秒後伸手與我相碰。我可以想像他碰觸到我的肌膚。

「愛你。」我還是有點扭捏。

「我也是。我想吻螢幕，但我覺得妳只會看到我的鼻毛。」

我微笑著蓋上螢幕，幾秒內便睡著。

有人在走廊尖叫。我汗涔涔又全身無力地醒來，有點懷疑是不是還在夢中，撐坐起來。真有個女人在我房門另一邊尖叫。一千道思緒飆過我昏亂的腦，謀殺頭條、紐約、如何報案。該撥什麼號碼？不是英國的九九九。我搜索枯腸，但什麼也想不出來。

「我為什麼要？那些女巫在侮辱我，我為什麼要坐在那兒微笑？你甚至沒聽到他們說的一半！你是個男人！這就像你耳朵上戴著馬眼罩！」

「親愛的，請冷靜。拜託。現在時間地點都不對。」

「時間跟地點沒對過！因為總是有人在！我得買間自己的公寓，我才有地方跟你吵架！」

「我不懂妳為什麼要這麼不高興。妳得試——」

「不要！」

有東西摔在硬木地板上。我現在完全醒來了，心臟狂飆。

一陣沉甸甸的沉默。

「現在你要告訴我這是傳家寶！」

停頓。

「欸，對，對，的確是。」

一陣模糊的啜泣。「我不管！我不管！你家的歷史讓我窒息！聽見了嗎？窒息！」

「艾格妮絲（Agnes），親愛的，別在走廊吵。好了，我們晚點再談。」

我動也不動地坐在床緣。

更多模糊的啜泣，然後轉為沉默。我等了等，接著起身躡足走到門邊，一隻耳朵貼上門。沒聲音。我查看時鐘——下午四點四十六分。

我洗好臉，快速換上制服，梳好頭髮，悄悄離開房間，繞過走廊轉角。

然後停下腳步。

更前面的廚房旁，一個女孩胚胎般蜷起身子，一名較年長的男人抱著她，背靠著木鑲板。他幾乎要坐下了，一膝立起，另一膝伸展，像是他接住她、被她重量拖倒。我看不見她的臉，不過一條纖細修長的腿不雅地從藏青色洋裝下伸出來，大片金髮遮住她的臉，攀住男人的手指節發白。

我呆瞪著，倒抽一口氣，認出那是高普尼克先生。

見。

「現在不是時候。謝謝妳。」他輕聲說。

我的聲音哽在喉嚨中，快步退回房間關上門，心臟在耳朵裡撞得好大聲，我確定他們一定能夠聽見。

接下來這小時，我視而不見地凝視電視，兩個人交纏的影像烙入我腦中。我考慮過傳訊息給納森，但不確定自己會說什麼，最後反倒在五點五十五分走出去，試探地穿過連接門朝主公寓走去，途中經過寬敞但空無一人的用餐室、看起來像客房的空間，還有兩扇關閉的門，跟著遠處喃喃的交談聲，輕輕踩過拼花地板。最後我終於來到會客廳，在敞開的門外停步。

高普尼克坐在窗邊的椅子上講電話，淡藍色襯衫的袖子捲起，一手放在腦後。他繼續對著電話說話，但示意我進去。一個金髮女人——高普尼克太太？——坐在我左方的一張玫瑰色古董沙發上，不停地在一隻 iPhone 上打字。她顯然換過衣服，我一時被搞迷糊了。我尷尬地等待，直到他結束通話後起身，我發現他稍微費力地蹙起眉。我向他走近一步，省得他繼續前進，然後跟他握手。溫暖的一握，他的掌握柔軟又強壯。女孩繼續在手機上打字。

「露薏莎，很高興妳平安抵達。我相信妳應該沒缺任何東西吧。」

他用一種別人並不期望妳提出任何要求時會用的語氣說話。

「一切都很好。謝謝你。」

「這是我女兒，塔碧莎（Tabitha）。塔兒？」

女孩舉起一隻手，微微扯開嘴角，然後便繼續埋頭於手機。

「不好意思，艾格妮絲沒來跟妳會面。她去小睡一小時，偏頭痛。這是個漫長的週末。」隱約的疲憊籠罩他的臉，但轉瞬即逝。他的言行舉止完全看不出不到兩小時前那個場面的痕跡。

他微笑。「所以……今晚妳可以自由活動，從明天早上開始，妳就要陪艾格妮絲去任何她想去的地方。妳的正式職稱是『助理』，無論她白天需要做什麼，妳都要從旁協助。她行程很滿──我已經要我的助理把妳加入家庭行事曆，所有更新都會傳送到妳的電子郵件，最好每晚十點左右檢查一下──我們通常在這時間做最後更動。妳明天會跟團隊的其他成員見面。」

「太好了，謝謝你。」我注意到「團隊」這兩個字，腦中短暫冒出一隊橄欖球員穿過公寓的畫面。

「晚餐吃什麼，爸爸？」塔碧莎當我不在場似地開口說話。

「不知道，寶貝。我以為妳說妳要出去。」

「我不確定我今晚有沒有辦法重回鎮上，可能就待在家了吧。」

「都好。只是要確定伊拉莉雅知道就好。露薏莎，妳有任何問題嗎？」

我絞盡腦汁想說些有意義的話。

「噢，媽要我問你能不能找到那幅小畫。米羅那幅。」

「甜心，我不想再來一次。那幅畫屬於這裡。」

「不過媽說她選了那幅畫，她想念它，你甚至沒喜歡過它。」

「這不是重點。」

我挪動重心，不確定自己是否該離開。

「但這就是重點啊，爸。媽極度想念某個東西，你卻壓根不放在心上。」

「那價值八萬美元。」

「媽才不管價錢。」

「晚一點再討論好嗎？」

「你晚一點會很忙。我答應媽會把這件事處理好。」

我不著痕跡地後退一步。

「沒什麼好處理的。十八個月前就已經清算完成，當時就全部處理好了。噢，親愛的，妳來了。妳覺得好一點了嗎？」

我轉頭看。剛剛走進會客廳的女人美如天仙，不施脂粉，淡金色頭髮往後收攏成一個鬆鬆的髻，高聳的顴骨上有淡淡的雀斑，從眼睛的形狀看來具備斯拉夫血統。我猜她年紀跟我差不多。她赤腳走到高普尼克先生跟前親吻他，一隻手滑過他頸後。「好多了，謝謝你。」

「這是露薏莎。」

她轉向我。「我的新盟友」。

「妳的新助理。」高普尼克先生說。

「妳好，露薏莎。」她伸出一隻纖細的手與我相握。我感覺到她上下打量我，彷彿想弄清楚什麼，接著她微笑，而我忍不住也回以微笑。

「伊拉莉雅有幫妳把房間打理好嗎？」她的聲音柔軟，而且有一種東歐的輕快節奏。

「完美。謝謝妳。」

「完美？噢，妳非常容易滿足。那房間像掃帚櫃。妳有什麼不滿意的地方就告訴我們，我們會加以改善。對吧，親愛的？」

「妳不是住過比那更小的房間嗎，艾格妮絲？」塔碧莎問，但還是埋頭於她的 iPhone。「我很確定爸跟我說過，妳曾經跟大約十五個移民共用房間。」

「塔兒。」高普尼克的語氣蘊含溫和的警告。

艾格妮絲淺淺吸口氣，抬起下巴。「事實上，我的房間更小，不過跟我共用房間的女孩都很善良，所以一點麻煩也沒有。如果人善良又禮貌，妳就什麼都能忍受，妳不覺得嗎，露薏莎？」

我吞了口口水。「對。」

伊拉莉雅走進來，清了清喉嚨。她身穿一樣的休閒衫和暗色長褲，外面套上一件白色圍裙。她沒看我。「晚餐準備好了，高普尼克先生。」

「有準備我的嗎，親愛的伊拉莉雅？」塔碧莎問，一隻手擱在沙發背。「我可能會留下來過夜。」

伊拉莉雅的表情突然變得無比溫暖，彷彿另外一個人出現在我面前。「當然，塔碧莎小姐。週日我總是會多煮一點，以防萬一妳決定留下來。」

艾格妮絲站在會客廳中央。我覺得我看見一絲焦慮閃過她的臉。她咬牙。「那我想要露薏莎也跟我們一起吃。」她說。

一陣短暫的沉默。

「露薏莎？」塔碧莎說。

「對。能夠好好認識她會很棒。露薏莎，妳今晚有其他安排嗎？」

「呃——沒有。」我結結巴巴地說。

「那妳跟我們一起吃。伊拉莉雅，妳說妳有多煮對吧？」

伊拉莉雅直勾勾看著高普尼克先生，而他似乎被手機裡的某個東西占去全部注意力。

「艾格妮絲，」塔碧莎幾秒後說，「妳一定知道我們不跟員工一起用餐吧？」

「我們是誰？我不知道還有規則手冊。」艾格妮絲伸出手，帶著精心計算的冷靜審視她的婚戒。

「親愛的？你是不是忘記給我規則手冊了？」

「我無意不敬，也確定露薏莎好得沒話說，」塔碧莎說，「不過還是有界線的。而且有界線對所有人來說都是好事。」

「我很樂意配合……」我開口。「我不想造成任何……」

「嗯，無意不敬，塔碧莎，我想請露薏莎跟我一起用餐。她是我的新助理，而且我們將共度每一天，所以我看不出多跟她認識有什麼問題。」

「沒問題。」高普尼克先生說。

「爸爸——」

「沒問題，塔兒。伊拉莉雅，請擺四人份的餐桌好嗎？謝謝。」

伊拉莉雅瞪大眼。她瞥了我一眼，嘴巴抿成隱忍憤怒的一條細線，彷彿我策畫了這場對家庭階級的嘲弄，隨即沒入用餐室，從我們所在位置都能聽見餐具和玻璃器皿用力碰撞的聲音。艾格妮絲淺淺吐出一口氣，撥開頭髮。朝我閃露一抹小小的、共謀的微笑。

「我們過去吧。」一分鐘後，高普尼克先生說。「露薏莎，妳或許會想喝一杯。」

晚餐是一件壓抑、令人痛苦的事。我被桃花心木大餐桌、沉重的銀餐具和水晶酒杯嚇壞了，我的制服一點也不合宜。高普尼克幾乎不發一語，兩度離座去辦公室接電話。塔碧莎不停滑手機，刻意拒絕與任何人交流，而伊拉莉雅送上以紅酒醬料理搭配各種佐料的雞肉，隨後收走上菜盤時，臉上的表情用我媽的話來說，就像是被掌摑過的屁股。或許只有我注意到我的盤子被放在我面前時發出的重擊聲，還有每次她經過我座位時那清楚可聞的哼聲。

艾格妮絲吃得很少。她坐在我對面，興致勃勃地跟我聊天，彷彿我是她的最新摯友，但目光不時溜向她丈夫。

「所以這是妳第一次來紐約，」她說，「妳還去過哪裡？」

「嗯……不多。我對旅遊算是開始得很晚，幾年前去過歐洲背包旅行，在那之前……模里西斯。還有瑞士。」

「美國很不一樣，對我們歐洲人來說，我想每一州都各有風味。我只跟李奧納（Leonard）去過幾個地方，不過感覺根本像去了不同國家。妳對來這裡感到興奮嗎？」

「非常。」我說。「我打定主意要盡情享受紐約的一切。」

「聽起來跟妳一樣，艾格妮絲。」塔碧莎甜甜地說。

艾格妮絲沒理她，目光還是鎖定我。她的眼睛美得能催眠人，眼角精緻上揚。我盯著她，兩度必須提醒自己合上嘴。

「跟我聊聊妳的家人吧。妳有兄弟嗎？姊妹？」

我盡可能介紹我的家人，讓他們聽起來更像瓦頓家族，少像阿達一族一點[6]。

「所以妳妹妹現在住在妳倫敦的公寓裡？跟她兒子一起？她會來拜訪妳嗎？妳父母呢？他們會不會想念妳？」

我回想起爸的「臨別贈言」：「別急著回來，小露！我們要把妳的舊房間改裝成按摩浴缸！」

「噢對。非常想念。」

「我離開克拉科夫[7]時，我母親哭了兩週。妳有男朋友嗎？」

「有，他叫山姆，是個急救員。」

「急救員！像醫師嗎？真好。請給我看他的照片，我喜歡看照片。」

我從口袋拿出手機，滑了一下，找到我最愛的山姆獨照。照片裡的他身穿墨綠色制服坐在我家露臺上。他當時剛下班，正用馬克杯喝茶，一面眉開眼笑看著我。太陽在他身後低低垂掛，看著照片，我清楚記得在上面時的感覺，我的茶在我身後的壁架上漸漸冷卻，我拍下一張又一張照片，山姆則耐心等待。

「好帥！他也要來紐約嗎？」

「嗯，沒有。他在蓋房子，所以目前情況有點複雜。而且他有工作。」

艾格妮絲瞪大眼。「但他必須來！你們不可以住在不同國家！如果妳的男人不在妳身邊，妳要怎麼愛他？我不能離開李奧納，就連他出差兩天我也不喜歡。」

「對，我猜妳會想確保自己絕不離得太遠。」塔碧莎說。高普尼克從餐盤抬頭掃了一眼，目光在妻子和女兒之間來回，但沒說話。

「不過，」艾格妮絲調整膝上的餐巾，「倫敦終究不算太遠，而愛就是愛，不是嗎，李奧納？」

「當然。」他的臉短暫因她的微笑而軟化。艾格妮絲伸出一隻手輕撫他的手，我快速低頭看自己的盤子。

用餐室內一時無人說話。

「說真的，我想我或許回家好了。我似乎覺得有點噁心。」塔碧莎把椅子往後推，發出響亮的刮擦聲，接著將餐巾丟入盤內，亞麻布立即開始吸收紅酒醬汁。我努力壓抑拯救餐巾的欲望。她起身親吻父親的臉頰。他伸出另一隻手，深情地碰碰她的手臂。

「週間再跟你談，爸爸。」她轉身。「露薏莎……艾格妮絲。」她草草點頭後便離開用餐室。

注6　前者為美國影集《The Waltons》，改編自 Earl Hamner 的小說《Spencer's Mountain》，首播於一九七二年，描述經濟大蕭條和第二次世界大戰期間維吉尼亞鄉村的一個家庭。後者則為《The Addams Family》，原為漫畫，作者是查理斯‧亞當斯（Charles Addams），描述一個古怪，恐怖又富有的家族，自一九三八年開始連載了五十年之久，後多次改編為電視、電影與電玩。

注7　Kraków，波蘭南部的城市。

艾格妮絲看著她離開。她可能壓低音量咕噥了些什麼，不過伊拉莉雅正叮叮噹噹地收拾我的盤子和餐具，很難聽得清楚。

隨著塔碧莎離開，艾格妮絲彷彿也失去所有鬥志，似乎在她的座位上凋謝，肩膀忽然垮了下來，頭低垂，可以清楚看見她鎖骨的明顯凹陷。我起身。「我想我該回房了。謝謝你們邀請我共進晚餐，很美味。」

無人反對。高普尼克先生的手臂這會兒放在桃花心木桌上，手指輕撫妻子的手。「明天早上見，露薏莎。」他對我說，但沒看著我。艾格妮絲抬頭凝視他，表情憂鬱。我退出用餐室，回房時經過廚房，我可以感覺到伊拉莉雅從裡面朝我射出虛擬短劍，我加速通過，不讓短劍有機會射中。

一小時後，納森傳來一則訊息。他正在布魯克林跟朋友一起喝啤酒。

——聽說妳首度經歷戰火的完整洗禮。還好嗎？

我沒力氣想出機智的回應，或是問他究竟怎麼知道。

——認識他們之後就輕鬆多了。保證。

早上見，我這麼回覆。我一時感到憂慮——我都答應了些什麼？——接著堅定地重新審視自己的態度，隨即沉沉入眠。

那晚我夢見威廉。我難得夢見他——剛開始時這對我來說造成另一種哀傷，我是如此思念他，感覺像是有人在我身上炸穿一個洞。遇見山姆後沒再夢見過他。但這會兒他再度於凌晨時分入夢，鮮明得像他就站在我面前。他坐在車後座，一輛昂貴的黑色大型豪華轎車，就像高普尼克先生那輛，我在街道的另一邊看見他。他還活著，終究沒離去，我立即感到鬆一口氣，但也直覺地知道無論他將往何處，他都不該去。我的任務是阻止他，然而每次我想穿過繁忙的街道，面前似乎都會冒出額外一車道的車輛呼嘯而過，阻止我去他身邊，引擎的聲音蓋住我呼喊他的名字。他在那兒，剛好無法觸及，他的肌膚是平滑的焦糖色澤，淡淡的微笑在嘴角若隱若現，他對司機說了些什麼，但我聽不見。他在最後一分鐘迎上我的視線——眼睛只略微瞪大——我醒來，滿身大汗，羽絨被糾結腿間。

3.

寄件者：BusyBee@gmail.com
收件者：Samfelding1@gmail.com

倉促寫下這封信——高太太在上鋼琴課——不過我要試著每天寄電子郵件給你，這樣至少我會覺得像是我們在聊天。我想你。拜託回信。我知道你說你討厭電子郵件，不過就爲了我吧。拜託——（這裡必須想像我懇求的臉）。不然就是，你知道的，寫信！

愛你，小露

Lxxxxx

「早安哪！」

一名身穿非常緊身的鮮紅萊卡、高大的非裔美國人站在我前面，雙手扠臀。我身穿我的棉衫和短褲凍結在廚房門口，不停眨眼，弄不清楚自己是不是在作夢，還有要是我關上門再打開，他還會不會在這。

「妳一定是露薏莎小姐吧？」一隻大手伸過來跟我相握，擺動得太過熱切，我不由自主跟著上下晃。我看了看表。不，真的是六點十五分沒錯。

「我是喬治（George），高普尼克太太的教練。聽說妳要跟我們一起去，好期待呢！」

我在斷斷續續幾小時後醒來，努力想甩掉自行編入我睡眠中的糾結夢境，在自動駕駛狀態中踉蹌走過走廊，此時是個追尋咖啡因的殭屍。

「好啦，露薏莎！必須補充水分！」他從旁邊拿起兩瓶水，離開的時候輕快地在走廊上慢跑。

我倒了一杯咖啡，站在那兒啜飲時納森走進來，他已著裝，還散發鬍後水的味道。他注視我光裸的腿。

「我剛剛遇見喬治。」我說。

「有關臀大肌，他什麼都能教妳。妳有帶跑鞋，對吧？」

「哈！」我啜了一口咖啡，但納森期待地看著我。「納森，沒人提起過跑步的事。我不是跑者。我是說，我是反運動的沙發馬鈴薯。你知道的。」納森幫自己倒一杯咖啡，換掉機器裡的咖啡壺。

「而且我今年稍早還從一棟房子摔下來，記得嗎？身上好多地方都摔裂了。」我之前還在為威廉哀悼時喝醉，從我倫敦公寓的女兒牆失足，現在已經可以拿來說笑了。不過髖部的刺痛是一種恆常的提醒。

「妳沒事。而且妳是高太太的助理，妳的工作是隨時在側，夥伴。如果她想要妳跑，妳就得跑。」他啜一口咖啡。「啊，不要露出這麼焦慮的樣子。妳會喜歡的。不出幾週，妳就會變得跟肉販的狗一樣健美。這裡的每個人都這樣。」

「現在是早上六點十五分。」

「高普尼克先生的一天從五點開始。我們剛結束他的物理治療。高太太喜歡睡點懶覺。」

「所以我們幾點跑？」

「六點四十分。跟他們在主門廳會合。待會見囉。」

他舉起一隻手，接著便離開了。

當然了，艾格妮絲是那種在早晨看起來甚至更美的女人之一：素顏、邊緣有點模糊，不過是那種鏡頭沾上凡士林的性感模糊。她的頭髮往後攏綁成鬆垮的馬尾，穿上合身上衣和慢跑褲的她看起來就跟沒當班的超模一樣隨興。她沿走廊大步慢跑，像匹戴太陽眼鏡的巴洛米諾賽馬，抬起一隻優雅的手跟我打招呼，彷彿這時間對言談來說就是太早。我只穿著短褲和無袖棉衫，我猜讓我看起來活像個水管工人。我因為沒刮腋毛而略感焦慮，雙肘緊緊夾在身側。

「早安，高太太！」喬治出現在我們身旁，交給艾格妮絲一瓶水。「都準備好了嗎？」她點頭。「妳呢，露薏莎小姐？我們今天只要跑四哩就好。高太太想做額外的腹部鍛鍊。伸展過了對吧？」

「嗯，我……」我沒水也沒瓶子，不過我們就這樣出發。

我聽過「起身而行」的這種說法，不過遇上喬治才真正理解這是什麼意思。他用感覺像四十英里的時速從走廊起跑，我原本以為我們至少會減速進電梯，不料他卻撐開走廊底的雙開門，好讓我們一路衝下四層樓的階梯來到一樓。我們一陣風般經過大廳和阿榭克，我只勉強聽見他模糊的打招呼聲。

天啊，但這時間跑步真的太早。他們兩個像一對馬車馬一樣毫不費勁地慢跑，而我跟在後面衝刺，較短的步跨跟不上他們，骨頭隨著腳每一次落地而嘎嘎響，突然轉向穿過擋在我路上的神風特攻路人時只能喃喃道歉。跑步是我前男友派翠克的愛好，感覺就像甘藍菜——你知道有這東西存在，多半也有益健康，但說真的，人生糾結在這種事上更顯得苦短。

噢，得了，妳做得到的，我告訴自己。這是妳的第一個「說好！」時刻。*妳在紐約慢跑！這是全新的妳！*輝煌的幾大步之後，我幾乎相信了。車流停止，紅綠燈切換，我們在路邊稍停，喬治和艾格妮絲輕盈踮腳彈躍，沒注意身後的我。然後我們過了馬路，進入中央公園，路徑消失於腳下，車流的聲音也隨我們進入城市心臟的綠洲而漸漸淡去。

我發現這並不是個好主意時，我們跑進公園甚至還不到一哩。儘管我現在只剩下半走半跑，我的呼吸已變得上氣不接下氣，臀部抗議著太近期才受過的傷。幾年來我跑過最快的一次是追一輛減速中的公車十五碼，而且還沒追上。我抬頭瞥了一眼，看見喬治和艾格妮絲邊跑邊聊天。我無法呼吸，而他們卻實實在在地在交談。

我想起爸一個跑步時心臟病發作的朋友。爸老是用這個例子當作運動對人體有害的明證。我為什麼沒跟他們說明我受過傷？我就要在公園中央咳出一邊肺了嗎？

「妳在後面還好嗎，露薏莎小姐？」喬治轉身倒退跑。

「很好！」我給他一個歡快的大拇指。

我一直想看看中央公園，但不是像這樣。不知道如果我就這麼倒栽蔥、死於就職第一天會怎麼樣。他們會怎麼把我的遺體送回家？我急轉彎避開一個女人，她帶著三個長得一模一樣、歪歪倒倒的幼兒。**拜託，天啊，**我無聲用意志力控制前面那兩個跑得一點也不費力的人，**你們其中一個跌倒吧。不用真的摔斷腿，輕微扭傷就好。只要能維持二十四小時、需要抬高腿躺在沙發上看日間電視節目，受什麼傷都好。**

他們這會兒拉開距離，而我一籌莫展。這是什麼公園啊，裡面怎麼會有山丘？我沒有緊跟高普尼克先生的妻子，他會大發雷霆的。艾格妮絲會發現我根本不是什麼盟友，只是一個愚蠢、矮胖的英國女人。他們會改聘請一個苗條美麗、有更棒跑步衣服的人。

那個老男人就是在這個時候慢跑經過我。他轉頭瞟了我一眼，接著一邊跑一邊查看他的跑表，腳趾靈活，耳機塞在耳裡。他一定有七十五歲了吧。

「噢，得了吧。」我看著他加速跑遠。接著我瞥見馬和馬車。我趕上前與馬車並行。「嘿！嘿！有沒有可能請你小跑到那些跑步的人那邊？」

「哪些人？」

我手指現已在遙遠前方的小小人影。他凝視片刻，接著聳肩。我爬上馬車，他輕甩韁繩催促馬兒前進，我則在他身後伏低。另一個紐約體驗並不完全照計畫來，我躲在他身後時想著。我們愈靠愈近，我輕拍他要他讓我下車。這一段可能只有五百碼，但至少拉近了我和他們之間的距離。我正要跳下車。

「四十元。」車夫說。

「什麼？」

「四十元。」

「我們才走五百碼耶！」

「就是得花這錢，小姐。」

他們還沉浸在交談中。我從後口袋掏出兩張二十美元鈔票丟給他，然後躲在馬車後開始慢跑，喬治剛好在這時候轉頭發現我。我又給他一個歡快的大拇指，彷彿我從頭到尾都在這。

喬治終於對我心生憐憫。他發現我一拐一拐的，於是跑回來找我，同時艾格妮絲則做伸展，長腿像某種雙重關節的紅鶴般伸長。「露薏莎小姐！妳還好嗎？」至少我覺得是他，因為汗水滲入眼睛，我已經看不見了。我停下腳步，雙手放在膝上，胸口起伏。

「有什麼不對嗎？妳看起來有點臉紅。」

「有點生疏了。」我上氣不接下氣。「髖部……問題。」

「妳受過傷？妳應該先說的啊！」

「一點也不想……錯過！」我用雙手抹眼睛，但只是弄得眼睛更加刺痛。

「哪個位置？」

「左髖部。骨折。八個月前。」

他雙手放上我的髖部，前後挪動我的左腿，好感覺關節轉動。我盡量不畏縮。

「知道嗎，我不認為妳今天該繼續做任何運動。」

「但是我——」

「不，妳回頭，露薏莎小姐。」

「噢，你堅持的話我就回去了。真掃興。」

「我們公寓見。」他用力拍拍我的背，我差點沒趴倒。然後，愉快地揮手後，他們便跑遠了。

「玩得開心嗎，露薏莎小姐？」我四十五分鐘後蹣跚走進大廳時，阿榭克這麼問我。結果你還真有可能在中央公園迷路。

我停下腳步拉開汗濕貼在背上的棉衫。「棒透了。我很喜歡。」

等我走進公寓，才發現喬治和艾格妮絲比我早整整二十分鐘回到家。

高普尼克先生跟我說過艾格妮絲行程很滿。儘管他的妻子無業，也沒有孩子，她卻是我生平僅見最忙碌的人。喬治離開後我們有三十分鐘早餐時間（早餐桌已為艾格妮絲擺好，有一個蛋白煎蛋捲、一些莓果和裝在銀壺裡的咖啡；我狼吞虎嚥吃下納森留在員工廚房給我的一個瑪芬），然後半小時待在高普尼克先生的辦公室裡，和他的助理麥克（Michael）一起草擬艾格妮絲當週要出席的活動。

高普尼克先生的書房風格是講究的陽剛味：全部都是暗色木鑲板和裝滿滿的書櫃。我們圍繞咖啡桌坐在鋪厚墊的椅子上。我們身後，高普尼克先生的超大書桌上擺著一排電話和筆記紙，麥克不時向伊拉莉雅要更多她沖的美味咖啡，她也照辦，微笑只保留給他。

我們檢視各種活動的可能內容，包含一場有關高普尼克家慈善基金會的會議、週三的慈善晚宴、週四的紀念午餐和雞尾酒會、週五位於林肯中心大都會歌劇院的藝術展覽與音樂會。「算是安靜的一週。」麥克盯著他的 iPad 說道。

艾格妮絲的本日日程顯示她十點預約了做頭髮（一週三次）、牙醫（定期洗牙）、跟前同事共進午餐，還要與一名室內設計師會面。她下午四點要上鋼琴課（兩週一次）、五點半上飛輪課，之後和高普尼克先生到中城（Midtown）的一家餐廳單獨共進晚餐。我則是傍晚六點三十分下班。

艾格妮絲對這天的安排似乎頗為滿意。不過她滿意的也可能是剛剛的跑步。她已換上原色牛仔褲和白襯衫，襯衫領口露出一個大鑽石墜飾，移動時散發著低調的香水味。「看起來都很好。」她說。「好。我得打幾通電話。」她似乎預期我會知道之後該上哪找她。

「不確定的話就在門廳等。」她走開時麥克低聲對我說。他微笑，端出來的專業外表短暫消失。「我剛開始時總是搞不清楚該上哪找他們。我們的工作是在他們覺得需要我們時出現，而非，妳知道的，一路跟蹤他們到盥洗室。」他說不定沒比我年長幾歲，不過看起來就是那種打出娘胎就英俊、配好穿著、腳上鞋子完美上蠟的人。不知道全紐約是不是只有我不是這樣。「你在這裡工作多久了？」

「剛滿一年。他們不得不解雇原本的社交祕書，因為……」他停頓，似乎一時感到不自在。「呃，要重新開始之類的。過一陣子後，發現兩個人共用一個助理行不通。所以才找來妳。所以妳好啊！」他伸出手。

我跟他握手。「你喜歡這裡嗎？」

「愛死了。我永遠弄不清楚我到底比較愛誰，男或女。」他咧嘴笑。「高普尼克先生超級時尚，又好帥。高普尼克太太則是個洋娃娃。」

「你跟他們一起跑步嗎？」

「跑步？開什麼玩笑？」他聳肩。「我不喜歡流汗，除非是和納森一起。天啊，我想和他一起流汗。他是不是非常迷人？他提議幫我按摩肩膀，而我立刻陷入愛河。妳和他共事那麼久，卻沒有撲上那副可口的澳大利亞軀體，到底是怎麼做到的？」

「我——」

「別告訴我。如果妳做過，那我可不想知道。我們必須維持朋友關係。對。我需要去一趟華爾街。」他給我一張信用卡（「緊急用——她老是忘記帶自己的卡，所有帳單都直接到高普尼克先生那兒」）和一部平板電腦，並教我設定密碼。「所有妳用得到的聯絡電話都在這裡，跟日程有關的在這。」他用一根食指捲動螢幕。「每個人都有自己的顏色——妳會看到高普尼克先生是藍色、高普尼克太太是紅色、塔碧莎是黃色。她離家後我們就不再管理她的日程，不過掌握她什麼時候可能來、是不是有信託或基金會會議等共同家庭責任，還是很有幫助。我幫妳設定好私人電子郵件了，如果有所變動，妳和我要告知彼此，我們才能確認顯示在螢幕中的變化。一切都要經過覆核。行程衝突是唯一肯定會讓他大發雷霆的事。」

「好。」

「所以妳每天早上要看她的電子郵件，找出她可能想參與的活動。我會跟妳反覆查對，因為有時會有些事她拒絕，但被他推翻。所以任何東西都要留存，分成兩堆就好。」

「有多少邀請啊？」

「噢，超乎妳想像。高普尼克家基本上是最上等的人，也就是說，幾乎所有活動都會邀請他們，但他們幾乎一個也不參加。如果身為第二等人，妳會希望一半的活動都邀請了妳，而妳只要受邀就出席。」

「第三等呢？」

「不速之客，墨西哥餐車開幕也去，甚至社團活動也看得到他們。」他嘆氣。「好丟臉。」我瀏覽日程頁面，放大這週的部分，就我看來，這可真是一團混亂的彩虹大噴發。我努力不讓被嚇倒的感覺顯露在我的表情中。

「棕色的是什麼？」

「菲力（Felix）的行程。那隻貓。」

「貓也有自己的社交日程？」

「只是美容、獸醫約診、齒科保健那些。噢不，牠這週約了行為治療師。牠一定又亂大便了。」

「紫色呢？」

麥克壓低音量。「前高普尼克太太。如果妳在某個活動旁看見紫色方塊，就代表她也會出席。」他正要說些什麼，但他的手機響起。

「是，高普尼克先生……是，當然……是，我會的。馬上到。」

他將手機放回提袋中。「好啦，我得走了。歡迎加入團隊！」

「我們有多少人？」我問，但他已奔出書房，外套掛在一隻手臂上。

「兩週後會遇到第一次大紫。好嗎？我會寄電子郵件給妳。還有，出去的時候換上一般衣服！不然妳看起來會像在全食超市（Whole Foods Market）工作。」

這天在一團模糊中度過。二十分鐘後，我們走出大樓，上了一輛在外等候的車，來到幾個街口外的一家浮誇美髮沙龍，我拚命想讓自己看起來像這輩子都搭這種奶油色皮內裝黑頭車進進出出的人。我坐在沙龍的角落等，一名自己的頭髮似乎是用尺剪出來的女人替艾格妮絲洗頭、做造型，一小時後，那輛車載我們赴牙醫約診，而我又坐在等候室裡。我們去的每一個地方都寂靜、有品味，和下方街道的瘋狂景象有如天壤之別。我穿著我衣服中算是比較嚴肅的一套：印有許多錨的海軍藍短罩衫搭配條紋鉛筆裙，不過我其實無須擔心：無論到哪，我都立即化為隱形，彷彿我額頭上有「員工」字樣的紋身。我開始注意到其他私人助理，他們在外面一面踱步一面講手機，或是拿著乾洗的衣服和裝在紙板杯套裡的特製咖啡火速奔回。不知道我是不是也該替艾格妮絲買咖啡，或是裝腔作勢地畫掉清單上的代辦事項。大多數時候我都不確定自己為什麼在場。一切的運作有如與我無關的發條裝置，彷彿我只是一個人肉盔甲──艾格妮絲與之外整個世界間的攜帶式屏障。

同時間，艾格妮絲心不在焉，對著手機說波蘭話，或是要我在平板電腦筆記：「我們需要跟麥克確認李奧納的灰色西裝洗乾淨了，或許還要打電話問問列維斯基太太（Mrs. Levitsky）我的 Givenchy 洋裝──我覺得上次穿過之後我的體重應該掉了一點，她說不定可以改小一吋。」她探頭從她的超大 Prada 手提袋中掏出一排塑膠包裝的藥，丟兩顆進嘴裡。「水？」

我四處找了找，在車門置物格中找到一瓶水，扭開瓶蓋後交給她。車停下。

「謝謝妳。」

司機──一名濃密黑髮的中年男子，雙下巴隨著他移動而搖晃──下車打開她的車門。她進入餐廳後，門房像迎接老朋友般歡迎她，我原本想跟著下車，但司機關上門，把我關在後座。我在那裡坐了一分鐘，納悶著自己到底該做什麼。

我檢查手機，檢視車窗外，不知道附近有沒有三明治店。我的腳輕輕點地，終於往前靠穿過前座。「我爸以前去酒館時會把我和我妹留在車上，送可樂和一包醃洋蔥口味的怪獸脆餅出來給我們，就這樣打發我們三小時。」我用手指輕拍膝蓋。「你這會兒可能已經因為虐待兒童而惹上大麻煩囉。請注意，醃洋蔥口味的怪獸脆餅是我們絕對的最愛。一週裡最美好的一部分。」

司機沒說話。

我又往前一點，我們兩個的臉只剩幾吋距離。

「所以。這通常要多久啊？」

「要多久就多久。」後照鏡中，他躲開我的視線。

「那你從頭到尾都在車上等？」

「這是我的工作。」

我靜坐片刻，接著手伸到前座。「我是露薏莎，高普尼克太太的新助理。」

「很高興認識妳。」

他沒有轉過來，而且這幾個字是他對我說的最後話語。他將一片CD放入播放器。「Estoy perdido,」一個西班牙女人的聲音說道，「¿Dónde está el baño?」

「欸斯—拖已配壘—迪—朵。當—跌欸斯—大欸壘巴—紐。」司機複述。

「¿Cuánto cuesta?」[8]

「光—多龜欸斯—大。」他接著念出回應。

接下來的這小時，我坐在後座呆呆盯著iPad，努力不聽司機的語言練習，一面納悶我是不是也該做點有意義的事。我寫信問麥克，他只簡單回：這是妳的午餐休息時間，甜心。好好享受吧！××

我不想告訴他我沒東西吃。車上的暖意中，疲倦感再次如潮水般湧上。我頭靠在車窗上，告訴自己感覺不連貫、有如沒入深水是正常的。在妳的新世界裡，妳會有一小段時間覺得無所適從。被打出舒適圈總是令人感覺陌生。威爾最後一封信中的話語彷彿從非常遙遠的地方盪過我腦中。

接著便什麼也沒有了。

我被開門聲驚醒。艾格妮絲正爬上車，她臉色蒼白，緊咬著牙。

「怎麼了嗎？」我匆忙坐正，但她沒回應。我們在無聲中開動，車內靜止的空氣突然變得緊繃，沉甸甸的。

她轉身面對我。我連忙拿出一瓶水遞給她。

「妳有菸嗎？」

「呃……沒有。」

「蓋瑞（Garry），你有菸嗎？」

「沒有，夫人。不過可以停下來買。」

我這時發現她的手在發抖。她伸手進手提包裡拿出一小瓶藥丸，我把水遞給她。她喝了幾大口，我注意到她眼裡有淚。車子在一家 Duane Reade 藥局外停下，幾分鐘後，我發現似乎是我該下車。

「哪一種？我是說，什麼牌子？」

「萬寶路淡菸。」她輕拍眼睛。

我跳下車——欸，應該說是蹣跚下車，真的，我的腿因為早晨的跑步而僵硬——買了一包，一面想著到藥局買菸也太怪了。回到車上時，她正對著手機用波蘭話叫罵。她結束通話，打開車窗後點燃一根菸，深深吸入。她也拿根菸分我，但我搖頭。

注8　以上三句西班牙文依序為：「我迷路了」、「請問洗手間在哪？」、「多少錢？」。

「別告訴李奧納。」她的表情軟化。「他討厭我抽菸。」

我們在那兒坐了幾分鐘，引擎繼續運轉，而她短促、憤怒地一陣陣猛吸，我不禁擔心起她的肺。然後她掐滅菸蒂，因內心的狂怒而嘟起嘴，揮手要蓋瑞繼續開車。

艾格妮絲上鋼琴課時，我獲得短暫自由時間。我回到房間，原本想躺下，但擔心腿那麼僵硬，躺下去可能就起不來了，於是在小書桌旁坐下，寫了一封簡短的電子郵件給山姆，然後檢查接下來幾天的行事曆。

同時間，音樂開始在公寓內迴盪，剛開始只是音階，後來化為優美旋律。我停下來聆聽，為這聲音感到驚奇，納悶著能夠創造出這麼迷人的東西會是什麼感覺。我閉上眼，讓琴聲湧過我，回想起威爾帶我去聽我的第一場音樂會、開始強迫那世界為我而開展的那一夜。現場音樂遠比錄音立體——使內心深處的某個東西短路。艾格妮絲的演奏似乎來自某個她在面對這世界時維持封閉的部分；脆弱又甜美又美好。他會喜歡的，我心不在焉地想著，他會喜歡置身此處。就在琴聲膨脹為某種真正神奇事物的這一刻，伊拉莉雅啟動吸塵器，用一陣怒號和機器毫不留情撞上沉重家具的聲響淹沒琴聲。音樂停止。

我的手機響起。

請叫她關掉吸塵器！

我爬下床，穿過公寓，直到我找到伊拉莉雅，她剛好就在艾格妮絲的書房門外憤怒地推著吸塵器，低著頭猛力前後拉扯。我吞了口口水。伊拉莉雅有種氣質，會讓你在面對她時心生猶豫，雖然她是這個郵遞區號範圍內少數比我矮的人之一。

「伊拉莉雅。」我開口，但她並沒有停下來。

「伊拉莉雅！」我站在她面前讓她不得不注意到我。她鞋跟一踢關掉電源，怒瞪著我。「高普尼克太太問妳能否改在其他時間吸塵。她聽不見她的琴聲了。」

「不然她認為我該什麼時候打掃公寓？」伊拉莉雅啐道，音量剛好足以穿透門板。

「嗯……或許是在這天內任何不在這特定四十分鐘內的時候？」

她拉掉插頭，吵吵鬧鬧地拖著吸塵器離開。她懷抱如此怨毒怒瞪著我，我差點忍不住退後。一陣短暫的寂靜後，琴音重啟。

二十分鐘後，艾格妮絲終於現身，她斜眼看我，露出一抹微笑。

第一週一如第一天那樣忙一陣緩一陣地過去，我等待艾格妮絲的信號；以前我家那隻老狗出現漏尿問題，媽也是這樣密切關注。她需要出去嗎？她想要什麼？我該在哪？我每天早上和艾格妮絲、喬治一起跑步，大約一哩後揮別他們，一邊用手指我的髖部，然後才慢慢走回大樓。我花很多時間坐在門廳，有人經過時就熱切研究我的 iPad，這樣看起來才像我知道自己在做什麼。

麥克每天都來，並用耳語連珠炮般對我簡報。他的生命似乎都耗在疾馳於公寓與高普尼克先生位於華爾街的辦公室之間，兩支手機中的其中一支緊貼耳朵，手臂上掛著乾洗衣物，手拿咖啡。他十分迷人，臉上總是掛著微笑，只不過我壓根不清楚他到底喜不喜歡我。

我很少看見納森。他們似乎是為了將他完美嵌入高普尼克先生的行程而雇用他。他有時在清晨五點和高普尼克先生一起工作，有時候是晚上七點，沒入辦公室提供任何有必要的協助。「他們不是為了我現在做的事而雇用我，」納森解釋，「而是為了我能做的事。」他偶爾消失，後來我才知道他和高普尼克先生連夜搭噴射機去了哪裡，可能是舊金山或芝加哥。高普尼克先生患有某種關節炎，他很努力控制，因此他和納森常常一天游泳或健身數次，以補消炎藥和止痛藥的不足。

除了納森，也是每個工作日早上都來的健身教練喬治，第一週出入公寓的人還有：

清潔人員。顯然伊拉莉雅做的事（管家）和實際上的清潔有所區別。身穿制服的三女一男團隊每週來急襲公寓兩次。除了簡短討論之外，他們不說話，各自抱著一大箱環保清潔用品，三個小時後便離開，留下伊拉莉雅聞嗅空氣、不認同地用手指畫過壁腳板。

花商。固定在週一早晨開著小貨車到來，帶著插好盛開花朵的巨大花瓶，拉開戰略間距擺放在公寓的公共區域。其中好幾個花瓶如此巨大，得兩個人才搬得進來。他們總是在門口脫掉鞋子。

園丁。對，沒錯。這是第一件弄得我有點歇斯底里的事（你應該知道我們位於三樓吧？），直到我發現大樓後方的長陽臺排放了一盆盆小樹和開花植物，園丁會來澆水、修剪、施肥，完成後再度消失。陽臺確實因此而美不勝收，只是除了我之外沒人會出去。

寵物行爲治療師。一名嬌小、小鳥般的日本女性在週五早上十點現身，隔著一段距離看菲力大約一小時，接著檢查牠的食物、牠的小托盤、牠睡的地方，考問伊拉莉雅牠的行為，針對牠需要哪種玩具以及貓抓柱是不是夠高夠穩提出建議。她在場時，菲力從頭到尾都忽略她，只有帶著幾乎稱得上羞辱的熱忱舔洗屁股時除外。

食品雜貨商每週來兩次，用綠色大箱子帶來新鮮食物，並在伊拉莉雅的監督下拆開。我有天瞄到帳單：可以餵飽我全家——或許還有我家郵遞區號涵蓋範圍內一半居民——好幾個月。

這還沒算上美甲師、皮膚科醫師、鋼琴老師、負責保養和清潔車子的男人、為大樓工作的雜工，負責換燈泡或修理空調。還有一個瘦得像柴枝的紅髮女人，她會從波道夫．古德曼百貨（Bergdorf Goodman）[9]或薩克斯第五大道（Saks Fifth Avenue）[10]帶來一個又一個大購物袋，用銳利的眼睛檢視艾格妮絲試穿的所有衣物，一面說著「不行。不行。不行。噢，完美，親愛的。真美。妳想穿那件搭配我上週給妳看的 Prada 小包包。好，我們晚宴該怎麼打扮呢？」

還有酒商，以及負責掛畫的男人、清潔窗簾的女人、用看似除草機的東西擦亮主客廳拼花地板的男人，還有另外幾個人。我慢慢習慣看見我不認識的人到處走來走去。我不確定頭兩週內有沒有哪一天任一時段裡公寓裡只有少於五個人。

這裡只有名義上是戶人家，對我、納森、伊拉莉雅和團隊人數無窮無盡，從清晨到深夜在裡面遊蕩的承包商、員工、隨從而言，這裡感覺像工作場所。偶爾，高普尼克先生那些穿西裝打領帶的同事會在晚餐後接連到訪，消失在書房中，大約一小時後現身，喃喃說著要打電話到ＤＣ或東京。除了和納森共度的時間之外，他似乎永遠不會真正停止工作。就連晚餐時，他的兩隻手機也放在桃花心木桌上，隨著訊息湧入像受困的黃蜂一樣低調鳴響。

我發現自己偶爾會看著艾格妮絲在中午時關上更衣室的門——想必是她唯一能消失的地方——我會想著，這地方到底什麼時候才會只是家而已？我推斷這是他們週末都會消失的原因。除非鄉間住所也有員工。

注9　美國一家擁有百年歷史的頂級百貨公司，位於紐約第五大道。

注10　美國奢侈品連鎖百貨公司，總部位於紐約市曼哈頓中城。

「才不。那是她設法找出方法應對的一件事。」我問納森時他這麼說。「她要他把週末住所讓給前妻，作為交換，她說服他降級到海灘上一個適中的地方。三張床、一間浴室、沒有員工。」他搖頭。「因此也沒有塔兒。她可不笨。」

「你好啊。」

山姆穿著制服。我稍加心算，算出他剛值完班。他的手耙過頭髮，往前靠，彷彿想透過像素化的螢幕把我看得更清楚點。有個小聲音在我腦中說話，一如我離開後每次跟他通話時那樣，*妳爲什麼要搬到這個男人不在的一塊大陸上？*

「所以你回去工作了？」

「對啊。」他嘆氣。「不是最棒的復職第一天。」

「怎麼說？」

「唐娜（Donna）辭職了。」

我無法隱藏我的震驚。唐娜（Donna）——直腸子、搞笑、冷靜，山姆是陽的話她就是陰，她是山姆的錨、他工作時的清明之聲。他們誰少了誰都是完全無法想像的事。

「什麼？怎麼會？」

「她爸得癌症，惡性的，無法治癒。她想陪在他身邊。」

「噢，天啊。可憐的唐娜。可憐的唐娜爸爸。」

「對啊，很難熬。現在我得等等看他們找誰來跟我搭檔了。我覺得他們應該不會找個新手，因為違紀那件事。所以我猜應該是其他區的某人吧。」

我們在一起之後，山姆被叫去紀律委員會兩次。我得為其中至少一次負責，也感覺到罪惡感的反射性刺痛。「你會想念她。」

「沒錯。」他看起來有點憔悴。我想穿過螢幕擁抱他。「她救了我。」

他不輕易說出戲劇性的言論，因此這四個字更顯得辛酸。我還記得那一夜，一幕幕清晰駭人：山姆的槍傷汩汩冒血流到救護車地板上，唐娜冷靜、能幹，朝我叫喊指令，維持懸住山姆生命的脆弱細絲不斷，直到其他醫療人員終於抵達。我仍能嘗到深層、金屬般的恐懼，也還能感受到雙手沾染山姆的血是如何毫無暖意。我顫抖，將這回憶推開。我不想要山姆受其他人保護。他和唐娜是一個團隊。他們兩個永遠不會讓對方失望，而且多半還會在事後無情奚落對方。

「她什麼時候走？」

「下週。考量她家的情況，她得到特別豁免。」他嘆氣。「只能這樣囉。好消息是，妳媽邀請我週日過去吃午餐，顯然我們會吃配料全上的烤牛肉。噢，還有妳妹請我繞過去公寓一趟。別露出那種表情——她問我可不可以幫她替妳家的暖氣排氣。」

「就是這樣。你上鉤了。我家人像捕蠅草一樣逮住你了。」

「沒妳的話會很怪。」

「或許我應該回家。」

他試著拉開微笑，但沒成功。

「怎樣？」

「沒事。」

「說啦。」

「不知道耶……感覺像我剛剛失去了兩個我最愛的女人。」

我的喉嚨裡冒出一個疙瘩。他失去的第三個女人化為幽靈——他姊姊，兩年前因癌症過世——懸在我們之間。「山姆，你沒有失——」

「別理我。我那樣說並不公平。」

「我還是屬於你。只是有一段時間相隔兩地而已。」

他鼓起臉頰。「沒料到會感覺這麼糟。」

「現在我不知道該感到高興還是難過。」

「我會沒事的，只是偶爾低潮。」

我坐在那兒幾分鐘，只是看著他。「好，計畫如下。你先去餵你的母雞。因為你總是覺得看著牠們能夠平撫你的心情。而且大自然有助於釐清想法之類的。」他稍微挺直了些。「然後呢？」

「你幫自己做那道超級美味的波隆那肉醬，煮起來要花一輩子時間，加了紅酒、培根等等的那道。因為吃過真正美味的波隆那義大利麵後，幾乎不可能再感覺很糟。」

「母雞、肉醬。好。」

「然後你打開電視，找到一部真正棒的電影。可以沉浸其中的東西。不要實境秀，也不要廣告。」

「露薏莎．克拉克的夜晚療法。愈聽愈喜歡。」

「然後」——我想了想——「你想想我們只要三週再多一點點就可以見面的這件事。而那代表這個！登楞！」我將上衣拉到脖子。

事後回想，伊拉莉雅選擇在這個時候打開我房門、帶著洗好的衣物走進來真是一大憾事。她站在那兒，一隻手臂下夾著一疊毛巾，看見我裸露的乳房和螢幕上男人的臉孔時原地凍結。接著她快速關上門，一面壓低音量咕噥著。我手忙腳亂拉下衣服。

「什麼？」山姆正咧著嘴笑，努力想查看螢幕右側。「發生什麼事？」

「管家。」我拉直我的上衣。「天啊。」

山姆靠回椅背。他哈哈大笑，一手緊抓腹部，他還是有點保護那裡的傷痕。

「你不懂啦。她討厭我。」

「而妳現在成了視訊夫人。」他一面噴氣一面笑。

「我的名聲在這裡到棕櫚泉的管家社群裡都壞光光了啦。」我又哀號了一陣子，然後也開始咯咯傻笑。看到山姆笑得那麼開心，實在很難不跟著笑。

他對我露齒而笑。「好吧，小露，妳做到了。妳讓我開心了起來。」

「對你來說，壞處是那是我最後一次透過網路展現我女性的軀體。」

山姆往前靠，給我一個飛吻。「是啦，嗯。」他說。「我猜我們該慶幸不是相反的情況。」

視訊事件之後，伊拉莉雅整整兩天沒跟我說話。她會在我走進去房間時轉身，立刻找到可以讓自己忙起來的事，彷彿只是對上眼，我就可能用我對情色露奶的癖好汙染她。

在她真的用抹刀把我的咖啡推給我之後，納森問起我們之間是怎麼回事，但是我不知道該怎麼解釋才不會讓那件事聽起來更糟，於是我咕噥著洗好的衣服和為什麼我們的門上應該有鎖，希望他就這樣放過我。

4.

寄件者：BusyBeegmail.com
收件者：KatClark!@yahoo.com

嗨，妳自己才是臭男同！

（一個受人敬重的會計師，眞的該這樣對她環遊世界的姊姊說話嗎？）

我很好，多謝關心。我老闆——艾格妮絲——跟我同年，而且人眞的很好。所以那是一個額外好處。妳不會相信我要去哪些地方——昨晚我去參加一場舞會，身上那件洋裝的價格比我一個月的薪水還高哪。我感覺自己像灰姑娘，不同之處在於我有一個眞正迷人的妹妹。（沒錯，所以我得到一件新洋裝。哈哈哈哈！）

很高興湯姆喜歡他的新學校。別擔心那些麥克筆——我們總是可以重新上油漆。媽說這是他創意表現的跡象。妳知道她試圖拉爸去上夜校學習更清楚地表達自我嗎？他現在一直認爲這表示她接下來就會要他靈修了。眞不知道他從哪讀來的。他打電話給我時，我假裝她跟我說過就是這樣沒錯，現在覺得有點罪惡感，因爲他很焦慮之後得在一屋子陌生人面前把他的老傢伙拿出來。

多寫信跟我說些新聞吧，尤其是約會的部分！

想妳。

小露 XXX

PS 如果爸眞的在一屋子陌生人面前把他的老傢伙拿出來，那我什麼也不想知道。

根據艾格妮絲的社交日程，很多活動都是紐約社交行事曆的重點，不過尼爾與佛羅倫斯．史崔格的慈善基金會晚宴（Neil and Florence Strager Charitable Foundation Dinner）在接近頂峰的某處搖搖欲墜。賓客穿黃色——除非特別愛出鋒頭，否則男士在領帶變花樣就好——拍出來的照片從《紐約郵報》到《哈潑時尚》都可看見。服裝很正式，黃色令人目眩，票價一桌不到三萬美元，算是塞滿口袋的零錢而已，不過只能買到宴會廳較外圍的位置。我之所以知道這些，是因為我開始搜尋艾格妮絲會參加的每一場活動，而這是一場大活動，不只是因為準備程度（美甲師、髮型師、按摩師，還有早晨更多的喬治），也因為艾格妮絲的壓力程度。那整天，她實實在在地全身震動，對喬治大喊她做不到他開出的菜單、跑不了那麼遠。一切都不可能。喬治維持佛陀般的冷靜，說完全沒關係，他們可以走回去，散步產生的腦內啡也一樣棒。他離開時對我眨眨眼，彷彿這完全在意料之中。

或許是為了回應求救訊號，高普尼克先生在午餐時間回家，發現她把自己鎖在更衣室內。我從阿榭克那兒領回乾洗衣物，取消她的牙齒美白療程，接著坐在門廳，不確定自己這會兒該做什麼。他打開門時，我聽見她模糊的聲音：

「我不想去。」

無論她接下來說了什麼，都把高普尼克先生留在家遠超過我預期長的時間。納森不在，所以我不能跟他聊天。麥克在我身旁停下腳步，上下打量門。「他還在這？」他說。「我的追蹤器停止了。」

「追蹤器？」

「在他的手機裡。一半的時間裡，這是我唯一能找到他的方法。」

「他在她的更衣室。」我不知道還能說什麼、能信任麥克到什麼程度。不過很難忽視拉開嗓門說話的聲音。

「我不認為高普尼克太太今晚很想出門。」

「大紫。跟妳說過了。」

這時我才回想起來。

「前高普尼克太太。這以前是她的大日子，艾格妮絲也知道。現在還是。過往的所有鳥身女妖都會在，而她們可稱不上最友善的人。」

「唉，很多事都有了答案。」

「他是大贊助者，所以不能不現身，而且他也是史崔格夫婦的老朋友。不過這是他們行事曆中比較難捱的夜晚之一。去年是一場徹底毀滅。」

「為什麼？」

「噢。她像隻上屠宰場的小羊一樣走進去，」他做鬼臉，「以為他們會是她的新摯友。根據我後來聽到的消息，他們把她生吞活剝。」

我聳肩。「她不能讓他自己去就好嗎？」

「噢，親愛的，妳不知道事情在這裡是怎麼運作的。不、不、不，她非去不可。她必須掛上笑臉，而且出現在照片中。這現在是她的工作了，她自己知道。只是不會多令人愉快就是了。」

音量又提高了。我們聽見艾格妮絲抗議，然後是高普尼克先生較柔和的聲音，懇求、講道理。

麥克看著他的表。「我要回辦公室了。幫我個忙，他走的時候傳訊息給我好嗎？下午三點前，我有五十八份文件需要他簽名。愛妳！」他給我一個飛吻後便離開。

我又坐了一會兒，努力不聽從走廊傳過來的爭執聲。我瀏覽行事曆，納悶著有沒有什麼有用的事可做。菲力晃了過去，高舉的尾巴是個問號，高高在上，不受周遭人類的行為影響。

接著門打開。高普尼克先生看見我。「啊，露薏莎，可以進來一下嗎？」

我起身半走半跑到他站立的位置。跑步引起肌肉痙攣，所以動作艱難。

「妳今晚有空嗎？」

「有空？」

「參加一場活動。慈善活動。」

「呃……當然有。」我一開始就知道工時不會正常，至少這代表我不太可能碰上伊拉莉雅。我會在 iPad 下載一部電影在車上看。

「好啦。你覺得呢，親愛的？」艾格妮絲看起來似乎哭過。「她可以坐在我旁邊？」

「我會處理。」

「坐在誰旁……」

她顫巍巍地深吸口氣。「那好吧。應該吧。」

「好，好！」高普尼克看了看手機。「好，我真的得走了。七點半在大舞會廳見。如果我可以提早結束這場視訊會議，我會告訴妳。」他上前捧住她的臉，親吻她。「妳可以吧？」

「可以。」

「我愛妳，非常愛。」又一個吻，然後他便離開了。

艾格妮絲又深吸口氣。她雙手撐住膝蓋，接著抬頭看我。「妳有黃色的舞會禮服嗎？」

我呆瞪著她。「呃，沒有。其實我這身高穿禮服有點太矮。」

她上下打量我，彷彿想弄清楚我能不能穿上她的哪件衣服。我想我們兩個都知道這問題的答案。

接著她挺直身子。「打電話給蓋瑞。我們需要去一趟薩克斯。」

半小時後，我站在試衣間裡，同時兩名店員把我的胸部塞進一件無鹽奶油色的無肩帶禮服。我出言自嘲，上一次我接受這麼親密的對待時，之後就立刻討論訂婚的事。但沒人笑。

艾格妮絲皺眉。「太婚禮風，而且讓她的腰看起來很粗。」

「那是因為我的腰確實很粗。」

「我們有些修正效果非常好的內褲，高普尼克太太。」

「噢，我不確定我——」

「妳們有更五零年代風格的禮服嗎？」艾格妮絲一面滑手機一面問。「因為可以收緊她的腰，也避開身高的問題。我們沒時間討論了。」

「您的活動幾點開始，夫人？」

「我們必須七點半到。」

「我們可以及時幫您改好一件禮服，高普尼克太太。我會請泰瑞在六點為您送去。」

「那我們來試試那邊那件向日葵色的……還有那件有亮片的。」

早知道那會是我這輩子唯一一次試穿三千美元禮服的下午，我就會確保自己穿的不是上面有條搞笑臘腸狗的內褲和用安全別針扣起來的胸罩。我納悶著人在一週內可以落得對徹徹底底的陌生人袒胸露腹幾次，也納悶著她們有沒有見過像我這樣的軀體，真有肥肉的。店員太有禮貌，除了一再提出「修正型」內衣的建議之外沒加以評論，只是拿出一套又一套禮服把我塞進扯出，活像在驅趕牲口，直到坐在襯墊椅上的艾格妮絲宣告：「是了！就是這件。妳覺得呢，露薏莎？加上薄紗襯裙，長度對妳來說甚至很完美。」

我注視鏡中倒影，不確定回看著我的是誰。我的腰被內嵌的束腹收窄，胸部上托，形成完美的豐乳。禮服的顏色讓我容光煥發，長裙讓我高了一呎，看起來一點也不像我自己。而我不能呼吸這件事，則一點關係也沒有。

「我們會把妳的頭髮攏起，配上耳環。完美。」

「而且這件禮服打八折。」其中一名店員說。「每年史崔格家的活動結束後，我們的黃色產品銷量就不佳……」我幾乎鬆了一口氣。然後我凝視標籤。售價是二千五百七十五美元。一個月的薪水。我想艾格妮絲一定看見我刷白的臉了，因為她對其中一名店員揮揮手。「露薏莎，去換下來。妳有搭配的鞋嗎？我們可以跑去鞋子的樓層。」

「我有鞋子，很多鞋子。」我有雙金色緞面的舞鞋，看起來應該還可以。我可不希望帳單金額繼續變高。我回到試衣間，小心地爬出那件禮服，感覺到它昂貴的重量落在身上，穿衣服時聽見艾格妮絲在跟店員說話。艾格妮絲要來一個手提包和一些耳環，粗略一瞥後顯然感到滿意。

「記在我帳上。」

「沒問題，高普尼克太太。」

我跟她在結帳櫃檯碰頭，我們走開時，我緊抓著幾個購物袋，低聲說：「所以妳想要我格外小心嗎？」她茫然地看著我。

「我是說禮服。」

她依舊茫然。

我壓低音量。「在我故鄉，我們會把標籤藏起來，隔天就可以拿去退。妳知道的，只要沒意外灑到紅酒，菸味也不重。可能噴一下衣物芳香劑就好。」

「拿去退？」

「退給店家。」

「為什麼要退？」她問，我們爬上在等待的車，蓋瑞將購物袋放行李箱。「不用看起來這麼焦慮，露薏莎。妳以為我不知道妳的感覺嗎？我來這裡的時候一無所有。我和我朋友，我們甚至還共享衣服。但妳今晚坐我旁邊，妳必須穿好衣服。妳不能穿妳的制服。今晚妳不是員工。而我很樂意付這筆錢。」

「好。」

「妳了解，對吧？妳今晚一定不能是員工。這非常重要。」

車子緩緩在曼哈頓車陣中穿梭，我想著後車廂的巨大購物袋，被這天的走向弄得有點傻眼。

「李奧納說妳之前照顧一個後來死掉的男人。」

「對，他的名字是威爾。」

「他說妳——思慮周到。」

「我盡量。」

「也說妳在這裡誰也不認識。」

「只認識納森。」

她想了想。「納森，我覺得他是個好男人。」

「他確實是。」

她研究自己的指甲。「妳會說波蘭話嗎？」

「不會。」我緊接著補充：「但我或許可以學，如果妳——」

「妳知道對我來說什麼很難嗎，露薏莎？」

我搖頭。

「我不知道我是……」她遲疑，接著顯然決定改變話題。「今晚我需要妳當我朋友。好嗎？李奧納……他會需要工作，不停說話，跟那些男人談話。但妳會陪著我，好嗎？待在我身邊。」

「悉聽尊便。」

「然後如果有人問起，就說妳是我的老朋友，以前我待在英國時認識的。我們——我們在學校裡認識。不是我的助理，好嗎？」

「了解，學校認識的。」

她似乎滿意了，點點頭，靠回椅背，回公寓的剩下路程都沒再說話。

史崔格基金會晚宴舉辦於紐約皇宮飯店（The New York Palace Hotel），這是一個大得幾乎有點滑稽的地方：一座童話堡壘，有庭院和拱窗，穿黃水仙色絲質燈籠褲制服的僕役散布各處。這就像是他們研究過歐洲的每一座宏偉老旅館，記下華美飛簷、大理石門廊，以及繁瑣的小塊小塊鍍金，決定把所有東西加在一起、撒上迪士尼的仙女塵，把整棟建築提升到獨樹一格的誇張程度。我有點預期會看見南瓜馬車，以及紅階毯上的落單玻璃鞋。隨著我們的車停下，我凝視閃閃發光的飯店內部，閃爍的燈光、黃禮服海，幾乎想大笑了，不過艾格妮絲好緊繃，我不敢真笑出來。再加上我的馬甲有夠緊，我多半會把縫線撐爆。

蓋瑞在主出入口讓我們下車，然後將車移入滿是大型黑頭車的轉彎區。我們經過人行道上看熱鬧的群眾走進去。一個男人接過我們的外套，艾格妮絲的禮服這才首度完整亮相。

她看起來驚為天人。她穿的並不是像我一樣的一般舞會禮服，跟所有女人都不像，而是霓虹黃、結構感、拖地的筒狀結構，搭配朝頭部延伸的雕刻感肩飾。她的頭髮毫不留情地往後抓，抓得緊繃又光滑，巨大的黃鑽金耳墜從她雙耳垂下。看起來應該要超凡脫俗才是。然而在此，我的心一沉，知道這造型莫名過頭——在這旅館的舊世界輝煌中顯得格格不入。她站在那兒，而附近的人頭轉動，眉毛抬起，身穿黃絲綢與馬甲的婦女透過謹慎上妝的眼角打量她。

艾格妮絲似乎不以為意。她心不在焉地四處張望，想找到她丈夫，非得抓住他的手臂才能放鬆。有時候，我看著他們兩個在一起，當她感覺到他就在身旁，她會極其明顯地鬆一口氣。

「妳的禮服美極了。」我說。

她低頭看我，彷彿這才發現我在這。

閃光燈亮起，我看見攝影師在我們身旁移動。我退開給艾格妮絲一點空間，但那男人朝我的方向打了個手勢。「您也一起，女士。就是這樣。微笑。」她微笑，視線朝我一閃，彷彿想對自己保證我還在附近。

接著高普尼克先生出現了。他有點僵硬地走過來——納森說過他這週不太妙——親吻他妻子的臉頰。我聽見他在她耳邊說了些什麼，而她微笑，真心、無防備的微笑。他們的手短暫緊緊相握，而在那一刻，我注意到兩個人或許可能符合所有刻板印象，他們卻還是會有完全真誠的部分，彼此在場而心生欣喜。我因而突然感覺到一股對山姆的思慕，不過接著又無法想像他置身像這樣的地方，穿上綁手綁腳的無尾禮服和領結。我心不在焉地想，他不會喜歡的。

「請問大名是？」攝影師在我肩膀附近冒出來。或許是因為思念山姆我才會這樣做。「嗯。露薏莎．克拉克—菲爾汀。」我用最哽塞的上等人腔調說道。「來自英國。」

「高普尼克先生！這裡，高普尼克先生！」我退入人群中，攝影師們為他們拍合照，他的手輕輕放在妻子背上，而她抬頭挺胸，彷彿她能號令群眾。接著我看見他的目光掃過大廳找我，最後橫過大廳跟我對上眼。

他帶著艾格妮絲走過來。「親愛的，我得跟幾個人談談。妳們兩個自己進去應該沒問題吧？」

「當然，高普尼克先生。」我說得好像這是家常便飯。

「你會很快回來嗎？」艾格妮絲還是抓著他的手。

「我得跟偉恩萊特（Wainwright）和米勒（Miller）談談。我答應給他們十分鐘討論這個債券交易。」

艾格妮絲點頭，但表情透露出她並不希望他離開。她穿過大廳時，高普尼克先生靠過來對我說：「別讓她喝太多。她很緊張。」

「是，高普尼克先生。」

他點頭，似乎心事重重地看了看四周，接著轉回身對我微笑。「妳看起來很美。」說完便離開了。

舞會廳是一片黃黑雙色的海洋，人滿為患。我戴著一條黃黑雙色的串珠手鍊，這是威爾的女兒莉莉在我離開英國前送我的——只是私心裡我多想也穿上大黃蜂內搭褲啊。這些女人看起來一輩子都不曾跟她們的衣櫃共享歡樂時光。

第一件令我大感驚奇的事是她們大多數人都好瘦，塞進超小的禮服，鎖骨像安全欄杆一樣突出。斯坦福堡的女人到了一定歲數，會出現和緩向外擴張的趨勢，用羊毛衫和長套頭衫遮掩多出來的肉（「有蓋住我的屁股嗎？」），用偶爾換新睫毛膏或六週理一次髮的形式大放厥詞說要讓自己變美。在我家鄉，彷彿太過關注自己就是莫名可疑，或是暗示不健康的自我本位主義。

然而這舞會廳的女人看起來都像把自己的外表當成一份全職工作。沒有一顆頭沒做造型，沒有一隻上臂沒在嚴格的日常健身之下變得緊致。就算是看不出年齡的女人（考量她們用的肉毒桿菌和填充料量，真的很難判定），也都看似不曾聽過蝴蝶袖，更別提還讓這東西拍動。我想著艾格妮絲，她的個人健身教練、她的皮膚科醫師、她的髮型與美甲療程，心想這現在是她的工作了。她必須做那所有維護工作，她才能現身於此，並在群眾中站穩陣腳。

艾格妮絲緩緩在他們之中走動，抬著頭，對她丈夫的眾多朋友微笑；他們過來跟她打招呼、簡短對話，而我則尷尬地在背景徘徊。那些朋友總是男性。只有男人會對她微笑。女人雖然不至於粗魯得直接走開，但往往微微轉開臉，彷彿遠處有東西突然吸引她們注意，她們因此免於對上她。我們繼續在人群中走動，我走在她身後，好幾次看到某位妻子的表情一僵，彷彿艾格妮絲的出現是某種罪過。

「妳好啊。」一個聲音在我耳邊說。

我抬頭，接著踉蹌後退。威爾・崔諾站在我身旁。

5.

後來我很慶幸舞會廳裡這麼多人，因為當我撞上旁邊的男人，他直覺地伸出一隻手，轉眼間，好多隻套在晚宴服中的男性手臂把我扶正，一片臉孔之海，每個人都在微笑，一臉關切。對他們道謝、致歉的同時，我才看清我的錯誤。不，不是威爾——他只是相同髮型與髮色，皮膚也是相同的焦糖色澤。但我一定是放聲驚呼了，因為那個不是威爾的男人說：「真對不起，我嚇到妳了嗎？」

「我——不，沒有。」我一隻手貼著自己的臉頰，緊盯他的雙眼。「你——你只是長得像某個我認識的人。過去認識的人。」我感覺到我的臉刷紅，從胸口開始然後一路蔓延到髮際的那種染色。

「妳還好嗎？」

「噢，天啊。沒事。我沒事。」我覺得自己像個傻瓜，臉頰因而發熱。

「妳是英國人。」

「而你不是。」

「我甚至也不是紐約人呢。來自波士頓，喬書亞．威廉．萊恩三世（Joshua William Ryan the Third）。」他伸出一隻手。

「你甚至有跟他一樣的名字。」

「什麼？」

我跟他握手。他近看跟威爾其實並不像。他的眼睛是深棕色，眉毛比較低。但似曾相識的感覺讓我完全亂了陣腳。我把我的視線從他身上扯開，意識到自己還緊緊抓著他的手。「不好意思，我有點……」

「我幫妳拿杯酒。」

「我不能喝。我應該要陪著我——我那邊那位朋友。」

他看著艾格妮絲。「那我幫妳們各拿一杯。要再找到妳——呃——不難。」他咧嘴笑，輕碰我的手肘。他走開時我努力不盯著他看。

我走向艾格妮絲，原本在跟她說話的男人被他妻子拖走。艾格妮絲抬起一隻手，彷彿正要說些什麼回應他，卻發現自己對著一大片身穿紳士禮服的背影說話。她轉身，表情僵硬。

「不好意思，被卡在人群裡。」

「我的禮服不對，對吧？」她對我低語。「我犯了大錯。」

她發現了。在這片人體之海中，她的禮服莫名太過明亮，說是前衛，其實更偏庸俗。「我該怎麼辦？真是場災難。我必須換掉。」

我努力計算她是否可能合情合理地回家再過來。就算交通順暢，她也得離開一小時。而且總是有她可能不再回來的風險……

「不會！不是災難。一點也不。只是……」我停頓。「妳知道的，像這樣的禮服，妳必須把它表現出來。」

「什麼？」

「撐起它。頭抬高，彷彿妳一點也不在乎。」

她瞪著我。

「一個朋友教我的。我以前為他工作的那個男人。他告訴我要驕傲地展現出我的條紋腿。」

「妳的什麼？」

「他……呃，他是在跟我說，跟所有人都不一樣也沒關係。艾格妮絲，妳看起來比這裡的任何一個女人都美一百倍。妳美呆了。這件禮服非常突出。所以就讓它成為他們眼前的與眾不同吧。懂嗎？我高興穿什麼就穿什麼。」

她熱切地看著我。「妳這麼認為？」

「噢，沒錯。」

她深吸一口氣。「妳說的對。我會與眾不同。」她挺起胸膛。「而且男人根本不在乎妳穿什麼禮服，對吧？」

「完全不在乎。」

她微笑，給我一個心照不宣的表情。「他們只在乎底下的東西。」

「真是厲害的禮服，夫人。」喬書亞出現在我身旁。他遞給我們一人一個細長的酒杯。「香檳。唯一黃色的飲料是蕁麻酒，但看了就叫人莫名反胃。」

「謝謝。」我接過一杯。

他對艾格妮絲伸出手。「喬書亞・威廉・萊恩三世。」

「這個名字一定是你編出來的。」

他們一起轉身看著我。

「除了肥皂劇，沒人會真正叫這種名字。」我說完才發現，這些話應該想在心裡就好，而非放聲說出來。

「好吧。嗯。妳可以叫我喬許（Josh）。」他平和地說。

「露薏莎・克拉克。」我說完又追加：「一世。」

他略略瞇起眼。

「李奧納．高普尼克夫人，第二任。」艾格妮絲說。「不過你多半已經知道了。」

「的確。妳是八卦焦點。」他的話語有可能下得很重，但他說的時候帶有一絲溫暖。我看著艾格妮絲的肩膀略為放鬆。

喬許說，他是跟阿姨一起來的，因為姨丈去旅行，而她不想自己來。他在證券公司上班，指導管錢的人和投機性投資團體最佳風險管理方法。他說他的專長是公司股權與債務。

「我對這些是什麼意思一點概念也沒有。」我說。

「我在大多數的日子裡也跟妳一樣。」

他在放電，當然囉。不過舞會廳裡突然感覺稍微沒那麼冰冷。他來自波士頓後灣（Back Bay），剛搬到蘇活區（SoHo），住進他稱為兔籠的公寓裡，而且來到紐約後已經胖了五磅，因為城裡的餐廳實在都太棒了。他還說了很多，但我沒辦法告訴你，因為我忍不住一直注視著他。

「妳呢，露薏莎．克拉克一世小姐？妳在哪高就？」

「我——」

「露薏莎是我的朋友，只是從英國來這裡玩。」

「妳覺得紐約怎麼樣？」

「我很喜歡。」我說。「我不覺得我的腦袋曾經停止打轉。」

「而黃色舞會是妳的第一個社交活動。嗯，李奧納．高普尼克夫人二世，妳從不做小事。」第二杯香檳緩和了這個夜晚，時光飛逝。

晚宴時，我被安排坐在艾格妮絲和一個男人之間。那男人沒告訴我他的姓名，而且只跟我說過一次話，注視我的胸部問它們都認識哪些人，得知少得不能再少之後便轉身背對我。遵照高普尼克先生的叮囑，我密切觀察艾格妮絲喝了些什麼，發現他看著我時，我把她裝滿的杯子跟我幾乎已經空了的杯子交換，他隱約微笑表示認可，我感覺如釋重負。艾格妮絲跟她右手邊的男士說話時音量太大，笑聲有點太高亢，手勢急促興奮。我看著同桌的其他女人，她們全都四十歲以上，看見她們看她的方式，視線沉重地滑向彼此，彷彿藉此確認某些暗中傳遞的惡毒評價。真可怕。

高普尼克先生坐在桌子的另一邊，從他的位子無法觸及她，然而甚至當他微笑、握手、表面上看似地球上最放鬆的人，我仍看見他的目光頻頻掃向她。

「她在哪？」

我湊近好聽清楚艾格妮絲在說什麼。

「李奧納的前妻。她在哪？妳得找出來，露薏莎。我在知道之前沒辦法放鬆。我能夠感覺到她。」

大紫。「我查一下座位表。」我從餐桌告退。

我站在餐廳門口旁的巨大印刷告示旁，上面密密麻麻印了大約八百個名字，而我甚至不知道前任高普尼克夫人是否仍冠夫姓。我低聲咒罵，這時喬許剛好出現在我身後。

「找人嗎？」

我壓低音量。「我需要找出前任高普尼克夫人的座位。你會不會剛好知道她是不是用自己原本的名字？艾格妮絲想……了解一下她在哪。」

他皺眉。

「她有點壓力。」我補充。

「可惜我不知道。不過我阿姨可能知道，她誰都認識。在這裡等。」他輕碰我光裸的肩膀，而後大步走進餐廳，我則是努力重整表情，好讓自己看起來像正在查看告示以確認幾個熟朋友是否出席，而非某個肌膚剛剛染上一抹意外粉紅的人。

他不到一分鐘就回來了。

「她還是冠夫姓。」他說。「南希阿姨覺得好像有在拍賣桌看見她。」他一根修過指甲的手指畫過名單。「這裡，一四四桌。我走過去檢查過，有個女人跟描述中的她相符。五十幾歲、深色髮、香奈兒晚宴包裡射出毒箭？他們盡可能把她放在離艾格妮絲最遠的位置了。」

「噢，感謝天。」我說。「她一定會覺得很放心。」

「她們可以很嚇人，這些紐約已婚婦女。」他說。「艾格妮絲想保護自己完全情有可原。英國社交界也這麼凶殘嗎？」

「英國社交界？噢，我不——我對社交活動沒什麼興趣。」

「我也是。說實話，我下班後總是筋疲力竭，大多數時候唯一能做的事只有拿起外賣菜單。妳的工作是什麼，露薏莎？」

「呃……」我突兀地看了看手機。「噢，天啊。我得回去找艾格妮絲了。」

「妳離開前我還會再見到妳嗎？妳在哪一桌？」

「三十二。」我在想出不該告訴他的理由前就脫口而出。

「那待會兒見囉。」喬許的微笑讓我短暫一怔。「我是想告訴妳，順帶一提，妳很美。」他往前靠，壓低音量，因此他的聲音在我耳裡微微隆隆震盪。「比起妳朋友穿的，我其實更喜歡妳的禮服。妳拍照了嗎？」

「拍照？」

「來。」他舉起一隻手。我還沒來得及弄清楚他想做什麼，他已經拍下一張我們的合照，兩顆頭只相隔幾吋。「好啦。告訴我妳的電話號碼，我把照片傳給妳。」

「你想傳一張你和我的合照給我。」

「察覺我別有用心了嗎？」他露齒而笑。「那好吧，我自己保留。全場最美女孩的紀念。除非妳想刪掉。來，想刪就刪。」他遞出手機。

我凝視照片，手指在刪除鍵上徘徊，最後還是退開。「刪掉剛認識的人好像很無禮。不過，嗯……謝謝你……幫我偷偷調查桌次。你人真好。」

「我的榮幸。」

我們對彼此咧開嘴笑，而我在開口說更多之前便跑回自己的桌子。

我把好消息告訴艾格妮絲——她聽完嘆出一口氣——然後坐下吃了一點冷掉的魚，一面等我的腦袋停止嗡嗡響。他不是威爾，我告訴自己。他的聲音不對，眉毛也不對。他是美國人。不過他的舉止中有一種感覺——結合敏銳智慧的自信、表明無論你出什麼招他都能應付的態度，還有他看著你的方式，讓我感覺被掏空。我回頭看，想起我沒問喬許他坐哪一桌。

我看向右，艾格妮絲正熱切注視著我。

「露薏莎？」

「我需要去洗手間。」

我花了一分鐘才想起這代表我也該跟著去。

我們穿過一張張桌子緩緩朝女用盥洗室走去，同時我努力不左右張望找喬許。艾格妮絲走動時，所有目光都落在她身上，不單因為她身上禮服鮮明的色彩，也因為她有一種吸引力，不知不覺吸住所有人的視線。她前進時揚起下巴、抬頭挺胸，一位女王。

我們一走進盥洗室，她立刻癱進角落的躺椅，示意我給她一根菸。「天啊，這一晚。我們不趕快離開的話我可能會死掉。」

服務員——六十多歲的女人——看到菸揚起一邊眉，但隨即別開頭。

「呃——艾格妮絲，我不確定這裡可以抽菸。」

她無論如何還是要抽。或許當你成了有錢人，你就不管其他人的規則了。畢竟他們能把她怎麼樣——趕出去？

她點菸、吸氣、解脫地嘆氣。「嗯。這禮服穿起來好不舒服，丁字褲像起司鋼線切刀一樣一直在切我，妳懂嗎？」她在鏡子前扭動，拉高裙子，用一隻美甲過的手在底下翻弄。「應該乾脆別穿才對。」

「但妳應該感覺還好吧？」我問。

她對我微笑。「我覺得很好。今晚遇到一些很不錯的人。喬許人很好，還有坐在我另一邊的彼得森先生也非常友善。沒那麼糟。說不定有些人終於接受李奧納換新妻子了。」

「他們只是需要一些時間。」

「拿著。我要尿尿。」她把抽一半的菸交給我，走進一間廁所。我用兩根手指夾住菸，彷彿那是一根仙女棒。盥洗室服務員和我看了看彼此，她聳肩，像是在說妳還能怎樣？

「我的天啊。」艾格妮絲在廁所裡說。「我需要整件脫掉。完全拉不上來。妳得幫我拉開後面的拉鏈。」

「好。」服務員兩邊眉毛都揚了起來。我們兩個努力壓抑不笑出來。

兩個中年婦女走進盥洗室，不認同地看著我手上的菸。

「問題在於，珍，他們就像是陷入瘋狂。」她們其中之一說，一面在鏡子前停步檢查頭髮。我看不出有什麼必要：她上了超重的髮膠，就算遇上十級颶風，我也不確定她的頭髮會不會被吹開。

「我知道。我們看過一百萬次了。」

「不過一般而言，他們至少該得體一點，慎重處理。這就是凱瑟琳（Kathryn）這麼失望的原因。欠缺斟酌。」

「對。如果至少是個稍微有點格調的人，對她來說會好過許多。」

「可不是嗎。他一直表現得很陳腔濫調。」

說到這，兩個女人的頭一起轉向我。

「露薏莎？」廁所內傳來模糊的聲音。「妳可以過來這裡嗎？」

這時我知道她們在說誰了，光看她們的表情就知道。

一陣短暫沉默。

「妳應該知道這是個禁菸場所吧。」其中一個女人尖銳地說。

「是嗎？真抱歉。」我將菸在水槽摁熄，再開水沖過菸頭。

「可以幫我一下嗎，露薏莎？我的拉鏈卡住了。」

她們知道了。她們拼湊出當下是什麼情況，表情變得僵硬。

我從她們旁邊走過，輕敲兩下廁所門，她開門讓我進去。

艾格妮絲穿著胸罩站在那兒，筒狀黃色禮服卡在腰際。

「怎麼——」她開口。

我把手指舉到唇邊，無聲指指門外。她仔細查看，彷彿能夠看穿門，接著做了個鬼臉。我把她轉過身。拉鍊拉到三分之二的位置，在她腰際卡住。我試了兩三次，然後從晚宴包裡拿出手機打開手電筒，想弄清楚到底為什麼拉不上去。

「妳修得好嗎？」她低聲問。

「努力中。」

「妳必須修好。我不能在那兩個女人面前像這樣出去。」

艾格妮絲穿著布料稀少的胸罩站在離我只有幾吋的地方，蒼白的肉體散發昂貴香水的陣陣暖意。

我試著調整位置，斜眼查看拉鏈，但實在沒辦法。她需要空間脫掉這玩意兒，我才能仔細研究那條拉鍊，或是我就是沒辦法把拉鍊拉起來。我看著她，聳聳肩。她有一瞬間看起來痛苦萬分。

「我不覺得我有辦法在這裡處理，艾格妮絲。空間不夠，而且我看不到。」

「我不能這樣出去。她們會說我是個蕩婦。」她雙手飛掩住臉，一副生無可戀的樣子。

外面那陣壓迫的沉默告訴我，那兩個女人正在等我們的下一步，甚至連做做樣子進廁所也沒有。我們被困住了。我後退站定，搖搖頭，動腦思考。接著冒出一個點子。

「獨樹一格。」我低語。

她瞪大眼。

我從容地注視她，微笑對她點點頭。她皺眉，接著表情放鬆。

我打開廁所門，退開。艾格妮絲深吸口氣，挺直背，接著大步從兩個女人身旁走過，彷彿後臺的超模，禮服上身褪至腰間，胸罩只是兩塊精巧的三角形，僅勉強遮住底下蒼白的乳房。她站在盥洗室中央，彎腰好讓我小心地從她頭頂脫下那件禮服。接著她站直，除了兩小塊蕾絲之外未著寸縷，完美展現出顯而易見的滿不在乎。我不敢看她們的臉，不過當我把黃色禮服披在我的一隻手臂上時，聽見戲劇化的吸氣聲，感覺到空氣中的反彈。

「喲，我——」其中一個女人開口。

「需要縫紉包嗎，女士？」服務員出現在我身旁。她動手打開小縫紉包，同時艾格妮絲優雅地在躺椅坐下，蒼白長腿端莊地從椅側伸展。

又兩個女人走進來，看見穿著內衣的艾格妮絲，她們的談話戛然而止。其中一人咳嗽，接著她們刻意調開視線，結結巴巴另開無聊的聊天主題。艾格妮絲安坐在那張椅子上，看似無憂無慮。

服務員遞給我一個別針，我利用尖銳那端勾住纏入拉鍊的一小條線，輕輕拉扯後終於解開，拉鍊又拉得動了。「搞定！」

艾格妮絲起身，牽住服務員伸出的手，優美地踏回黃色禮服中，我們兩個則將禮服拉起。禮服回到正確位置後，我平穩拉上拉鍊，直到將她包覆住，禮服的每一寸都緊貼著她的肌膚。她往下沿她那雙彷彿無窮無盡的長腿撫平裙身。

服務員拿出一瓶噴霧髮膠。「來，」她低聲說，「請讓我幫忙。」她傾身朝接合處快速一噴。「這樣就不會輕易下滑。」

我對著她眉開眼笑。

「謝謝妳，妳人真好。」艾格妮絲說。她從晚宴包中抽出一張五十美元鈔票交給女服務員，接著微笑轉身面對我。「露薏莎，親愛的，回我們的桌子了嗎？」說完，艾格妮絲高傲地對那兩個女人輕輕點頭，高抬下巴緩緩走向門。

盥洗室內寂靜無聲。然後服務員轉向我，咧嘴笑著把鈔票收進口袋。「嘿，那，」她的聲音突然清晰可聞，「才是格調。」

6.

隔天早上喬治沒來。

沒人告訴我。我穿著運動短褲坐在門廳，眼睛迷濛又乾澀，到七點半才發現一定是取消了。

艾格妮絲過九點才起床，伊拉莉雅為此頻頻不認同地咂嘴看鐘。她傳訊息要我取消今天的所有約會。不過早晨過了差不多一半時，她又說想到湖邊散步。這天微風吹拂，我們雙手插口袋，走動時圍巾在我們的下巴附近飄揚。我整晚都想著喬許的臉。我還是覺得無所適從，發現自己懷疑起還有多少酷似威爾的人此時此刻正在不同國家走來走去。喬許的眉毛比較濃，眼珠顏色不同，口音也明顯與威爾相異。但還是一樣。

「妳知道我以前和我朋友們宿醉時都做什麼嗎？」艾格妮絲打斷我的思緒。「我們會去葛梅希公園（Gramercy Park）附近的一家日本餐廳吃麵，然後沒完沒了地聊天。」

「那我們也去。」

「去哪？」

「那家麵店。我們可以沿路接妳朋友。」

希望在她臉上一閃而逝，接著她踢一顆石頭。「現在不行，不一樣了。」

「沒必要搭蓋瑞的車。我們可以搭計程車。我是說，妳可以穿便服，直接露面。不會有事的。」

「跟妳說過，已經不一樣了。」她面對我。「我也試過這些事，露薏莎。試了一陣子。不過我的朋友會好奇，她們想知道有關我現在生活的一切。不過當我告訴她們真實情況，又變得……很怪。」

「很怪？」

「我們原本是一樣的，妳知道吧？現在她們說我永遠不會了解她們的問題，因為我變成有錢人。我好像就不能有問題了。不然就是她們在我身旁時表現得很怪，彷彿我是不同的人。像是我生命中的好事是在羞辱她們的人生。妳覺得我可以對沒自己房子的人抱怨管家嗎？」

她在小徑上停下腳步。「我剛嫁給李奧納時，他給我一筆錢，結婚禮物，這樣我就不需要常常跟他要錢。我分了一些給我最好的朋友寶拉（Paula）。我給她一萬元讓她還清債務、重新開始。她剛開始好高興。我也好高興！為我的朋友付出！她就跟我一樣，再也不用煩惱！」她的聲音轉為傷感。「後來……後來她不想再見到我。她變了，總是忙得沒時間跟我見面。我慢慢了解，她因為我幫助她而怨恨我。她不是故意的，只是現在每當她看見我，她只會覺得自己對我有所虧欠。但她又很驕傲，非常驕傲。她不想帶著這種感覺過活。所以……」——她聳肩——「她不跟我吃午餐，也不接我的電話。我因為錢而失去我的朋友。」

「問題就是問題，」我慢慢弄懂原來她期待我說些什麼，於是開口，「是誰的問題都沒差。」

她閃到一旁躲開一個騎踏板車的幼兒，視線追著不放，若有所思，接著轉向我。「妳有菸嗎？」

我可學會了。我從背包拿出一包菸給她。真不知道是不是該鼓勵她抽菸，但她可是我老闆。她抽了一口，吐出長長一縷煙。

「問題就是問題。」她緩緩重複。「妳也有問題嗎，露薏莎．克拉克？」

「我想念我男朋友。」這麼說主要是為了讓我自己安心。「除此之外，我不算有問題耶。這……很棒。我在這裡很快樂。」

她點頭。「我以前也有這種感覺。紐約！總是有新鮮事可看。總是令人興奮。現在我只是……

我想念……」她沒說出來。
有一瞬間，我覺得她雙眼盈滿淚水，但她隨即平靜下來。
「妳知道她恨我吧？」
「誰？」
「伊拉莉雅。那個女巫。她是另一個人的管家，李奧納不願意開除她。所以我擺脫不了她。」
「她可能會慢慢喜歡上妳。」
「她可能會慢慢在我的食物裡加砒霜。我看見她看我的眼神了。她希望我死掉。妳知道跟一個希望妳死掉的人一起生活是什麼感覺嗎？」
我自己也挺怕伊拉莉雅的，但我不想說出來。我們繼續走。「我曾經為一個我頗確定一開始很討厭我的人工作。」我說。「後來我慢慢弄清楚其實那跟我一點關係也沒有。他恨的是他的人生。隨著我們愈來愈了解彼此，我們開始處得很不錯。」
「他有沒有不小心把妳最好的襯衫燒焦？或是在妳的內衣褲放他明知道會害妳的小妹妹發癢的洗衣劑？」
「呃——沒有。」
「還是準備妳跟他說過五十次妳不喜歡吃的食物，弄得好像妳總是在抱怨？還是到處亂說話，把妳講得像個妓女？」
我的嘴巴從頭到尾像金魚一樣開開的。我閉上嘴，搖搖頭。
她撥開臉上的頭髮。「我愛他，露薏莎。但活在他的人生裡難如登天。我的生活難如登天……」她又讓話尾淡去。
我們站在那兒看著小徑上人來人往：溜直排輪的人、還在用輔助輪騎腳踏車的小孩、手勾手的伴侶、戴太陽眼鏡的警察。溫度下降，我穿著運動服，不由自主一陣顫抖。

她嘆氣。「好吧，我們回去。我們來看看女巫今天又毀掉哪一件我最愛的衣服。」

「不。」我說。「我們去吃麵。至少可以做到這樣吧。」

我們搭計程車到葛梅希公園，來到一棟位於陰暗小街的赤褐色砂石建築，這地方看起來骯髒得足以藏匿某些可怕的腸內寄生蟲。不過我們似乎一抵達，艾格妮絲就變得更加有光采。我付計程車費用時，艾格妮絲已蹦蹦跳跳走上前階，進入沒開燈的屋內。一名日本女孩從廚房出來，立即伸出雙臂環住艾格妮絲擁抱她，彷彿她們是老朋友了。然後她握著艾格妮絲的手肘，就是要問清楚艾格妮絲都去哪了。艾格妮絲脫下便帽，含糊地低聲說她一直都很忙，結了婚、搬了家，但從頭到尾沒說清楚她的處境究竟有多大轉變。我注意到她手上戴著婚戒，而非大得肯定得用上三頭肌的訂婚鑽戒。

我們滑入塑膠貼面的雅座時，感覺像我對面坐了一個截然不同的女人。艾格妮絲風趣、活潑、而且吵鬧，時時爆出咯咯笑聲，我看出這才是高普尼克先生愛上的人。

「所以你們是怎麼認識的？」我們咂咂有聲地大啖滾燙的拉麵。

「李奧納嗎？我是他的按摩師。」她停頓，彷彿在等待我震驚的反應，但我並沒有，於是她低下頭接著說：「我在瑞吉飯店工作（St. Regis），他們每週都派按摩師到他家，通常是安德烈（André）。他很厲害。不過安德烈那天生病，他們要我代班。我心想，噢，不，又是華爾街的傢伙。他們都，應該說其中大多數都滿嘴胡扯，妳知道嗎？他們甚至沒把人當人看，從不費心打招呼、不說話……還有些人，他們要求……」她放低音量，「……快樂收尾。妳知道『快樂收尾』嗎？把人當妓女。噁。不過李奧納很親切。他跟我握手，我一進去先問我要不要喝英國茶。我幫他按摩時他好快樂。而且我感覺得出來。」

「感覺得出什麼？」

「她從來不碰他。他的妻子。妳可以透過碰觸一具軀體感覺出來。她冷感，冷感的女人。」她垂眼。「而且他有時候承受極大痛苦。他的關節很痛。這時候納森還沒來。找納森是我的主意。幫助李奧納維持體態和健康？總之。我真的很努力好好為他按摩。我超時工作，聆聽他的身體對我說什麼。按摩完他很感謝我，又跟我約下一週的按摩。安德烈當然不高興，但我能怎樣。後來變成我一週去他的公寓兩次。有時候按摩完他會問我要不要喝英國茶，我們會聊天。然後……嗯，很艱難。因為我知道我快愛上他了。但我們不能這樣。」

「像醫師和病患。或是老師。」

「沒錯。」艾格妮絲停下來，將一個餃子放進嘴裡。沒看過她吃這麼多。她嚼了幾分鐘。「但我無法停止想著這個男人。如此哀傷、如此柔軟，而且如此寂寞！最後我告訴安德烈他必須去。我再也沒辦法去了。」

「然後呢？」我停止吃東西。

「李奧納跑來我家！在皇后區耶！他不知道怎麼弄到我家地址，他那輛大車就這樣開到我家。我朋友和我坐在逃生梯抽菸，我看見他下車，他說：『我想跟妳談談。』」

「就跟《麻雀變鳳凰》一樣。」

「對！然後我下去人行道，他氣死了。他說：『我哪裡冒犯了妳嗎？我對妳不好？』我只是搖頭。然後他走來走去，又說：『妳為什麼不來？我不想要安德烈了。我想要妳。』然後，我像個傻瓜一樣哭了起來。」

就在我看著的當下，她的眼眶湧出淚水。

「我日正當中的在街上哭了起來，朋友還在旁邊看著。我說：『我不能告訴你。』他生起氣來，想知道他妻子是不是對我沒禮貌，或是工作上發生什麼事。後來我終於告訴他：『我不能去，因為我喜歡你。我非常喜歡你。而這非常不專業，我有可能失去這份工作。』然後他看著我一會兒，沒說話，什麼話也沒說。然後他回到車上，司機就把他載走了。我想，噢，不。這下我永遠見不到這男人了，而且也失去這份工作了。隔天去上班時，我好緊張。好緊張呢，露薏莎，還胃痛！」

「因為妳以為他會跟妳老闆告狀。」

「沒錯。但妳知道我到的時候發生什麼事嗎？」

「什麼？」

「超大一束紅玫瑰在等著我。我沒見過更大的花束了，還搭配美麗的香氛天鵝絨玫瑰。柔軟得讓妳忍不住想摸。沒有署名，但我立刻知道是誰。接下來每天都有一束新的紅玫瑰。我們的公寓被玫瑰淹沒，我朋友說那味道弄得她們都想吐了。」她笑了起來。「到了最後一天，他又來我家，我下樓，他請我跟他一起上車。我們坐在後座，他請司機到處繞繞，然後跟我說他很不快樂，自從我們第一次見面，他就無法停止想我；我只要說一個字，他立刻離開他妻子，我們就可以在一起了。」

「你們甚至連親吻都還沒親過嗎？」

「什麼也沒有。我當然按摩過他的屁股，但那不同。」

她吐出一口氣，回味著那段回憶。「而我知道。我知道我們必須在一起，因此我說了。我說，好。」

我呆若木雞。

「那晚他回家告訴他妻子他想離婚。她大發雷霆。大發雷霆。她問為什麼，他說他不能繼續活在無愛的婚姻中。那晚他從旅館打電話給我，要我過去，那是麗池卡爾頓酒店（Ritz-Carlton）。妳住過麗池嗎？」

「呃——沒有。」

「我走進去，而他就站在門邊，像是緊張得坐不住，然後他說他知道自己很老套，對我來說太老，而且身體也深受關節炎之苦，不過如果我有那麼一絲可能真想跟他在一起，只要我快樂，要他做什麼他都願意。因為他對我們有種感覺，妳懂嗎？我們是靈魂伴侶。接著我們擁抱，也終於親吻，然後整夜沒睡聊個不停，聊我們的童年、我們的生活、我們的希望和夢想。」

「沒聽過比這更浪漫的故事了。」

「然後我們做愛，當然囉，而且我的天啊，我感覺得出來這男人凍結好幾年了，妳懂吧？」

聽到這裡，我對著桌子咳出一小條拉麵。再抬頭時，附近桌子的好多人都在看我們。

艾格妮絲的音調變得高亢，在空中比手畫腳。「妳絕對無法相信。像是他有一種飢渴，像是這麼多年來累積的飢渴就這麼在他全身悸動。悸動！第一晚他完全無法滿足。」

「好。」我尖聲說，一面用餐巾紙抹嘴。

「像是魔法，我們的身體相觸。之後我們擁抱了好幾個小時，我用我的全身包覆住他，他的頭放在我胸口，我答應他他永遠不必再凍結。妳懂嗎？」

餐廳裡鴉雀無聲。艾格妮絲身後，一個穿連帽上衣的年輕男人對著她的後腦目瞪口呆，正要舉到嘴邊的湯匙停在半路上。他發現我在看，匡啷一聲放下湯匙。

「真——真是個美好的故事。」

「他遵守承諾。他說的每件事都是真的。我們在一起很快樂。好快樂啊。」她的表情略略一沉。「不過他女兒討厭我，前妻也討厭我。儘管她不愛他，她還是把一切都怪到我頭上。她告訴所有人我偷走她丈夫、我是個壞人。」

我不知道該說什麼。

「每週我都得參加這些募資活動和雞尾酒之夜，微笑假裝我不知道她們都是怎麼說我的。這些女人看我的眼神。我不是她們所說的那種人。我會說四種語言，會彈鋼琴，拿到治療按摩的特殊文憑。妳知道她會說什麼語言嗎？偽善的語言。很難假裝妳不會痛，妳懂嗎？像是妳一點也不在乎？」

「隨著時間過去，」我滿懷希望地說，「人會變的。」

「才不會。我不覺得有可能改變。」

艾格妮絲短暫露出愁悶的表情，接著聳聳肩。「不過往好處想，她們都很老，說不定有些人很快就死掉。」

那天下午，趁著艾格妮絲睡午覺、伊拉莉雅在樓下忙，我打電話給山姆。我的頭仍因為前一晚的活動和艾格妮絲的信任而暈眩，感覺像我不知怎地搬進了一個新宇宙。我覺得比起助理，妳更像我的朋友，我們走回公寓的路上她這麼對我說。有個能夠信任的人感覺很好。

「收到妳的照片了。」那裡是晚上，他的外甥傑克（Jake）到他家過夜。我能在背景聽到他的音樂。他把嘴靠得離手機更近一點。「妳看起來很美。」

「我這輩子不會再穿像那樣的禮服了，不過整件事還是很令人驚奇，食物、音樂、舞會廳……最怪的是，那些人甚至都沒注意，他們對身旁的事物視而不見！有一整面用梔子花和彩色小燈串打造出來的牆。我是說一面超大的牆喔！還有最驚人的巧克力甜點——方形翻糖蛋糕，上面有白巧克力羽毛，外面是迷你松露巧克力，但每個女人都沒吃。都沒吃！我繞所有桌子數過，只是檢查。我有點想拿些松露巧克力放進我的小手袋，但覺得應該會融化。打賭他們一定全部丟掉吧。噢，而且每桌各有不同裝飾品——黃色羽毛做成的不同鳥類造型。我們那桌是貓頭鷹。」

「聽起來是個很棒的夜晚。」

「有一個酒保會根據你的性格調雞尾酒，只要告訴他有關你自己的三件事，他就能做出來。」

「他也有幫妳做嗎？」

「沒。跟我聊天的一個傢伙拿到鹹狗（Salty Dog），我怕我拿到亡者復甦（Corpse Reviver）或滑溜乳頭（Slippery Nipple）之類的，所以只喝香檳。只喝香檳！我居然說出這種話。」

「跟妳聊天的傢伙是哪位呀？」

他問出口前只有一陣最最輕微的停頓，而討厭的是，我回應前也有一陣最最輕微的停頓。「噢……就是一個傢伙……喬許。一個西裝男。他陪我和艾格妮絲等高普尼克先生回來。」

又一陣停頓。「聽起來很棒。」

我說話開始變得又急又含糊。「最棒的是，你永遠不必擔心怎麼回家，因為外面總是有車在等。就算他們只是去購物。司機就停在外面等，或是開過街角，然後你走出去，登愣！你的閃亮黑頭車就在那。爬上車，把所有購物袋放到行李廂，只不過他們是稱為後車廂。沒有夜間巴士！沒有人對著你鞋子嘔吐的深夜地鐵。」

「上等人生，嗯？妳不會想回家了。」

「噢，不。這又不是我的人生。我只是隨從而已。不過能近距離看還是很有意思。」

「我得走了，小露。答應傑克要帶他去吃披薩。」

「但是──但是我們難得有機會聊天。你過得怎麼樣？跟我說說你的新鮮事嘛。」

「改天吧。傑克餓了。」

「好！」我的音調太過高亢。「幫我跟他打招呼。」

「好。」

「我愛你。」我說。

「我也愛妳。」

「再過一週！倒數計時囉。」

「得掛了。」

放下手機時，我覺得異樣地倉皇失措，不太懂剛剛發生了什麼事。我動也不動地坐在床緣，然後看著喬許的名片。我們離開時他給我的，他把名片壓入我掌中、合起我的手指包住名片。

打電話給我，我帶妳去些厲害的地方。

我當時收下名片，禮貌地微笑。當然了，那可能代表任何意義。

7.

狐狸小屋

十月六日，週二

親愛的小露，

希望妳一切都好，並享受妳在紐約的時光。我相信莉莉正在寫信給妳，不過我們上次談完後我一直在思考，我去閣樓看了一下，找出一些威爾在城裡時寫的信，我想妳應該會喜歡。妳知道他有多熱衷旅行，我想妳或許會有興趣重溯他的腳步。

我自己也讀了一些；眞是又苦又甜的體驗。在我們下次見面之前，這些信就放妳那兒吧。

最誠摯的祝福，

卡蜜拉．崔諾

紐約

二〇〇四年十二月六日

親愛的媽媽，

我原本想打電話，不過時差跟這裡的行事曆搭不太起來，所以我打算用寫信嚇妳一跳。我想應該是小修道院莊園（Priory Manor）那段短暫時光後第一次寫信吧。我天生不是念寄宿學校的命，對吧？紐約非常棒，不可能不受這地方的活力鼓舞。我每天早上五點半就起床出門了。我的公司位於曼哈頓金融區的石頭街（Stone Street）。奈吉爾（Nigel）幫我弄了一間辦公室（不是邊間，不過有很不錯的河景——顯然在紐約就是用像這樣的東西評價一個人），同事似乎是一群好人。告訴爸上週六我跟我老闆和他夫人去大都會看了一場歌劇——《玫瑰騎士》（Der Rosenkavalier），有點過頭——妳應該會很高興我去看了一場《危險關係》（Les Liaisons dangereuses）的表演。很常跟客户共進午餐，很常舉辦公司壘球賽。晚上就平靜多了：我的新同事大多已婚，小孩都還小，所以只有我獨自流連酒吧……

我跟幾個女孩出去過——都沒認真（這裡的人似乎把「約會」當成打發時間的消遣）——不過我空閒時大多在健身房，或跟老朋友在一起。這裡好多人都來自西普門斯（Shipmans），還有幾個是學校認識的朋友。到頭來還是一個小世界……不過他們之中大多數人在這裡都很不一樣，比我記憶中強硬、飢渴。我想，這城市從你內召喚出那樣的東西。

對！今晚要跟亨利．方斯沃（Henry Farnsworth）的女兒約會。還記得她嗎？斯坦福堡小馬俱樂部的大人物？把自己重新打造爲某種購物大師。（別抱什麼期望，我只是在幫亨利忙。）我要帶她去我最愛的牛排館，位於上東區（Upper East Side）：跟高卓人[11]的毯子一樣大的厚片牛排。希望她不是

注11　Gaucho，拉丁美洲草原民族。

素食主義者。這裡的每個人好像都各有某種飲食流行。

噢，上週日我依照妳的建議搭F線在布魯克林橋的另一端下車，再回頭散步過橋。目前爲止做過最棒的事。感覺像走進一部伍迪．艾倫早期的電影——妳知道的，他跟他的女主角只差十歲的那些……

……

告訴爸我下週會打電話給他，然後幫我抱抱狗。

愛你的威廉

吃下那碗廉價拉麵後，我跟高普尼克家之間的關係產生一點變化。我更清楚體認到我能夠輔佐艾格妮絲的新角色。她需要一個能夠倚賴與信任的人。這，以及紐約詭異的滲透性活力，代表從此開始，我毫不誇張真的每天早上彈下床；自從替威爾工作後就不曾這樣了。弄得伊拉莉雅老事對我咂嘴、翻白眼，納森也斜眼看我，一副我可能開始嗑藥了的樣子。

但這很簡單。我想做好我的工作。我想盡可能充分利用我在紐約的時間，為這些了不起的人工作。我想吸盡每一天的精髓，就跟威爾一樣。我一次又一次重讀第一封信，一旦克服聽見他聲音的詭異感，我感覺到跟他有種奇異的相似性，我們都是剛來到這城市的新手。

我把我的遊戲升級。我每天早上跟艾格妮絲、喬治一起跑步，有幾天甚至撐完全程沒想吐出來。

我慢慢知道艾格妮絲的例行公事會去哪些地方、她可能會需要帶哪些東西、穿什麼、帶什麼回家。她到之前我就在走廊準備妥當了，幾乎每次她察覺自己想要前，我就已經幫她準備好水、菸或綠色果汁。當她需要去那些可怕已婚婦女也可能出現的地方吃午餐時，我會事先準備笑話，幫助她擺脫焦慮；我還會用手機傳動態圖給她，像是放屁的熊貓或是人從彈簧墊摔下來之類的，幫助她在吃飯的過程中提振精神。之後，我會坐在車上聽她哭訴她們又對她說了什麼或是沒說什麼，同情地點頭或附和，對，她們眞是令人難以忍受的刻薄生物，乾得像木棍，一點感情也沒有。

有時候艾格妮絲有點說太多李奧納那副無比美麗的軀體，還有身為愛人時那許許多多出—嗚—色的技巧，我變得很擅長維持撲克臉；她教我波蘭語單字時我也努力不笑場，像是她用 cholernica[12] 不著痕跡地罵伊拉莉雅。

我很快發現艾格妮絲是個不帶濾鏡的人。爸總說我以前想到什麼就說什麼，但我可不會用波蘭語說刻薄的老婊子，或妳能想像那個可怕的蘇珊・費茲瓦特（Susan Fitzwalter）做熱蠟除毛嗎？會像刮掉閉合淡菜上的毛。噁。

並不是說艾格妮絲本身很刻薄。她感覺處在極大的壓力下，必須有某些行為舉止，被看、被檢視，而又被認為不夠格，我成了某種安全閥。一脫離她們，她會立刻罵髒話、詛咒；當蓋瑞把我們送回到家，她又恢復平靜，剛好能見她丈夫。

我發展出一些將一點點樂趣重新帶回艾格妮絲生活的策略。每週一次，不列入日程，我們會在中午躲進林肯廣場的電影院看一些愚蠢、噁心的喜劇，一面塞爆米花進嘴裡，一面噴著鼻子大笑。我們會挑戰彼此，走進麥迪遜大道的高端精品店，試穿我們所能找到最糟的設計師全套服裝，面無表情欣賞對方並問：這款有沒有做更亮的綠色？同時店員一眼看著艾格妮絲的愛馬仕柏金包，一面奔進奔出，一面勉強從嘴角擠出讚美。一天午餐時，艾格妮絲說服高普尼克先生來找我們，我看著她端出伸

注12　波蘭語，意指暴躁易怒的女子。

展臺模特兒的架式，在他面前展示出一系列小丑般的褲裝、逗他笑，他的嘴角在壓抑的喜悅下抽動。*妳眞調皮*，後來他這麼對她說，深情地搖頭。

然而讓我提振起精神的並不是我的工作。我開始對紐約有多一點點的了解，作為回應，紐約也開始將我納入。在這個移民者之城並不難——艾格妮絲日常生活的稀薄同溫層之外，我只是另一個來自千里之外的人，在城裡慢跑、工作、點外賣、學習明確說明至少三樣我想加在咖啡或三明治裡的東西，只為了聽起來像當地人。

我看、我學。

這是我在紐約的第一個月學到的。

第一，這棟大樓裡誰都不跟其他人說話。高普尼克家除了阿榭克之外不跟任何人說話，而阿榭克則會跟所有人說話。三樓的老太太德威特夫人不跟住在頂層那對來自加州的夫婦說話，四樓穿商務套裝那對走過走廊時總是鼻子緊貼他們的 iPhone，對著耳機或對方吼叫指令。就連二樓的小孩——衣著美麗的小人體模型，由一名遭持續騷擾的菲律賓女孩看顧——從不打招呼；我走過時，他們的眼睛總盯著長毛地板。我對其中那個女孩微笑時，她瞪大眼，一副我做了什麼非常可疑的事一樣。

雷維瑞大樓的住戶直接走出去，搭上在路邊等待、千篇一律的黑車。他們似乎總是知道哪一輛是哪家的。就我的觀察，這麼多人裡面只有德威特夫人會跟其他住戶說話。她不斷對狄恩馬丁說話，蹣跚繞過街角時壓低音量咕噥著「可憐的俄國人，那些討厭的中國人」；他們住在我們後面那棟大樓，他們的司機全年無休在外面等，塞住街道。她會吵吵鬧鬧地對阿榭克或大樓管理部門抱怨艾格妮絲彈鋼琴，如果我們在走廊上經過她，她會快速通過，偶爾隱約可聞地嘖一聲。

第二，相對來說，商店裡每個人都會對你說話。店員跟前跟後，頭往前傾，彷彿想把你聽得更清楚些，總是在確認他們是不是有辦法為你提供更周到的服務，或是他們是不是可以幫你把這放進試衣間。我八歲那年和翠娜在一間郵局偷了一根瑪氏巧克力棒（Mars Bar）被逮到，巴克太太的影子籠罩我們，就像軍情五處的探員；接下來的三年，我們每次進去買棒棒糖都會受密切注意，而從那之後，這是我第一次又受到相同的關注。

而且所有紐約的店員都會希望你有美好的一天，就算你只是進去買一盒柳橙汁或一份報紙。剛開始，受到他們的友善鼓勵，我會回應「噢，嗯，也祝你有美好的一天！」他們卻總是顯得有點吃驚，彷彿我完全不懂紐約會話的規則。

至於阿樹克，每個人經過大門時總會跟他交談幾句。但那是工作。他知道自己的分內職責，總是在確認你是不是沒問題、是不是缺什麼。「妳不能穿拖鞋出去，露薏莎小姐！」他會像魔術師一樣從袖子抽出一把雨傘好走那段通往人行道邊的短短路程、用荷官的低調巧手收下小費。他可以從他的袖口抽出鈔票不著痕跡塞給交通警察，感謝他們為這個食品雜貨司機或那個乾洗送貨員疏通道路，或是用只有狗聽得見的音頻吹哨驅趕憑空冒出來的亮黃色計程車。他不只是我們這棟大樓的守門人，更是它的心跳，維持事物進進出出，確保一切平順進行，他是血液供給者。

第三，紐約客——通常不會從我們公寓大樓搭黑頭車出去——他們走路非常、非常快，大步沿人行道前進，快速在人群鑽進鑽出，彷彿他們身上裝有感應器，能夠自動防止撞上其他人。他們手拿手機或保麗龍咖啡杯，早上七點前，其中至少半數身上會穿著運動服。每次我慢下來，耳邊都會聽見喃喃咒罵聲，或感覺某人的包包撞上我的背。因此我不再穿花俏的鞋——走起來搖搖欲墜那些，像是我的日本藝妓人字拖，或是我的七零年代條紋厚底靴——穿帆布鞋比較好，我才能順流而行，不會成為使水流分岔的阻礙。如果你曾從上方看見我，我會希望你永遠不覺得我不屬於這裡。

剛開始那幾週我也走路，一走好幾個小時。我原本以為納森和我會常常一起出去玩、探索沒去過的地方。不過他似乎已經建立起一個陽剛男性的社交圈，成員除非幾杯黃湯下肚，否則對女性參與真的沒什麼興趣。他花很多時間上健身房，每週用一兩個約會作為結尾。當我提議一起去博物館，或是去空中鐵道公園（High Line）散步，他會尷尬地微笑，告訴我他有其他計畫了。所以我自己走，穿過中城到肉品包裝區（Meatpacking District），去格林威治村（Greenwich Village），去蘇活區，避開主要街道，哪裡有趣就往哪裡去，手上拿著地圖，努力記住車流往哪個方向走。我發現曼哈頓的區域壁壘分明，中城區高樓聳立、克羅斯比街（Crosby Street）周遭的卵石路酷得沒話說，路上的人無時無刻看起來都像模特兒，或是擁有專門分享淨食的Instagram。我漫無目標地走，沒有非去不可的地方。我在一家碎沙拉吧點了加香菜和黑豆的沙拉，因為兩種東西我都沒吃過。我搭地鐵，一面猜想該怎麼買票、辨認傳說中的瘋子，一面努力不看起來像觀光客，重新回到太陽下時，等了十分鐘心跳速度才回歸正常。然後我學威爾越過布魯克林橋，看到下方的粼粼水光、感覺心臟吊得老高，感受著車輛往來在我腳下隆隆震動，又一次在腦中聽見他的聲音。*勇敢地活，克拉克。*

走到一半時我動也不動地停在那兒凝望東河，短暫有種懸在空中的感覺，意識到我不再被綁在任何地方，這幾乎令我暈眩。又完成一項。慢慢地，我不再為完成的體驗打勾了，因為好多事情都既新鮮又詭異。

剛開始那幾次散步我看見：

一個男人身穿全套女裝騎腳踏車，一面用麥克風和擴音器唱音樂劇的曲目。他經過時，幾個人為他鼓掌。

四個女孩在兩個消防栓之間玩跳繩。她們一次用兩條繩子，終於停下來時，我停下來為她們拍手，她們害羞地對我微笑。

一條溜滑板的狗。我傳訊息跟我妹說這件事，她說我喝醉了。

勞勃．狄尼洛（Robert De Niro）

至少我認為那是勞勃．狄尼洛。當時是傍晚，我突然有點想家，他在春街（Spring Steet）和百老匯（Broadway）的路口從我旁邊走過。他經過時，我還來不及阻止自己，就真的大聲說出「我的天啊，是勞勃．狄尼洛」，但他沒轉身，之後我沒辦法確認那是不是只是路人，以為我在自言自語，還是說，如果你是勞勃．狄尼洛，遇到一個女人在人行道上咩咩咩地喊出你的名字，你就是會有像那樣的反應。

我決定應該是後者。我妹再度指控我喝醉。我用手機傳了張照片給她，但她說那有可能是任何人的後腦杓，呆瓜，還補充我不只喝醉，還真的頗笨。我就是在這個時候開始稍微不那麼想家。

我想跟山姆說這件事。我想把一切都告訴他，用美麗的手寫信件，或至少冗長又漫無邊際的電子郵件，日後可以儲存並印出，我們結婚五十年後在我們家閣樓被孫子翻出來，他們一面看一面像鴿子一樣咕咕叫。但剛開始那幾週我好累啊，只能寄電子郵件跟他說我有多累。

——我好累。想你。

——我也是。

——不，是眞的、眞的累，像是在電視廣告時哭出來、刷牙時睡著，弄得胸口都是牙膏的那種累。

——好，我輸了。

我努力不在意他多不常寫信給我。我努力提醒自己他的工作真的很現實、艱難，他拯救生命，舉足輕重，而我只是坐在美甲沙龍外、在中央公園跑步。

他的主管改了輪值表。他現在要接連工作四晚，而且還在等指派給他的新固定夥伴。我們應該要因此更容易說上話，實則不然。我每天晚上空閒時會登入手機，但那通常是他出發開始執勤的時間。

有時我覺得詭異地不連貫，彷彿他是我憑空想像出來的。

一週，他向我保證。再一週，會有多難？

艾格妮絲又在彈鋼琴了。她開心或不開心、生氣或挫折時都會彈，挑選吵鬧的曲子，情緒高昂，閉上眼，雙手在琴鍵上徘徊，身體在琴凳上搖晃。昨晚她彈奏一首夜曲，我經過門敞開的會客廳，高普尼克先生坐在她身旁的琴凳上，我駐足觀看片刻。就算全神貫注於音樂中，她還是顯然正為他而彈。我注意到他是多滿足於只是坐在那兒替她翻頁。她彈完後對他嶄露笑靨，而他低頭親吻她的手。我裝作不曾停下來看，躡手躡腳從門前經過。

我在書房裡瀏覽當週活動，看到週四時（兒童中心慈善午餐，《費加洛的婚禮》），聽見前門有人敲門。伊拉莉雅陪著寵物行為治療師——菲力又在高普尼克先生的辦公室做了難以啟齒的事——於是我走到玄關開門。

德威特夫人站在我面前，枴杖舉起，一副要攻擊的模樣。我直覺地閃開，接著她放下枴杖、站直，我舉起雙手，花了幾秒才理解她只是用枴杖敲門。

「有什麼事嗎？」

「叫她停止那該下地獄的噪音！」她刻滿皺紋的迷你臉龐氣得發紫。

「不好意思？」

「那個女按摩師，郵購新娘，隨便。隔著走廊我也能聽見。」她身穿七零年代璞琪[13]風格的防塵外套，上面有綠色和粉紅色的螺旋，搭配翠綠無簷帽。儘管我被她的侮辱氣得毛都豎起來了，我卻束手無策。「呃，艾格妮絲實際上是受過訓練的物理治療師，而且這是莫札特。」

「我才不管是蕭邦，還是魔力馬在跟他的妳分明知道是什麼一起吹卡祖笛。叫她安靜。她住在公寓裡，應該稍微體諒一下其他住戶！」

狄恩馬汀對我咆哮，彷彿也認同她所說。我正想再說點什麼，不過試圖弄清楚牠到底哪隻眼睛看著我真的是詭異地令人分心。「我會為您轉達，德威特夫人。」我拉開專業的微笑。

「什麼叫妳會『轉達』？不要只是『轉達』。叫她停止。她這討厭的自動鋼琴快把我逼瘋了。沒日沒夜的。這原本是一棟安寧的大樓。」

「不過，說句公道話，您的狗總是吠——」

「另一個也一樣糟。討厭的女人。老是跟她那群呱呱叫的朋友在走廊呱呱呱叫個不停，體積過大的車把街道都堵住了。嗯。我不意外他會換成這一個。」

「我不確定高普尼克先生——」

「『受過訓練的物理治療師』。老天，我們現在都這麼叫的嗎？我看那我就是聯合國的首席談判者了。」她拿出手帕拍拍臉。

「根據我的了解，美國最棒的地方是妳可以成為任何妳想成為的人。」我微笑。

她瞇起眼。我撐住微笑。

「妳是英國人？」

注13　Emilio Pucci，義大利精品品牌，以大膽用色與印花設計見長。

「對。」我感覺到軟化的可能。「為什麼這麼問？您有親戚在英國嗎，德威特夫人？」

「別傻了。」她上下打量我。「我只是以為英國女孩應該會比較有型。」她說完便轉過身，輕蔑地揮了揮手，蹣跚沿走廊離開，狄恩馬丁跟在後面怨恨地瞥了我幾眼。

「是對面那個瘋狂老巫婆嗎？」我輕輕關上門，艾格妮絲大聲問道。「呸。難怪沒人來看她。她就像可怕 suszony dorsz[14]。」

一陣短暫的寂靜。我聽見翻頁的聲音。然後艾格妮絲彈起一首層層疊疊的如雷曲目，手指敲擊琴鍵，腳猛力踩踏踏板，用力得我都感覺到木地板震動了。

從玄關走回去時，我又拉開微笑並固定住，在心裡嘆口氣，看看表。剩兩個小時了。

注14　波蘭語，意指鱈魚乾。

8.

山姆這天搭飛機過來，會待到週一晚上。他幫我們在距離時代廣場幾個街口外的地方訂了旅館。考慮到艾格妮絲說我們是多麼不該彼此分隔，我問她下午是不是能讓我放幾個小時假。她用我覺得算是正面的語氣說或許吧，不過我明確感覺山姆來度週末這件事對她來說頗為惱人。無論如何，我還是走路到賓州車站，步伐雀躍，腳邊拖著度週末包，搭上通往甘迺迪機場的機場電車。到機場時，稍微有點太早到，我因為期盼而興奮不已。

到達班機告示板上說山姆的航班已降落，他在等行李，我連忙衝進盥洗室檢查頭髮和妝容。走路和擁擠的電車弄得我有點冒汗，我補了點睫毛膏和口紅，用髮梳梳頭髮。我今天穿綠松石色絲質褲裙搭高領反摺黑色上衣和黑踝靴。我想要看起來像我自己，也想要表現出我隱約有所改變的樣子，或許變得稍微神祕些。我讓路給一個拖超大行李箱、看起來筋疲力竭的女人，噴上一點香水噴霧，判定自己看起來就像來國際機場跟愛人相見的那種女人。

我走出去時，心臟仍然如雷跳動，一面抬頭查看告示板，一面覺得莫名緊張。我們才分開四週。這男人見過我最糟、最消沉、最驚慌、最傷心的模樣，似乎卻還是喜歡我。他依然是山姆，我告訴自己。我的山姆。自從他第一次按我家門鈴、笨拙地透過對講機約我出去，他不曾有過絲毫改變。

告示板還是顯示等待行李。

我在柵欄旁卡到一個位子，再度檢查頭髮，然後目光鎖定雙開門，聽見分隔已久的伴侶找到對方後發出幸福的尖叫聲，我忍不住微笑。我心想，幾分鐘後就換我們了。我深吸一口氣，注意到我開始流手汗。稀稀落落的旅客走出來，我猜我應該一直露出看起來稍微有點瘋狂、齜牙咧嘴的期盼表情，眉毛揚起、歡天喜地，像是一個政客假裝在人群中看見某人。

接著，正當我在包包裡翻找手帕，我愣了一下才清醒。幾碼外亂七八糟的一大群人中，山姆站在那兒，比身旁的所有人都高出一顆頭，正在掃描人群，就跟我剛剛一樣。我對柵欄旁站在我右邊的人喃喃說「不好意思」，鑽過柵欄，朝他跑去。我跑到他身旁時他轉身，正好用他的包包撞上我的脛骨。

「噢，該死。妳還好嗎？小露？……小露？」

我緊抱住小腿，努力壓抑咒罵。淚水奪眶而出，我一面痛得抽氣一面說話。「告示說你的行李還沒到啊！」我緊緊咬牙。「真不敢相信我居然錯過我們的大團圓！我剛剛在廁所！」

「我只有手提行李。」他一手放在我肩膀上。「妳的腿還好嗎？」

「但是我都計劃好了！還準備了標牌那些的！」我奮力將特別上了保護膜的標牌從外套中扯出來撫平，努力忽略小腿的陣陣疼痛。

全世界最帥的急救員

「這應該是我們關係中一個決定性的時刻才對！一個你會日後回顧並說：『啊，妳還記得我們在甘迺迪機場相見的那一次嗎？』的時刻。」

「這依然是很棒的一刻。」他滿懷希望地說。「見到妳我很開心。」

「見到我你很開心？」

「超讚，見到妳我覺得超讚的。抱歉。我累壞了，沒睡。」

我按摩我的小腿。我們盯著對方看了幾分鐘。「這不好。你必須再走一次。」

「再走一次？」

「走向柵欄。然後我會按計畫行動，也就是高舉標牌，然後奔向你，然後我們親吻，恰當地開始這一切。」

他注視我。「認真？」

「保證值回票價。去啦，拜託。」

他花了幾分鐘才確認我不是在開玩笑，隨後便與所有抵達的人相對逆流走回去。幾個人轉身注視他，還有人對他「嘖！」了一聲。

「好了！」我越過吵鬧的大廳大喊。「夠遠了！」

但他沒聽見。他繼續走，一路朝雙開門走去——我一瞬間害怕起他可能會就這麼又跳上飛機。

「山姆！」我大吼。「好了！」

所有人轉身。他也轉身並看見我。然後他再次邁步走向我，而我又鑽回柵欄後。「這裡！山姆！是我！」我揮舞標牌，他一面朝我走來，一面為這荒謬的一幕而咧開嘴笑。

我丟下標牌奔向他，這次他沒用包包痛擊我的脛骨，而是讓它掉落腳邊；他一把抱起我，我們就像電影中的人那樣親吻，全心全意，帶著絕對的歡喜，沒有絲毫不自然，也不擔心喝咖啡留下的口氣。但或許我們有。我無法告訴你。因為從山姆把我抱起來的那一秒起，我就遺忘了周遭的一切，包包、路人、群眾的眼睛，統統拋開。噢，天啊，然而他手臂抱住我的感覺、他嘴唇貼住我嘴唇的柔軟。我不想放手。我緊緊抱住他，全身都能感覺到他的力量，吸入他皮膚的味道；我將臉埋入他頸間，與他肌膚相貼，感覺像我身上的每個細胞都想念他。

「好一點了嗎，妳這個瘋子？」他終於後退，才能好好看看我。我覺得我的口紅可能抹到我半張臉上去了，而且幾乎絕對被他的鬍碴刮傷。他剛剛抱得好緊，我的肋骨都痛了。

「噢，對。」我沒辦法停止開懷的笑。「好多了。」

我們決定先到旅館放行李，我努力不要興奮得喋喋不休。我說話語無倫次——不連貫的思緒和評論未加過濾地從我口中滔滔湧出。他用一種當你的狗在未經鼓動的情況下自己跳起舞你會看牠的眼神看著我：帶著淡淡的興味以及隱隱壓抑的警戒。不過當電梯門在我們身後關上，他將我拉向他，雙手捧住我的臉再次親吻我。

「這是想阻止我繼續說話嗎？」他放開時我問道。

「不。那是因為我漫長的四週以來一直都想這麼做，而我打算在回家之前盡可能多做幾次。」

「很棒的臺詞。」

「幾乎整趟飛機上都在思考呢。」

他將房卡插入門時，我第五百次凝視他，驚歎著我真是太幸運了，竟然在以為自己永遠無法再愛的時候遇上他。我覺得衝動、浪漫，就像週日午後電影中的角色。

「終——於到囉。」

我們站在門口。旅館房間比我在高普尼克家的房間小，地上鋪著格紋地毯，床並不是我想像中的大塊奢華白色芙蕾特[15]亞麻，而是一張凹陷的雙人床，床單則是勃艮地紅與橘色相間的格紋。我努力不想上一次清洗可能是什麼時候。山姆在我們身後關上門，我放下行李，繞過床，從浴室門往內張望。浴室裡只有淋浴間，沒有浴缸，開燈後抽風機也開始哀鳴，活像超市收銀櫃檯前的幼兒。房裡的味道混雜陳年尼古丁和工業空氣清新劑。

「妳不喜歡。」

「才不！很完美！」

「這不完美。抱歉，我有天剛值完夜班從某個訂房網站訂的。要不要我下樓問問看他們還有沒有其他房間？」

「我聽見她說今天客滿了。沒關係，這裡很好！有一張床、淋浴間，還位於紐約中心，而且有你。也就是說這裡再美好不過！」

「噢，該死。真該先跟妳討論的。」

我向來不擅長說謊。他伸手與我相握，我捏捏他的手。

「沒關係，真的。」

我們站在那兒盯著床看。接著我一隻手蓋住我的嘴，直到發現雖然有件事我努力不說出來，但真的不得不說。「不過我們最好檢查看看有沒有臭蟲。」

「真的假的？」

「根據伊拉莉雅，有一種臭蟲的傳染病。」

山姆的肩膀垮了下來。

「就連某些最時髦的旅館也有臭蟲。」我前進，猛地拉開被子，先掃視白色床單，再彎腰檢查床墊邊緣。我湊近。「沒有！」我說。「太好了，我們住到一家沒有臭蟲的旅館！」我略為舉起兩隻大拇指。「耶！」

接下來好長一段時間都沒人說話。

「我們出去走走。」他說。

於是我們出去走走。至少這裡位置絕佳。我們沿第六大道晃過六個街口，接著轉回第五大道，然後迂迴前進，讓衝動為我們帶路，我則是努力不要沒完沒了說我自己或紐約的事；考量山姆幾乎都不

注15　Frette，義大利高級紡織品牌。

說話，這可比我原本所想要難多了。他牽著我的手，我靠著他的肩膀，盡量不要一直偷瞄他。有他在這，有一種意料之外的古怪感。我發現自己專注於微小細節，像是他手上的刮傷、長度略有不同的頭髮，試著重新掌握我想像中的他。

「你走路恢復正常了。」我們停下來看當代藝術博物館的櫥窗。他都不說話，這讓我感到緊張，彷彿糟糕的旅館房間已經毀掉一切。

「妳也是。」

「我有在跑步喔！」我說。「我跟你說過！我每天早上跟艾格妮絲和她的教練喬治一起去中央公園跑步。來——感覺一下我的腿！」我把大腿朝他的方向抬起，他捏了捏我的髖部，識相地露出佩服的表情。「現在可以放手了。」我在路人開始行注目禮時說道。

「抱歉。」他說。「隔太久了。」

我都忘記他一向偏好傾聽而非訴說。過了一段時間他才開始講述他自己的事。他終於有新夥伴了。歷經兩個假性新開始——一個年輕男人後來決定他並不想成為急救員，另一個是提姆（Tim），中年工會代表，他顯然恨所有人類（那樣的心態稱不上適合這份工作）——他最後跟一個來自北肯辛頓署的女人成為夥伴，她剛搬家，想在離家更近的地方工作。

「她人怎麼樣？」

「她不是唐娜，但還可以。至少她看起來知道自己在做什麼。」

他前一週跟唐娜喝過咖啡。化療對她爸沒作用，不過她用挖苦和笑話掩飾她的悲傷；唐娜向來如此。「我想跟她說沒必要這樣。」他說。「她知道我姊生病時我經歷了些什麼。不過」——他斜眼看我——「我們都以自己的方式處理像這樣的事。」

他說傑克在大學混得不錯。他送上他的愛。他爸，也就是山姆的姊夫退出節哀治療，說那不適合他，儘管他確實因此而停止跟陌生女子強迫性上床。「他現在把情緒都吃進肚裡，妳離開之後，他體重增加了六、七公斤。」

「你呢？」

「啊。我還在應付。」

他簡單地說，卻讓我的心裡有個東西裂開了一點點。

「不會永遠都這樣的。」我們停在那兒。

「我知道。」

「我們要趁你在這的時候做一大堆有趣的事。」

「妳有什麼計畫？」

「嗯，基本上就是『你裸體』，然後是晚餐，接下來是更多的『你裸體』。可能到中央公園散步，一些老掉牙的觀光客行程，像是史丹島渡輪和時代廣場，到東村買買東西，然後來點真正的美食附加『你裸體』。」

他咧嘴笑。「那我也可以有『妳裸體』？」

「噢，可以，買一送一啦。」我的頭靠在他身上。「不過說真的，我想要你來看看我工作的地方。可能見見納森、阿榭克，還有跟我共事的所有人。高普尼克夫婦不在家，所以你多半不會跟他們見面，不過你至少可以大致了解整個是什麼情況。」

他停下腳步，把我轉身面對他。「小露，只要我們在一起，我不是真的很在意我們做些什麼。」

他說這話時臉色略略發紅，彷彿就連他自己也感到驚訝。

「真是浪漫耶，菲爾汀先生。」

「不過我有件事得說。如果我需要填滿那麼多『我裸體』的部分，那我需要趕快吃點東西才行。」

哪裡有東西吃？」

我們正散步經過無線電城，周遭都是辦公大樓。「那裡有間咖啡店。」我說。

「噢，不。」他雙手拍合。「發現目標。真正的紐約餐車！」他手指一輛常駐在那兒的餐車，廣告上寫著「塞飽飽墨西哥捲餅」：「喜歡加什麼就加什麼。」我跟著他走過去，等他點一個像他前臂那麼長、聞起來有熱乳酪和肥滋滋不明肉類的捲餅。「我們今晚應該沒有到餐廳吃飯的計畫吧？」他把捲餅的末端塞進嘴裡。

我忍不住大笑。「只要你能維持清醒，什麼都好。只是擔心你吃完會更昏昏欲睡。」

「天啊，太好吃了。要來點嗎？」

事實上，我很想。不過我穿著真的很不錯的內衣，不想讓身上的肉肉擠出來。所以我等他吃完、嘖嘖有聲地舔手指，接著把紙巾丟入垃圾桶。他滿足地深深嘆息。「好。」他勾起我的手臂，一切感覺意外、幸福地正常。「說到這個裸體的部分」

我們一言不發地走回旅館。我不再覺得笨拙，彷彿分隔的時間在我們之間拉開意料之外的距離。我什麼都不想說了，只想感覺他的肌膚貼著我的肌膚。我想再度完全屬於他，被包住、被占有。我們走過第六大道，穿過洛克斐勒中心，我不再察覺那些擋在我們路上的觀光客。我感覺像被關在一個隱形泡泡中，所有感官只鎖定握住我的手的那隻溫暖大手，以及爬上我肩膀的手臂。他的每個動作都因熱切而顯得沉甸甸的。我幾乎因此而無法呼吸。如果我們共度的時光感覺就像這麼美妙，我想我可以忍受分離。

我們才剛踏進電梯，他就轉身將我拉向他。我們親吻，而我融化，迷失在緊貼著他的感覺中，血液在我耳中脈動，我幾乎沒聽到電梯門打開。我們踉蹌走出去。

「鑰匙。」他略顯急迫地拍打口袋。「鑰匙！我放哪去了？」
「在我這。」我從後背包挖出鑰匙。
「感謝天。」他腳往後一踢關上門，說話的聲音在我耳裡低沉迴盪。「妳不知道我想這件事想多久了。」

兩分鐘後，我躺在末日的勃艮地紅床單上，汗水在肌膚上冷卻，納悶著如果我伸手去拿我的內褲是不是真的很糟。除了臭蟲，這被子還有點什麼讓我想在它和我裸體的任何部分之間拉起一道屏障。山姆的聲音飄入我身旁的空中。「抱歉，」他咕噥，「我知道我很高興見到妳，但不知道有這麼高興。」

「沒關係。」我轉身面對他。他會用一種方法把我拉入他懷中，像是他把我收拾起來，而我被完全包覆。我以前從來就不懂女人說男人讓她們感到安全是什麼意思——但我現在在山姆身邊就是這種感覺。他的眼皮下垂，正在抵抗睡意。我算了算，現在應該是他的凌晨三點。他在我鼻子印下一吻。

「給我二十分鐘，我就沒問題了。」

我用一根手指輕輕畫過他的臉，描繪他嘴唇的線條，調整一下位置，好讓他能夠拉起棉被蓋住我們兩個。我的腿跨在他腿上，所以我身上幾乎沒有一個部分不碰觸著他。就連這個動作也讓我體內的某個東西起火燃燒。我不知道山姆是怎麼回事，讓我變得不再像自己——無法遏抑，充滿飢渴。我不確定我能夠在不感覺到那股反身的內在炙熱之下碰觸他的肌膚。我瞥見他的肩膀、他前臂的分量、後頸髮際的黑色細毛，幾乎因為慾望而感到熾熱。

「我愛妳，露薏莎．克拉克。」

「二十分鐘是嗎？」我微笑，更用力抱住他。

但他像踏出懸崖的人一樣陷入睡夢中。我看了他一會兒，納悶著有沒有可能叫醒他，還有我該用什麼方法叫他才好，不過我想起我剛到的時候有多暈頭轉向、多累。我又想到他剛剛度過每天值班十二小時的一週，而我們相聚的這整整三天才剛剛開始幾個小時而已。於是我嘆口氣，放開他，翻身平躺。外面天色已黑，遠方車流的聲音飄上我們的樓層。我有一百萬種感覺，而我難堪地發現，失望也在其中。

停止，我堅定地告訴自己。我對這個週末的期待拉得很高，就像舒芙蕾，太高了，難以持續與空氣接觸。他在這裡，我們在一起，幾個小時後我們就又醒來了。睡吧，克拉克，我告訴自己。我把他的手臂拉到我身上，吸入他溫暖肌膚的味道，接著閉上雙眼。

一個半小時後，我躺在床的另一端滑臉書，一面驚歎媽對激勵性名言佳句與湯姆制服照顯然深不見底的胃口。時間是十點半，睡神一點也沒有路過拜訪的意思。我爬下床上廁所，沒開燈，以免山姆被尖叫的抽風機吵醒。要回床上時，我猶豫了。床墊凹陷，因此山姆已緩緩滑到床中央，我只剩床邊幾吋的位子，除非差不多直接躺在他身上。我無所事事地想著不知道一個半小時的睡眠夠不夠。接著我爬上床，滑過去貼住他溫暖的身體，猶豫片刻後，我親吻他。

山姆的身體比他早醒來。他的手臂把我拉入他懷中，大手滑過我的身體，回吻我，緩慢、睡意朦朧的吻，又輕又柔，吻得我貼著他拱起身子。我移動位置，讓他的重量壓在我身上，我的手尋找他的手，手指勾住他的手指，我口中逸出歡愉的嘆息。他想要我。他在黯淡光線中睜開眼，而我看進他眼睛深處，因渴望而沉重，驚訝地注意到他已經冒汗。

他凝視我片刻。

「你好啊，帥哥。」我低語。

他彷彿想說話，但沒說出來。

他轉頭看旁邊，接著突然從我身上爬下來。
「怎麼了？」我說。「我說錯話了嗎？」
「抱歉。」他說。「等一下。」
他衝進浴室，在身後緊緊關上門。我聽見一聲「天啊」，然後是聲音，我第一次這麼感謝大部分都被尖叫的抽風機蓋掉的聲音。
我坐在那兒動彈不得，接著爬下床，套上一件T恤。「山姆？」
我走過去，耳朵貼在門上，接著後退。我注意到，親密關係只能在那麼多音效中求生存。
「山姆？你還好嗎？」
「沒事。」門後傳來他模糊的聲音。他不好。
「怎麼了？」
長長一陣空白。沖水聲。
「我——呃——我覺得我吃壞肚子了。」
「真的嗎？我可以怎麼幫你？」
「不用。只是——只是不要進來。好嗎？」接下來是更多作嘔與輕聲咒罵的聲音。「不要進來。」
我們就這樣度過接下來的幾乎兩個小時：他在門內跟他的器官展開可怕的搏鬥，我穿著T恤焦慮地坐在門的另一邊。他拒絕讓我進去看看他——我想是他的驕傲無法允許。
終於在接近半夜一點走出來的那個男人一臉鉛灰，泛著凡士林的油光。門打開，我匆忙站起來，而他稍微一縮，彷彿很訝異看到我還在這裡。我伸出一隻手，以一副他這體型的人倒下我竟有可能扶得住的態勢。「我可以做什麼？你需要看醫生嗎？」

「不用。只是……只是需要坐等它過去。」他撲通一聲躺上床，一面喘氣，一面抓著胃的位置。他的眼睛周圍蒙上陰影，直勾勾盯著前方。「就是字面上的意思。」

「我幫你倒些水。」我凝視他。「說真的，我跑一趟藥局幫你買點防止脫水的東西，他們有什麼我就買什麼。」他甚至沒回話，只是滾成側躺，還是直勾勾盯著前方，身體依然汗濕。

我買到所需藥品，對這城市致上無聲的感激，感謝她不僅是座不夜城，同時還提供電解質沖劑。山姆咕嚕咕嚕吞下一包，然後帶著歉意又進入浴室。我不時從門縫送水進去，最後我打開電視。

「抱歉。」他含糊地說；這時將近凌晨四點，他踉蹌走出浴室。他癱倒在末日床單上，陷入短暫、破碎的睡眠。

我裹著旅館的浴袍睡了幾個小時，醒來時發現他還在睡。我淋浴、著裝，安靜地走到大廳的咖啡機快速買了一杯咖啡。我覺得意識朦朧。至少，我告訴自己，我們還有兩天。

不過當我回房，山姆又在浴室裡了。

「真的很抱歉。」他出來時說。我剛剛拉開窗簾，而日光下，襯著旅館床單，他的臉色反倒看起來更加灰敗。

「我不覺得我今天能做任何事。」

「沒關係！」我說。

「可能到下午就好了。」他說。

「好！」

「不過或許不要搭渡輪比較好。覺得我應該不會想去沒有……」

「有公廁。我了解。」

他嘆氣。「我腦中的這天不是這樣的。」

「沒關係啊。」我上床爬到他身旁。

「妳可以不要再說沒關係了嗎。」他暴躁地說。

我遲疑片刻，感覺刺痛，接著冷冰冰地說：「好。」

他從眼角看我。「對不起。」

「停止道歉。」

我們坐在床上，兩個人都直視前方。然後他的手伸過來握住我的手。「聽著，」他好一會兒後才開口，「我多半會在這裡待上幾個小時，看看能不能恢復體力。妳不用陪我，去買買東西還什麼的吧。」

「但你只在這裡待到週一。沒有你，我什麼也不想做。」

「我一點用也沒有，小露。」

他一副剛剛捶了牆壁一拳的樣子，前提是他有力氣舉起拳頭。

我走過兩個街口到一個書報攤，買了一堆的報紙和雜誌，再幫自己買一杯好咖啡和麥麩瑪芬，也幫他買一個原味貝果，以免他想吃點東西。

「補給品。」我鬆手讓東西落在我那半床上。「也可以窩在這裡就好。」於是我們就這樣度過這天。我讀遍《紐約時報》的每一欄，連籃球賽的報導也沒放過。我把「請勿打擾」的牌子掛在門上，看著他打瞌睡，等待他恢復血色。

說不定他會即時好轉，我們還有機會在日光下散步。

說不定我們可以在旅館酒吧喝一杯。

熬夜也很好。

好吧，說不定他明天會覺得好一點。

到了九點四十五分，我關掉正在播出談話節目的電視，把所有報紙推下床，鑽進羽絨被裡，身體唯一與他接觸的部位是我的手指，與他指尖交纏。

週日早上，他醒來時感覺有了些生氣。我想到這時候他體內應該沒剩多少東西可拉了。我幫他買些清湯，他熱切地喝完，宣稱他應該好得足以出去散散步了。二十分鐘後，我們小跑步回來，他又把自己鎖在浴室裡。他非常生氣。我試著告訴他沒關係，但那似乎只讓他更生氣。當一個身高六呎四的人形山脈試著發怒，卻連一杯水都拿不太起來，真的沒什麼比這更可悲了。

我確實在這個時候丟下他一下下，因為失望開始溢於言表。我需要在街上走走，提醒自己這不是什麼徵兆、這不代表任何意義，而且當你沒睡飽，又跟腸胃面臨挑戰的男人和隔音效果差得沒藥醫的浴室困在一起四十八個小時，本來就很容易失去判斷力。

不過今天已經是週日這件事真叫我心碎。我明天就要回去上班，而我計畫好的事我們一件都沒做。我們沒去看球賽，也沒搭史丹島渡輪。我們沒登上帝國大廈頂樓，也還沒手勾手在空中鐵道公園散步。那晚我們坐在床上，他吃了些我從壽司餐廳買來的米飯，我則是食之無味的烤雞三明治。

「慢慢好轉了。」我幫他蓋上被子時他含糊地說。

「太棒了。」我說，然後他便睡著了。

我無法面對另一個在滑手機中度過的夜晚，於是我悄悄起身，留下字條後便出去。我覺得悲慘又莫名生氣。為什麼他要吃害他食物中毒的東西？他為什麼不快點好起來？他不是急救員嗎。他為什麼不挑一家好一點的旅館？我沿第六大道漫步，雙手深深插在口袋裡，車流在身旁喧囂，沒多久，我就發現我正朝家的方向走。

家。

我嚇了一跳，發現這地方現在在我心裡就是家。

阿榭克在雨棚下跟另一個管理員聊天，我一走近，另一位就離開了。

「嘿，露薏莎小姐。妳不是應該跟妳男朋友在一起嗎？」

「他病了。」我說。「吃壞肚子。」

「妳在開玩笑吧。他現在在哪？」

「他在睡。我只是……無法面對又要在那房間裡坐十二個小時。」我突然莫名想哭。我想阿榭克應該看出來了，因為他示意我進去。他在他的小管理室裡煮水幫我泡了杯茶。我坐在他的書桌旁一口一口啜飲，他不時查看外面，確認德威特夫人沒在附近控訴他偷懶。「算了。」我說。「為什麼是你值班？我以為應該是夜班的傢伙。」

「他也病了。我老婆現在超氣我。她原本應該去參加一場圖書館會議，但沒人照顧小孩。她說如果我要是再整天耗在這裡，她要親自去跟歐維茲先生談談。沒人想要那樣。」他搖頭。「我老婆是個可怕的女人，露薏莎小姐。妳不會想惹我老婆生氣。」

「如果可以我真想幫忙，但我想我最好還是回去看看山姆。」

「對他好一點。」我把馬克杯交給他時，他這麼說。「他大老遠跑來看妳。而且我可以保證，他的感覺一定比妳現在糟非常多。」

我回到旅館房間時，山姆醒著，正靠在枕頭上看畫質很差的電視節目。我打開門時他抬起頭。

「我只是出去走走。我——我——」

「受不了再跟我一起困在這裡多一分鐘。」

我站在門口。他的頭陷在肩膀間，看起來蒼白又難以言喻地沮喪。

「小露——如果妳知道我有多自責——」

「沒關——」我及時打住。「真的，」我說。「我們沒事的。」

我幫他沖澡，把他弄進浴室幫他洗頭，榨乾旅館的小瓶子，看著泡泡滑下他寬大傾斜的肩膀。這個時候，他伸出手輕輕握住我的手，親吻我的手腕內側，一個道歉的吻。我把毛巾放在他肩膀上，我們離開浴室。他嘆了口氣躺回床上，我換掉衣服，在他身旁躺下，希望自己不要感覺這麼洩氣。

「妳有哪些事我不知道？說來聽聽吧。」他說。

我翻身面對他。「噢，你什麼都知道啦。我是一本翻開的書。」

「來嘛，縱容我一下。」他的聲音在我耳裡低沉迴盪。我什麼也想不出來。我對這週末還是感到莫名生氣，儘管我知道這樣並不公平。

「好吧。」他發現我真的不打算說時說道。「那我先開始。我這輩子再也不吃白吐司之外的東西。」

「很好笑。」

他研究我的表情片刻，再開口時聲音異常低微。「在家的時候我不太好過。」

「什麼意思？」

過了一分鐘他才又開口，彷彿甚至到這時還不確定是不是該說。「工作的事。知道嗎，中彈之前我什麼也不怕。我可以照顧自己。我猜我以為自己算是個強悍的傢伙。不過，經過那件事之後，那顆子彈總是在我內心的角落。」

我努力不露出驚嚇的表情。

他揉了揉臉。「回去上班後，我發現自己會在衝進去前先衡量情況……跟以前不一樣，現在會試著找出逃生路線和可能的問題根源。就算沒理由這樣做也一樣。」

「你害怕？」

「對。我。」他乾巴巴地笑，接著搖頭。「他們讓我接受諮商。噢，我當過兵，知道那是怎麼回事。把事情講開，了解你的心智就是這樣處理發生的事。我都知道。但感覺很困窘。」他翻身平躺。「跟妳說實話，我覺得不像我自己了。」

我等著。

「因此唐娜離開我才會受這麼大打擊，因為……因為我知道她會照料我。」

「但是這個新搭檔肯定也會照料你啊。她叫什麼名字？」

「凱蒂（Katie）。」

「凱蒂會照料你。我是說，她有經驗，而且你們不是都受過訓練要照料彼此？」

他的視線滑向我。

「你不會再中彈的，山姆。我知道你不會。」

後來我領悟說這話還真蠢。我會那樣說，是因為我受不了想到他不快樂。我會那樣說，是因為我希望那是真的。

「我會沒事的。」他輕聲說。

我覺得我辜負了他。不知道他想跟我說有多久了。我們在那裡躺了一會兒，我用一根手指輕輕劃過他的手臂，努力想說點什麼。

「妳呢？」他喃喃說道。

「我怎樣？」

「告訴我一件我不知道的事。有關妳的。」

我原本想說所有重要的事他都已經知道。我原本想擺出紐約的我，生氣勃勃、積極進取、刀槍不入。我原本想說些什麼逗他笑。但他剛剛說了他的真心話。我轉身面對他。「有一件事。但是如果我告訴你，我不希望你用不同的眼光看我。」

他皺眉。

「那是發生在很久以前的事。不過你跟我掏心掏肺，所以我也打算這麼做。」我吸了口氣，然後告訴他。告訴他我只跟威爾說過的那個故事；當時這個男人聆聽，接著將我從那件事的桎梏中釋放。我告訴山姆那個故事，一個女孩，在十年前，她喝得太醉、抽太多菸，發現一群來自好人家的男孩並不代表他們就是好人，並因此付出代價。我用平靜的聲音娓娓道來，有一點抽離。畢竟這些日子以來，感覺起來這些事並沒有真正發生在我身上。山姆在接近全然黑暗中聆聽，視線與我相交，一言不發。

「這是來紐約以及做這件事對我來說這麼重要的原因之一。我把自己關在盒子裡好幾年了，山姆。我告訴自己這樣我才會覺得安全。而現在……嗯，現在我猜我得推自己一把。我需要知道，如果我不再往下看，我的能耐會到哪裡。」

我說完後，他安靜了好久，久到我有一瞬間懷疑是不是根本不該告訴他。不過他伸出一隻手輕撫我的頭髮。「我很遺憾，」他說，「我希望我能夠在場保護妳。我希望——」

「沒關係的。」我說。「那是很久以前的事了。」

「有關係。」他把我拉向他。我的頭靠在他胸口，汲取他平穩的心跳。

「只是，你知道的，不要用不同的眼光看我。」我低語。

「我沒辦法不用不同的眼光看妳。」

我抬頭好把他看清楚。

「只不過現在我眼中的妳更加令人驚奇。」他的手臂圈住我。「除了所有其他我愛妳的原因之外，妳勇敢又堅強，而且妳剛剛提醒了我……我們都有自己的難關。我會克服我的，但我承諾，露薏莎·克拉克，」他再開口時，聲音低沉柔軟。「再也不會有人傷害妳。」

9.

寄件者：BusyBee@gmail.com
收件者：SillyLily@gmail.com

嘿，莉莉！

在地鐵上匆忙打出這封信（最近我總是匆忙），不過收到妳的消息還是很美好。很高興妳在學校一切順利，只是抽菸那件事感覺純粹是妳運氣好。崔諾太太是對的——如果妳連試都來不及考就被退學，那眞是非常遺憾。

不過我不打算對妳說教。紐約很棒。每一秒我都樂在其中。還有，對，妳能來的話就太美妙了，但是妳應該得住旅館，所以妳或許需要先跟妳爸媽談談。而且，我要花很多時間陪高普尼克家的人，挺忙的，所以現階段不太有時間出去。

山姆很好，謝謝妳問起。他還沒甩掉我。事實上，他現在人就在紐約，今天晚一點才回家。他回去後妳可以問問他願不願意借妳摩托車。我覺得這件事應該你們兩個自己解決比較好。好啦——差不多寫到這。幫我跟崔諾太太致上我的愛。告訴她我一直在做你爸信裡說他做過的事（不是全部啦：我還沒跟哪個長腿金髮的公關女孩約會過）。

小露

XX

我的鬧鐘在早上六點半響起，尖銳的微聲警報打破寂靜。我必須在七點半回到高普尼克家。我吐出軟軟的呻吟，伸手到床邊的桌子摸索關掉鬧鐘。我估計走回中央公園應該需要十五分鐘。我快速在心裡列出代辦清單，一面想著不知道浴室裡洗髮精還夠不夠、是不是需要燙一下我的上衣。

山姆的手臂伸過來把我拉向他。「別走。」他昏昏欲睡地說。

「不得不走啊。」他的手臂壓住我。

「遲到一下。」他睜開一隻眼。他聞起來又暖又甜，一條沉重、肌肉累累的腿緩緩滑到我身上，視線從頭到尾與我交纏。根本不可能抗拒。山姆感覺好多了。顯然好很多。

「我需要起來穿衣服。」

他吻我的鎖骨，羽毛般的吻讓我顫抖。他的嘴又輕又專注，開始一路向下。他從被子下抬眼看我，一邊眉毛揚起。「我都忘記這些疤了。我真的好喜歡這裡的疤。」他低頭親吻我髖部標記出那場手術的銀色隆起，我忍不住扭動起來，接著他又消失。

「山姆，我真的得走了。」我的手指揪住床單。

「山姆……山姆……我真的……噢。」

一段時間後，我的肌膚因為乾掉的汗水而刺痛，我呼吸沉重，趴在床上傻笑，意料之外的地方感覺肌肉痠痛。我的頭髮披在臉上，但我召喚不出力氣把頭髮撥開，其中的一縷隨著我呼吸而起起落落。山姆躺在我身旁，一隻手摸過床單找到我的手。「我想妳。」他說。他挪動身子，翻身壓上我，妥妥當當地抱住我。「露薏莎．克拉克。」他喃喃說道，聲音低得不可思議，在我體內的某處迴盪。

「妳對我做了什麼。」

「技術上來說，應該是你對我做了什麼吧。」

他一臉柔情。我抬起臉好親吻他。感覺像過去那四十八小時消失無蹤，我跟對的男人在對的地方，他的手臂環抱著我，他的身體美麗又熟悉。我一根手指沿他的臉頰往下畫，我靠過去緩緩親吻他。

「別再這樣了。」我們注視彼此。

「為什麼？」

「因為我會沒辦法控制自己，妳又已經遲到，我不想為妳丟掉工作負起責任。」

我轉頭看鬧鐘，眨了眨眼。「七點四十五分？你在開玩笑嗎？怎麼可能會七點四十五分了？」

我從他身體下鑽出來，雙臂拍打著跳進浴室。「噢，我的天啊。我大遲到。噢，不──噢，不不不不不。」我超快速地沖澡，水滴可能根本來不及觸及我的身體；我走出浴室時，他站在那兒一件件舉起我的衣服，好讓我直接套進去。

「鞋子。我的鞋子呢？」

他拿起我的鞋。「頭髮。」他比手畫腳。「妳需要梳頭髮。妳的頭髮全部……呃……」

「怎樣？」

「纏在一起。性感。剛做過愛的髮型。我幫妳打包。」我跑向門，但又被他一把抓住手臂拉向他。

「或是妳也可以，妳知道的，乾脆再多遲到一點點。」

「我已經多遲到一點點了。好多點。」

「就這麼一次。她是妳的新摯友，他們不會炒妳魷魚的。」他抱住我吻我，嘴脣滑到我的頸側，弄得我又一陣顫抖。「而且這是我在這裡的最後一個早晨……」

「山姆……」

「五分鐘。」

「不可能只有五分鐘。噢天啊——不敢相信我說得好像這樣很糟。」他挫折地咆哮。「該死。我今天覺得我沒事了。真正沒事。」

「相信我，我感覺得出來。」

「抱歉。」他說，接著又說：「不，我才不抱歉，一點也不。」

我對他咧開嘴笑，閉上眼回吻他，就算到現在，我依然覺得再次倒向勃艮地紅末日床單、忘記一切是多麼輕鬆的一件事。「我也是。不過只能之後再見了。」我鑽出他的懷抱，衝出房間，一路跑過走廊，聽見他大喊「我愛妳！」一面想著，儘管可能有臭蟲、床單不乾淨，還有糟糕的浴室隔音，說真的，這真是一家很不錯的旅館。

高普尼克先生的腿劇烈疼痛，大半夜都沒睡，弄得艾格妮絲焦慮又暴躁。她在鄉村俱樂部度過一個不愉快的週末，其他女人把她凍結在對話之外，而且還在水療區說她壞話。我在大廳經過納森時他對我咬耳朵，聽起來像十三歲少女留宿朋友家的惡毒之夜。

「妳遲到了。」艾格妮絲和喬治跑步回來時對我咆哮，一面用毛巾抹臉。我可以聽見高普尼克先生在隔壁房間也用異於尋常的高亢音量對電話說話。她說話時沒有看著我。

「我很抱歉。是因為我的……」我開口，但她已經從我身旁走過。

「今晚的慈善晚會弄得她發瘋。」麥克咕噥，抱著滿滿一懷抱的乾洗衣物和筆記夾板經過我身邊。

我死命翻找我腦中的翻轉式名片架。「兒童癌症醫院？」

「就是它。」他說。「她應該要帶上一幅塗鴉。」

「塗鴉？」

「一小幅畫。畫在一張特別的卡片上。他們會在晚宴時拍賣。」

「那有多難？她可以畫個笑臉或一朵花之類的啊。如果她想，我可以幫她畫。我會畫奸笑的馬，還可以加上一頂帽子，耳朵露出來。」我還是滿腦子山姆，發現很難看出哪裡有問題。

他看著我。「甜心。妳以為『塗鴉』真的是塗鴉？噢，不。必須是真正的藝術。」

「我的中等普通教育證書[16]美術拿到B。」

「妳真可愛。不，露薏莎，他們不自己畫。從這裡到布魯克林橋之間的藝術家顯然週末都忙著為了冷硬的鈔票創作可口的鋼筆畫小習作。她到昨晚才發現。離開俱樂部前，偷聽到兩個巫婆討論，她問她們，她們才吐實。所以猜猜妳今天要做什麼？祝妳有美好的早晨囉！」他給我一個飛吻後便匆忙走出門。

趁艾格妮絲淋浴、吃早餐，我上網搜尋「紐約藝術家」，這大概跟搜尋「有尾巴的狗」一樣有用。少數有網站也願意費心接電話的人，回應時都彷彿我要求他們去最近的購物中心裸體跳華爾滋。「妳想要費斯可先生畫一幅……塗鴉？為一場慈善晚宴？」其中兩個人直接掛電話。原來藝術家都非常嚴肅看待自己。

我打電話給所有我找得到的人、打電話到雀兒喜（Chelsea）的畫廊，還致電紐約藝術學院（New York Academy of Art），從頭到尾都努力不去想山姆現在在做什麼。他可能正在我們說過的那家快餐店大啖早午餐，像我們原本打算做的那樣在空中鐵道公園散步。我需要在他回英國前趕過去跟他一起搭史丹島渡輪；黃昏搭會很浪漫。我幻想我們，他手臂環抱著我，凝望自由女神像，他在我頭髮印下一吻。我拉回思緒，繼續搜索枯腸。接著我想到紐約我唯一認識有可能可以幫忙的人。

「喬許？」

「是？」背景是一百萬個男人在說話的聲音。

「我是——我是露薏莎．克拉克。我們在黃色舞會上見過面？」

「露薏莎！真高興妳打來！妳好嗎？」他聽起來很放鬆，彷彿週一到週日都有陌生女人打電話給他。說不定還真有。「等等，我去外面說……有什麼事嗎？」他有一種能讓你立即覺得自在的能耐。不知道美國人是不是天生具備這種能力。

「事實上，我遇上一點麻煩，但是我在紐約認識的人不多，所以想問問你能不能幫忙。」

「試試看囉。」

我解釋情況，沒提起艾格妮絲的心情和偏執，也沒提我面對紐約藝術領域時完全連話都說不清楚的恐怖場面。

「應該不會太難才對。妳什麼時候需要拿到畫？」

「這就是棘手的地方了。今晚。」

電話另一端傳來尖銳的抽氣聲。「好——喔喔喔。對。這難度高了一點。」

我一手耙過頭髮。「我知道，很瘋狂。要是早一點知道，我或許還能做點什麼。真的很抱歉打擾你。」

「不會，不會。可以解決的。晚點回妳電話好嗎？」

注16　General Certificate of Secondary Education，簡稱 GCSE。於英格蘭、威爾斯以及北愛爾蘭等地區的中學修習兩年（某些學校三年）課程後取得，為國際認可的學歷證明。

艾格妮絲在陽臺上抽菸。原來使用這空間的人根本不只有我。外面很冷，她裹著一件喀什米爾大披巾，淡粉紅色手指從柔軟的毛料中露出來。

「我打了幾通電話，現在在等人回覆。」

「妳知道她們會說什麼嗎，露薏莎？如果我拿出愚蠢的塗鴉？」

我等待。

「她們會說我沒文化。對一個愚蠢的波蘭按摩師，妳能抱多大期待？或是她們會說沒人願意幫我畫。」

「現在才十二點二十分，我們還有時間。」

「真不知道我為什麼要費心。」她輕輕地說。

嚴格說起來，我想這麼說，費心的並不是她。她目前的主要煩心事是抽菸和擺出悶悶不樂的樣子。不過我知道自己的身分。我的手機在這個時候響起。

「露薏莎？」

「喬許？」

「我想我找到能幫忙的人了。妳能來一趟東威廉斯堡（Williamsburg）嗎？」

二十分鐘後，我們已上車朝中城隧道而去。

路途中，蓋瑞木然又安靜地在前座，艾格妮絲打電話給高普尼克先生，為他的健康與疼痛而憂慮。「納森有去辦公室嗎？吃止痛藥了沒？你確定你沒事，親愛的？不用我幫你帶點什麼嗎？……不……我在車上。我得為今晚準備點東西。對，還在進行中。沒問題的。」

我在另一邊只聽得出是他的聲音。低沉、令人安心。

她掛斷，凝視車窗外，長長地嘆了一口氣。我等了一會兒，接著開始快速瀏覽我的筆記。

「所以，顯然這位史蒂芬．里考特（Steven Lipkott）是藝術界的明日之星，在許多重要的地方都舉辦過展覽。而且他是……」——我掃描筆記——「具象派，不是抽象派。因此妳只需要告訴他妳想要他畫什麼，他就會畫出來。只是我不確定他會收多少錢。」

「不重要。」艾格妮絲說。「反正會是場災難。」

我回頭用 iPad 上網搜尋這個畫家的姓名，發現他的作品確實很美，鬆了一口氣：描繪的是婀娜多姿的人體。我把 iPad 拿給艾格妮絲看，她的心情隨即好轉。「很不錯。」她聽起來幾乎像感到驚喜。

「對。如果妳想好自己想要什麼，我們可以請他畫出來，然後在……可能四點回去？」然後我就可以離開了，我無聲補充。我趁她瀏覽其他圖片時傳訊息給山姆。

——你怎麼樣呀？

——不錯。出來散步了一趟，很開心。買了一頂啤酒帽當紀念品給傑克。不准笑。

——眞希望我跟你在一起。

停頓。

——所以妳覺得妳幾點可以離開？我算了一下，我應該七點要離開去機場。

——希望是四點。保持聯絡。XXXXX

紐約的交通狀況代表我們得花一個小時才到得了喬許給我的地址：一個工業區後方一棟建築，原本是辦公大樓，看起來破破爛爛、毫無特色。蓋瑞停下車，懷疑地哼了一聲。「確定是這地方嗎？」他費力地在駕駛座轉過身。

我比對地址。「說是這裡沒錯。」

「我待在車上，露薏莎。我要再打一次電話給李奧納。」

上層走廊旁是成排的門，幾扇打開，流瀉出刺耳音樂聲。我緩步前進，一面查看門牌號碼。幾扇門外有白色乳膠漆，我經過一扇打開的門，裡面有一個身穿牛仔垮褲的女人正在一個大木框上展開畫布。

「嗨！妳知道史蒂芬在哪嗎？」

她用一把大釘槍對木框射出一連串釘子。「十四號。不過我想他剛剛出去覓食了。」

十四號在另外一端。我敲門，接著試探地推開門走進去。工作室裡排滿畫布，兩張大桌子上滿是濕漉漉的油畫顏料盤和磨損的粉蠟筆，牆上掛著美麗的巨幅畫作，描繪裸露程度不一的女人，有些畫尚未完成。空氣中有顏料和松節油的味道和陳年菸味。

「妳好。」

我轉身，看見一個手提白色塑膠袋的男人。他年約三十，相貌平庸但目光熱切，鬍子沒刮，衣服是皺巴巴的實用風格，彷彿他幾乎沒注意到自己穿了些什麼。他看起來像某一種男模，會出現在特別小眾的時尚雜誌裡。

「嗨。我是露薏莎．克拉克。我們稍早通過的電話？呃，不是我們——是你朋友喬許要我過來的。」

「噢，對。妳想買畫？」

「不算是。我們需要你畫一幅畫。小幅的就好。」

他在一張小凳子坐下，打開裝麵的盒子吃了起來，筷子快速把麵掃進嘴裡。

「用於慈善活動。他們畫這種塗——小幅畫作，」我糾正自己，「顯然紐約有很多頂尖藝術家為別人代筆——」

「頂尖藝術家。」他複述。

「嗯，對。顯然要的不是你自己創作的完成品，艾格妮絲，就是我老闆，她真的需要有位厲害的畫家為她代筆。」我的聲音高亢又焦慮。「我是說，應該不會花你太多時間。我們——我們不想要花俏的東西……」

他盯著我，而我聽見自己的聲音淡去，變得又薄又不確定。

「我們——我們會付錢。酬勞頗豐厚。」我補充。「而且是為了慈善的目的。」

他又吃一大口，專心致志的注視紙盒內。我站在窗邊等。

「是噢，」他吞下去後說，「我不是妳要的人。」

「但是喬許說——」

「妳想要我畫些東西以滿足某個女人的自尊心，這女人不會畫畫，但不想在一起吃午餐的其他女人面前露出馬腳……」他搖頭。「妳要我幫妳畫賀卡。」

「里考特先生，拜託你。我可能說明得不是很清楚。我——」

「妳說明得很清楚。」

「但喬許說——」

「喬許沒提到賀卡的事。我最討厭慈善晚宴這種狗屁了。」

「我也是。」艾格妮絲站在門口。她往前一步進入工作室，低頭查看有沒有不小心踩到散落一地的一條條顏料和紙張。她伸出一隻修長、蒼白的手。「艾格妮絲．高普尼克。我也很討厭這種慈善狗屁。」

史蒂芬．里考特緩緩起身，伸手與她相握，幾乎像是一種他不太有辦法控制的衝動，來自一個更講究禮節的年代。他的視線離不開她的臉。我都忘記第一次跟艾格妮絲見面就是會這樣了。

「里考特先生──對嗎？里考特？我知道這對你來說並不尋常，但我必須去參加這個有一屋子巫婆的晚宴。你知道嗎？真正的巫婆。但是我畫起畫來像戴連指手套的三歲娃娃。如果我必須去展示出我自己的畫，她們會把我說得比現在還難聽。」她坐下，從手拿包裡拿出一根菸。她伸手拿起放在他畫桌上的打火機點燃菸。史蒂芬．里考特依然看著她，筷子鬆鬆握在手裡。

「我不是這裡的人。我是個波蘭按摩師。沒什麼好丟臉的，但我不想給這些巫婆機會又看不起我。你知道被人看不起是什麼感覺嗎？」她吐煙，凝視他，歪著頭，因此細細的一縷煙水平飄向他。我覺得他可能還真的吸進去了。

「我──呃──知道。」

「所以我只是請你幫一個小忙。幫助我。我知道你不做這種事的，你是位認真的藝術家，但是我真的需要幫助。而且我會付你很多錢。」

工作室內寂靜無聲。手機在我後口袋震動，我努力忽視它。我知道我這一刻不該有動作。我們三個人在那裡站了像一輩子那麼久。

「好吧。」他終於開口。「不過有一個條件。」

「說吧。」

「我畫妳。」

剛開始沒人說話。艾格妮絲揚起一邊眉，接著緩緩抽一口菸，視線沒離開他身上。「我。」

「不可能都沒人提出這種要求吧。」

「為什麼要畫我？」

「別裝小女孩了。」

他說完微笑，而她面無表情，彷彿在判斷自己是不是遭受侮辱。她轉而看著自己的腳，再抬起頭時，是了，她的微笑，微小、不確定，一個他相信自己已經獲得的獎賞。

她在地板上摁熄菸。「需要多少時間？」

他把紙盒推到一旁，伸手拿一張白色厚紙。或許只有我注意到他是怎麼放輕了音量。「要看妳多擅長保持靜止。」

幾分鐘後，我回到車上。我關上車門，蓋瑞正在聽他的錄音帶，

「Por favor, habla mas despacio.」[17]

「噗爾發—否，阿—巴拉罵司跌司—趴司—咿喔。」他胖胖的手掌一掌拍在儀表板上。「啊，真爛。再試一次。阿巴拉罵司跌司趴司咿喔。」他又練習了三句，然後才轉身面向我。「她要很久嗎？」

我凝望車窗外，看著二樓那些空洞的窗。「真心希望不要。」

注17　西班牙文：請說慢一點。

艾格妮絲終於在三點四十五分出現；這個時候距離蓋瑞和我把原本就有限的話題用完，已經又過了一小時又四十五分鐘。他看完下載到 iPad 裡的有線電視喜劇（沒分我看的意思）後打起瞌睡，下巴擱在寬厚的胸膛上，一邊輕輕打呼。我坐在後座，隨著時間一分一秒過去變得愈來愈緊張，不時傳送大同小異的訊息給山姆，像是：*她還沒回來。還是沒回來。天啊，她到底在裡面做什麼？*他在城市另一邊的一家小熟食店吃完午餐，還說他餓得能吃下十五匹馬。他聽起來很開心、放鬆，我們交換的每一個字都在告訴我我身處錯誤的地方，我應該在他身邊、靠著他、感覺他的聲音在我耳裡震盪，這樣才對。我開始討厭艾格妮絲。

而她突然就這麼冒出來，大步走出建築，笑逐顏開，手臂下夾著一個扁平的包裹。

「噢，感謝天。」我說。

蓋瑞驚醒，快步繞過去為她打開車門。她平靜地滑進來，彷彿她只去了兩分鐘，而非兩小時。她身上帶著淡淡的菸味和松節油味。

「我們回去的路上需要在麥克納利．傑克森書店（McNally Jackson）[18]停一下，要買些漂亮的包裝紙。」

「家裡有包裝——」

「史蒂芬為我介紹了一種特別的手壓紙。我想用這種紙來包。蓋瑞，你知道我說的地方嗎？回去的路上可以繞去蘇活區，對吧？」她揮揮手。

我往後坐，覺得有點絕望。蓋瑞發動黑頭車，輕輕輾過坑坑巴巴的停車場，掉頭朝他心目中的文明之地駛去。

我們在四點四十分回到第五大道。艾格妮絲下車時，我緊抓著裝有特別包裝紙的袋子跑到她身旁。

「艾格妮絲，我——我在想……妳說過我今天可以提早離開……」

「不知道今晚穿坦柏麗[19]還是貝琪麗．米緒卡[20]好。妳覺得呢？」

我努力回想兩件禮服，但都想不起來。我正試著算出現在趕去時代廣場要花多長時間，山姆在那裡等我。「我覺得坦柏麗。毫無疑問。坦柏麗很完美。艾格妮絲——妳記得妳說過我今天可以早一點離開嗎？」

「但那件禮服的藍好暗沉，我不確定那種藍適合我。而且搭配的鞋子會磨腳跟。」

「我們上週談過的。可以嗎？我真的很想去機場替山姆送行。」我努力壓下聲音中的惱火。

「山姆？」她點頭對阿榭克打招呼。

「我男朋友。」

她想了想。「嗯。好。噢，她們一定會對這幅畫心服口服。史蒂芬是天才，妳知道嗎？真正的天才。」

「所以我可以去囉？」

「當然。」

我鬆了一口氣，垮下肩。如果我十分鐘內離開，我可以去南邊搭地鐵，五點半就能到他身邊。這

注18　位於蘇活區的獨立書店。
注19　英國時尚品牌 Temperley London。
注20　美國時尚品牌 Badgley Mischka。

樣的話，我們還可以共度一小時又多一點點的時間。總比沒有好。

電梯門在我們身後關上。艾格妮絲打開粉盒檢查口紅，對著倒影噘起嘴。「不過或許等到我著裝完畢吧。我需要多個人幫我看看那件坦柏麗。」

艾格妮絲換了四套衣服。我來不及去中城、時代廣場或任何其他地方和山姆會合。我只能在他進安檢前十五分鐘趕到甘迺迪機場。我一路推擠其他乘客，直到看見他站在出發時刻顯示螢幕前。我飛奔過機場一扇扇門，撲上他的背。「對不起。真的真的對不起。」

我們擁抱了一分鐘。

「發生什麼事？」

「因為艾格妮絲。」

「她不是說要讓妳提早走嗎？我以為她是妳的好朋友。」

「她只是執迷於塗鴉這件事，而且整個……噢，天啊，真令人瘋狂。」我雙手在空中飛舞。「我到底為什麼要做這個蠢工作，山姆？因為她沒辦法決定要穿哪件禮服，她就把我晾在那裡等。至少威爾是真的需要我。」

他低頭，額頭與我的額頭相觸。「我們共度了今天早上。」

我吻他，雙手環抱他的頸項，好讓我能全身靠著他。我們停在那兒，閉起雙眼，周遭的機場熙熙攘攘。

接著我的手機響起。

「我不接。」我對著他的胸口說。

手機堅持不懈地繼續響。

「可能是她。」他輕輕把我拉開。

我發出低微的咆哮，然後從後口袋拿出手機接起來。「艾格妮絲？」我用盡力氣壓下聲音中的惱火。

「我是喬許，只是打來問問今天進行得怎麼樣。」

「喬許！嗯……噢。很順利，謝謝你。」我稍微轉開，手蓋住另一邊耳朵。我感覺到山姆在我身旁一僵。

「所以他有幫妳們畫嗎？」

「有。她真的很高興。真的很感謝你幫忙牽線。我現在剛好正在忙，不過還是要謝謝你。你真是個超級大好人。」

「很高興能夠解決。再打電話給我，好嗎？找時間喝個咖啡。」

「當然！」我掛斷電話，發現山姆正看著我。

「喬許。」

我把手機放回後口袋。

「妳在舞會認識的那個傢伙。」

「說來話長。」

「好吧。」

「他今天幫我解決艾格妮絲塗鴉的這件事。我孤注一擲啊。」

「所以妳有他的電話號碼。」

「這裡是紐約。每個人都有每個人的電話號碼。」

他一隻手緩緩爬過頭頂，別開頭。

「沒什麼，真的。」我走近一步，拉著他的皮帶扣環把他拖向前。我感覺得到這個週末再度從我指尖溜走。「山姆……山姆……」

他垮了下來，手臂環住我，下巴擱在我頭頂，一面左右搖頭。「這真是……」

「我知道。」我說。「我知道。但是我愛你，你也愛我，我們至少成功做了一點裸體的事。而且感覺很棒，對吧？裸體的事？」

「只維持大概五分鐘。」

「過去四週以來最棒的五分鐘。可以幫助我再撐過四週的五分鐘。」

「其實是七分鐘。」

我的雙手滑入他的後口袋。「我們不要畫下糟糕的句點。拜託。我不希望你生氣地離開，只因為某個對我來說真的一點意義也沒有的傢伙打電話來。」

他迎上我的視線，表情軟化；他向來都這樣。放鬆時一臉冷冰冰，看著我時表情卻會融化，那樣子是我愛他的其中一個點。「我不是生妳的氣。我氣的是我自己。還有不管是飛機餐，還是墨西哥捲餅。還有那個顯然沒辦法自己穿上禮服的女人。」

「我耶誕節會回去一整週。」

山姆皺眉，雙手捧住我的臉。他的手很溫暖，有點粗糙。我們靜靜站了幾分鐘，然後親吻，大概幾十年過去後，他站直，瞥了一眼顯示螢幕。

「現在你得走了。」

「現在我得走了。」

我嚥下喉嚨裡隆起的疙瘩。他又吻我，接著把包包甩上肩頭。他被吞進安檢大門後，我站在機場大廳看著他剛剛站的位置看了整整一分鐘。

整體而言，我並不是情緒化的人。我很不擅長甩門、咆哮、翻白眼那些。不過那晚回城裡的時候，我像個當地人一樣推擠穿過地鐵月臺上的人群、架開雙肘、繃著臉。我發現自己整趟路程都在看時間。他進候機室了。他在登機。然後……他起飛了。一到他的班機要起飛的時間，我隨即感覺到體內某個東西下沉，心情也變得更加黑暗。我買了一些外帶壽司，從地鐵站走回高普尼克家的大樓。回到我的小房間後，我坐下，注視著壽司盒，然後是牆，發現我不能自己待在這裡胡思亂想，於是我敲響納森的房門。

「請進！」

納森正拿著啤酒看橄欖球賽。他穿著海灘短褲和T恤，經過最輕微的延遲後抬頭看我；別人在告訴你他們真的心有旁鶩時就會這樣。

「我可以在這裡吃晚餐嗎？」

他又把視線從螢幕扯開。「糟糕的一天？」

我點頭。

「需要抱抱？」

我搖頭。「虛擬的就好。你對我好的話，我可能會哭出來。」

「啊。妳男人回家了，對吧？」

「真是一場災難，納森。他幾乎從頭到尾都身體不舒服，而且艾格妮絲不遵守承諾讓我今天提早下班，所以我根本沒多少時間跟他見面；真正見面時，我們之間又很……尷尬。」

納森嘆了口氣，調低電視音量，拍拍他身旁的床。我爬上去，把外帶的袋子放在大腿上，而稍後我會發現醬油漏到我的工作褲上了。我把頭靠在他的肩上。

「遠距離關係很難維持。」納森宣告，彷彿他是第一個思考過這件事的人。接著他補充：「真的很難。」

「對。」

「不只是性的問題，還有不可避免的嫉妒。」

「我們不是愛吃醋的人。」

「但他不會是妳一個分享事情的對象。日常瑣事。而那些事情很重要。」

他遞出啤酒，我牛飲一口後還給他。「我們原本就知道會很難。我是說，我們在我離開前都討論過。不過你知道真正讓我心煩的是什麼嗎？」

他把視線從螢幕上拖回來。「繼續說。」

「艾格妮絲明知道我有多想跟山姆相聚。我們聊過的。是她說我們應該要在一起、我們不該分開，巴拉巴拉巴拉。最後她卻逼我陪她到最後一分鐘。」

「工作就是這樣，小露。以他們為優先。」

「但是她知道那對我來說多重要。」

「或許吧。」

「她應該要成為我朋友才對啊。」

納森揚起一邊眉。「小露，崔諾家不是一般的雇主。威爾不是一般的雇主。高普尼克家也不是。這些人或許會表現得很友善，但妳終究得記住這是一種權力關係。是一場交易。」他大口喝一口啤酒。「妳知道高普尼克家的上一任社交祕書發生什麼事嗎？艾格妮絲對老高普尼克說她在她背後亂講話、散布祕密，於是他們開除她。在她為高普尼克家工作二十二年後。他們開除她。」

「那她有嗎？」

「有什麼？」

「散布祕密？」

「我不知道。不過那不是重點，對吧？」

我不想反駁納森，不過如果對他解釋艾格妮絲跟我之間為什麼那麼不同，那就等於背叛艾格妮絲。於是我什麼也沒說。

納森似乎想說些什麼，但又改變主意。

「什麼？」

「聽著……魚與熊掌不能兼得。」

「什麼意思？」

「這份工作真的很棒，對吧？我是說，妳今晚或許不這麼覺得，不過妳在紐約的心臟有一份很棒的工作，薪水好，雇主也還不錯。妳可以去各種厲害的地方，偶爾還有額外津貼。他們買了一件將近三千美元的禮服給妳，對吧？我幾個月前有機會陪高先生去巴哈馬群島，五星級飯店、海景房，應有盡有，而且每天只要工作幾小時。所以我們很幸運。不過長遠來說，最後可能會發現一切的代價是跟某人建立起關係，但這個人的人生跟妳是天壤之別。這是妳出發來這裡的時候就做的決定。」

我盯著他。

「我只是覺得妳對這些事應該現實一點。」

「你不算幫上忙，納森。」

「我是在跟妳實話實說。而且，嘿，往好處想，我聽說妳今天塗鴉那件事處理得很好。高先生跟我說他真的印象深刻。」

「他們真的喜歡？」我努力不要因為喜悅而發起光來。

「噢，夥伴。不開玩笑，他們愛死了。她會讓那些慈善女士們大開眼界。」

我靠著他，而他又把音量調高。「謝謝你，納森。」我打開壽司。「你是真朋友。」

他稍微扮了個鬼臉。「是啊。說到這個魚，妳有沒有可能等回妳自己房間再吃？」我蓋上壽司盒。他說得對。魚與熊掌不能兼得。

10.

寄件者：BusyBee@gmail.com
收件者：MrandMrsBernardClark@yahoo.com

嗨，媽，

抱歉這麼晚回信，我在這裡挺忙的，一刻不得閒呢！

很高興妳喜歡那些照片。對，地毯是純羊毛，幾塊小地毯是絲質的，木材絕對不是膠合板，我也問過伊拉莉雅，他們都趁他們每年去漢普頓（Hamptons）待一個月時把窗簾送去乾洗。清潔人員非常仔細，不過伊拉莉雅不信任他們，每天都自己清理廚房地板。

對，高普尼克太太確實有開放式淋浴間，在她自己的更衣室裡也有妳可以直接走進去的衣櫃。她很喜歡她的更衣室，很常在裡面跟她人在波蘭的媽媽通電話。我沒辦法如妳要求計算有多少鞋子，不過我會說肯定超過一百雙。她都收在鞋盒裡疊起來，盒子外面貼上照片，她就知道哪雙鞋放哪。她買新鞋的話，我的工作就是拍照。她有一臺專門替鞋子拍照的相機。

很高興妳的藝術課程進展順利，「夫妻溝通更上一層樓」課程聽起來很厲害，不過妳一定要跟爸說那跟房裡的事無關。他這週寄了三封電子郵件給我，問我覺得他有沒有可能假裝有心臟雜音。

爺爺身體不舒服眞是太糟了。他還會把蔬菜藏在桌子下嗎？妳確定有必要停掉晚上的課？好像很可惜呢。好啦，得停筆了。艾格妮絲在叫我。我會告訴妳耶誕節的狀況，不過不用擔心，我會回去的。

愛妳，露薏莎

XXX

附註：不，我沒有再見到勞勃．狄尼洛，不過，好，如果我再看見他，我一定會跟他說妳非常喜歡他在《教會》（The Mission）裡的演出。

附註二：不，我真的沒有去過安哥拉，也不急須有人轉帳給我。不要回應那些。

我不是憂鬱的專家。威爾過世後，我甚至也不了解自己的憂鬱，不過我發現艾格妮絲的心情格外難以捉摸。我媽那些憂鬱症的朋友——人數多得叫人沮喪——似乎被生活擊垮、在濃霧中掙扎，這濃霧突然侵襲，讓他們再也看不見歡樂，也沒有高興起來的指望，遮蔽住他們前進的道路。你可以從他們在鎮上走動的模樣看出來：彎腰駝背、嘴抿成忍耐的細線。悲傷彷彿從他們體內滲出。

艾格妮絲就不同了。她前一分鐘活潑又喋喋不休，後一分鐘就變得哭哭啼啼又暴怒。他們跟我說她覺得被孤立、被品頭論足，沒有盟友。不過從來就不是那回事。因為我愈是跟她在一起，我愈是發現她並不是真的受那些女人威脅：她是被她們觸怒。她會因為覺得不公平而勃然大怒，對高普尼克先生尖叫；她會在他背後殘酷地模仿她們，憤怒地抱怨前高普尼克太太，或是伊拉莉雅和她的陰謀詭計。她反覆無常，根本就是人形怒火，咆哮著 cipa 或 debil 或 dziwka[21]。（我會趁空閒時 Google 一下，查到之後耳朵都變成粉紅色了。）

然後，突然間，她又是完全不一樣的人——一個躲進房間安靜哭泣的女人，一個用波蘭文通完漫長的電話後一臉寒霜、緊繃的女人。她的悲傷以頭痛的形式現身，而我永遠沒辦法確定是真是假。

我在一家咖啡店用免費無線網路跟翠娜聊過這件事；就是我到紐約的第一個早晨去的那家咖啡店。我們用的是 FaceTime 語音通話。比起我們聊天時看著彼此的臉，我更喜歡用語音通話就好——我總是為我的鼻子看起來很大、別人在我身後做什麼而分心。另外，我也不想讓她看見我正在吃的奶油瑪芬有多大。

「說不定她是躁鬱症。」翠娜說。

「是啊。我查過了，但看起來不像。她沒有那種躁症，只是有點……精力旺盛。」

「我不確定每個人的憂鬱症狀都會是一樣的，小露。」我妹說。「除此之外，美國不是每個人都有點問題嗎？他們不是吞一大堆藥丸？」

「不像在英國，媽會要妳去輕快地好好散個步。」

「抽離自己。」我妹竊笑。

「把苦瓜臉翻轉成笑臉。」

「擦一點好口紅，讓妳的臉亮起來。好啦，誰還需要那些愚蠢的藥？」

我離開後，翠娜和我的關係產生一點變化。我們每週通一次電話；成年以來，我們說話時她第一次不再嘮嘮叨叨。她似乎真的對我現在生活的樣貌感興趣，不停問我工作的事、我去拜訪哪些地方，還有我周遭的人整天都做些什麼。當我問她意見，她通常回給我深思熟慮後的回應，而非只是罵我傻、問我懂不懂 Google 是做什麼用的。

注21　皆為波蘭文，依序是女性下體、白癡和蕩婦的意思。

她兩週前透露她喜歡上某個人了。他們去肖迪奇（Shorditch）一家酒吧喝調酒，然後去克萊頓（Clapton）的快閃電影院，之後幾天都覺得暈頭轉向。我妹妹居然會覺得暈頭轉向，這可是新鮮事。

「他是什麼樣子？現在一定可以透露些什麼了吧？」

「我還不想說。每次提起這些事就會出錯。」

「就算是跟我說也不行嗎？」

「現階段不行。就是……嗯。總之。我很快樂。」

「噢，所以妳才這麼親切。」

「什麼？」

「有些床事發生了。我還以為是因為妳終於認可我對我人生的安排。」

她大笑。我妹妹通常不笑的，除非是在取笑我。「我只是覺得所有事都順利真的很美好。妳在美國有一份很棒的工作。我愛我的工作。湯姆跟我都喜歡住在城裡。我覺得整個世界真的都為我們而開展。」

我妹說出這番言論真是太難得，所以我不忍心提起山姆的事。我們又聊了一會兒，說到媽想去附近的學校打工，還有爺爺健康日益惡化，這代表媽沒有去應徵。我吃完瑪芬、喝完咖啡後發現，儘管我還是對家裡的事興致勃勃，但我一點也不想家。

「不過妳不會開始用起該死的大西洋彼端口音吧。」

「我就是我，翠娜。這一點很難改變。」我用該死的大西洋彼端口音說。

「妳這個傻子。」

「噢，天啊。妳還在。」

我回到家時，德威特夫人正在雨棚下戴手套，準備離開大樓。我退後，靈巧地不讓狄恩馬丁的牙咬到腿，禮貌地對她微笑。「早安，德威特夫人。我還能去哪呢？」

「我以為那個愛沙尼亞脫衣舞孃已經把妳解雇了。真訝異她竟然不怕妳帶著那個老男人跑掉，跟她自己一樣。」

「那不太是我做事的方法，德威特夫人。」我爽朗地說。

「前幾天晚上，我又聽見她在走廊上大吼大叫。吵死人。至少另外一個只是悶悶不樂個幾十年，對鄰居來說輕鬆多了。」

「我會轉達。」

她搖頭，原本就要走開，但又停下腳步盯著我的衣服。我穿著金色的細紋百褶裙，搭配假皮草背心和一頂顏色像巨大草莓的無邊帽；兩年前，這頂帽子被當作耶誕禮物送給湯姆，但他覺得太「娘」，拒絕戴上。我腳下是一雙亮紅色亮面厚底皮鞋，我在一家兒童鞋店買的，當時置身飽受煩擾的媽媽和尖叫不休的幼兒間，發現穿得下這雙鞋時，我忍不住對空揮拳。

「妳的裙子。」

我低頭看，準備好迎接任何苛薄評論。

「我以前有一件碧芭[22]的裙子，跟妳的裙子很像。」

「這件就是碧芭啊！」我欣喜地說。「我兩年前在網路拍賣買的。四點五英鎊！只有腰帶上一

注22 Biba，一九六〇至七〇年間紅極一時，但曇花一現的倫敦時尚品牌，創辦人兼設計師為Barbara Hulanicki，一九六四年於倫敦肯辛頓區開設第一家實體店面，蔚為風潮。

個小小的破洞。」

「我有一件一模一樣的。我六零年代的時候很常到處旅行，每次去倫敦都會在他們的店裡待上幾個小時，常常整箱整箱寄碧芭的洋裝回曼哈頓的家裡。這裡找不到相似的東西。」

「那家店聽起來像天堂，我看過照片。」我說。「以前能這樣做真是太神奇了。您以前在哪裡高就？我是說，您為什麼這麼常旅行？」

「我在時尚產業工作，一份女性雜誌，叫作──」她彎腰，被一連串咳嗽襲擊，我等她緩過氣來。「嗯。無論如何。妳看起來相當明理。」她伸出一隻手撐著牆，接著轉身沿街道蹣跚走開，狄恩馬丁滿懷惡意地回頭瞥了我和路邊幾眼。

剩下的這週，用麥克的話來說，很有意思。塔碧莎位於蘇活區的公寓在整修，我們的公寓有一週左右的時間都淪為戰場。這一連串的地盤爭奪戰在男性眼中顯然並不存在，對艾格妮絲來說卻又明顯過頭；只要她認為塔碧莎不在附近，我都可以聽見她對高普尼克先生嘶聲抱怨。

伊拉莉雅很享受身為步兵的角色。她靠準備塔碧莎最愛的食物攻城掠地：辣咖哩和紅肉，這些艾格妮絲都不吃；艾格妮絲提出抱怨時，她總假裝自己並不知情。她確保優先處理塔碧莎洗好的衣物，整整齊齊摺好放在她床上；同時間，艾格妮絲卻得穿著浴袍在公寓裡奔走，努力弄清楚她預定那天要穿的襯衫到底發生什麼事。

到了晚上，塔碧莎每每占據起居室，同時艾格妮絲跟波蘭的媽媽通電話。塔碧莎一面滑她的 iPad 一面吵吵鬧鬧地哼歌，直到滿腹怒火無聲悶燒的艾格妮絲起身撤退回她的更衣室。塔碧莎偶爾邀請女性朋友來家裡，她們占領廚房或電視房，咯咯喧鬧，聊八卦、傻笑；如果艾格妮絲剛好經過，圍成一圈的金色腦袋旋即轉為靜音。

「這也是她家，親愛的。」艾格妮絲提出抗議時，高普尼克先生會溫和地這麼說。「她確實在這長大。」

「她對待我的方式就好像我只是暫時的裝置。」

「她終究會習慣妳的。她在許多方面都還只是個孩子。」

「她二十四歲了。」艾格妮絲會發出一種我頗確定沒有任何一個英國女人發得出來的低沉咆哮聲（我自己試過幾次），惱怒地雙手一攤。麥克則是從我身旁經過，表情凝定，視線溜向我，表達無聲的團結。

艾格妮絲要我用聯邦快遞寄一個包裹到波蘭，還要我用現金付帳並保留收據。那個箱子很大、方方正正的，但並不是特別重。她在書房跟我說這件事；她喜歡鎖上門，伊拉莉雅則深惡痛絕。

「裡面是什麼？」

「只是要給我母親的禮物。」她揮動一隻手。「但是李奧納覺得我在我家人身上花太多錢，所以我不想讓他知道我寄東西回去。」

我背著包裹到西五十七街的聯邦快遞辦公室排隊等候。在服務人員的協助下填表格時，他問：「內容物是什麼？海關會需要填這部分。」我這才發現我並不知道。我傳訊息問艾格妮絲，而她飛快回覆：

——說是給家人的禮物就好。

「但是什麼樣的禮物呢，女士？」那男人不耐煩地問。

我又傳訊息問。後面的隊伍中有人清楚地嘆了一口氣。

——小東西。

我瞪著艾格妮絲傳來的訊息，接著把手機拿給那男人看。「抱歉，她只說這樣。」他看了看。「是啊，小姐。這樣實在沒什麼幫助。」

我又傳訊息。

——叫他別管閒事！他幹麼管我想寄什麼給我母親！

我把手機塞進口袋。「她說是化粧品、一件針織衫和幾片DVD。」

「價值呢？」

「一百八十五元又五十二分。」

「終於。」聯邦快遞的職員咕噥。我交出現金，希望沒人注意到我另外一隻手交叉的手指。

週五下午，艾格妮絲上鋼琴課，我回房間打電話回英國。撥山姆的電話時，光是想到快要能夠聽見他的聲音，我就感覺到熟悉的興奮躁動。有些日子裡，我真的好想他，這樣的思念有如疼痛般時時跟著我。我坐在那兒等電話接通。

一個女人接起。

「你好？」她的語氣文雅，聲音的邊緣稍微有點沙啞，像是抽了太多菸。

「噢，抱歉，我一定是按錯電話號碼了。」我稍微把手機拿開耳邊，仔細查看螢幕。
「妳想找誰？」
「山姆？山姆．菲爾汀？」
「他在沖澡，等等。我去叫他。」她的手蓋住話筒，大喊他的名字，聲音一時變得模糊。我彷彿石化。山姆家並沒有年輕女性。「他要過來了，」她幾分鐘後說，「請問是哪位找呢？」
「露薏莎。」
「噢，好。」
長途電話會讓人莫名注意到語調和重音的細微差異，而她那聲「噢」裡面有些什麼讓我感到心神不寧。我正要問對方是誰，但山姆已接起電話。
「嘿！」
「嘿！」我的嘴突然乾掉，所以聲音詭異地破碎，還得試兩次才發得出來。
「怎麼了？」
「沒事！我是說沒什麼要緊的事。我——我只是，你知道的，想聽聽你的聲音。」
「等等，我關一下門。」我想像得出他在他的小小列車車廂裡，正拉上臥室的門。他回來後聽起來心情很好，跟我們上次通話時不太一樣。「過得怎麼樣啊？一切都好吧？妳那裡現在幾點？」
「剛過兩點。嗯，剛剛那是誰？」
「噢，是凱蒂。」
「凱蒂。」
「凱蒂．英格姆（Ingram），我的新搭檔？」
「凱蒂！好！那……呃……她在你家做什麼？」

「噢，她待會順道載我去唐娜的告別派對。我的機車送修了，排氣系統出問題。」

「她真的在照料你呢！」我心不在焉地想著不知道他這會兒是不是只包浴巾。

「對啊。她住在同一條路上，所以合情合理。」他用一種自知有兩個女人在聽的馬虎中性語氣說道。

「所以你們在哪聚會？」

「哈克尼（Hackney）的那家西班牙小酒館？原本是教堂那家？不確定我們有沒有去過。」

「教堂！哈哈哈！那你一定要乖一點囉！」我大笑，有點笑太大聲。

「一群急救員晚上一起找樂子？應該很難。」

一陣短暫的沉默。我試著忽略糾結的胃。山姆的聲音放軟，「確定妳沒事嗎？妳聽起來有點——」

「我沒事！真的！就像我剛剛說的，只是想聽聽你的聲音而已。」

「親愛的，很高興能跟妳說話，但我真的得走了，凱蒂順道載我已經很夠意思，而且我們遲到了。」

「好！嗯，玩得開心！別做任何我不會做的事喔！」

我用了一堆驚歎號。「幫我祝福唐娜！」

「沒問題。再聊喔。」

「愛你。」我不想聽起來這麼憂鬱的。「寫信給我！」

「啊，小露……」他說。

接著電話就斷了；安靜過頭的房間裡，只剩下我獨自盯著手機。

我在一個小型放映室安排了一場新電影私人放映會，還準備了配電影用的小點心，受邀對象是高普尼克先生生意夥伴的妻子。我為了沒收到的花而提出帳單爭議，接著跑去絲芙蘭[23]買了兩瓶亮光指甲油；艾格妮絲之前在《Vogue》上看到，想帶去鄉間住所。

我的班在兩分鐘前結束，高普尼克夫婦也已離家去度週末，我對問我要不要吃前一天吃剩的肉丸的伊拉莉雅說了聲：「不了謝謝。」，後奔回房間。

我做了愚蠢的事。我在臉書搜尋她。花不到四十分鐘就從上百個目標中過濾出這位凱蒂．英格姆。她的個人檔案沒上鎖，還包含國民保健署的標幟，工作簡介寫著「急救員：我愛我的工作！！！」她的髮色可能是紅或草莓金，從照片看不太出到底是哪一種，年紀可能將近三十，很美，獅子鼻。她發布的前三十張照片內容都是她和朋友一起歡笑，凍結在美好時光中。她穿比基尼好看得天怒人怨（二〇一四年史基阿索斯[24]！！真可笑！！！！），她有一隻毛茸茸的小狗，酷愛搖搖晃晃的高跟鞋，有個一頭黑長髮、熱愛在照片中親吻她臉頰的超級好朋友（我一時懷抱她是同性戀的期望，但她加入了一個臉書社團，名稱是：因為布萊德．彼特恢復單身而竊喜的人請舉手！！）。

她的「感情狀況」標示為單身。

我瀏覽她的貼文，暗自討厭自己這麼做，但又停不下來。我掃描她的照片，努力想找到她看起來很胖或繃著臉，或是生了什麼鱗狀皮膚病的影像。我點了又點，正要闔上筆記型電腦時突然停住。找到了，三週前發布。明亮的冬日，凱蒂．英格姆身穿暗綠色制服，裝備驕傲地放在腳邊，站在東倫敦

注23　Sephora，創始於紐約的美妝店。
注24　Skiathos，希臘位於愛琴海上的小島。

急救站外。這次她的手臂勾著山姆。他身穿制服站在那裡，雙臂交抱，對著相機微笑。

「全世界最棒的搭檔。」照片說明寫著，「愛死我的新工作！」

她那位黑髮好朋友在下面留言：「真不知道是為什麼呢……」還加上一個眨眼的貼圖。

吃醋是這樣的：不好看。妳心裡理性那部分也知道。妳不是愛吃醋的女人啊！那種女人很討厭！而且一點道理也沒有！如果有人喜歡妳，他會待在妳身邊；如果他沒有喜歡妳到願意待在妳身邊，那反正跟他在一起也不值得。妳知道的。妳是個明智、成熟的二十八歲女人。妳讀過自我成長的文章。妳看過《菲爾醫師》[25]。

不過當妳跟妳那個英俊、善良、性感的急救員男友相隔三千五百英里，他的新搭檔又聽起來和看起來都像龐德女郎——這個女人每天至少十二小時都在離妳愛的男人非常近的地方，這男人也已經對妳坦承他覺得肉體上分隔兩地對他來說有多難——於是妳心裡理智的部分被一隻蹲伏在那兒的巨大蟾蜍狠狠壓輾，這隻蟾蜍就是不理智的妳。

做什麼都沒用，我就是沒辦法把他們兩個人的影像從我腦中刮除。這影像自己卡了進去，像是黑色底片上的一抹白，在我眼睛後的某個地方縈繞不去：她稍微曬黑的手臂緊緊纏住他的腰，手指輕輕放在他制服的腰帶上。他們是否在深夜的酒吧並肩而坐，她聽了他們之間某個共享的笑話後用手肘輕推他？她是不是那種愛毛手毛腳的女人，想強調時會伸手過去拍他的手臂？她是不是很好聞，所以每天他離開她時都覺得若有所失？

我知道繼續這樣下去會發瘋，但我停不下來。我想過打電話給他，但是沒什麼比清晨四點打電話更像緊迫盯人、沒安全感的女朋友了。我的思緒在一朵巨大的毒雲中旋轉、翻滾、墜落。我因為這些思緒而討厭自己，但它們只是繼續旋轉、墜落。

「噢，為什麼你不跟個善良的胖男人搭檔就好？」我對著天花板喃喃自語，最後終於在凌晨時分睡著。

週一我們跑步（我只停下來一次），然後去梅西百貨購物，替艾格妮絲的外甥女買了一堆兒童衣服。我到聯邦快遞把衣服寄去克拉科夫，這次對內容物滿懷信心。

午餐時，她對我談起她妹妹，說她太早婚，嫁給附近啤酒廠的經理，他對她欠缺尊重，她現在覺得飽受踐踏、自己一點價值也沒有，艾格妮絲沒辦法說服她離開。「她每天對我母親哭，就因為她丈夫對她說的話：她很胖、她很醜或是他可以找更好的女人。那個臭屌頭雞屎人。一隻狗就算喝了一百桶水也不會想在他腳邊撒尿。」

吃甜菜根葉沙拉時她吐露，她的終極目標是把她妹妹帶來紐約，遠離那個男人。「我想我可以說服李奧納給她一份工作，或許當他辦公室裡的祕書，不然當公寓的管家更好！我們就可以擺脫伊拉莉雅了！我妹妹很棒，妳知道嗎，非常認真，不過她不想離開克拉科夫。」

「說不定她不想中斷她女兒的教育。我妹妹要把湯姆帶到倫敦時就非常緊張。」我說。

「嗯。」艾格妮絲說。但我看得出來，她並不真的認為這會是阻礙。我懷疑對有錢人來說是否任何東西都不會是阻礙。

我們回來才不到半小時，她就看了看手機，宣布我們要去東威廉斯堡。

「去找那個藝術家？但我以為——」

「史蒂芬在教我畫畫。繪畫課。」

注25　以美國心理學家兼勵志作家、脫口秀主持人 Dr. Phil McGraw 為名的脫口秀。

我眨眼。「好。」

「這是給李奧納的驚喜，所以妳絕對不可以說出去。」

她整趟路程上都沒看我。

「妳還真晚。」我到家時，納森說道。他正要跟健身房的朋友出去打籃球，裝備袋掛在肩上，連帽上衣的帽子套在頭上。

「是啊。」我放下袋子，裝滿熱水壺。我買的麵裝在塑膠袋的紙盒裡，我把麵拿出來放在流理檯上。

「有去什麼好地方嗎？」

我遲疑了。「就是……跑來跑去囉。你知道她的。」我打開熱水壺。

「妳還好嗎？」

「我沒事。」

我感覺得到他注視著我；我轉身，擠出微笑。他拍拍我的背，轉身離開。「有些日子就這樣，嗯？」

是啊，有些日子。我注視流理檯面。我不知道能對他說什麼。我不知道該怎麼解釋蓋瑞和我在車上等待的那兩個半小時：我的視線一再飄向上方被遮掩的窗透出的光，而後又回到我的手機。一小時後，蓋瑞聽語言教學聽膩了，他傳訊息給艾格妮絲，說停車場的工作人員要他移車，她要走的時候再傳訊息給他，但她沒有回應。我們開過街角，他把車加滿油後建議我們喝杯咖啡。「她沒說要多久，這通常表示至少會耗上幾個小時。」

「以前也這樣過嗎？」

「高太太高興怎樣就怎樣。」

他在一家幾乎空無一人的快餐店幫我買了一杯咖啡，這家餐廳鍍膜的菜單展示出每一道餐點的照片，只是每張照片都光線不足。我們靜靜坐著，密切注意各自的手機，以免她打來，一面觀看威廉斯堡的薄暮緩緩轉換為霓虹燈點亮的夜。我搬到全世界最令人興奮的城市，然而有些日子，我覺得我的生活似乎縮小了：黑頭車到公寓、公寓再到黑頭車。

「所以你在高普尼克家工作很久了嗎？」

蓋瑞緩緩在他的咖啡裡拌入兩包糖，胖掌捏爛包裝紙。「一年半。」

「你之前為誰工作呢？」

「別人。」

我啜飲一口咖啡；意外好喝。「你都不在意？」

他在濃密的眉毛下抬眼看我。

「老是閒晃？」我說得更清楚些。「我是說——她常這樣嗎？」

他繼續攪拌咖啡，視線回到馬克杯上。「小朋友，」他一分鐘後才開口，「我不是故意要無禮，不過我看得出來，妳不會在這行做太久；如果妳不要問問題，妳做這工作的時間會大大拉長。」他往後靠向椅背，肥胖的身體輕輕在膝蓋上方伸展。「我是司機，他們需要我時我就出現。有人對我說話我才開口。我什麼也沒看見、什麼也沒聽見、什麼也不記得。就是這樣，我才能在這場子待上三十二年，還供兩個不知感恩的小鬼念完大學。我兩年半後提早退休，然後就搬去我在哥斯大黎加海邊買的房子。妳就是這樣過。」他用紙巾抹抹鼻子，弄得下頷胡亂顫動。「懂嗎？」

「什麼也沒看見、什麼也沒聽見……」

「什麼也不記得。妳懂了。要甜甜圈嗎？這裡的甜甜圈很不錯。整天都新鮮出爐。」他起身，沉重地走到櫃檯。回來後，他沒再跟我多說什麼，只在我跟他說對，甜甜圈確實很不錯時，心滿意足地點頭。

艾格妮絲回來時一言不發。幾分鐘後她問：「李奧納有打電話來嗎？我不小心把手機關掉了。」

「沒有。」

「他一定在辦公室。我打給他。」她撫平頭髮，在她的位子坐好。「剛剛的課很不錯，我真的覺得我學到很多東西。史蒂芬是很棒的藝術家。」她宣布。

我到回家的半路上，才發現她根本連一幅畫也沒帶。

親愛的湯姆，

我寄了一頂棒球帽給你，因為納森和我昨天去看了一場現場的棒球賽，所有球員都戴這種帽子（事實上他們戴頭盔，不過這是傳統的版本）。我幫你和另外一個我認識的人各買一頂。請你媽幫你拍一張你戴上這頂帽子的照片，好讓我貼在我牆上！

沒有，很遺憾，美國的這個部分一個牛仔也沒有——不過我今天要去一個鄉村俱樂部，我會特別留意看看有沒有哪個牛仔騎馬經過。

謝謝你幫我的小屁屁和我幻想中的狗畫的圖。我一直沒發現原來我褲子下的臀部是那種紫色，不過我會放在心上，以免我哪天決定像你畫的那樣裸體走過自由女神像。

我覺得你的版本的紐約說不定比眞正的紐約還好玩呢。

附上一大堆愛

小露姨 XXX

大松樹鄉村俱樂部（Grand Pines Country Club）在蒼翠的鄉間連綿好幾英畝，裡面的樹木和原野如此完美地起伏延展，而且又是如此生機勃勃的綠，活像剛從七歲小孩的蠟筆幻想畫中蹦出來。

這是涼爽、晴朗的一天，蓋瑞載著我們緩緩爬上長長的車道，車子在朝四面八方延伸的白色建築前停下時，身穿淡藍色制服的年輕男人走上前打開艾格妮絲的車門。

「早安，高普尼克太太。您今天好嗎？」

「很好，謝謝你，藍迪（Randy）。你呢？」

「再好不過，女士。裡面開始忙了。今天可是大日子！」

瑪莉是在高普尼克先生的鄉村俱樂部服務最久的員工之一，她即將退休，但高先生被工作絆住，因此改由艾格妮絲送上退休禮物。過去這週，艾格妮絲花了很多時間清楚表達她對不得不做這件事的感覺。她討厭鄉村俱樂部。前高普尼克太太的密友會在這。艾格妮絲也討厭對眾人說話。沒有李奧納，她做不到。然而這一次，他不為所動。做這件事可以幫助妳宣示領土，親愛的。而且露薏莎會陪著妳。

我們練習她的演講，也制定計畫。我們會盡可能晚到大房間（The Great Room），在上開胃菜前的最後一分鐘才到，因此我們可以一邊致歉一邊坐下，把錯都推到曼哈頓的交通上。瑪莉．藍得，也就是聚光燈焦點那位將退休的員工，將會在下午兩點的咖啡後起身，幾個人會歌功頌德一番。然後艾格妮絲起身，為高普尼克先生無法出席而致歉，再多歌功頌德一點，接著送出退休禮物。我們會得體地多待半小時才離開，以城裡的重要事務為藉口。

「妳覺得這件洋裝好嗎？」她穿著一套難得保守的兩件式：吊鐘花色的寬鬆直筒連身裙，搭配顏色淺一點的短袖外套和一串珍珠項鍊。不是她平常的打扮，不過我知道她需要覺得自己穿上了盔甲。

「完美。」她深呼吸，我微笑，用手肘輕輕推了她一把。她短暫握住我的手捏了捏。

「進去再出來。」我說。「沒什麼大不了。」

「獨樹『二』格。」她咕噥，對我露出一個小小的微笑。

建築本身不規則延伸又明亮，到處都是插在巨大花瓶裡的花朵以及重製的骨董家具。橡木鑲板的廳廊、牆上的創辦人肖像，還有在一個又一個房間安靜走動的員工，伴隨著低聲交談的和緩寧靜和咖啡杯或玻璃杯偶爾輕碰的叮噹聲。這裡無處不美，所有需求似乎都已被滿足。

大房間塞得滿滿的，有大約六十個人、布置典雅的桌子，到處都是盛裝打扮的女人拿著無氣泡礦泉水和水果潘趣酒聊天，她們的頭髮一律吹整出完美髮型，偏好優雅得很昂貴的洋裝——剪裁精良的洋裝加上花紗呢外套，或是不成套但謹慎搭配的套裝。空氣中瀰漫令人頭昏的綜合香水。幾張桌子旁有落單的男人夾在女人中間，不過在這樣大致都是女性的空間中，他們看起來有一種詭異的中性感。

對任何一個旁觀者——抑或是某個普通男人——來說，似乎完全沒出任何差錯。我們經過時，人頭輕微轉動、音量略略一沉、嘴唇輕微噘起。我走在艾格妮絲身後，而她突然踉蹌了一下，我差點撞上她的背。然後我看見座位安排：塔碧莎、一個年輕男人、一個年長男人、兩個我不認得的女人，還有，就在我旁邊，一個年長的女人抬起頭，正面迎視艾格妮絲。服務生過來為艾格妮絲拉開椅子，她的位置在大紫，也就是凱瑟琳．高普尼克本人對面。

「午安。」艾格妮絲對整桌人說，同時設法不看著前高普尼克太太。

「午安，高普尼克太太。」坐在我這一邊的男人回應。

「亨利先生。」艾格妮絲的微笑有點猶豫。「塔兒，妳沒說妳今天會來。」

「我們應該不用跟妳報備我們的一舉一動，對吧，艾格妮絲？」塔碧莎說。

「您是哪位呢？」我右邊的年長紳士轉身問我。我正要說我是艾格妮絲從倫敦來的朋友，但發現此刻不可能拿出這套說詞了。「我是露薏莎，露薏莎．克拉克。」

「恩米特．亨利。」他伸出一隻指節突出的手。「很高興認識妳。妳那是英國口音嗎？」

「對。」我抬頭向為我倒水的服務生道謝。

「真是太開心了。妳來美國拜訪嗎？」

「露薏莎是艾格妮絲的助理，恩米特。」塔碧莎提高音量越過桌子說話。「艾格妮絲發展出一種最超乎尋常的習慣，那就是帶她的員工參加社交聚會。」

我的臉頰漲紅。我感覺到凱瑟琳．高普尼克細細審視的眼神在灼燒我，還有同桌其他人的眼神也是。

恩米特想了想。「嗯，妳知道的，過去十年，我的朵拉到哪都帶上她的護士麗比，餐廳、戲院，我們去哪她就去哪。朵拉常說，跟我比起來，老麗比是更好的聊天對象。」他拍拍我的手，輕輕笑著；同桌的幾個人也隨和地加入。「我想她多半說得沒錯吧。」

於是，就這樣，一位八十六歲的老男人從社交恥辱拯救了我。享用蝦子開胃菜時，恩米特跟我聊天，告訴我他跟這個鄉村俱樂部的漫長關係、他在曼哈頓當律師的時光、他退休後去了一小段距離外的老人安養中心。

「我每天都來這裡，妳知道吧。幫助我保持活躍，而且這裡總是有人可以聊天。這是我的另一個家。」

「這裡很美。」我偷瞄身後，幾顆頭立刻轉開。「看得出來你為什麼想來。」艾格妮絲表面上看起來很沉著，但我察覺她的雙手微微顫抖。

「噢，這是一棟歷史非常悠久的建築，親愛的。」恩米特指向立在房間一側的一塊銘牌。「可以追溯到」——他停頓，確保我能感受到完整的衝擊，然後才字字斟酌地宣告——「一九三七年。」

我不想告訴他，在英國，我家那條街上的市政樓就比這還老。我想我媽可能也有一雙比這還老的褲襪。我點頭微笑，吃我的雞肉佐野菇，一面思考我有沒有可能換到離艾格妮絲近一點的座位。她顯然非常悽慘。

用餐拖得又長又累人。恩米特沒完沒了地講述俱樂部的故事，為我壓根沒聽過的人所說或所做的事而發笑。艾格妮絲偶爾抬頭，我會對她微笑，不過我看得出她愈來愈消沉。不時有人偷瞥我們這桌、交頭接耳。前後高普尼克太太坐在只相距幾吋的位子！主菜結束後，我告退離座。

「艾格妮絲，可以麻煩妳帶我去洗手間嗎？」我想就算只是離開這裡十分鐘，應該也有點幫助。不過她還沒來得及回應，凱瑟琳．高普尼克已把餐巾放在桌上轉向我。「我帶妳去吧，親愛的。我也要去。」她拿起手拿包，站在我旁邊等我。我瞄了一眼艾格妮絲，但她沒有動彈。

艾格妮絲點頭。「妳們去吧。我要——我要把我的雞肉吃完。」

於是我跟著前高普尼克太太穿過大房間裡的一張張桌子，走出大房間，我心跳加速。我們沿鋪地毯的走廊走，我稍微落後她幾步，然後我們停在女用洗手間前。她打開桃花心木門，退後讓我先進去。

「謝謝妳。」我咕噥，走入一個隔間。我根本不想尿尿。我坐在馬桶上：只要我待得夠久，她可能會在我出去前就離開。不過當我出去，她還在洗手槽前補唇膏。我洗手時，她的視線滑向我。

「所以妳住在我舊家。」她說。

「對。」對這事說謊似乎沒什麼意義。

她抿了抿唇，滿意了，隨即收起唇膏。「對妳來說一定很尷尬吧。」

「我只是做我的工作。」

「嗯。」她拿出一把小梳子梳起頭髮。不知道現在離開會不會很失禮，還是說，按禮節我應該跟她一起回去。我擦乾雙手，貼近鏡子檢查眼睛下面有沒有汙跡，能拖多少時間就拖多少。

「我丈夫怎麼樣？」

我眨眼。

「李奧納。他好嗎？告訴我這個，肯定不算太破壞你們的信任關係吧。」她的倒影看著我。

「我……我不常看見他。但他看起來還不錯。」

「不知道他為什麼沒來，是不是他的關節炎又發作了。」

「噢，不。我想今天應該是因為工作的關係。」

「『工作的關係』。好吧，我猜這應該算是好消息。」她仔細地把梳子放回包包，拿出粉盒。鼻子兩側各輕拍一下、兩下，然後才蓋上盒蓋。我沒事可做了，只能在包包裡翻找，試圖回想起我有沒有帶粉盒。接著前高普尼克太太轉身面對我。「他快樂嗎？」

「不好意思？」

「這是一個很直白的問題。」

我的心臟在胸腔裡亂撞。

她的聲音悅耳、平穩。「塔兒不願意跟我談起他。雖然她很愛她爸爸，但還是對他餘怒未消。她向來都是爹地的小女孩。所以我想應該不太可能從她那兒得到精確的描述。」

「高普尼克太太，我沒有不敬的意思，不過我真的不認我該——」

她轉開頭。「不，我想還是算了。」她仔細地把粉盒收回手提包裡。「我很肯定我猜得出她是怎麼跟妳形容我，妳是……」

「克拉克。」

「克拉克小姐。我很肯定妳也知道人生很少非黑即白。」

「我確實知道。」我吞了口口水。「我也知道艾格妮絲是個好人，聰明、仁慈、有教養，不是什麼淘金者。如您所說，這些事很難一刀切。」

我們在鏡中對視，在那兒又站了幾分鐘，然後她關上手提包，最後一瞥鏡中倒影，露出一個緊繃的微笑。「很高興李奧納一切都好。」

我們在盤子被撤下時回到桌邊。那整個下午，她沒再對我說過任何一個字。

甜點和咖啡一起上桌，談話退燒，午餐拖拖拉拉來到結尾。幾位年長女士在旁人攙扶下去女用洗手間，她們離座時從椅腿間抽出助行器，引發輕微的騷動。身穿西裝的男人站上前方的小講臺，他的汗水和緩流進衣領。他一一感謝所有人蒞臨，接著稍稍提起俱樂部即將到來的活動，包含兩週後的慈善晚會，顯然票券已銷售一空（與會者用一輪掌聲回應這個好消息）。最後，他說，他們想宣布一件事，然後他朝我們的桌子點點頭。

艾格妮絲吐出一口氣，起身，大房間裡的所有視線都集中到她身上。她走到講臺上，取代經理站到麥克風前的位置。她在那兒等待，經理則帶領一位身穿深色套裝的非裔美國老婦來到大房間前方。老婦雙手亂揮，一副大家正在胡亂鼓譟的樣子。艾格妮絲對她微笑，像我教她的那樣深吸一口氣，把兩張小卡片小心地放在講桌上，接著開始說話，聲音清晰從容。

「大家午安。謝謝各位今天蒞臨，也感謝所有工作人員為我們準備這麼美味的午餐。」

她的聲音控制得很完美；經過上週好幾個小時的練習，字句也有如打磨過的石頭。現場一陣喃喃的讚許。我瞥了一眼前高普尼克太太，她的表情難以解讀。

「在場有許多人都知道，今天是瑪莉．藍得在俱樂部的最後一天。我們想祝福她退休快樂。李奧納要我告訴妳，瑪莉，他非常非常抱歉今天沒辦法過來。他很感謝妳過去以來為俱樂部貢獻的一切，他也知道這裡的其他人都像瑪莉一樣認真付出。」她像我教她的那樣停頓。大房間內寂靜無聲，每個女人都一臉專心。「瑪莉從一九六七年開始為大松樹服務，剛開始是廚房服務員，後來晉升為助理經理。這裡的所有人都非常享受妳這些年來的陪伴與辛勤工作，瑪莉，我們都會非常想念妳。我們——以及俱樂部的其他會員——想送妳一個小紀念品表達我們的感激之情，我們真誠希望妳擁有快樂美好的退休人生。」

現場響起一陣禮貌的掌聲，工作人員把一個刻有瑪莉名字的玻璃卷軸拿給艾格妮絲，她再帶著微笑把卷軸交給老婦，接著站定讓人拍照。結束後，她退到講臺邊邊，隨後便回到桌邊。終於能脫離目光焦點後，她的臉上閃過鬆一口氣的表情。我看著瑪莉微笑著讓人拍更多的照片，這次是跟經理。我正要靠向艾格妮絲恭喜她，這時凱瑟琳．高普尼克起身。

「事實上，」她的聲音切過嘈雜。「我有些話想說。」

我們看著她穿過人群走上講臺，直接經過講桌。她從瑪莉手中接過她的禮物交給經理，接著捧住瑪莉的雙手。「噢，瑪莉，」她說，接著轉身，好讓她們臉朝外。「瑪莉、瑪莉、瑪莉，妳向來如此親愛。」

大房間裡爆出一陣自發性的掌聲。高普尼克太太點頭，等掌聲止息。「這麼多年來，我的女兒──還有我們──在妳的看顧下成長，我們在這裡共度了幾百，不，幾千個小時。真是快樂的時光。就算我們遇到再小的問題，妳總是會在，解決問題、包紮擦傷的膝蓋、數不清多少次在撞傷的頭上冰敷。我想大家應該都記得船屋裡發生的事！」

一陣笑聲。

「妳一向特別愛我們的孩子，這地方對李奧納和我來說也一直像我們的庇護所，因為我們知道，我們的家人只有在這裡才會安全、快樂。這裡的美麗草坪見證了好多美好時光與歡笑。我們出去打高爾夫球，或是在球場邊和朋友一起享用美味的雞尾酒，妳則是看顧我們的孩子，或是遞出一杯杯無與倫比的冰茶。我們都愛瑪莉的特調冰茶，是不是啊，朋友們？」

一陣歡呼。我看著艾格妮絲變得愈來愈僵硬，只是機械式地拍手，彷彿不知道自己還能做什麼。恩米特靠向我。「瑪莉的冰茶真是一絕。我不知道她加了什麼，不過，我的天啊，真要命。」

他抬眼看天。

「塔碧莎特別出城來這裡，就跟在場的許多人一樣，因為我知道她不只把妳當成這個俱樂部的員工，而是家人。而我們都知道，家人無可取代！」又爆出一陣掌聲，這時我不敢看艾格妮絲。

「瑪莉，」凱瑟琳．高普尼克在掌聲停止後接著說，「這個地方的真正價值在妳的幫忙下永垂不朽——或許有人會覺得這樣的價值過時了，不過我們認為大松樹俱樂部之所以為大松樹俱樂部，就是因為這樣的價值：不變、卓越，以及忠誠。妳是俱樂部的笑臉，也是俱樂部跳動的心臟。當我說這裡少了妳後就不同了，我知道我說出許多人的心聲。」老婦這會兒容光煥發，眼裡淚光閃爍。「各位，讓我們為美好的瑪莉而舉杯。」

大房間內像火山爆發。能站的人紛紛站起，恩米特也顫巍巍起身。我看了看四周，雖然感覺有點不忠，但我也站了起來。艾格妮絲是最後站起來的人，她繼續拍手，臉上的笑容只是虛有其表的咧開嘴而已。

真正忙得要命的酒吧有一種撫慰人心的氛圍；在像這樣的酒吧，你得把手插進有三層深的人潮，才能讓酒保注意到你，也是在像這樣的酒吧，你走回桌子時酒杯裡還剩三分之二的酒，就算你運氣不錯。巴薩扎（Balthazar），納森說，算是蘇活區的一種習俗：永遠人滿為患、永遠好玩，紐約酒吧界的主要場景。而今晚，儘管是週日，裡面依然滿滿人潮，也夠忙碌；噪音、忙個不停的酒保、燈光和喧譁碰撞的聲音，足以把白天的事件從我腦中驅走。

我們各自灌下幾杯啤酒，站在吧檯邊，納森介紹他健身房的朋友給我認識；我幾乎立刻忘記他們的名字，但他們都很有趣、人很好，剛好需要有個女人作為他們開彼此玩笑的藉口。最後我們終於擠到一張桌子旁，我在這裡又多喝了幾杯，還吃下一個起司堡，感覺好多了。差不多十點時，男孩們忙著模仿其他上健身房的人發出的哼聲，最後還加上臉部表情和鼓起的血管，我起身去洗手間。我在裡面待了十分鐘，一面享受相對來說的安靜，一面補妝、抓順頭髮，努力不去想山姆現在在做什麼。這不再令我感到安慰，反倒讓我的胃打結。整理完後我離開洗手間。

「妳在跟蹤我嗎？」

我在走道上旋過身。喬書亞．萊恩站在那兒，他身穿襯衫和牛仔褲，眉毛揚起。

「什麼？噢，嗨！」我一隻手直覺地摸上我的頭髮。「不是——沒有，我跟朋友一起來的。」

「跟妳開玩笑的。妳好嗎，露薏莎．克拉克？中央公園到這裡長路漫漫呢。」他彎腰親吻我的臉頰。他的味道好可口，聞起來像萊姆和某種柔軟又帶麝香味的東西。「哇，幾乎像詩了呢。」

「只是持續探索曼哈頓的所有酒吧而已。你知道是怎麼回事。」

「噢，對。『嘗試新事物』那檔事。妳看起來真可愛，我喜歡這整個……」——他朝我的直筒連身裙和短袖開襟羊毛衫比劃——「學院風。」

「我今天得去一個鄉村俱樂部。」

「妳穿起來很好看。想來杯啤酒嗎？」

「我——我不太想跟我朋友分開。」他露出失望的表情。「不過，嘿，」我接著說，「來跟我們一起啊！」

「太棒了！我跟我朋友說一聲。我是電燈泡——他們會很高興能甩掉我。妳在哪？」

我擠回納森身旁，臉突然紅了起來，還微微耳鳴。他的口音不對、眉毛不同，眼睛的角度也不像，但這些都沒關係，看著喬許，根本完全不可能不看見威爾的影子。我納悶著我會不會終有一天不再因此而動搖。然後又納悶著我怎會不自覺在心裡用上「終有一天」這個詞。

「我遇上一個朋友！」我說，喬許這時剛好出現。

「朋友。」納森說。

「納森、迪恩（Dean）、阿潤（Arun），這是喬許・萊恩。」

「妳忘記『三世』了。」他對我咧嘴笑，彷彿我們剛剛說了一個只有我們才懂的笑話。「嗨。」

喬許伸出手，往前和納森握手。我看見納森的視線在他身上遊走，接著瞥了我一眼。我挑眉，露出中性的微笑，彷彿我在曼哈頓到處都有英俊的男性朋友，他們隨時可能想在酒吧裡加入我們。

「誰要啤酒？」喬許說。「有人有興趣的話，他們的食物也很棒。」

「一個『朋友』？」喬許走向吧檯時，納森咕噥著。

「對，朋友。我在黃色舞會遇見他。跟艾格妮絲一起。」

「他長得像——」

「我知道。」

納森想了想，看著我，然後看著喬許。「妳那個『說好』的計畫。妳沒有……」

「我愛山姆，納森。」

「妳當然愛，夥伴。我只是說說。」

接下來，我整晚都感覺到納森端詳的視線。後來喬許和我不知怎地跟其他人拉開距離，擠到桌角去了，他談起他的工作、為了應付辦公室的命令，他的同事們把哪些瘋狂的鎮靜劑和抗抑鬱藥物混雜著鏟進肚裡、他是多麼努力不冒犯他那個很輕易就受冒犯的老闆，卻總是失敗，還有他永遠沒時間布置的公寓，以及他那打掃狂母親從波士頓來訪時發生了什麼事。我點頭、微笑、聆聽，確保自己看著他的臉時，用的是一種合宜、感興趣的方式，而非稍微有點著迷、留戀的「噢但你真的長得好像他」眼神。

「那妳呢，露薏莎？整晚妳幾乎都沒提起妳自己。假期怎麼安排？妳什麼時候回家？」

工作。我晃了一下，突然想起我們上次見面時，我對於我的身分說了謊。而且我也喝得太醉，沒辦法繼續說謊，或者對於坦白也不再覺得那麼丟臉。

「喬許，我得跟你說件事。」

他往前靠。「啊，妳結婚了。」

「不是。」

「嗯，太好了。妳罹患不治之症？只剩下幾週可活？」

我搖頭。

「妳很無聊？妳很無聊。妳現在希望跟別人聊天？我懂了。我幾乎都沒喘氣呢。」

我忍不住大笑。「不，不是啦。有你陪伴很開心。」我低頭看自己的腳。「我……我之前跟你說的身分是假的。我不是艾格妮絲從英國來的朋友。我會那樣說，是因為她需要在黃色舞會上有個盟友。我是，欸，我是她的助理。我只是個助理。」我抬頭，而他正凝視著我。

「所以？」

我瞪著他。他的眼睛裡有金色小斑點。

「露薏莎，這是紐約。每個人都自吹自擂。每個銀行櫃員都是資淺的副總經理。每個酒保都擁有一家製作公司。看妳跟前跟後的樣子，我就猜妳一定是在為她工作，朋友才不會這樣。除非他們非常蠢之類的。而妳顯然不蠢。」

「你不介意？」

「嘿，妳未婚我就很高興了。除非事實上妳確實結婚了。這部分不會也是謊言吧？」

他握住我的一隻手。我感覺有點喘不過氣，得嚥下口水才開得了口。「不會，但是我有男朋友。」

他還是緊盯著我雙眼，或許在搜尋是否有隱藏的笑點，接著不情願地放開我的手。「啊。欸，真可惜。」他往後靠向椅背，喝口他的酒。「他怎麼不在這裡？」

「因為他在英國。」

「他要過來嗎？」

「沒有。」

他做了一個鬼臉。當人覺得妳在幹蠢事，但又不想說出來，就會做這種表情。他聳肩。「我們還是可以當朋友。妳知道這裡的人都總是在約會，對吧？沒必要認真看待。我來當妳帥得不可思議的男伴吧。」

「你說的約會是指會上床的那種嗎？」

「哇啊。妳們英國女孩真敢講。」

「我只是不想誤導你。」

「妳是在告訴我，這不是那種可以順便上床的朋友關係。好，露薏莎．克拉克，我懂了。」

我努力不微笑，但失敗了。

「妳真的好可愛。」他說。「而且有趣，還有直接。我沒遇過像妳這樣的女孩。」

「你也非常迷人。」

「那是因為我有點被迷住了。」

「我則是有點醉了。」

「噢，我受傷了。真正受傷。」他揪住心臟的位置。

就在這個時候，我轉頭，發現納森在看。他微微挑眉，接著拍拍手腕。這足以把我拉回現實。

「你知道嗎——我真的得走了。明天一早要工作。」

「我太超過，把妳嚇跑了。」

「噢，我沒那麼容易受驚嚇。不過我明天的工作真的頗難應付。而且喝過幾杯啤酒和一杯龍舌蘭後，我隔天早上跑步都跑得不太好。」

「妳會打電話給我嗎？一起喝杯純友誼的啤酒？我才能稍微對妳敞開自己？」

「我得警告你，『敞開自己』在英國有非常不一樣的意思。」我對他解釋，他聽完後開懷大笑。

「好吧，我保證我不會那樣做。當然囉，除非妳想要我做。」

「真是慷慨噢。」

「我說真的。打電話給我。」

我走出去，從頭到尾都感覺到他的視線停在我背上。納森攔下一輛黃色計程車，酒吧門關上時，我轉過身，透過慢慢縮小的門縫只能勉強看見他，不過還是能看見他持續凝視我，而且面帶微笑。

我打電話給山姆。他接起時，我說「嘿」。

「小露？我幹麼問？還有誰會在凌晨四點四十五分打給我？」

「所以你在做什麼？」我往後躺在床上，讓鞋子從腳上滑落地毯。

「剛值完班。在看書。妳好嗎？妳聽起來心情不錯。」

「剛剛從酒吧回來。今天很難熬，不過我現在覺得好多了。我只是想聽聽你的聲音，因為我想你，而且你是我的男朋友。」

「而且妳喝醉了。」他大笑。

「可能。一點點啦。你剛剛說你在看書？」

「對啊，一本小說。」

「真的嗎？我以為你不讀小說的。」

「噢，凱蒂給我的。她堅持我一定會喜歡。如果我不讀，我無法面對她沒完沒了的盤問。」

「她買書給你？」我撐坐起來，好心情突然消散。

「怎麼了？買書給我有什麼意義嗎？」他聽起來像覺得我有點好笑。

「代表她喜歡你。」

「才不是。」

「完全就是。」酒精鬆弛了我的自制力。我感覺到話語傾瀉而出，我來不及阻止。「如果女人想讓你讀某些東西，那是因為她們喜歡你。她們想進入你的腦中。她們想讓你胡思亂想。」

我聽見他輕笑。「那如果是機車修理手冊呢？」

「也算。因為她想展現她是一個又酷又性感，而且熱愛摩托車的女人。」

「好吧，這本書跟摩托車沒關係，是法國的東西。」

「法國？更糟。書名是什麼？」

「某夫人。」

「什麼夫人？」

「就是《某夫人》[26]而已，有關一位將軍和耳環，還有……」

「還有什麼？」

注26　原文書名《Madame de ...》，作者Louise de Vilmorin，出版於一九五一年，作者因想不出更好的書名，因而留下空白。後改編為同名電影，臺灣一般翻譯為《伯爵夫人的耳環》。

「將軍出軌。」
「她要你讀一本有關法國人出軌的小說?噢,我的天啊。她肯定喜歡你。」
「妳錯了,小露。」
「有人喜歡上別人時,我都會知道,山姆。」
「真的嗎?」他的聲音開始顯露疲憊。
「所以,今晚有個男人對我調情。我知道他喜歡我,所以我直接跟他說我有男朋友了。我剪斷桃花。」
「噢,真的嗎?那對方是誰?」
「他叫喬許。」
「喬許。我要離開時打來的那個喬許?」
儘管醉得有點頭昏腦脹,我也慢慢發現這話題不是個好主意。「對。」
「然後妳剛好在酒吧遇見他。」
「沒錯!我是跟納森一起去,然後真的是在女廁一頭撞上他。」
「那他怎麼說?」他的語氣現在變得有一點尖銳。
「他……他說很可惜。」
「那是嗎?」
「是什麼?」
「很可惜?」
一陣短暫沉默。我突然變得無比清醒。「我只是把他說的話告訴你。我跟你在一起,山姆。我正是用這件事當作例子,告訴你我能夠分辨別人是不是喜歡我,還有我是怎麼在他產生誤解前就擋掉這件事。你似乎不願意理解這樣的概念。」

「不。在我看來，是妳在半夜打電話來，針對我搭檔借我一本書找我麻煩；反過來說，妳自己出去玩，跟這個叫喬許的傢伙醉醺醺地討論戀愛問題，那就一點問題也沒有。天啊。在我逼妳之前，妳甚至不願意承認妳在跟我談戀愛。這會兒妳卻跟一個妳在酒吧遇見的人開心地討論私密話題。還不知道妳是不是真的剛好在酒吧遇見他呢。」

「我之前只是需要一些時間，山姆！我以為你只是玩玩！」

「妳是因為還愛著另一個傢伙的回憶，所以才需要時間。一個死掉的傢伙。而妳現在在紐約，因為，嗯，他希望妳去。所以我實在不知道妳現在對凱蒂表現得怪裡怪氣又吃醋是怎麼回事。妳就從來都不在乎我花多少時間跟唐娜在一起。」

「因為唐娜不喜歡你。」

「妳根本沒見過凱蒂啊！妳怎麼可能會知道她是不是喜歡我？」

「我看見照片了！」

「什麼照片！」他爆發。

我是白癡。我閉上眼。「在她的臉書。她有一張你和她的合照。」我吞了口口水。「一張照片。」漫長的沉默。訴說「妳是在開玩笑嗎？」的那種沉默；某人對妳改觀時，會出現的那種不祥的沉默。山姆再開口時，聲音變得低微自制。「這種討論太荒謬，而且我該睡了。」

「山姆，我——」

「去睡吧，小露。我們改天再談。」他掛斷電話。

12.

我幾乎沒睡，所有我希望自己有說和沒說的話在我腦中打轉，活像永無止境的旋轉木馬。我聽見敲門聲，無力地起身，蹣跚下床打開門，發現德威特夫人穿著晨褸站在門外。少了髮妝，她看起來又瘦小又脆弱，她的表情焦慮得扭成一團。

「噢，妳在。」她說得一副我會在什麼其他地方的樣子。「來，來。我需要妳幫忙。」

「什、什麼？誰讓妳進來的？」

「大個子。那個澳洲人。來啊，別浪費時間了。」

我揉揉眼睛，努力想醒來。

「之前他會幫我，不過他說他不能離開高普尼克先生。噢，那又怎樣？我今天早上打開門要把垃圾放到外面，狄恩馬丁跑出去了，牠就在這大樓裡的某個地方。我不知道會在哪。我自己找不到牠。」她的聲音雖然發顫，但仍然跋扈，雙手在頭四周亂揮。「快點，快啊。我怕有人打開樓下的門，牠會跑出去人行道上。」她雙手絞扭。「牠自己在外面不好，可能會被偷走。牠是純種的，妳知道。」

我抓起鑰匙，跟著她走到門廳，身上還穿著我的T恤。

「妳找過哪裡了？」

「欸，哪裡也沒找，親愛的。我不太能走，所以才需要妳幫忙。我要去拿我的枴杖。」她看著我，彷彿我剛剛說了什麼真正愚蠢的話。我嘆氣，努力想像如果我是隻眼睛亂轉的小巴哥犬、意外嘗到自由的滋味，我會做什麼。

「牠是我的一切。妳一定要找到牠。」她咳了起來，彷彿她的肺應付不了這種緊張。

「我先找找看大廳。」

基於狄恩馬丁不太可能搭電梯，我跑下樓，在走廊搜尋那隻憤怒的小型犬。空無一人。我看了看表，有點沮喪地注意到這是因為現在還不到六點。我查看阿榭克的桌子後面和底下，接著到他的辦公室，但門上鎖了。我從頭到尾輕輕叫喚狄恩馬丁的名字，這麼做的同時一面覺得自己有點蠢。沒看到狗。我跑回樓上，在我們自家樓層做了一樣的事，檢查廚房和後走廊。沒有。我跑到五樓繼續找，但後來才想通，如果我都已經喘不過氣，那隻又小又胖的巴哥快速跑上這麼多層樓的可能性實在不高。然後，我聽見外面傳來垃圾車熟悉的引擎聲，我回想起我們家那隻老狗，牠有一種驚人的能力，能夠忍受——甚至享受——人類所知最噁心的味道。

我朝員工出入口走去。找到了，狄恩馬丁著迷地站在那兒，垂涎欲滴，看著清潔隊員在我們大樓和垃圾車之間來來回回堆著發臭的大垃圾箱。我慢慢走近牠，但這裡太吵，而且牠的注意力完全被垃圾吸住，牠沒聽見我靠近，直到我伸手抓住牠的那一刻。

你抱過暴怒的巴哥嗎？自從我把兩歲的湯姆壓在沙發上，好讓我妹從他左鼻孔挖出那顆調皮的彈珠那次後，我就沒遭遇過那麼猛烈的抵抗。我把狄恩馬丁夾在手臂下，這隻狗瘋狂左右擺動，眼睛憤怒地凸起，憤慨的狂吠響徹安靜的大樓。我必須用兩隻手臂抱住牠，頭扭向一旁，以免被牠猛咬不休的下顎得逞。我聽見德威特夫人的聲音從樓上傳下來：「狄恩馬丁？是牠嗎？」

我用盡力氣才抓得住牠。我跑上最後幾階樓梯，極度渴望能快點把牠交出去。

「抓到了！」我氣喘吁吁。德威特夫人湊上前，伸出雙臂。她把已經準備好的牽繩拿過來扣上牠的項圈，我同時把牠放落地。就在這個時候，牠迅速轉身，以一種對牠的尺寸和體型來說完全不相稱的速度狠狠咬上我的左手。

就算大樓裡還有人沒被狗吠吵醒，我的尖叫多半也讓他們統統清醒了。至少夠大聲，把狄恩馬丁嚇得鬆口。我彎腰捧住手一面咒罵，傷口已冒出血泡。「妳的狗咬我！牠該死的咬我！」

德威特夫人吸口氣，站得更挺一點。「嗯，牠當然要咬妳囉，妳把牠抱太緊了。牠多半非常不舒服！」她噓聲把狗趕入屋內，而那隻狗還露出牙齒繼續對我咆哮。「看到了嗎？」她朝牠比劃。「妳大吼大叫的嚇壞牠了。牠現在非常激動。如果妳想正確對待狗，妳還得多學學。」

我無言以對，下巴像卡通那樣垂落。就在這個時候，穿著運動褲和T恤的高普尼克先生猛力打開他們家前門。

「吵什麼吵？」他大步走到走廊上。我被他凶狠的語氣嚇住。他看清眼前景象：穿著T恤和短褲的我緊緊抓住流血的手、穿晨褸的老婦人，還有在她腳邊作勢猛咬的狗。我勉強看到穿著制服的納森站在高普尼克先生後面，他手拿一條毛巾貼著臉。高普尼克先生接著問：「到底是怎麼回事？」

「噢，問那惡劣的女孩，是她先開始的。」德威特夫人一隻細手臂撈起狄恩馬丁，接著伸出一根手指對著高普尼克先生搖了搖。「而且你還敢教訓我在這棟大樓裡吵鬧，年輕人！你家才是名副其實的拉斯維加斯賭場，那麼多人來來去去。我真訝異居然沒人跟歐維茲先生抱怨過。」說完她便高高抬著頭，轉身並關上她家的門。

高普尼克先生眨了眨眼，看著我，又看著關上的門。然後一陣短暫沉默。再然後，他突然哈哈大笑。「年輕人！嗯。」他搖頭。「好久沒人這樣叫我了。」他轉身面對身後的納森。「你一定哪裡做對了。」

德威特夫人家裡的某處傳來模糊的聲音：「別自我陶醉了，高普尼克！」

高普尼克先生派我搭蓋瑞的車去找他的私人醫師打一針破傷風。我先是坐在長得像豪華飯店會客廳的等候室等，然後由一位中年的伊朗籍醫師為我看診；他大概是我見過最熱心的人了。後來我瞄了一眼高普尼克先生的祕書之後會付帳的帳單，隨即忘記被咬傷的事，反倒覺得快要暈倒。

我回去時，艾格妮絲已經聽說發生的事。我顯然成了大樓的話題焦點。「妳一定要告她！」她高興地說。「她是個可怕又愛惹麻煩的老女人，那隻狗明顯真的有危險性。我不確定跟他們住在同一棟大樓是否安全。妳需要休假嗎？如果妳需要休假，我說不定也可以告她造成我勞務喪失。」

我沒說話，對德威特夫人和狄恩馬丁懷抱著一些黑暗的感覺。「好心沒好報，嗯？」我在廚房碰上納森時，他這麼說道，一面拉起我的手查看繃帶。「天啊，那隻小小狗還真野。」

然而，就算我對德威特夫人的憤怒在悶燒，我卻依然記得她剛來到我房門前時說的話：**牠是我的一切。**

儘管塔碧莎那週已搬回她自己的公寓，公寓裡依然低氣壓籠罩，大家都壓低音量，偶爾來個一場爆發。高普尼克先生還是長時間工作，艾格妮絲則把我們共度的大部分時間都用跟波蘭的母親通電話填滿。我隱約覺得某種家庭危機正在發酵。伊拉莉雅燙壞艾格妮絲最愛的一件襯衫——我相信真的是意外，因為她抱怨新熨斗的溫度控制器好幾週了——當艾格妮絲對她尖叫，罵她不忠誠，是家裡的叛徒、suka[27]，並把燙壞的襯衫往她身上砸，伊拉莉雅終於爆發，跟高普尼克先生說她不想繼續在這裡工作，這根本不可能；這些年來，沒人比她工作更認真、獲得更少獎勵；她再也無法忍受，她要遞出

注27 波蘭文，婊子的意思。

辭呈。高普尼克先生用軟言勸慰和同理的歪頭說服她改變主意（可能也付出白花花的鈔票）。這明顯背叛的行為導致艾格妮絲甩門，力道大得把第二個小瓷花瓶從門廳桌上震倒，稀哩嘩啦摔個粉碎，她自己則是整個晚上躲在她的更衣室裡哭泣。

隔天早上我到的時候，早餐桌旁，艾格妮絲坐在她丈夫身旁，頭靠在他肩膀上，他則對著她耳語，兩人手指交纏。她在他眼前對伊拉莉雅正式道歉，微笑；他去上班後，我們去中央公園，她又整路暴怒地用波蘭語咒罵。

那天晚上，她宣布她要去波蘭度長週末，回去探望她家人。我發現她並不希望我跟著去時稍微鬆了口氣。那間公寓儘管無比寬敞，然而因為艾格妮絲變化無常的心情，以及在她和高普尼克先生、伊拉莉雅與他家人間擺盪的張力，有時候待在那間公寓裡會令人產生難以想像的幽閉恐懼。獨處幾天感覺就像個小小的綠洲。

「妳不在的時候我該做什麼呢？」我問。

「放幾天假吧！」她微笑。「妳是我的朋友，露薏莎！我相信我不在家的時候妳一定會玩得很開心。噢，我好興奮能見到我的家人。好興奮噢。」她雙手拍合。「只是回波蘭！不用參加什麼愚蠢的慈善活動！我好高興。」

我回想起我剛來的時候，她有多抗拒和她丈夫分開，就算只有一晚也一樣。我推開這個思緒。

我走回廚房時還在思考這樣的改變，剛好看見伊拉莉雅在胸口畫了一個十字。

「妳還好嗎，伊拉莉雅？」

「我在禱告。」她的視線沒有離開她的鍋子。

「一切都還好吧？」

「沒事。我在祈禱那個 puta[28] 不再回來。」

我寄電子郵件給山姆；一個點子在我心裡滋長，興奮感排山倒海而來。我原本想打電話給他，但自從上次通話，他就沒再對我說過話，我怕他還在生我的氣。我告訴他我意外獲得三天的週末，查過機票，想說或許可以奢侈一下無預警回家一趟。問他覺得怎麼樣，不然薪水還能用在哪？我最後放上笑臉和飛機的貼圖，還有一些愛心和吻。

他不到一小時就回信了：

抱歉，我工作累慘了，而且答應要帶傑克去O2看某個樂團。很棒的點子，不過這個週末不太適合。山姆X

我盯著這封信，努力不感到心寒。很棒的點子。好像我只是提議去公園隨便晃晃一樣。

「他在跟我冷戰嗎？」

納森讀了兩次。「沒有。他是在告訴妳他很忙、這週不適合妳無預警回家。」

「他在跟我冷戰。信裡什麼也沒有。沒有愛，沒有……渴望。」

「或許他是在上班途中寫的。或是在廁所裡。或是正在跟他老闆談話。男人就是這樣啊。」

我不相信。我了解山姆。我盯著那兩句話看了又看，試圖分析其中的語氣和隱藏的意涵。我打開臉書，雖然很討厭自己這樣做，但還是去查看凱蒂．英格姆這週末有沒有安排什麼特別活動。（討厭的是，她沒有任何貼文。如果妳想勾引別人的性感急救員男友，妳就是會這樣做。）然後我深吸口

注28　西班牙文，妓女的意思。

氣，回信給他。嗯，事實上寫了好幾封，不過最後只留下這封。

——沒關係。反正只是姑且一試！祝你和傑克玩得開心。小露 X

然後我按下「寄出」，一面驚歎電子郵件中的文字和心裡真正的感覺竟能如此脫節。

艾格妮絲在週四晚上帶著大包小包的禮物離開。我眉開眼笑地揮手跟她道別，然後癱倒在電視前。

週五早上，我去大都會服裝館（Met Costume Institute）看中國戲服的展覽，花了一個小時讚歎那些刺繡繁複、色彩明亮的衣袍和光可鑑人的絲綢。我靈光一閃，接著去西三十七街探訪我前一週先查好的幾家布料行和縫紉用品店。十月的天氣涼爽清新，預告著即將到來的冬天。我搭地鐵，並享受地鐵上骯髒又悶熱的暖意。我又花一小時細細審視層架，迷失在一匹匹印花布料中。艾格妮絲回來時，我決定要為她做出我自己的情緒板，用明亮、歡快的顏色包覆躺椅和靠枕——翠綠和粉紅、鸚鵡和鳳梨的美麗印花；絕對不同於高檔室內設計師不停塞給她的平淡錦緞和簾幔。艾格妮絲需要在公寓裡留下她自己的標誌——勇敢、活潑又美麗的標誌。我對櫃檯後的女人解釋我想做什麼，她建議我去東村的另一家店——一家二手服飾店，但他們的店後部收藏了大量復古布料。

店面看起來毫無可看之處——外面是骯髒的七零年代風格，廣告詞寫著「古著百貨，所有年代、所有款式，便宜賣」。不過我一走進去便停下了腳步。這家店是個倉庫，衣服掛在圓形旋轉展示架上，手工標牌清楚標示出「四零年代」、「六零年代」、「夢想打造的衣服」、「特價區：縫線綳開沒什麼好丟臉」等區域。空氣中瀰漫麝香味、年代久遠的香水味、遭蛾啃食的毛皮味，還有早被遺忘的那些夜晚玩樂時光。我像氧氣一樣大口大口吸入這些味道，感覺像我遺失了一部分的自己，卻幾乎一無所知，直到現在才不知怎地找回。我在店裡漫步，好幾次抱了滿懷的衣服去試穿，這些衣服的設計師我聽都沒聽過，他們的名字是一陣低微的回音，來自某個早已忘懷的年代——由紐澤西的方斯卡．米樹爾裁製，阿哈米司小姐——我的手指畫過看不見的針腳，臉頰貼著中國絲綢和雪紡紗。我原本打算買下十幾樣東西，最後決定只要一件袖口鑲毛皮、領口挖空的藍綠色合身晚禮服（我告訴自己，六十年前的毛皮不算毛皮）、一件復古丹寧鐵路風連身褲，還有一件格紋襯衫；這件襯衫會讓我想去砍倒一棵樹，或騎上尾巴嗖嗖甩動的馬。我可以在這裡待上一整天也沒問題。

「我看那件洋裝看了好——久。」負責結帳的女孩在我把衣服放上櫃檯時這麼說。她身上滿是刺青，染黑的頭髮乾淨俐落地挽起髮髻，眼睛畫上濃濃的眼線。「但是屁股塞不進去。妳穿起來很可愛。」她的聲音粗啞，菸嗓子，酷得不可思議。

「我完全沒概念我什麼時候會穿，但是不買不行啊。」

「我對衣服老是有這種感覺。它們對妳說話，對吧？那件洋裝一直對我尖叫：買我啊白癡！然後或許戒掉洋芋片！」她輕撫洋裝。「再見了，藍色小朋友。很遺憾我讓你失望了。」

「妳的店好棒噢。」

「啊，還過得去。遭受飆漲的房租猛烈攻擊，還有那些曼哈頓人，他們寧願去 TK Maxx，也不要買原創又美麗的衣服。看看這品質。」她拿起洋裝的內襯，手指著細密的針腳。「印尼的血汗工廠哪做得出這種工？整個紐約州找不到第二個人擁有一樣的洋裝。」她挑眉。「除了妳之外，英國小姐。那個好東西哪裡找來的呀？」

我身上穿著綠色軍裝長大衣，頭戴紅色無邊帽；我爸以前曾經開玩笑，說這件外套聞起來活像參加過克里米亞戰爭。底下搭藍綠色馬丁靴、花呢短褲和褲襪。

「我很喜歡妳的打扮。要是妳願意脫下那件外套，我會像這樣就賣掉。」她彈手指，大聲得我忍不住頭快速往後閃。「軍裝大衣，永遠穿不膩。我有一件紅色的步兵大衣，我奶奶發誓她是從一個白金漢宮的衛兵那兒偷來的。我把後面裁掉，改成露臀。你知道露臀是怎樣吧？要不要看照片？」我要。我們因為那件短版外套搭起友誼的橋梁，就跟其他人靠嬰兒的照片交朋友一樣。她名叫莉迪亞（Lydia），住在布魯克林。她和姊姊安潔莉卡（Angelica）七年前一起從父母手中繼承這家店。她們的客人不多，但很忠誠；電視和電影服裝設計師會來買衣服回去拆掉重做，她們的店因而能維持生計。她說她們大多數的衣服都來自搬家拍賣。「佛羅里達最棒，有一堆阿嬤，她們的大衣櫥都裝空調，塞滿五零年代留下來一直沒脫手的晚禮服。我們每隔幾個月就飛過去，大多靠哀悼中的親屬補貨。不過愈來愈難了，最近好多競爭對手。」她給我一張印有她們網站和電子郵件信箱的名片。「有想賣的東西就打給我啊。」

她用薄紙包起我買的衣服然後裝進袋子裡。「莉迪亞，」我說，「我想我比較會是買東西的人，不太可能賣東西。不過還是謝謝妳。妳的店是最棒的。妳也是最棒的。我感覺像……我感覺像回到家。」

「妳真可愛。」她說這句話時表情完全沒變，接著舉起一根手指，彎腰從櫃檯下拿出一副淺藍色塑膠框的深色復古太陽眼鏡。

「有人幾個月前掉在這兒。我正想拿去上架，不過覺得妳戴起來應該會很好看，尤其搭那件洋裝。」

「還是算了啦，」我說，「我已經花太——」

「噓！這是禮物。所以妳現在欠我們囉，一定要再回來。拿去。戴起來多可愛啊。」她拿起鏡子。

不得不承認，真的很可愛。我調整太陽眼鏡。「嗯，我正式宣布這是我在紐約最棒的一天。莉迪亞，我下週還會再來，然後基本上從現在開始會把我所有的錢都花在這裡。」

「太棒了！我們就是這樣對顧客情緒勒索，好藉此維持生計。」她點燃一根壽百年菸，揮手跟我道別。

我利用那天下午做好我的情緒板並試穿新衣服，不知怎地突然就六點了，而我坐在床上，手指輕敲膝蓋。原本一想到能擁有自己的時間，我就覺得很興奮，不過現在夜晚像一片荒涼、平淡的地貌般在我面前延展。我傳訊息給納森問他下班後要不要去吃點東西。他還在陪高普尼克先生，回訊息說他有約了，說得很好聽，不過當你真的不需要另外掛著備胎時也會這樣說話。

我想過再打一次電話給山姆，不過我再也沒信心我們在現實生活中的對話會像我腦中想的一樣。而且，儘管我一直盯著電話，我的手指就是提不起勁撥號。我想過喬許，但不知道要是我打電話約他出去喝一杯，他會不會以為「這有點什麼」。然後我又納悶，我想約他喝一杯，是不是代表「真有點什麼」。我又查看凱蒂・英格姆的臉書，還是沒有新貼文。最後，在我做出其他蠢事之前，我跑去廚房問伊拉莉雅需不需要幫忙準備晚餐。她聽見後，撐著穿黑色拖鞋的腳後跟往後一晃，猜疑地盯著我看了整整十秒。「妳想幫我準備晚餐？」

「對。」我拉開微笑。

「不用。」她轉身。

在這晚之前，我一直沒意識到我在紐約認識的人居然這麼少。到這裡後一直好忙，而且我的生活基本上完全圍繞著艾格妮絲、她的行程和她的需求，我一直沒發現我沒交到任何自己的朋友。然而，週五夜置身這座城市卻沒計畫，這其中有種什麼，會讓人覺得……嗯，有點像個失敗者。

我走去那家好壽司店買了味噌湯和一些我沒吃過的生魚片，努力不去想鰻魚！我居然在吃鰻魚！還喝了一瓶啤酒，然後躺在床上，轉過一個又一個電視頻道，一面推開其他思緒，像是山姆在做什麼。我告訴自己我在紐約，宇宙的中心。我週五晚上不出門又怎樣？經過一週辛苦的紐約工作，我不能純粹休息就好嗎。如果我真的想出門，哪天晚上出門都可以。我這麼對自己說了好幾次。然後我的手機響起。

——又出去探索紐約最棒的酒吧了嗎？

看都不用看就知道是誰。我體內的某個東西突然傾斜，遲疑片刻才回應。

——其實今晚待在家。

——想不想跟一個筋疲力竭的白領薪水奴隸一起喝杯友善的啤酒？至少妳可以確定我不會帶不合適的女人回家。

我開始微笑，接著輸入：你怎麼確定可以拿我來當佐證？

——妳的意思是我們看起來像永遠不可能在一起嗎？噢，太傷人了。

——我的意思是，你怎麼會覺得我會阻止你帶別人回家？

——因爲妳持續回應我的訊息？（他加上一個笑臉。）

我停止打字，突然有種不忠的感覺。我盯著手機，注視游標不耐煩地閃爍。他最後輸入：我搞砸了嗎？我搞砸了，對吧？要命，露薏莎・克拉克。我只是想在週五晚上跟個漂亮女孩一起喝杯啤酒；雖然知道她有男朋友讓我隱約有點沮喪，不過我打算姑且忽視。我就是這麼喜歡有妳陪伴。來喝杯啤酒嘛？就一杯？

我躺回枕頭上，思考，接著閉上眼，呻吟了一聲，然後坐起來打字：眞的很抱歉，喬許，我沒辦法。X

他沒回應。我惹惱他了，他再也不會跟我聯絡。

我的手機又響起：好吧。欸，如果我惹上麻煩，我明天早上第一件事就是傳訊息請妳來接我，並假裝是瘋狂愛吃醋的女朋友。準備好狠狠出擊。說好囉？

我發現自己大笑了起來。至少這我還做得到。祝你玩得開心囉。X

——妳也是。不過還是不要太開心。現在我只能靠妳暗自後悔沒跟我一起出來的這個念頭支撐了。X

注29　The Big Bang Theory，美國情境喜劇，主角為受雇於加州理工學院的四名宅男。

我確實有點後悔。當然後悔。一個女孩能看的《宅男行不行》[29]就是這麼多集。我關掉電視、注視天花板、想著我那身處世界另一端的男友、想著一個長得像威爾．崔諾的美國人；這個美國人真的想約我出去，不是某個一頭狂野金髮、看起來像在制服底下穿亮片丁字褲的女孩。我考慮打電話給我妹，但又不想吵醒湯姆。

來美國後，我第一次幾乎切身感覺到時空錯置，彷彿我被一條隱形繩子拉到百萬英里之外。我一度感覺如此糟糕，就連走進浴室看見水槽裡一隻栗子色的大蟑螂，我也沒尖叫，彷彿我考慮過，但只有一下下，要把牠當成寵物，像是兒童小說裡的一個角色。後來我發現自己現在真真切切像個瘋女人一樣地思考，這才拿出殺蟲劑噴牠。

到了十點，我又煩躁又坐立不安，去廚房偷了納森的兩瓶啤酒，把道歉的紙條塞進他門縫，然後一瓶接一瓶喝個一乾二淨，灌得太快，還得用力壓下巨大的酒嗝。我為那隻蟑螂感到難過。牠到底在做什麼啊？只是在忙著做蟑螂的事。牠說不定很孤單。牠說不定想跟我做朋友。我剛剛把牠踢到水槽底下，這會兒又過去查看，不過牠死透了。這令我毫無理性地生起氣來。我一直以為人應該殺不死蟑螂。有人欺騙我有關蟑螂的事。我把這件事加入應該感到憤怒的事項清單中。

我戴上耳機，醉醺醺地唱起碧昂絲的歌，知道這會讓我等一下感覺更糟，但我就是不在乎。我滑手機，看幾張山姆和我最近拍的合照，試著從他手臂環住我、低頭靠向我的方式判斷出他感情的強度。我瞪著影中人，努力回想是什麼讓我感覺在他懷中如此確定、如此安全。接著我打開筆電，新增一封電子郵件，收件人寫上他。

你還會想我嗎？

然後我按下寄出，同時發現，隨著電子郵件呼地飛入乙太，我已把自己關進不知道要等幾個小時的電子郵件焦慮中，一面等待他回信。

13.

我起床時覺得噁心，而且不是啤酒的關係。不到十秒，隱約作嘔的感覺便沿突觸滲入，與我前一晚做了什麼好事的回憶連結。我緩緩打開筆電，發現對，我確實寄出了，以及沒有，他沒有回應時，手握成拳緊壓住眼睛。我按了「重新整理」十四次，還是沒有他的回信。

我用胚胎的姿勢又躺了一會兒，努力驅走胃裡的結。接著我考慮打電話給他，輕快地解釋說哈！我有點喝醉，而且想家，我只是想聽聽你的聲音，然後你知道的，對不起……不過他跟我說過他週六整天要工作，表示他此刻已穿上急救裝跟凱蒂．英格姆在一起。我心裡的某個部分不太想在她聽力可及範圍內談話。

自從到高普尼克家工作以來，週末第一次像陰鬱地帶的無盡旅程般在我眼前延展。

於是我做了所有遠離家園又有點悲傷的女孩都會做的事。我吃了半包巧克力口味消化餅，然後打電話給我媽。

「小露！是妳嗎？等等。我剛好在洗爺爺的內衣褲。我去把熱水關掉。」我聽見我媽走到廚房的另一邊，收音機在背景隱約地哼哼唱唱，接著突然靜下來，我立即被傳送回我們家位於倫福路（Renfrew Road）上的小房子。

「妳好啊！我回來了！一切都還好嗎？」她聽起來氣喘吁吁。我想像她脫下圍裙。接重要電話時，她總是會脫下圍裙。

「很好！之前幾乎都沒時間好好說話，所以想說應該打個電話給妳。」

「那是不是貴得要命啊？我以為妳只想寄電子郵件。妳該不會也收到幾千英鎊的帳單吧？我在電視上看到有人去度假時打電話被抓到，回家後還得賣掉房子才能脫身。」

「我查過費率了。聽見妳的聲音真好，媽。」

媽和我說話時好高興，弄得我有點羞愧之前都沒打電話給她。她絮絮叨叨，告訴我等爺爺好一點，她打算開始上晚上的詩歌課程，還提起搬進街尾房子的敘利亞難民——她在幫他們上英文課。「當然囉，我有一半的時間完全聽不懂他們在說什麼，但是我們會畫圖，妳知道嗎？而且潔娜（Zeinah）——就是媽媽——總是煮東西送我當作謝禮。妳不會相信她能用酥餅做出什麼。真的，他們好得要命，整群都一樣。」

她說新醫師要爸減重；爺爺的聽力每況愈下，電視音量都開好大聲，每次他打開電視，她都有點漏尿；住在隔壁的丁芙娜（Dymphna）懷孕了，他們早中晚都能聽見她孕吐。我坐在床上聽，為世界其他角落的日子還是照常過而感到莫名寬慰。

「有跟妳妹聊嗎？」

「幾天沒聊了，怎麼了嗎？」

她壓低音量，彷彿翠娜就在房裡，而非遠在四十英里外。「她有男人了。」

「噢，對啊，我知道。」

「妳知道？他是什麼樣子？她什麼也不告訴我們，現在每週跟那男人出去兩三次；我談起他時，她只是不停哼歌和微笑。非常詭異。」

「詭異？」

「妳妹這麼常笑啊。我挺煩惱的。我是說，她笑起來是很可愛沒錯，但這並不是她。小露，我先前去倫敦跟她和湯姆住一晚，她才能出去，她回來時居然在唱歌。」

「哇啊。」

「我懂。而且幾乎沒走音。我告訴你爸，他卻指控我不浪漫。不浪漫！我告訴他，只有真正相信愛情的人，才能在幫他洗內褲三十年後還不離婚。」

「媽！」

「噢，天啊。我忘了。妳應該還沒吃早餐。總之，妳跟她聊天時試著打聽一點消息。話說回來，妳的男朋友怎麼樣啦？」

「山姆？噢，他……很好。」

「太好了。妳離開後，他來過妳的公寓幾次。我覺得他只是想感覺靠近妳，老天保佑他。翠娜說他非常悲傷，一直在妳家找事做，有天晚上還來這裡和我們一起吃烤肉，不過有一陣子沒見到他了。」

「他真的很忙，媽。」

「當然囉，那份工作可不簡單，對吧。好了，必須在這通電話讓我們兩個都破產前掛掉。我有沒有跟妳說我這週要跟瑪莉亞（Maria）見面。還記得嗎？我們八月時不是去了那家可愛的旅館，瑪莉亞是裡面的廁所服務員。我週五要去倫敦探望翠娜和湯姆，去之前先去跟瑪莉亞吃個午餐。」

「在廁所裡嗎？」

「別傻了。萊斯特廣場（Leicester Square）附近有家義大利連鎖餐廳，他們的義大利麵買一送一。我不記得餐廳名字了。她對她去的地方非常挑剔——她說妳應該根據女廁的清潔度來評斷一家餐廳的廚房。顯然這家餐廳的打掃時程安排得很好，每個整點打掃一次。妳那裡一切都好嗎？第五大街的迷人生活怎麼樣呀？」

「大道啦。第五大道，媽。這裡很棒，一切都很……令人嘆為觀止。」

「別忘了多寄些照片給我。我把妳參加黃色舞會的那張拿給愛德華太太看，她說妳看起來像電影明星。她沒說哪個明星，但我覺得她是稱讚的意思。我一直跟妳爸說，我們應該在妳變得太重要、得假裝不認識我們之前先去拜訪妳一趟。」

「說得好像真的會發生一樣呢。」

「我們有夠驕傲，寶貝。真不敢相信我有個女兒在紐約的上層社會裡，搭黑頭車，還跟珠寶鑽石們關係很好。」

我環顧我的小房間，八零年代壁紙、水槽底下還有一隻死蟑螂，「是啊，我真的很幸運。」

我著裝，一面努力不去思考，如果山姆不再只為了感覺靠近我而去我的公寓串門子，這背後代表什麼意義。我喝咖啡，下樓，出發去古著百貨。我覺得莉迪亞應該不會介意我只是過去晃晃。

我今天的衣服經過精挑細選——藍綠色的中國風短衫、黑色羊毛褲裙，腳下搭紅色芭蕾鞋。光是創造出有別於休閒衫和寬鬆尼龍長褲的穿搭，就已經讓我覺得更像我自己。我把頭髮編成兩條辮子，在腦後用紅色小蝴蝶結綁在一起，再戴上莉迪亞送我的太陽眼鏡，和一對自由女神像的耳環。雖然這對耳環來自賣觀光客紀念品的攤販，不過還是令人難以抗拒。

下樓時我聽見一陣騷動，一時納悶著不知道德威特夫人又想做什麼了，不過當我拐過轉角，發現高聲說話的是一個亞裔女孩，她似乎正在把一個小孩往阿榭克身上推。「你說過今天是我自己的時間。你答應我的。我要去參加遊行！」

「今天沒辦法啊，寶貝。文森休假，沒有其他人能顧大廳。」

「那你顧大廳的時候你的小孩可以坐在這裡。我要去參加遊行，阿榭克。他們需要我。」

「我在這裡沒辦法顧小孩啊！」

「圖書館要關閉了，寶貝。你了解嗎？你知道夏天時我能去的地方中只有這裡有冷氣嗎！而且我只在這裡才能覺得頭腦清楚。你告訴我，在華盛頓高地（The Heights），當我每天有十八個小時都是自己一個人，我還能帶孩子們上哪。」

我站定，阿榭克抬頭看我。「啊，嗨，露薏莎小姐。」

那女孩轉身。我不太確定我原本以為阿榭克的妻子應該是怎樣，不過總之不是像這樣，穿牛仔褲、用紮染大手帕、看起來氣勢洶洶、捲髮披垂在背上。

「早安。」

「早安。」她轉開。「我不想再討論這件事了。你說過週六是我自己的時間，而我要去參加遊行、保護一個珍貴的公共資源。就這樣。」

「下週還有另一場遊行啊。」

「我們必須持續施壓！現在是市議員決定預算的時候！要是我們今天不出去，地方新聞就不會報導，他們就會以為沒人在乎。你知道公共關係是怎麼回事吧？你知道這世界是怎麼運作的吧？」

「要是我老闆下來，發現這三個小孩，我會失業的。」他轉向懷中那個還在學走路的小孩，親吻她潮濕的臉頰。「對，我愛妳，娜迪亞（Nadia），真的愛妳。別哭，心愛的。爹地今天得工作啊。」

「我要走了，寶貝，大概兩三點會回來。」

「妳不可以走。妳敢——嘿！」

她走開，舉起一隻手，彷彿要擋住其他抗議，隨即大步走出大樓，沿途彎腰撿起她放在門邊的標語牌。同時間，三個小孩像是排練過般哭了起來。阿榭克輕聲咒罵。「要命，現在怎麼辦？」

「我來。」我還沒弄清楚自己在做什麼，這兩個字便已說出口。

「什麼？」

「沒人在家，我可以帶他們上樓。」

「妳是認真的嗎？」

「伊拉莉雅每週六都去探望她姊姊。高普尼克先生在俱樂部。我會把他們放到電視機前，應該不難吧？」

他看著我。「妳沒有小孩對吧，露薏莎小姐？」他恢復原本的模樣。「但是，天啊，這可真是救人一命。要是歐維茲先生經過，發現我帶著三個小孩，他會立刻炒我魷魚，妳根本不會來得及說出，呃……」他想了想。

「你被炒魷魚？」

「沒錯。好，我跟妳一起上去，然後跟妳介紹誰是誰、誰喜歡什麼。嘿，孩子們，你們要跟露薏莎小姐一起去樓上探險囉！是不是很棒啊？」三個小孩抬起又是鼻涕又是眼淚的臉盯著我看。我拉開爽朗的微笑，然後，三個小孩一個接一個又哭了起來。

如果你發現自己陷入沮喪狀態，遠離家園、對你愛的人有點懷疑，我強烈建議你試試看臨時照料三個小小陌生人，其中至少兩位還無法獨力上廁所。當我發現自己追著一個嬰兒爬過一塊無價的歐布桑地毯[30]，而且嬰兒滿得驚人的尿片已半鬆脫，同時間，還努力阻止一個四歲的孩子追一隻受過創傷的貓，「活在當下」這句話才真正對我產生意義。排行中間的孩子名叫阿畢克（Abhik），他可以用餅乾收服；所以我把他放在電視房的卡通節目前，讓他用胖胖的雙手把餅乾屑鏟進口水滴滴答答的嘴

注30　Aubusson carpet，手工地毯，工作室創立於一七四三年法國中央克勒茲省的小鎮歐布桑（Aubusson），主要提供貴族使用。

裡，同時間，我盡量把另外兩個小孩驅趕到至少同樣的二十平方英尺範圍內。他們有趣、可愛，同時變化無常、令人筋疲力竭，又是亂吼亂叫又是奔跑，還一再撞上家具。花瓶搖晃，書本被從書架上扯下又慌慌張張地塞回去。空氣中充斥噪音，以及各種怪味。在某個時間點，我坐在地板上，緊緊捉住兩個小孩的手腕，而最大的孩子拉琪娜（Rachana）用黏呼呼的手指戳我的眼睛，一面哈哈大笑。我也哈哈大笑。這有點好笑，不過是以一種「感謝天這很快就會結束」的角度而言。

兩小時後，阿榭克上來問我，他妻子還在遊行中抽不開身，我能不能再多幫他一小時？我說好。他像個真正走投無路的人一樣雙眼圓睜，而我說到底也沒其他事可做了。不過我還是採取了預防措施，把小孩帶進我房間，打開卡通，努力阻止他們開門，心裡遙遠的某個角落也接受大樓這區的味道以後聞起來再也不會一樣了。阻止阿畢克把雷達塞進嘴裡時，外面傳來敲門聲。

「等等，阿榭克！」我大喊，想在被小孩的爸爸看見前搶下他手中的殺蟲劑。

不過出現在我門邊的，是伊拉莉雅的臉。她凝視我，然後是孩子們，然後又是我。阿畢克暫時停止哭泣，棕色大眼睛盯著她。

「呃，嗨，伊拉莉雅！」

她沒說話。

「我——我只是幫忙阿榭克幾個小時。我知道這樣不妥，但，呃，請不要說出去。他們再待一下下就會離開了。」

她又打量這景象幾分鐘，嗅了嗅空氣。

「我之後再香薰這個房間。拜託不要告訴高普尼克先生。我保證沒有下次。我知道我應該先徵求同意，但沒人在家，阿榭克又走投無路。」我說話的同時，拉琪娜一面嚎啕大哭一面奔向較年長的女人，像顆橄欖球搬撞上她腹部。伊拉莉雅踉蹌後退，我忍不住一縮。「他們隨時可以離開，我現在就打電話給阿榭克。真的，沒必要跟任何人說……」

不過伊拉莉雅只是拉好襯衫，一手撈起小女孩。「口渴了是不是啊，compañera[31]？」她說完沒往後多看一眼便緩緩走出去，拉琪娜蜷縮在她寬大的胸膛上，小小的拇指塞進嘴裡。

我還呆坐在那兒，伊拉莉雅的聲音從走廊傳了過來。「帶他們來廚房。」

伊拉莉雅炸了一些香蕉餡餅，一面給孩子小片香蕉吸引他們注意力，我則是一再裝滿水杯，努力不讓比較小的孩子從廚房椅滾下來。她沒對我說話，不過持續輕輕哼唱，表情出乎意料地和藹，跟他們聊天時聲音低微動聽。孩子們有如狗回應厲害的訓犬師，立即變得安靜又順從，舉起拱起的手掌要下一片香蕉，回想起該說請和謝謝，也聽從伊拉莉雅的指令。他們吃了又吃，變得愈來愈愛笑、平和；小寶寶用拳頭揉眼睛，似乎已準備入睡。

「餓了。」伊拉莉雅朝空盤點點頭。

我努力回想阿榭克是不是提起過寶寶背包裡的食物，不過剛剛太過混亂，實在沒機會查看。我真的很感激這屋裡有個成熟的大人。「妳好會帶小孩。」我一面嚼一塊香蕉餡餅。

她聳肩，不過看起來心裡應該是高興的。「妳應該幫小的換尿片。我們可以在妳的最下層抽屜幫她鋪張床。」

我注視她。

「因為她會滾下妳的床？」她翻白眼，一副這不是廢話嗎的樣子。

注31　西班牙文，小妹妹的意思。

「噢，當然。」

我帶娜迪亞回房，縮手縮腳幫她換尿片。我拉上窗簾，然後拉開下層抽屜，把套頭衫沿邊緣排好，再把娜迪亞放在衣服間，等待她入睡。她剛開始還想抗拒，大眼睛注視著我，胖嘟嘟的小手也伸向我，不過我看得出來這是一場她贏不了的戰役。我試著學伊拉莉雅，輕輕唱起搖籃曲。嗯，嚴格說來不是搖籃曲：我唯一記得歌詞的是〈莫拉宏奇歌〉（The Molahonkey Song），但只是逗得她咯咯笑；還有另外一首，內容有關希特勒只有一顆睪丸，我小時候爸爸唱給我聽過。不過寶寶似乎喜歡這首。她的眼睛慢慢閉上。

我聽見走廊傳來阿榭克的腳步聲，接著門在我身後打開。

「別進來。」我低聲說。「她快睡著了……*希姆萊也有類似的狀況……*」

阿榭克站在原地。

「*但是可憐的老戈培爾一顆蛋蛋也沒有。*」

她就這麼睡著了。我又等了一會兒，把我的藍綠色喀什米爾包在她頸部，以免她冷到，然後站起身。

「如果你想，可以先把她留在這裡。」我低聲說。「伊拉莉雅跟另外兩個在廚房，我覺得她——」

我轉身，忍不住喊了出來。山姆站在我房門口，手臂交抱，要笑不笑的。一個大包包擱在他雙腳間。我對他眨眼，不確定我是不是產生幻覺了，然後我的雙手緩緩爬上我的臉。

「驚喜！」他用嘴型無聲地說，而我跟跟蹌蹌橫過房間，推他到走廊上，我才能親吻他。

他說，我告訴他這個意料之外的週末後，他就開始計劃了。傑克沒問題——永遠不缺樂意接手免費演唱會門票的朋友——他重新安排工作，請人幫忙、調班，然後訂了晚鳥便宜機票，飛來給我一個驚喜。

「幸好我沒有決定跟你做一樣的事。」

「飛在三萬英尺高空時，我的確有想過。我腦中冒出妳飛往相反方向的畫面。」

「我們有多少時間？」

「恐怕只有四十八小時。我週一一早就必須離開。但是，小露，我只是——我不想再多等幾週。」他只說這樣，但我了解他的意思。「我好高興你這麼做了。謝謝你，謝謝你。那是誰讓你進來的？」

「妳那個顧接待處的朋友。他警告過我有小孩，然後問我吃壞肚子好了沒。」他挑眉。

「是啊，這棟大樓裡沒有祕密。」

「他還說，妳是個洋娃娃，而且是這裡最好的人。不過我當然本來就知道了。後來一個瘦小的老太太帶著一隻不停尖叫的狗從走廊過來，嚷嚷著收垃圾的事，於是我就讓他去處理了。」

我們喝咖啡，直到阿榭克的妻子回來帶走小孩。她叫作米娜（Meena），因社區遊行剩餘的活力而容光煥發；她誠摯地向我道謝，還跟我們說起他們想拯救的那間位於華盛頓高地的圖書館。伊拉莉雅似乎不想交還阿畢克：她忙著對他咯咯輕笑，一面輕輕捏他的臉頰，逗得他哈哈大笑。從頭到尾，我們都跟兩位女士一起站在那兒聊天。我感覺山姆的手放在我後腰，高大的身形塞滿我們的廚房，空著的那隻手拿著我們的一個咖啡杯，而我突然覺得這地方變得更像家了一點，因為我現在能夠描繪出他置身其中的景象。

「很高興能認識妳。」他剛剛這麼對伊拉莉雅說，並伸出手；而她放下平常那副面無表情的猜疑神態，還微笑，雖然只是淡淡的微笑，然後跟他握手。我這才領悟，很少人會費心對她自我介紹。大多數時間裡，她跟我都是隱形人，而伊拉莉雅——或許由於她的年齡或國籍——甚至比我還隱形。

「千萬別讓高普尼克先生看見他。」山姆去洗手間時，她咕噥道。「男朋友不能進入大樓。用員工出入口。」她搖頭，彷彿無法置信她竟然放任這麼不道德的事。

「伊拉莉雅，我不會忘記這件事的。謝謝妳。」我要擁抱她般伸出雙臂，不過她目光犀利地看了我一眼。於是我半途停下雙手，硬生生把動作改成雙手比讚的樣子。

我們吃披薩——安全的素食口味——然後隨便走進一家昏暗、髒兮兮的酒吧。頭頂的小電視播出吵吵鬧鬧的棒球賽，我們膝蓋相碰坐在一張超小的桌子。一半的時間裡，我都不知道我們在聊什麼，因為我還是無法相信山姆居然在這裡，就在我面前，往後靠著椅背，因為我說的話而哈哈大笑，一手耙過頭髮。像是經過彼此同意，我們不提凱蒂．英格姆和喬許，反倒聊著我們的家人。傑克交了新女友，現在很少去山姆家了。他想念他，他說，儘管他知道沒有哪個十七歲的少年會想跟舅舅待在一起。「他快樂多了，他爸還沒走出來，所以我應該要為他高興才對。不過還是很怪。我已經習慣有他在身邊。」

「你隨時可以去拜訪我家人。」

「我知道。」

「我可不可以第五十八次告訴你我有多高興你來了？」

「妳想告訴我什麼都可以，露薏莎．克拉克。」他柔聲說，把我的指節拿到他唇邊。

我們在那家酒吧待到晚上十一點。怪的是，儘管只擁有這些時間，我們都沒有感覺到像上次必須盡可能利用每一分鐘的那種驚慌迫切感。他來到這裡是天上掉下來的禮物，我想我們都無聲地認同，只要盡量享受有彼此在身邊就好。沒必要觀光、列出應該體驗的事物，或是跑上床。這就像年輕人說的，沒煩沒惱。我們像兩個開心的醉漢一樣摟摟抱抱離開酒吧，然後我踏上人行道邊緣，兩根手指伸進嘴裡吹了一聲口哨；一輛黃色計程車發出刺耳的剎車聲停在我前面，我完全沒有畏縮。我轉身示意山姆上車，但他只是瞪著我。

「噢，對啊。阿樹克教我的。要稍微把兩根手指放在舌頭下，看——像這樣。」

我眉開眼笑地看著他，但他的表情中有點什麼令我感到憂慮。我原以為他會喜歡我這個召喚計程車的小小花招，他卻一副突然不認識我的樣子。

我們回到安靜的公寓。雷維瑞大樓無聲、雄偉地俯瞰中央公園，矗立在城市的噪音與混亂中，彷彿它不知怎地比這些東西更加優越。我們踏上從前門延伸出來的有頂走道。山姆停下腳步，仰望高高在上的建築體，看著不朽的磚砌正面和帕拉第風格的窗戶，幾乎不著痕跡地搖了搖頭，接著我們走進去。大理石大廳一點聲音也沒有，值夜班的男人在阿樹克的辦公室裡打盹。我們沒搭員工電梯，而是拾級而上，我們的腳步聲消融在綿延的皇家藍地毯中，我們的手滑過上過蠟的黃銅扶手，再往上一層，來到高普尼克家的走廊。遠處的狄恩馬丁開始吠叫。我打開門讓我們兩個進去，然後悄悄在身後關上寬闊的門。

納森的燈暗了，走廊傳來伊拉莉雅的電視遠遠嘟囔的聲音。山姆和我躡手躡腳走過寬敞的廳廊，經過廚房，來到我房間。我刷牙、換上T恤，突然希望我的睡衣更成熟一點。我走出浴室時，山姆坐在床上盯著牆。我停止刷牙，盡可能露出嘴裡滿是薄荷口味泡泡時最疑惑的表情。

「怎麼了？」我問。

「有點……怪。」

「我的T恤？」

「不是。是來到這裡，置身這個地方。」

我又走進浴室吐掉泡泡和漱口。「沒問題的。」我關掉水龍頭。「伊拉莉雅不介意，而且高普尼克先生週日晚上才會回來。如果你真覺得不舒服，我明天去納森說的小旅館訂個房間，距離這裡才兩個街口而已，我們可以——」

他搖頭。「我不是說這個。我是說妳、這裡。我們上次待在旅館時，妳和我就跟平常一樣，我們只是換了個地方。來到這裡，我才看出妳的生活發生什麼變化。天啊，妳住在第五大道耶，全世界最昂貴的地段之一；妳在這棟瘋狂的大樓裡工作，到處都是錢的味道，對妳來說卻稀鬆平常。」

我詭異地覺得想自我防禦。「我還是我。」

「當然。不過，照字面意義來說，妳現在在不同地方了。」

他說得很平靜，但在這段對話中，我不知怎地感到心神不寧。我赤腳走向他，雙手放在他肩上。「我還是露薏莎．克拉克，你那個來自斯坦福堡、有點不可靠的女朋友。」我的語氣比我想要的稍微急迫了些。他沒說話，我又接說：「我只是被聘請來這裡幫忙而已，山姆。」

他凝視我雙眼，抬起一隻手輕撫我的臉頰。「妳沒聽懂。妳看不出妳有多大變化。妳不一樣了，小露。妳走在紐約的這些街道上，像是這些街道都屬於妳。妳吹口哨叫計程車，車子也真來了。就連妳的步伐也不一樣。就像……我不知道。妳長成妳自己了，又或許妳是長成其他人了。」

「聽著，你現在說的應該是好事，但不知怎地聽起來很糟。」

「不糟。」他說。「只是……不一樣。」

我跨立他身上，赤裸的腿緊貼著他的牛仔褲，臉貼近他的臉，鼻子頂著鼻子，嘴唇跟他的嘴唇之間只有幾吋距離，雙手環住他的脖子，好讓我的肌膚能夠感覺到他短短黑髮的柔軟、胸口能感覺到他溫暖的氣息。四下黑暗，冰冷的霓虹燈在我床上畫過一道狹窄的光束。我吻他，想透過這個吻傳遞他對我的意義，傳遞就算我吹口哨攔下一百萬輛計程車，我還是知道，全世界我只想跟他一起上車。

我吻他，我的吻愈來愈深、愈來愈強烈，壓向他，直到他對我屈服，直到他的雙手握緊我的腰、往上滑，直到我感覺到他停止思考的那一瞬間。他把我拉進懷裡，嘴脣輾壓我的嘴，他扭身把我撲倒，我倒抽一口氣；他的整個存在化為一個意圖。

那晚，我把某個東西給了山姆。我狂野放縱，變得不再像我自己。因為如此迫切想讓他知道我需要他的這個事實，我變成了另外一個人。雖然他並不知道，但這是一場戰鬥。我隱藏我自己的力量，也讓他看不見他自己的力量。沒有溫柔，也沒有軟語。我們視線相交時，我幾乎對他生起氣來。*我還是我，我無聲告訴他，經歷過這所有，你怎麼敢質疑我。*他遮住我的眼睛，嘴貼上我的頭髮，然後他占有我。我容許他。我要他陷入半瘋狂狀態。我要他覺得像被奪走一切。我不知道我發出了些什麼聲音，不過結束時我居然耳鳴。

「那真是……不一樣。」我們又能夠呼吸後，他這麼說道。他的手滑過我的肌膚，現在又變得溫柔了，拇指輕撫我的大腿。

「妳沒像這樣過。」

「可能我沒這麼想念你過。」我靠過去親吻他的胸膛，嘗到鹹味。我們躺在黑暗中，對著劃過天花板的霓虹光束眨眼。

「是同樣的天空。」他對著黑暗說。「我們必須一直記住。我們還是會在同一片天空下。」遠方響起警笛，接著是另一輛警車不協調的伴唱。我再也不真正留意到這些：紐約的聲音已經變得熟悉，退為聽而不聞的白噪音。山姆轉向我，臉籠罩在陰影中。「我慢慢忘記一些事，妳知道嗎。我愛的每一小部分妳。我想不起妳頭髮的香味。」他垂頭靠向我的頭，深呼吸。「或是妳下巴的形狀。或是當我這樣時妳皮膚的顫動……」他一根手指輕輕往下劃過我的鎖骨，我因為身體不由自主的反應而半露微笑。「之後妳意亂情迷看著我的可愛模樣……我必須來這裡，來提醒自己。」

「我還是我，山姆。」

他吻我，嘴唇輕輕地降落在我唇上四、五次，一陣低語。「嗯，無論妳是哪一個妳，露薏莎．克拉克，我愛妳。」說完他一面嘆氣，一面緩緩翻成正面。

然而就是在那個節骨眼，我必須坦承一個令人不舒服的事實。我跟他不同。不只是因為我想讓他知道我有多想要他、我有多愛他，雖然這些都是其中的一部分。

在某個黑暗、不為人知的層面，我還想讓他知道我比她好。

14.

我們睡到十點過後才起床，然後走去市中心位於哥倫布圓環（Columbus Circle）附近的一家快餐店。我們一直吃到胃發疼，喝下幾加侖煮太久都發苦了的咖啡，面對面坐著，膝蓋交疊。

「高興你來了嗎？」我假裝不知道答案。

他伸出一隻手輕輕放在我頸後，往前橫過桌子親吻我，把其他用餐的人都當空氣，一直吻我到我得到我要的答案。我們周遭都是些帶著閱讀報紙的中年夫婦、一群群奇裝異服的跑趴者，他們都還沒回家，聊天時一直彼此搶話，還有帶著躁動孩童的疲倦父母。

山姆往後靠，長嘆了口氣。「我妹一直想來這裡，妳知道嗎。居然沒來成，感覺真傻。」

「真的嗎？」我的手伸向他的手，他轉動手掌朝上接住，然後合攏手指。

「對啊。她有一張清單，裡面列滿她想做的事，像是去看棒球賽。尼庫？還是尼克？她想看的某個球隊。還要在紐約的快餐店裡吃飯。她最想做的事是登上洛克斐勒中心（Rockefeller Center）頂樓。」

「不是帝國大廈嗎？」

「不是。她說洛克斐勒比較好——有玻璃觀景臺之類的，妳可以看到外面，而且顯然還可以看到自由女神像。」

我捏捏他的手。「我們今天可以去。」

「是啊。」他說。「不過很令人深思，對吧？」他拿起咖啡。「人還是得把握機會。」

隱隱的愁思盤據他身上。我沒打算幫他驅散。我比任何人都了解，你有時候就是需要被容許感到悲傷。我等了等，接著說：「我每天都有這種感覺。」

他的注意力回到我身上。

「我要來說一件有關威爾・崔諾的事。」我把這句話說得像個警告。

「好。」

「我在這裡的幾乎每一天都覺得他會為我感到驕傲。」

說這句話時，我感覺到最微乎其微的一股焦慮，意識到我們剛開始交往時，我是怎麼利用一再提起威爾來測試山姆，提起威爾對我的意義，還有他留下的那個威爾形狀的洞。但他只是點頭。「我也覺得他會。」他的拇指沿我的手指往下滑。「我知道我就是。為妳而驕傲。我是說，我想妳想得要命。不過，天啊，妳真的很驚人，小露。妳來到一個妳一無所知的城市，還勝任這份跟百萬富翁、千萬富翁打交道的工作，還交了朋友，而且妳為自己創造出這一切。很多人一輩子都做不到十分之一。」他比了比自己。

「你也可以啊。」我脫口而出。「我查過了，紐約政府總是需要厲害的急救員。我確定我們一定可以想出辦法。」我用開玩笑的口吻說，不過一旦說出來，我才發現我有多希望成真。我探身橫過桌面。「山姆，我們可以在皇后區之類的地方租個小公寓，然後可以每天晚上都在一起，就看誰哪些瘋狂的時段要工作。我們每個週日早晨都可以這樣過。」

人生只有一次，我聽見這句話在我耳裡迴盪。說好，我無聲對他說。說好就對了。

他伸手過來與我交握，嘆了口氣。「我沒辦法，小露。我的房子還沒蓋好。就算我想把它租出去，還是得先完工才行。而且我還不能離開傑克。他需要知道我就在附近。還需要再多一點點時間。」

我用力擠出微笑，我剛剛完全是在開玩笑的微笑。「當然！只是個愚蠢的想法。」他的嘴唇貼住我的掌心。「不蠢，只是現階段不可行而已。」

我們透過無聲的協議決定不再提起可能不好處理的話題，而這扼殺的話題多得嚇人——他的工作、他在英國的生活、我們的未來。我們去空中鐵道公園散步，接著脫離人群轉往古著百貨。我像熟朋友一樣跟莉迪亞打招呼，接著穿上七零年代的粉紅色亮片連身服，然後是五零年代毛皮大衣搭水手帽，逗得山姆哈哈大笑。

「我說這，」我穿著一套粉紅黃雙色的迷幻直筒背心裙走出試衣間時，他說道，「才是我認識而且愛著的露薏莎・克拉克。」

「她給你看過那件藍色的晚禮服了嗎？有袖子那件？」

「我沒辦法決定要選這件還是毛皮那件。」

「甜心，」莉迪亞點燃一根壽百年，「在第五大道不能穿毛皮。大家不會懂妳是在反諷。」

我終於離開試衣間時，山姆站在櫃檯邊。他遞出一個包裹。

「是那件六零年代的洋裝。」莉迪亞幫了他一把。

「你買給我？」我接下包裹。「真的嗎？你不覺得太招搖嗎？」

「根本完全發瘋啊。」山姆面無表情地說。「不過妳穿上後看起來好開心……所以……」

「噢，天啊，可以嫁了。」莉迪亞低聲說，這時我們正要走出去，她的菸叼在嘴角，「還有，下次讓他買那件連身服給妳。妳看起來完全就是個大人物。」

我們回公寓待了幾個小時，衣著完好地睡午覺，純潔地抱在一起，碳水化合物攝取過量。四點時，我們軟綿綿地起床，雙方都同意應該出門展開我們的最後一趟小旅行，因為山姆明天得搭上早上八點從甘迺迪機場起飛的班機。他收拾行李時，我去廚房泡茶，發現納森正在調配某種蛋白質奶昔。他咧嘴笑，「聽說妳男人來了。」

「這條走廊是不是一點隱私也沒有啊？」我裝滿煮水壺，打開電源。

「牆壁這麼薄，哪來的隱私，夥伴，沒有的。」他說。看到我的臉一路紅到髮際，他才補上一句「開玩笑的啦！」他接著說：「我什麼也沒聽見。不過從妳臉的顏色看來，很高興得知妳度過一個美好的夜晚。」

我正要打他，這時山姆出現在門口。納森在他面前站定，伸出一隻手。「啊。鼎鼎大名的山姆。很高興終於見到你，夥伴。」

「你也是。」我焦慮地等著看他們是不是要開始比誰才是老大，不過納森天生悠哉，山姆也還因為二十四個小時的食物和性而柔軟，他們只是握手，對彼此咧開嘴笑，交換了幾句玩笑話。

「你們今晚要出去嗎？」納森大口牛飲他的奶昔，我則是遞給山姆一杯茶。

「我們應該會去ＧＥ大樓[32]頂樓，算是某種任務。」

「欸，夥伴，你們不會想要最後一晚還傻站在排隊的觀光客之中。來東村的假日雞尾酒吧啊。我跟我朋友約在那——小露，我們上次一起出去時妳見過的。酒吧今晚有宣傳活動，通常都會很好玩。」

我回頭看山姆。他聳肩。我說我們可以去待個半小時，然後或許我們再自己去洛克三十頂樓，反正它開到十一點十五分。

三個小時後，我們卡在一張吵鬧的桌子旁，我因為一杯接一杯降落在大腦表面的雞尾酒而暈頭轉向。我出門時換上我的迷幻直筒背心裙，想讓山姆知道我有多愛這件洋裝。而山姆呢，就像喜歡有其他男人為伴的男人那樣，他和納森以及納森的朋友們已經成為麻吉。他們大聲取笑彼此喜歡的音樂，互相比較年輕時的樂團表演恐怖故事。

一部分的我微笑、和大家聊天，另一部分的我則是在心裡計算，如果山姆來這裡的次數比我們原本計畫多出一倍，我多少能提供金援。他一定看得出這樣有多好。我們在一起有多好。

山姆起身去買下一輪酒。「我會拿幾份菜單過來。」他用嘴型說。我點頭。我知道我多半應該吃點東西，以免等一下出糗。

然後我感覺到一隻手放上我的肩膀。

「妳真的在跟蹤我！」喬許笑容滿面地看著我，露出潔白的牙齒。我猛地站起來，臉漲紅。我轉身，不過山姆還在吧檯背對著我們。「喬許！嗨！」

「妳知道這差不多算是另一家我最愛的酒吧，對吧？」他穿著一件柔軟的藍色條紋襯衫，袖子捲起。

「我不知道！」我的音調太高、語速太快。

「我相信妳。要來一杯嗎？他們有一種很特別的古典雞尾酒。」他伸手碰了碰我的手肘。

我像是被他燙到般彈開。「對，我知道。不過不用了，謝謝。我跟朋友一起來的，而且……」

我轉身時山姆剛好回來，他雙手捧著一托盤的酒，幾份菜單夾在腋下。

「嘿。」他瞥了喬許一眼，然後才把托盤放上桌。他慢慢站直，認真地看著他。

我站在那兒，雙臂僵硬地擺在身側。「喬許，這是山姆，我——我男友。山姆，這是——這是喬

注32　洛克斐勒中心建築群的中央組成部分，簡稱洛克三十（Rock 30），因地址位於 30 Rockefeller Plaza。

許。」

山姆注視喬許，彷彿想弄懂些什麼。「是啊，」山姆良久後才說，「我想我早該想通的。」他看著我，然後又看著喬許。

「呃——你們想再來點酒嗎？我是說，我知道你們已經有了，不過我很樂意再去拿些過來。」喬許指指吧檯。

「不了，謝謝，夥伴。」山姆還是站著，所以整整比喬許高出半顆頭。「我想我們這樣就好。」一陣尷尬的沉默。

「好吧。」喬許看著我，點點頭。「很高興認識你，山姆。來這裡久住嗎？」

「夠久了。」山姆微笑，但眼裡沒有笑意。我沒看過他這麼帶刺。

「好吧，那……就不打擾你們了。露薏莎——之後再見囉。祝你們玩得開心。」他舉起雙手，擺出安撫的姿態。我張開口，但說什麼都不對，所以只是揮揮手，手指還怪異地亂動。

山姆沉重地坐下。我瞥了桌子另一邊的納森一眼，他露出完美的中立表情。其他人看起來都沒注意到有什麼不對，還在討論他們上一場演出的票價。山姆沉思了一會兒，最後終於抬頭。我握住他的手，但他並沒有回握。

氣氛沒有恢復。酒吧太吵，我沒辦法跟他談，我也不確定自己想說什麼。我啜飲我的調酒，一百種論點在我腦中循環播放。山姆大口喝酒，對其他人的玩笑微笑點頭，不過我看見他下巴的抽搐，知道他再也無心聊天。到了十點，我們跟其他人道別，然後搭計程車回家。

我讓他叫車。

我們聽從指示搭員工電梯上樓，溜進我房間前也先仔細聆聽。高普尼克先生似乎就寢了。山姆沒說話。他進浴室換衣服，隨手關上門，背脊僵硬。我聽見他刷牙漱口，我鑽進被窩，覺得又倉皇失措又生氣。他似乎在裡面待了一輩子那麼久，最後終於打開門，穿著四角內褲站在門口，腹部的傷疤仍舊泛紅。「我表現得很討人厭。」

「對。對，你確實是。」

他吐出一大口氣，看著威爾的照片。我把這張照片放在他自己的照片和我妹跟湯姆的合照中間，照片中的威爾一隻手指碰觸鼻子。「對不起。我傻了。他長得好像……」

「我知道。不過你去找我妹，而她長得像我，這一樣很怪。」

「只是她長得不像妳。」他挑眉。「怎樣？」

「我在等你說我美一百倍。」

「妳美一百倍。」

我拉開被子讓他爬進我旁邊。

「妳比妳妹美，美太多了。妳根本是個超模。」他一隻手放在我臀上，感覺溫暖沉重。「只是腿比較短。這樣可以嗎？」

我努力不笑出來。「好多了，不過說我腿短很失禮。」

「美麗的短腿。我最愛的腿。超模的腿很——無趣。」他翻身趴在我身上。每次他這樣做，感覺就像一小塊一小塊的我不由自主爆出生命的火花，我得花很大力氣才能忍住不扭動。他用手肘支撐，把我釘住，俯視我的臉；儘管我心臟蹦蹦跳，我還是努力維持面無表情。

「我想你可能把那可憐的男人嚇死了。」我說。「你看起來有點像想揍他。」

「那是因為我還真有點想。」

「笨蛋，山姆．菲爾汀。」我往上親吻他，他回吻我時又展露笑顏。他的下巴冒出厚厚的鬍碴，他沒費心刮掉。

他這次很溫和，一部分是因為我們現在相信牆壁很薄，而他其實不該在這。不過經過今晚的意外事件，我想我們對彼此都小心翼翼。他的每個碰觸都帶著一點崇敬。他說他愛我，聲音低微柔軟，說的時候直直看進我眼裡。那三個字有如小型地震般在我全身迴盪。

我愛妳。我愛妳。

我也愛你。

我們設了四點四十五分的鬧鐘，我咒罵著醒來，被尖銳的聲音拖出睡夢，身旁的山姆呻吟，拉過一個枕頭蓋住頭。我還得把他搖醒。

我一面咕噥一面把他推進浴室、打開蓮蓬頭，然後輕手輕腳去廚房幫我們兩個泡咖啡。回來時我聽見關水的聲音。我在床邊坐下，一面喝咖啡一面納悶，是誰這麼聰明提議在週日晚上喝這麼烈的調酒。浴室門在我撲通往後倒下時打開。

「調酒可不可以算在你頭上？我需要找個人怪罪。」我的頭陣陣重擊，我抬頭又輕輕放下。「裡面到底都加了些什麼啊？」我的指尖貼著太陽穴。「分量一定都加倍了。我通常不會這麼慘的。噢，天啊。我們真該去洛克三十就好。」

他一言不發。我轉頭看他。他站在浴室門口。「妳想談談這個嗎？」

「哪個？」我撐坐起來。他用浴巾圍住腰，手拿著一個白色小盒子。我一開始以為他想送我什麼珠寶，幾乎失笑。不過他把盒子拿到我面前時並沒有微笑。

我接過盒子，然後目瞪口呆、難以置信地發現眼前竟然是驗孕棒。盒子已開封，白色的驗孕棒鬆鬆放在裡面。我看了看，心裡某個遙遠的角落注意到並沒有藍色指示線，接著抬頭看他，一時語塞。

他重重地在床沿坐下。「我們有用保險套，對吧？我上次來的時候。我們有用保險套。」

「什——？你在哪找到這個的？」

「妳的垃圾桶。我只是想把刮鬍刀丟進去。」

「那不是我的，山姆。」

「妳跟別人共用房間？」

「沒有。」

「那妳怎麼可能不知道是誰的？」

「我不知道！但——但那不是我的！我沒跟任何人上床！」我在抗議的同時發現，堅持我沒跟其他人上床的這個舉動，聽起來就像我正在試圖隱瞞我確實跟別人上過床。「我知道這看起來像怎麼回事，但我真的不知道那東西怎麼會在我的浴室裡！」

「這就是妳總為了凱蒂找我麻煩的原因嗎？因為妳在跟別人交往，妳其實覺得有罪惡感？他們是怎麼說的？移情？這——這是妳前一晚那麼……那麼不一樣的原因嗎？」

房間裡彷彿化為真空。我感覺像被賞了一巴掌。我瞪著他。「你真的這麼認為？在我們經歷了這一切之後？」

他沒說話。

「你——真的覺得我會出軌？」

他變得蒼白，似乎跟我一樣震驚。「我只是覺得，如果有個東西看起來像鴨子，呱呱叫的時候也像鴨子，那，妳知道的，牠應該就是隻鴨子。」

「我不是該死的鴨子……山姆。山姆。」

他不情願地轉過頭。

「我不會背叛你。那不是我的。你必須相信我。」

他的視線掃描我的臉。

「我不知道我要說多少次。那不是我的。」

「我們交往沒多久，而且其中大多數時間都分隔兩地。我不……」

「你不怎樣？」

「這是那種情況，妳知道嗎？如果妳在酒吧裡跟妳朋友提起？他們露出那種表情，像是——夥伴……」

「那就別在酒吧跟你該死的朋友聊！聽我說！」

「我也想，小露！」

「那你到底有什麼問題？」

「他長得跟威爾·崔諾一模一樣！」這句話像無處可宣洩般從他口中爆出。他坐下，頭埋進雙手間，然後他又說了一次，這次轉為平靜：「他長得跟威爾·崔諾一模一樣。」

淚水湧出眼眶，我用手掌抹掉，知道多半把昨天的睫毛膏抹得整個臉頰都是，但我不在乎。我開口時，聲音低沉嚴肅，聽起來不再像我自己。

「我現在再說一次。我沒跟其他人上床。如果你不相信我……嗯，我不知道你在這裡做什麼。」

他沒回應，不過我感覺到他的回答在我們之間無聲漂浮：*我也不知道*。他起身走到他的包包旁，從裡面拿出一件褲子穿上，用短促、憤怒的動作猛力往上拉。「我得走了。」

我說不出話來。我坐在床上看著他，感覺又孤寂又憤怒。他穿衣服、把他剩下的所有物都丟進包包裡，我一言不發。接著他把包包甩上肩，走到門邊後轉身。

「旅途平安。」我笑不出來。

「我到家會打給妳。」

「好。」

他彎腰吻我的臉頰。他打開門時我沒抬頭。他在那兒又站了幾分鐘，接著便離開，在身後輕輕關上門。

艾格妮絲在中午到家。蓋瑞去機場接她，她到家後古怪地悶悶不樂，彷彿她不想回到這裡。她透過太陽眼鏡草草跟我打了聲招呼後便躲進更衣室，鎖上門，接下來的四個小時都沒出來。她到午茶時間才現身，洗過澡換過裝；我走進她的書房時，她擠出一個微笑；我做好的情緒板就在這兒。我跟她說明顏色和布料，她心不在焉地點頭，但是我看得出來，她並沒有真正留意到我做了什麼。我讓她喝她的茶，然後等到確定伊拉莉雅已經下樓，我才關上書房的門。她抬頭看我。

「艾格妮絲，」我低聲說，「這問題有點怪，不過妳有沒有放驗孕棒在我的浴室裡？」

她隔著茶杯對我眨眼，接著把杯子放回茶碟，做了個鬼臉。「噢，那個啊。對，我正打算告訴妳。」

我感覺到怒火像膽汁一樣上湧。「妳正打算告訴我？妳知道被我男朋友看見了嗎？」

「妳男朋友來度週末嗎？真好！你們玩得開心嗎？」

「一直到他在我的浴室發現使用過的驗孕棒為止。」

「但是妳有跟他說那不是妳的吧？」

「我說了，艾格妮絲。但是，也夠好笑的了，男人在他們女朋友的浴室裡發現驗孕棒時，通常心情都會變得很不好。尤其是住在三千英里之外的女朋友。」

她揮手，彷彿揮開我的憂慮。「噢，天啊。他要是信任妳就不會有事。妳沒背著他偷人。他不該這麼蠢的。」

「不過是為什麼呢？妳為什麼要把驗孕棒放在我浴室裡？」

她頓住。看了看我四周，彷彿想確認書房門確實已經關上。接著表情突然變得嚴肅。「因為如果放在我的浴室，就會被伊拉莉雅發現。」她冷淡地說。「而我不能讓伊拉莉雅發現這東西。」她舉起雙手，一副我遲鈍得驚人的樣子。「我們結婚時，李奧納說得很清楚：不要小孩。這是我們的約定。」

「真的？但那不是……如果妳決定妳想要小孩呢？」

她噘起雙唇。「我不會。」

「但是——但是妳跟我同年。妳怎麼知道一定不會？大多數時間裡，我連我會不會持續用同一牌子的潤髮乳都說不準。大多數人都會改變主意啊，當——」

「我跟李奧納不會有孩子。」她厲聲說。「好嗎？受夠小孩了。」

我站在那兒，覺得有點不甘願，而她甩過頭，表情凶狠。「我很抱歉。我很抱歉造成妳的困擾。」她用手掌壓推了推額頭。「好嗎？我很抱歉。現在我要出去跑步。自己去。」

幾分鐘後，我走進廚房，伊拉莉雅也在。她正在揉攪拌缽裡的巨大麵團，動作激烈、平均，完全沒抬起頭，

「妳以為她是妳的朋友。」

我停下來，馬克杯停在前往咖啡機的半途中。

她格外用力地揉麵團。「如果賣掉妳能拯救她自己，那 Puta 一點也不會猶豫。」

「這樣沒幫助，伊拉莉雅。」這大概是我第一次回嘴。我裝滿咖啡杯後走向門。「還有，信不信由妳，妳不是什麼都知道。」我在走廊的中途聽見她輕蔑的哼聲。

我下去阿榭克的位子拿艾格妮絲的乾洗衣物，停下來跟他聊了幾分鐘，試圖藉此驅走我的壞心情。阿榭克總是平和、樂觀，跟他聊天感覺像在更輕盈的世界開了一扇窗。我回到我們的公寓時，看見一個有點皺的小塑膠袋靠在前門上。我彎腰撿起，驚訝地發現居然是給我的。或至少是給「應該是叫露薏莎吧」。

我拿回房間打開。袋子裡，包在回收薄紙中，是一條碧芭的孔雀羽毛印花圍巾。我展開圍巾後披在肩上，一面讚歎布料隱約的光澤，就連在微弱光線下也閃閃發光，聞起來有丁香和陳舊香水的味道。我又把手伸進袋子裡拿出一張小卡。卡片頂端以深藍色繞著圈圈的字體印上「瑪格．德威特」，下面則是顫巍巍的潦草筆跡：謝謝妳救了我的狗。

15.

寄件者：BusyBee@gmail.com
收件者：MrandMrsBernardClark@yahoo.com

嗨，媽，

對，萬聖節在這裡算是大事。我在城裡走了一圈，氣氛很可愛。好多小鬼魂和小巫婆提著裝滿糖果的籃子，他們的父母則拿著手電筒跟在一段距離外，有些甚至自己也扮裝。而且這裡的人好像真的很喜歡萬聖節，不像我們那條街，一半的鄰居都會關燈或躲在黑暗中，就是不想有小孩來敲門。這裡所有窗户都用滿滿的塑膠南瓜和假鬼魂裝飾，所有人也似乎都喜歡扮裝。我甚至沒看到有人用蛋攻擊別人家。

但是我們這棟大樓沒人討糖果。我們這區的人不太會去敲鄰居家門，他們說不定會對彼此的司機大喊。他們也需要先經過夜班管理員那關，而他本身就挺嚇人的了。

接下來是感恩節。在開始上火雞廣告前，他們幾乎不撤掉鬼魂的窗花。我根本連感恩節是什麼都不太確定——我想主要是吃吃喝喝吧，這裡的節日似乎大多這樣。

我很好。抱歉沒有更常打電話。幫我跟爸和爺爺說我愛他們。

想念妳。

高普尼克先生最近對家庭團聚感傷了起來，剛離婚的男人總是這樣。趁前高普尼克太太和姊妹一起去佛蒙特州，他下令他想要跟目前最親近的家人在公寓裡共進感恩節晚餐。即將到來的這場歡樂聚會——再加上他現在還是每天工作十八小時——足以讓艾格妮絲陷入持續不斷的恐慌。

山姆到家後傳了訊息給我——事實上是回到家的二十四小時後——說他很累、這比他原本想的還難。我只回了簡單的一個字：對，因為我確實也覺得很累。

我清晨跟艾格妮絲、喬治一起跑步。不用跑步時，我在小房間裡聽著城市的聲音醒來，腦中是山姆站在我浴室門口的畫面。我會躺在那兒翻來覆去，直到心情陰鬱地纏在被子裡。這一天甚至在開始前就變得灰暗。必須起床並穿上跑鞋出門的日子裡，我醒來時就已經在動了，被迫思索別人的人生、髖部的拉扯、襲上胸口的冷空氣，以及耳裡我自己的呼吸聲。我覺得興奮、強壯、無論這天可能用什麼爛事迎接我，我都準備好用球棒將它打擊出去。

不過那週還真爛得可以。蓋瑞的女兒從大學輟學，弄得他心情惡劣，所以每次艾格妮絲下車，他就開始抱怨不知感恩的小孩，不懂犧牲是什麼，也不知道工作賺回來的錢有什麼價值。因為艾格妮絲冒出更多古怪的習慣，伊拉莉雅退回持續性的無聲憤怒。那些習慣包含點了食物又不吃，或是人不在時還鎖上更衣室的門，害伊拉莉雅沒辦法把她的衣服歸位。「她要我把她的內衣放在門廳嗎？她想把她的情趣服攤開展示在雜貨店的男人面前？她到底在裡面藏了什麼？」

麥克鬼魂般掠過公寓，表情是做兩份工作的人才會有的筋疲力竭——就連納森也失去原有的沉著；當日裔的貓小姐說意外出現在他鞋裡的便便是因為他的「壞能量」，他居然反唇相稽。「我會給她該死的壞能量。」他一面咕噥一面把跑鞋丟進垃圾桶。德威特夫人一週來敲門兩次抱怨鋼琴聲；

作為報復，艾格妮絲在出門前播放〈惡魔的階梯〉（The Devil's Staircase），而且還把音量調高。「李格悌（Ligeti）[33]。」她輕蔑地說，一面用粉盒檢查妝容。這時我們正搭電梯下樓，重擊、無調性的音符在我們頭頂潮起潮落。我偷偷傳訊息給伊拉莉雅，請她等我們離開就把音樂關掉。

溫度下降，人行道變得更加擁擠，耶誕節陳列漸漸進駐櫥窗，像是華麗俗氣又閃閃發光的疹子。

我訂回家的機票時沒抱多大期望，不再知道迎接我的會是什麼。我打電話給我妹，原本希望她不會問太多問題，但我多慮了。她還是一如以往喋喋不休，聊湯姆的學校作業、他在公寓裡新交的朋友、他的足球踢得多好。我問起她男友，她又異於尋常地安靜。

「妳多少透露點什麼吧？妳知道這快把媽逼瘋了。」

「妳還要回家過耶誕節嗎？」

「要啊。」

「那我說不定會介紹你們認識，前提是妳要能幾個小時不像個徹頭徹尾的白癡。」

「他見過湯姆了嗎？」

「這週末。」她的聲音突然少了一點信心。「我之前一直沒讓他們接觸。要是行不通怎麼辦？我是說，艾德（Eddie）喜歡小孩，但要是他們不——」

「艾德！」

她嘆氣。「對，艾德。」

「艾德。艾德和翠娜。艾德翠娜談戀愛，躲在樹上偷親親。」

「幼稚。」

這是我這整週第一次大笑。「他們不會有事的。他們見過後，妳可以帶他去見爸和媽。然後妳會成為媽持續追問婚事的目標，我就可以在媽的『我不是個好媽媽』罪惡感之中輕鬆度過這個假期。」

「『節日』才對。不要學美國人講話好嗎，而且說得一副好像真的會發生一樣。妳知道她擔心妳會變得太高高在上，耶誕節回來後不跟他們聊天嗎？她覺得妳不會想搭爸的小貨車從機場回家，因為妳搭慣黑頭車了。」

「那倒是真的，我搭慣了。」

「別鬧了，發生什麼事？妳都沒說妳最近過得怎麼樣。」

「享受紐約，」我說得平順如宗教真言，「認真工作。」

「噢屁啦。我要掛了。湯姆起床了。」

「告訴我進展喔。」

「我會的。除非狀況很糟，那樣的話我會移居國外，餘生不再對任何人說任何話。」

「我們家就是這樣，總是針鋒相對。」

週六冷就算了，還颳起強風。我一直不是很清楚紐約的風能有多凶暴，彷彿高樓漏斗般納入所有微風，又猛烈又快速地把風打磨成某種冰冷兇殘的東西。我常覺得我像是走在某種虐待狂的風洞中。這天我壓低頭，身體傾斜四十五度，不時伸手抓住消防栓或路燈柱，搭地鐵去古著百貨，待在那兒喝了杯咖啡驅寒，用下殺的優惠價十二美元買了一件斑馬紋大衣。其實我故意在這裡逗留。我不想回去那個沉默的小房間，只聽得見走廊傳來伊拉莉雅的電視嘟囔個不停；我不想回去面對房間裡山姆的殘

注33　李格悌・捷爾吉・山多爾（Ligeti György Sándor），當代古典音樂先鋒派作曲家，沒於二〇〇六年。原籍匈牙利，一九六七年入奧地利籍。前述〈惡魔的階梯〉為其作品。

影，還有每十五分鐘檢查一次電子郵件的誘惑。我天黑才回到家，夠冷也夠累，不會再焦躁不安，或是沉浸在持久不散的紐約感覺中——待在家裡代表我錯失了些什麼。

我坐在房裡看電視，考慮寫封信給山姆，不過餘怒未消，也不確定我要說的話會不會讓情況好轉。我從高普尼克先生的書架上借了一本約翰·厄普戴克（John Updike）的小說，不過書裡從頭到尾都在講現代關係的複雜，而且每個角色似乎都不快樂，或是瘋狂渴求著某人，所以我最後還是關燈睡覺去。

隔天早上我下樓時，米娜在大廳。她今天沒帶小孩，陪她來的是沒穿制服的阿榭克。我看見穿便服的阿榭克在桌子底下翻箱倒櫃時有點嚇到，突然想到，當我們不穿得像獨立個體，有錢人是多麼輕易就可以拒絕對我們有絲毫了解。

「嘿，露薏莎小姐。我忘記帶走我的帽子，去圖書館前得先過來一趟。」

「他們想關閉的那間圖書館嗎？」

「對啊。」阿榭克說。「要跟我們一起去嗎？」

「來幫我們拯救我們的圖書館，露薏莎！」米娜一隻戴著連指手套的手輕拍我的背。「只要能幫忙，我們統統派得上用場！」

我原本打算去咖啡店，不過再來就沒事可做了，週日這天有如荒地在我面前開展，所以我答應了。他們交給我一個標語牌，上面寫著「圖書館不只是書而已」，並確認我有戴帽子和手套。「剛開始一、兩個小時或許還好，不過到第三個小時，妳就會覺得真的好冷。」我們走出去時米娜這麼對我說。像她這樣的人，我爸會說她膽識過人——豐滿、蓬蓬頭、性感的紐約客，無論她丈夫說什麼，她總是聰明地回嘴，還喜歡取笑他的頭髮、他對待孩子的方式，還有他在性方面的高超本領。她的笑聲低沉宏亮，不接受任何不合理的對待。他明顯愛慕她。他們太常稱呼彼此「寶貝」，我偶爾懷疑他們是不是根本忘了對方的名字。

我們搭往北的地鐵到華盛頓高地，聊起阿榭克在米娜剛懷孕時接下這份工作，只是權宜之計，等到小孩都到上學的年紀，他會去找其他工作，正常上下班的工作，這樣他才能幫更多忙。（不過這裡給的健康保險很好，所以很難離得開。）他們大學時相識——我很羞愧地坦承我原本以為他們是媒妁之言。

我告訴米娜後，她捧腹大笑。「女孩？妳覺得我不會逼我爸媽為我挑一個比他更好的人嗎？」

阿榭克：「妳昨晚可不是這麼說的。」

米娜：「那是因為我很專心在看電視。」

等到我們終於一路大笑爬上地鐵的階梯來到一六三街，我突然置身一個截然不同的紐約。

華盛頓高地這一區的房子看起來疲憊不堪：防火梯垂下、釘上木板的店面、賣酒的店、炸雞店，還有美容沙龍，窗戶上貼著褪色、邊緣捲起的過時髮型照片。一個男人從我們旁邊經過，推著裝滿塑膠袋的購物推車，一面輕聲咒罵。成群的小孩無精打采地窩在街角朝彼此叫罵；垃圾袋不時在路邊堆成亂七八糟的小山丘，有些內容物還溢到馬路上。這裡沒有絲毫下曼哈頓的光鮮亮麗，也沒有充斥中城空氣中、滿懷目的的熱望。這裡的空氣瀰漫油炸食物的味道和幻想破滅。

米娜和阿榭克似乎一無所察。他們大步前進，手拉著手，一面看手機確認米娜的媽媽帶小孩沒問題。米娜轉身微笑看著我有沒有跟上。我掃視後方，把皮夾塞到外套的更深處，快步跟著他們前進。

我們先聽見抗議，然後才看見；空氣中的振動慢慢變成清楚、遙遠的念誦。我們轉過一個彎，然後就在那兒，大約一百五十人站在一棟被煙燻黑的紅磚建築前，一面揮舞標語牌一面喊口號，聲音主要對準一個小攝影團隊。我們走近時，米娜把她的標語牌刺向天空。「平等受教！」她大喊，「不要搶走我們孩子的安全空間！」我們鑽進人群，很快便被吞噬。我原本就知道紐約很多元，但現在才發現，我看見的只是人的膚色、他們衣服的款式。這裡的人形形色色，有頭戴手織帽的年長婦女、嬰兒背在背上的時髦男女、頭髮編成整齊辮子的年輕黑人男性，還有穿紗麗的年長印度婦女。大家士氣高昂，因為共同的目的而結合，一心一意、齊心致力於將他們的想法傳遞出去。我跟著喊口號，看見米娜滿臉喜色的微笑，還有她在人群中走動時是怎麼擁抱抗議的夥伴。

「他們說會上夜間新聞。」一個老太太轉身對我說，一面滿意地點頭。「只有這樣市議會才會理我們。他們都想上新聞。」

我微笑。

「每年都一樣，對吧？每年都得抗爭得更用力一點點，才能凝聚社區。每年都得更用力抓緊屬於我們的事物。」

「呃，不好意思。我不太了解，我只是跟朋友一起來。」

「不過妳來幫我們了啊。重要的是這個。」她一手放上我的臂膀。「妳知道我孫子在這裡教輔導課嗎？他們付錢請他教其他年輕人電腦。他們真的付他錢。他也教成人，幫助他們找工作。」她戴手套的雙手拍合，試著保持溫暖。「要是議會關閉圖書館，那所有人就都無處可去了。然後那些市議員一定第一個跳出來抱怨年輕人在路邊遊蕩。妳知道的。」她對我微笑，彷彿我真的知道。

米娜在前面又舉起標語牌，身旁的阿榭克彎腰跟朋友的小男孩打招呼，把他抱起來舉到人群之上，好讓他看得更清楚些。少了管理員的制服，他在這一群人中看起來截然不同。儘管我們聊過這麼多次天，我其實只透過制服的稜鏡看見他。我沒想過他在大廳桌子之外的人生是什麼模樣、他怎麼養家活口、通勤花多少時間、收入怎麼樣。我眺望在攝影團隊離開後變得安靜些的人群，為太少真正探索紐約而感到古怪地羞愧。就跟中城光鮮亮麗的高樓一樣，這裡也是這座城市的一部分。

我們又喊了一小時的口號。汽車和卡車經過時都按喇叭表示支持，我們回以歡呼。兩名圖書館員端著一個個托盤出來，盡可能把熱飲發送給更多人。到了這個時候，我已經注意到那位老太太外套綻開的縫線，還有身旁衣物破爛、陳舊的狀況。一個印度女人和她兒子帶著幾大錫箔托盤的熱騰騰帕扣拉[34]走過街道，我們撲過去，再三感謝她。「你們在做重要的工作，」她說，「我們才要感謝你們。」我拿到的帕扣拉塞滿豌豆和馬鈴薯，辣得我喘氣，但是美味極了。「他們每週都送帕扣拉出來給我們，願神保佑他們。」老太太說，一面拍掉圍巾上的炸餅屑。

一輛警車慢速開過兩三次，警察面無表情地掃視人群。「幫助我們拯救我們的圖書館，大人！」米娜對他喊。他別開臉，但他的同事微笑。

後來我跟米娜進去圖書館上廁所，我這才有機會看見我顯然是為何而戰。這棟建築很老舊，挑高天花板，管線外露，寂靜無聲；牆上貼滿海報，內容都是成人教育、冥想、協助寫履歷等課程，輔導班每小時六元。不過裡面人山人海：童書區都是年輕家庭，電腦區卡噠卡噠，大人們謹慎敲打著鍵盤，對自己正在做的事還不太有自信。幾個青少年坐在角落低聲聊天，有的在讀書，有的戴著耳機。我很驚訝地發現居然有兩名警衛站在圖書館員的桌旁。

「對啊。有過幾場打鬥。任何人都可以進來，妳知道嗎？」米娜低語。「通常是毒品。總是會惹上一些麻煩。」我們出來下樓時和一名老婦人擦身而過。她的帽子很髒，藍色尼龍大衣皺巴巴，因為在街上生活而磨損，兩邊肩膀都裂開了，像肩章似的。我發現自己的視線追著她一步一步上樓，破

注34 Pakora，印度傳統油炸點心。

爛的拖鞋幾乎穿不住腳，手裡緊抓一個袋子，一本平裝書露了出來。

我們在外面又待了一小時——終於等到一個記者和另一個新聞團隊順路停下，他們問問題，承諾會盡量讓故事流傳出去。到了下午一點，人群開始散去。米娜、阿榭克和我走回地鐵站，他們兩個熱烈地討論今天跟誰說過話，以及下週安排好的遊行。

「圖書館關閉的話你們會怎麼做？」我們上車後我問。

「說實在的嗎？」米娜把頭髮上的紮染大手帕往後推。「不知道耶。不過他們應該終究還是會關閉圖書館。還有另外一個，設備比較好，蓋在兩英里外，他們會說我們可以帶我們的孩子去那裡。因為顯然這裡人人都有車。而且老年人在華氏九十度的高溫下走上兩英里顯然對他們有益。」她翻白眼。「但我們會奮戰到最後，對吧？」

「必須有社區的空間。」阿榭克強調地舉起一隻手劃過空氣。「必須有地方讓人會面、聊天、交換想法，而這不只是跟錢有關，知道吧？教妳人生的是書本。書本教妳同理心。但如果妳只勉強付得起房租，妳就不可能買書。所以圖書館是一個不可或缺的資源！關掉一間圖書館，露薏莎，關掉的不只是一棟建築，而是希望。」

一陣短暫的沉默。

「寶貝，我愛你。」米娜對準他的嘴扎扎實實地吻上去，

「我也愛妳，寶貝。」

他們凝視彼此，而我只能拍掉大衣上其實並不存在的食物屑屑，努力不想著山姆。

阿榭克和米娜去她媽媽的公寓接小孩，臨走前跟我擁抱，要我答應下週再來。我自己去快餐店點了一杯咖啡和一塊派。我忍不住一直想著這場抗議、圖書館裡的人，還有周遭骯髒、坑坑巴巴的街

道。我一直想起那女人大衣上的破洞、我身旁的老太太，還有她因孫子靠輔導課程賺到錢而驕傲。我想著阿榭克為社區的激昂陳情。我回想起在家鄉時，我們的圖書館是怎麼改變了我的人生，還有威爾是如何堅持「知識就是力量」。我現在讀的每一本書——還有幾乎我做的每個決定——都可以溯及那段時光。

我想著人群裡的每一個抗議者是怎麼認識另一個人，或是與某個人連結，或是帶食物、飲料給他們、跟他們聊天；我又是怎麼感覺到能量湧現，還有因為共同目標而生的滿足。

我想著我在這裡的新家，在一棟大概只有二十個人的安靜建築裡，除了抱怨自己的平靜遭受侵害之外，大家互不往來；顯然沒人喜歡其他人，或願意費心多了解別人、弄清楚自己到底喜不喜歡他們。

我在那兒坐到派都變涼。

我回去後做了兩件事：我寫了一張簡短的便條感謝德威特夫人送我圍巾，告訴她收到這份禮物是我這週最棒的事，還有，如果她的狗以後還需要幫忙，我很樂意多加了解犬類照顧相關知識。我將便條放進信封，從她門縫塞進去。

我敲響伊拉莉雅的房門，她開門、明擺著一臉猜疑瞪著我時，我努力不畏縮。「我剛剛經過咖啡店，他們有賣妳喜歡的肉桂餅乾，所以幫妳買了一些。給妳。」我把袋子拿給她。

她警惕地打量袋子。「妳想幹麼？」

「沒有！只是……想謝謝妳前幾天幫忙我照顧那些小孩。還有，妳知道的，我們是同事之類的，所以……」我聳肩。「只是些餅乾嘛。」

我拿著餅乾又往她的方向挪近幾吋，逼得她不得不接下。她看著袋子，然後看著我；我有種感覺，她好像就要把餅乾丟過來了。因此趕在她有機會動手前，我揮了揮手便急忙回到我自己的房間。

那晚，我上網查了我所能找到有關那間圖書館的一切：預算刪減、威脅關閉的新聞，還有小勝利的報導——當地青少年將獲大學獎學金歸功於圖書館——印出關鍵的幾篇，並把所有有用的資訊存成同一份檔案。

八點四十五分，我的收件匣跳出一封新郵件。主旨是「對不起」。

小露，

我這整週都值夜班，我想等到我有超過五分鐘空檔時再寫信，確定不會把事情搞得更糟。我不擅言詞。不過我猜這個時候眞正重要的只有三個字。對不起。我知道妳不會出軌。光是有那種想法，我就是個白癡。

我想說的是，分開這麼遠、不知道妳每天發生什麼事，這樣眞的好難。我們見面時，感覺像每件事的音量都開得太大聲。我們就是沒辦法放鬆相處。

我知道妳在紐約的這段時間對妳來說很重要，我也不想要妳停滯不動。再說一次，對不起。

妳的山姆 XXX

在他傳送給我的所有東西中，只有這次最接近一封信。我盯著這些文字幾分鐘，試圖拆解我的感覺。最後我開啟一封新郵件開始打字：

我知道。我愛你。耶誕節見面時，希望我們有時間只是放鬆相處就好。

小露 XXX

我寄出，然後回覆媽寄來的信、另外寫信給翠娜。我在自動模式下打字，從頭到尾都想著山姆。好，媽，我會去看看妳新貼在臉書上的院子照片。對，我知道柏妮絲（Bernice）的女兒每張照片都會噘嘴。應該是想作出誘人的效果。

我登入銀行，然後是臉書；果然柏妮絲的女兒噘起橡膠化的嘴唇拍下完美的照片，我看了實在忍俊不住。我看見媽發布了我們小院子的照片，還有她從庭院中心買的新椅子。接著，幾乎在一時衝動之下，我發現自己跳到凱蒂．英格姆的頁面。我立刻希望自己沒這麼做。她最近張貼了七張色彩鮮艷的照片，內容是急救員的歡聚之夜，可能是我之前打電話給山姆時他們正要去參加的那一場。

或者，更糟，可能不是。

照片裡有凱蒂，穿著看起來像絲質的深粉紅色襯衫，眉開眼笑，心照不宣的眼神，傾身到桌子上方高談闊論，或是仰頭大笑露出她的喉嚨。還有山姆，穿著磨舊的外套和灰色T恤，大手扣著一杯看起來像萊姆果汁的飲料，比其他人都高上幾吋。每張照片裡的大家都很開心，因為共同的笑話而哈哈大笑。山姆看起來徹底放鬆、無拘無束。而且，在每張照片裡，凱蒂．英格姆都緊貼著他；大夥兒圍坐在酒吧桌旁時，她窩在他腋下，或是仰望著他，一手輕輕放在他肩膀上。

「我要給妳一個任務。」我坐在艾格妮絲的超時髦美髮沙龍角落，等她染髮、吹乾。我原本在看抗議圖書館關閉的當地新聞報導，當她頂著小心裹在層層錫箔紙裡的頭髮走近，我火速關掉手機。她在我身旁坐下，不理會那個顯然希望她回去坐好的染髮師。

「我需要妳幫我找一架非常小的鋼琴。要運去波蘭。」

她說得好像只是要我去便利商店買包口香糖。

「非常小的鋼琴。」

「小孩學習用的，非常特別的小鋼琴。要給我妹妹的小女孩，」她說，「不過品質一定要非常好。」

「波蘭買不到小鋼琴嗎？」

「沒有好的。一定要是霍斯維納與傑克森（Hossweiner and Jackson）出品，他們的鋼琴全世界最棒。妳還要安排有空調的貨運，鋼琴才不會受溫度和濕氣影響，這些都會讓鋼琴的音色改變。不過賣鋼琴的店應該能夠幫忙處理。」

「再說一次妳妹妹的小孩幾歲？」

「四歲。」

「呃……好。」

「而且要是最好的鋼琴，她才聽得出差異。鋼琴的音色之間有很大的不同，妳知道的。就好像史特拉底瓦里（Stradivarius）和便宜小提琴的差別。」

「當然。」

「但是有個問題。」她轉開，忽略這會兒發狂起來的染髮師，她正在沙龍的另一邊比畫著自己的頭，一面輕拍實際上並不存在的手表。「我不希望這筆開銷出現在我的信用卡帳單。所以妳必須每週領錢出來付。一點一點的，好嗎？我有一些現金了。」

「不過……高普尼克先生一定不會在意的吧？」

「他覺得我在我外甥女身上花太多錢。他不了解。而且要是被塔碧莎發現，她會扭曲所有事，讓我看起來像個壞人。妳知道她是什麼樣子，露薏莎。妳可以做這件事嗎？」她從層層疊疊的錫箔紙下熱切地注視我。

「呃，好。」

「妳真是太棒了，真高興我有像妳這樣的朋友。」她突然擁抱我，錫箔紙撞上我的耳朵，染髮師立刻跑過來查看我的臉對染髮造成什麼傷害。

我打電話給鋼琴店，請他們寄兩款迷你鋼琴加上運費的費用過來。眨完眼後，我印出兩份了不得的報價單，拿去更衣室給艾格妮絲看。

「真是份大禮。」我說。

她揮手。

我吞了口口水。「貨運還要額外加上兩千五百美元。」

我眨眼，但艾格妮絲可不。她走到梳妝檯旁，從牛仔褲口袋掏出鑰匙開鎖，在我注目下拿出一疊凌亂的五十美元鈔票，厚度跟她的手臂一樣。「拿去。這裡有八千五百。我需要妳每天早上去提款機領剩下的。每次五百。可以嗎？」

領出這麼多錢但不讓高普尼克先生知道，我光想就覺得不太舒服。不過我知道艾格妮絲跟她波蘭家人之間的關係很緊密，而且我也比大多數人都了解，你會多渴望感覺靠近那些實際上遠在千里之外的人。我憑什麼質疑她怎麼花她的錢？畢竟，我很確定她有幾件價格比那架迷你鋼琴還高的洋裝。

接下來的十天，我每天都在白天的某個時間點盡職地走去萊辛頓大道（Lexington Avenue）上的提款機領錢，領出來後把紙鈔深深塞進胸罩內才往回走，隨時準備打退不曾現身過的搶匪。我會趁沒其他人時把錢交給艾格妮絲，她再和其他錢一起收進梳妝檯後上鎖。最後，我帶著所有錢去鋼琴店，簽好領貨單，在一名茫然的店員面前一張一張數鈔票。鋼琴剛好趕得及在耶誕節前送到波蘭。

這似乎是唯一一件讓艾格妮絲感到高興的事。我們每週開車去史蒂芬．里考特的畫室上她的藝術課，蓋瑞和我在「最棒的甜甜圈店」吞下過多的咖啡因和糖，或者我喃喃贊同他對於不知感恩成人孩子的觀點，並同意點淋上焦糖的甜甜圈。我們會在幾個小時後去接艾格妮絲，努力忽視她並沒有帶任何畫。

慈善巡迴沒完沒了，她對此的憤恨也愈演愈烈。她不再試著對其他女人友善；麥克和我在廚房利用短暫空檔喝咖啡時，他這麼對我耳語。她只是坐在那兒，美麗但陰沉，等待每個活動結束。「考量她們對她這麼惡毒，我想也不能怪她啦，只是弄得高先生有點不高興。有個，呃，就算不是獎盃妻子，至少能準備好偶爾微笑的人在身邊，這對他來說非常重要。」

高普尼克先生通常看起來都一副被工作和生活弄得筋疲力竭的樣子。麥克說辦公室裡的狀況很艱難。有個扶持某新興經濟體中一家銀行的大生意出錯，他們都目不交睫努力挽回。同時間——或許這也是原因——納森說高普尼克先生的關節炎又復發，他們的療程得加倍，才能維持他正常行動。他吃很多藥，而且私人醫師每週為他看診兩次。

「我恨這個人生。」後來艾格妮絲和我在公園散步時，她這麼對我說。「他捐了這麼多錢是為了什麼？好讓我們每週四次和乾巴巴的人一起坐在那兒吃乾巴巴的卡納佩[35]，還有讓那些乾巴巴的女人對我說長道短。」她停步幾分鐘，回頭看公寓大樓；我看見她眼裡滿是淚水。她聲音轉弱，「露薏莎，有時候我覺得我再也過不下去了。」

「他愛妳。」我不知道還能說什麼。

她用手掌抹眼睛，搖頭，彷彿想擺脫現在的情緒。「我知道。」她對我微笑，但我沒見過比這更沒說服力的微笑。「只是我已經很久不再相信愛能解決一切問題了。」

衝動之下，我往前一步抱住她。後來發現我說不出這舉動是為了她，還是為我自己。

我是在逼近感恩節晚餐時才想出這個點子。那天晚上又是一場有關心理健康的慈善晚會，艾格妮絲整天賴在床上不起來。她說她太過消沉，沒辦法參加，明顯拒絕看見這其中的諷刺。

我用喝一馬克杯茶所需的時間思考過，最後決定反正也沒什麼可損失的。

「高普尼克先生？」我敲他書房的門，等他邀請我進去。

他抬頭，淡藍色襯衫完美無瑕，但是累得眼睛雙眼無神。大多數時候，我對他都感到有點抱歉，就好像你會對一隻關在籠裡的熊感到抱歉，同時對牠懷抱著健康而又有點恐懼的敬意。

「什麼事？」

「我——很抱歉打擾你，不過我有個點子，我覺得或許可以幫助艾格妮絲。」

他往後靠在皮椅上，示意我關上門。我注意到他桌上有一杯裝在鉛玻璃杯裡的白蘭地。比平常早。

注35　Canapè，法式開胃小點，薄片麵包上放起司、魚或肉等。

「我可以直說嗎？」我緊張得有點想吐。

「請。」

「好，嗯，我沒辦法不注意到艾格妮絲並不，呃，不是那麼快樂。」

「這樣說太輕描淡寫。」他輕聲說。

「在我看來，她的許多問題都源自於被從原本的人生拔起，又沒有真正跟她的新人生結合。她跟我說她不能跟老朋友在一起，因為她們並不真的了解她的新生活，而根據我的觀察，嗯，很多新朋友似乎也不是很熱衷跟她交朋友。我覺得她們認為這樣是……不忠誠的。」

「對我前妻。」

「對。所以她沒有工作，也沒有生活其中的社群；這棟大樓並不是真正的社群。你有你的工作，你身邊的人都跟你相識好幾年了，他們喜歡你也尊重你。但艾格妮絲並沒有。我知道她覺得慈善活動特別難熬，但慈善方面的事對你來說又真的很重要。所以我有個想法。」

「繼續說。」

「嗯，華盛頓高地上有間圖書館遭遇關門的威脅。我這裡有所有相關資料。」我把檔案推過他的書桌。「那是一間真正的社區圖書館，使用者包含不同國籍、年齡、類型的人；對當地人來說，圖書館繼續營運的重要性毋庸置疑。他們很努力想保住圖書館。」

「這是市議會的工作。」

「欸，或許是。但是我跟其中一個圖書館員聊過，她說他們以前都會收到私人捐款，並靠這些錢維持。」我往前靠。「高普尼克先生，你只要去一趟就會了解——有輔導課程、媽媽讓她們的孩子安全又溫暖地待在裡面，大家真的很努力要有所改善。就實際層面來說。我知道這不比你參加的活動有魅力——我是說，那裡不會舉辦舞會，不過這也算是慈善，對吧？我想或許……呃，你或許會想加入。更好的是，如果艾格妮絲也加入，她就能夠成為一個社群的一份子。她可以把這當作她自己的企畫。你和她可以做一些很棒的事。」

「華盛頓高地？」

「你應該去一趟。那是個繁雜的區域，跟……這裡很不一樣。我是說有些部分整修得比較有中產階級的樣子了，但這個部分——」

「我知道華盛頓高地，露薏莎。」他的手指輕點桌面。「妳跟艾格妮絲談過嗎？」

「我想我多半該先跟你說一聲。」

他把檔案拉過去翻開，對第一頁皺起眉頭——早期抗議的剪報。第二頁是我從市議會網站抓下來的預算書，顯示出圖書館最近的會計年度。

「高普尼克先生，我真的覺得你可以帶來改變。不只是對艾格妮絲，也對整個社區。」

就是在這個時候，我發現他顯得不為所動，甚至有點輕蔑。他的表情並沒有重大變化，只是稍稍冷酷些，視線垂低了一點。我這才想到，像他這麼有錢，多半每天都接到一百個像這種討錢的請求，或是提議他該如何如何做。而這會兒我也加入那些人的行列，跨過了雇主與員工之間那條隱形的線。

「無論如何，這只是個想法而已，可能還不是多好的想法。如果我太多嘴，我很抱歉。我回去工作。如果你很忙，請不要覺得你非得讀這些東西。我可以現在就拿走，如果你——」

「沒關係，露薏莎。」他用手指按壓太陽穴，雙眼閉合。

我站在那兒，不確定這時是不是該離開。

他終於又抬頭看我。「可以麻煩妳去跟艾格妮絲談談嗎？弄清楚今天的晚宴我是不是要獨自出席？」

「是，沒問題。」我退出書房。

她還是去了那場心理健康晚宴。他們回家後，我們沒聽到爭執的聲音，但是隔天早上，我發現她睡在她的更衣室裡。

在我該回家過耶誕節前的那兩週，我養成一種幾乎稱得上強迫症的臉書習慣。我發現自己早晚查看凱蒂・英格姆的頁面，閱讀她和她朋友的公開發言，檢查她可能新發布的照片。她的一個朋友問她喜不喜歡她的新工作，她回覆「愛死了！」還配上眨眼的貼圖（她令人惱怒地愛用眨眼貼圖）。另一天她貼文：「今天真是艱困，感謝天我有個超棒的夥伴！＃老天保佑」

她又貼了一張山姆在方向盤前的照片。他大笑，伸出一隻手彷彿想阻止她，看見他的臉、感受到拍攝時的親密感，而且這張照片讓我彷彿跟他們一起置身救護車駕駛室，這些都令我無法呼吸。

我們前一晚約好要通電話，在他的時間，但是我打過去他沒接。我又打一次、兩次，還是沒人接。兩小時後，我正開始擔心，這時收到他的簡訊：

對不起——妳還在嗎？

「你還好嗎？是因為工作嗎？」他打來時我問道。

他回應前有一陣輕微至極的遲疑。「不算是。」

「什麼意思？」我跟蓋瑞一起在車上等艾格妮絲修趾甲，無論他表現出對他的《紐約時報》體育版多全神貫注，我依然意識到他可能在偷聽。

「我在幫凱蒂一些忙。」

光是聽到他提起這名字，我的胃就往下沉。「幫她什麼？」我盡量維持輕鬆的語氣。

「只是一個宜家家居的衣櫥。她買回家才發現自己組裝不起來，所以我說我可以幫忙。」

我覺得想吐。「你去她家？」

「她的公寓。只是去幫她裝個家具，小露。她找不到其他人幫忙，而且我住在同一條路上。」

「你帶你的工具箱去。」我回想起他多常來我的公寓幫我修這修那。我剛開始喜歡他的幾件事中就包含這一件。

「對，我帶我的工具箱去。我只有幫她組裝那個衣櫥。」他的語氣變得厭煩。

「山姆？」

「怎樣？」

「你主動說要幫忙，還是她請你幫忙？」

「有差嗎？」

我想告訴他有差，因為她顯然想把他從我身邊偷走。她交替扮演無助婦女、有趣的派對女孩、善解人意的摯友以及同事的角色。他要不是沒察覺，要不就是，更糟，心知肚明。她貼上網的每一張照片中，她都緊黏在他身旁，像某種擦上口紅的水蛭。有時候我會想，她是不是猜到我會看著他們，要是她因為知道這讓我不舒服而感到滿足，這會不會其實就是她計畫中的一部分，要讓我悽慘又偏執。我不確定男人會不會有天終於了解，女人用來對抗其他女人的武器是多麼微妙。

我們這通電話中的沉默開展、變成一個排水孔。我知道我贏不了。如果我警告他現在的狀況，我就成了愛吃醋的鳥身女妖。如果我不警告，他就會繼續盲目地走入陷阱。直到有一天，他發現自己就跟以前想念我一樣想念她；或是在酒吧裡，她在辛苦的一天後靠在他身上尋求慰藉，而他發現她柔軟的手爬入他掌中；或是因為某種共同經歷的腎上腺素爆發、某個瀕死的事件，他們產生連結，不由自主接吻——

我閉上眼。

「所以妳哪時回來？」

「二十三日。」

「太棒了。我會試著調班。不過耶誕節期間還是有些時段要工作，小露。妳知道這份工作的，沒有停止的一天。」他嘆氣，再開口前停頓了一下。「聽著，我在想，妳和凱蒂認識一下彼此應該不錯。妳就會知道她沒問題。她沒有任何超出友誼的企圖。」

最好是。

「太棒了！聽起來很好啊。」我說。

「我覺得妳會喜歡她。」

「我肯定我一定會。」

就像我喜歡伊波拉病毒，或是磨掉我的兩個手肘，或甚至吃掉裡面有活蟲的乳酪。

他聽起來鬆了一口氣。「等不及跟妳見面了。妳回來待一週，對吧？」

我低頭，試著讓聲音變得模糊點。「山姆，凱蒂——她真的想見我嗎？這是，像是，你們有討論過這件事？」

「對啊。」我沒說話，他接著又說：「我是說，不是什麼……我沒跟她討論過妳和我之間發生的事。但是她知道對我們來說一定很困難。」

「了解。」我感覺到下顎收緊。

「她覺得妳聽起來很棒。不過我當然跟她說她弄錯了。」

我大笑，不知道全世界最糟的演員能不能表現得比我更沒說服力。

「妳跟她見面就會知道。等不及了。」

他掛掉後，我抬頭發現蓋瑞從後照鏡看著我。我們對看了幾秒，接著他調開視線。

有鑑於我住在全世界最繁忙的都會區之一，我慢慢了解，我所知的世界其實很小，像收縮膜般包著高普尼克家從清晨六點到通常深夜的需求。我的生活變得完全與他們的生活徹底交纏。就像我跟威爾共處時一樣，我的波長慢慢與艾格妮絲的所有心情調合，能夠從最細微的徵象偵測出她是否沮喪、生氣，或只是需要食物。我現在知道她的經期，也標記在我的私人日誌裡，我才能為五天的增強情緒或格外猛烈的鋼琴彈奏做好準備。我學會在家庭衝突時變得隱形，也學會判斷哪時該在場。我變成一道影子，甚至到了覺得自己幾乎逐漸消失的程度——跟另外一個人有關時才有意義。來高普尼克家之前的人生已經模糊，變成淡薄、鬼魂般的東西，想體驗的話只能透過不定時的電話（高普尼克的行程許可時）或零星的電子郵件。我兩週沒打電話給我妹；收到我媽寄來的手寫信以及她和湯姆去午後場電影院的照片「以免妳忘了我們長什麼樣子」，我哭了。

可能有點過頭了。因此為了保持平衡，就算我累得要命，我還是每週跟阿榭克和米娜一起去圖書館——有一次他們的孩子生病，我甚至還自己去。我愈來愈擅長穿禦寒衣物和做我自己的標語牌——**知識就是力量！**——藉此偷偷向威爾致意。我會搭地鐵離開，然後自己前往東村，去古著百貨喝杯咖啡、看看莉迪亞和她姊姊又進了什麼新貨。

高普尼克先生不曾再提起圖書館。我略帶失望地領悟，慈善在這裡的意義可能不太一樣：光是給予還不夠，你還得被看見你正在給予才行。醫院把捐獻者的名字用六英尺高的大字寫在門上；舞會依照創辦者而命名，就連公車的後車窗也列上一排名字。大家都認為李奧納·高普尼克夫婦是慷慨的捐助人，他們因此而聞名於社會。破敗地區的破舊圖書館給不了這樣的名聲。

阿榭克和米娜聽我說我感恩節沒計畫時嚇壞了，邀請我去他們位於華盛頓高地的公寓過節。「妳不可以孤獨地過感恩節！」阿榭克說，於是我決定還是別提在英國甚至沒幾個人知道這個節日。「我媽會做火雞大餐——但是別期待會是美式風格喔。」米娜說。「我們受不了那些無聊的食物。這會是某種認真的坦都里式[36]火雞。」

對新事物說好完全不費吹灰之力：我非常興奮。我買了一瓶香檳、一些花俏的巧克力，還有要送米娜媽媽的花，穿上毛皮袖子的藍色晚禮服，想說印度式的感恩節很適合這件洋裝首度登場——至少這場合沒有什麼明確的服裝規定。伊拉莉雅全力準備高普尼克家的晚餐，我決定還是別打擾她，自己出了門，一面檢查有沒有帶上阿樹克給我的路線說明。

走過走廊時，我注意到德威特夫人家的門開著，也聽見電視在裡面的深處嘟囔。狄恩馬丁站在玄關內幾英尺的地方怒瞪著我。不知道牠是不是又想投奔自由，我按下門鈴。

德威特夫人來到走廊上。

「德威特夫人，我想狄恩馬丁可能想出去走走。」

狗慢條斯理地走向她，但她靠著牆，看起來虛弱又疲憊。「親愛的，可以麻煩妳幫我關上門嗎？我剛剛一定沒關好。」

「沒問題。感恩節快樂，德威特夫人。」

「是今天嗎？我都沒注意。」她又走回裡面，狗跟在後面，我幫她關上她家前門。我沒見過有人碰巧來她家拜訪，一想到她要單獨過感恩節，我感到一陣短暫的悲傷。

我轉身正要走，穿著運動衣的艾格妮絲也從走廊走過來。她看到我似乎吃了一驚。「妳要去哪？」

「吃晚餐？」我不想說我要跟誰共進晚餐。如果這棟大樓的老闆們以為員工自己聚會沒找他們，我不知道他們會有什麼感覺。她驚恐地看著我。

「但是妳不可以去，露薏莎。李奧納的家人要來，我自己應付不來。我跟他們說過妳會在。」

「妳說了？但是——」

「妳必須留下。」

我看著門，感覺心一沉。

她的聲音轉低。「拜託，露薏莎。妳是我的朋友，我需要妳。」

我打電話給阿樹克跟他說這件事，令人安慰的是，因為工作的關係，阿樹克立即了解狀況。「我很抱歉，」我對著話筒低聲說，「我真的很想去。」

「沒關係啦，妳得留下。嘿，米娜在大喊，她要跟妳說她會幫妳留點火雞。我明天上班帶去……寶貝，我跟她說了！我說了！她叫妳盡量喝他們那些高級酒。好嗎？」我覺得我差點噴淚。我原本期待著一個充滿傻笑小孩、美味食物和笑聲的夜晚。這下反倒又要去當影子，成為冰凍房間裡的沉默靠山。

我的恐懼成真。

另外三位高普尼克家的成員來參加這場感恩節聚餐：高普尼克先生的哥哥，更老、更灰、更蒼白版的他，似乎在做法律方面的工作，大概是管理美國法務部吧。他帶著他們的母親，她坐在輪椅上，整晚都拒絕脫下毛皮大衣，而且一直大聲抱怨她聽不見每一個人說話。高普尼克先生的兄嫂陪他們一起來；她似乎是小有名氣的前小提琴家。三人之中，只有她費心問我是做什麼的。她用兩個吻跟艾格妮絲打招呼，臉上掛著對誰都有可能這樣笑的職業笑容。

最後一個成員是塔碧莎，她到得很晚，一副整趟計程車路程都沉浸於用電話和某人討論她有多不

注36 Tandoori，以香料、優格醃製過的印度料理。

想來的樣子。她到後不久我們便在用餐室就坐開動——用餐室在主起居室隔壁，被一張巨大的橢圓形桃花心木餐桌占據。

說聊天很乾算是相當公允。高普尼克先生和他哥立刻討論起他目前做生意的國家的法律限制，兩位妻子僵硬地問了對方幾個問題，像是在做外國語言的閒聊練習一樣。

「最近過得怎麼樣啊，艾格妮絲？」

「很好，謝謝妳。妳呢，維諾妮卡（Veronica）？」

「非常好。妳看起來真不錯，洋裝很美。」

「謝謝妳，妳看起來也很棒。」

「我是不是聽說妳去了一趟波蘭？我確定李奧納說過妳回去看妳母親。」

「我兩週前回去的。我很高興能見到她，謝謝妳。」

我坐在艾格妮絲和塔碧莎中間，看著艾格妮絲喝太多白酒、塔碧莎乖張地滑手機，偶爾翻白眼。我小口小口喝南瓜鼠尾草湯，點頭，微笑，努力不渴望地想著阿榭克家和那裡的快樂混亂。我原本想問問塔碧莎她這週過得如何——怎樣都好，只要能讓這結結巴巴的對話持續下去——但她酸溜溜地發表過好多「員工」參與家庭聚會有多糟，我實在沒有勇氣開口。

伊拉莉雅端出一盤又一盤菜餚。「那個波蘭 puta 不下廚，所以有人得犧牲他們的感恩節。」她後來這麼抱怨。她擺出火雞大餐、烤馬鈴薯，還有一大堆我沒看過被拿來當作配菜、但是懷疑應該會害我得急性第二型糖尿病的東西——砂鍋蜜地瓜上面覆蓋棉花糖、蜂蜜培根四季豆、烤碎橡子撒上楓樹培根、奶油玉米麵包，以及蜂蜜香料烤胡蘿蔔。還有泡泡芙（popover）——一種約克郡布丁——我猜疑地打量這些布丁，想弄清楚是不是也淋了糖漿。

當然只有男人大快朵頤。塔碧莎把食物在盤子裡推來推去，艾格妮絲吃了一點火雞，除此之外什麼也沒碰。我每一道都嘗了一點，很感激還有這件事可做，以及伊拉莉雅終於不再把盤子摔在我面前。事實上，她斜眼看了我幾次，彷彿想表達對我這尷尬處境的無聲同情。男人繼續聊工作，沒意識到或不願意正視桌子另一端的永凍層。

這片沉默偶爾被老高普尼克太太打破，她命令別人幫她拿點馬鈴薯，或是第四次大聲問那女人到底對胡蘿蔔做了什麼。幾個人會同時回應她，彷彿因為有個焦點而鬆一口氣，無論這焦點是多沒道理。

「妳的洋裝真特別。」維諾妮卡打破一段特別冗長的沉默。「非常突出。妳在曼哈頓買的嗎？最近很少看見毛皮袖了。」

「謝謝妳。我是在東村買的。」

「馬克賈伯（Marc Jacobs）嗎？」

「嗯，不是。這是古著。」

「古著。」塔碧莎嗤之以鼻。

「她說什麼？」老高普尼克太太大聲問。

「她在說那女孩的洋裝，母親。」高普尼克先生的哥哥說。「而她說那是古著。」

「啥古著？」

「『古著』有什麼不對，塔兒？」艾格妮絲冰冷地問。

我縮進椅子裡。

「這個詞彙很沒意義，不是嗎？不就是『二手貨』換句話說。用這種方法把某個東西妝點一番假扮成其他東西而已。」

我想告訴她古著的意義遠不止於如此，但是不知該如何表達——也猜想我不該這麼做。我只希望對話繼續，而且別再扯上我。

「我相信古著現在也可以相當時髦。」維諾妮卡使出外交技巧，直接對我說話。「不過當然了，我年紀太大，已經不了解時下年輕人的流行了。」

「也太不禮貌，不該那樣說話。」艾格妮絲說。

「不好意思？」塔碧莎說。

「噢，妳現在知道不好意思啦？」

「我的意思是，妳剛剛說什麼？」

高普尼克先生抬起頭，視線射向妻子，而後警惕地轉到女兒身上。

「我的意思是，妳為什麼非得對露薏莎這麼無禮。就算她是員工，她仍然是我今天的客人，妳卻非得無禮地批評她的服裝。」

「我才沒有無禮，我只是陳述一個事實。」

「這年頭就是這樣表現無禮。我看見什麼就說什麼、我只是實話實說。霸凌者的語言，我們都知道是怎麼回事。」

「妳說我是什麼？」

「艾格妮絲，親愛的。」高普尼克先生伸手放在她手上。

「他們在說什麼？」老高普尼克太太說。「叫他們大聲一點。」

「我剛剛說塔兒對我的朋友很無禮。」

「她才不是妳朋友，搞清楚好嗎。她是妳付錢請來的助理。只不過我猜妳現在也只能用這種方法交朋友了。」

「塔兒！」她父親說。「這樣說太過分了。」

「哼，是真的。沒人想跟她扯上關係。你不能假裝沒在我們去的每一個地方看見。你知道這個家是個笑柄吧，爹地？你變成陳腔濫調，她也是活生生的陳腔濫調。這又是為了什麼？我們都知道她有些什麼計畫。」

艾格妮絲拿起腿上的餐巾扭成一顆球。

「我的計畫？妳想告訴我，我的計畫是什麼嗎？」

「就跟每一個踩著別人往上爬的拜金移民者一樣。妳不知道用什麼方法說服爸娶妳，現在無疑正用盡一切手段懷上孩子、擠出一兩個嬰兒，然後五年內就跟他離婚，從此衣食無缺。碰！再也不用按摩。只有波道夫．古德曼百貨、司機，還有和妳的波蘭女巫同伴共進午餐。」

高普尼克先生俯身到桌上。「塔碧莎，我不想聽見妳在這個家裡再用貶抑的語氣說起『移民者』這三個字。妳的曾曾祖父母就是移民。妳是移民者的後代——」

「不是那種移民。」

「這是什麼意思？」艾格妮絲的臉頰漲紅。

「需要我逐字解釋嗎？有些人靠著努力工作達成他們的目標，有些人則是靠躺著——」

「像妳嗎？」艾格妮絲吼道。「像妳這種二十五歲靠信託零用錢的人嗎？像妳這種這輩子幾乎不曾工作過的人？我必須要以妳為榜樣嗎？至少我知道努力工作是——」

「對。跨坐在陌生男人的裸體上。真是了不起的工作呢。」

「夠了！」高普尼克先生站起來。「妳大錯特錯，塔碧莎，妳必須道歉。」

「為什麼？因為我沒帶上玫瑰色眼鏡看她嗎？爹地，我很抱歉我得這麼說，但你完全看不見這女人的真面目。」

「不。妳才是看不見真相的人！」

「所以她沒想過要孩子囉？她二十八歲耶，爸，醒醒！」

「他們在說什麼？」老高普尼克太太暴躁地問她媳婦。維諾妮卡在她耳邊低語。「但是她說到裸體的男人。我聽見了。」

「這跟妳並沒有關係，塔碧莎，不過這個家裡不會再有其他孩子。艾格妮絲和我在我們結婚都同意這一點。」

塔碧莎扮鬼臉。「噢噢噢。她同意。好像這有任何意義一樣。像她這樣的女人，只要能嫁給你，她什麼都說得出口！爹地，我很不想這麼說，但你真的天真得無可救藥。大概一年之內吧，就會冒出幾個小『意外』，然後她會說服——」

「不會有意外！」高普尼克先生一手拍在桌上，震得玻璃器皿匡啷響。

「你怎麼知道？」

「因為我做了該死的輸精管切除手術！」高普尼克先生坐下。他的雙手在顫抖。「我們結婚前兩個月做的，在西奈山（Mount Sinai）。經過艾格妮絲完全同意。現在滿意了嗎？」

用餐室裡鴉雀無聲。塔碧莎目瞪口呆地看著她父親。

老太太的視線從左掃到右，注視著高普尼克先生說：「李奧納做了闌尾切除手術嗎？」

我後腦的某處開始發出低沉的嗡嗡聲。我彷彿在遠處聽見高普尼克先生堅持要他女兒道歉，再看著她推開椅子離開餐桌，沒聽話說道歉。我看見維諾妮卡和她丈夫看了看對方，厭煩地緩緩痛飲她的酒。

然後我看著艾格妮絲，她安靜地凝視她的盤子，加了蜂蜜、撒上培根的食物凝結成塊。高普尼克先生伸手捏捏她的手，我的心跳在我耳裡碰碰重擊。

她沒有看我。

17.

我在十二月二十二日飛回家，帶著大包小包的禮物，穿著我的斑馬紋新古著大衣。我後來發現，這件大衣很奇怪，而且很不妙地受波音七六七上的空氣再利用循環影響，等我到希斯洛（Heathrow）機場時，大衣聞起來像死掉的馬。

我實際上原本預定耶誕夜才飛，但是艾格妮絲堅持我早點離開，因為她無預警要快速回波蘭一趟探望她生病的媽媽，而我分明該跟家人待在一起，卻無所事事待在高普尼克家，這樣一點也說不過去。高普尼克先生幫我出了改機票的錢。感恩節晚餐之後，艾格妮絲一直對我又是過度友好，又是疏遠。相對來說，我則是維持專業、聽話。我的腦袋偶爾會因為裝載其中的資訊而天旋地轉。不過我會回想蓋瑞在我秋天剛到時所說的話：

什麼也沒看見、什麼也沒聽見、什麼也不記得。

朝耶誕節衝刺的過程中，有什麼發生了，我的心情輕鬆了些。或許我只是因為離開那個失衡之家而感到鬆一口氣，也或許是買耶誕禮物的這個舉動喚醒我和山姆交往過程中一些被埋藏的趣味感。畢竟，我上次有個男人可以買耶誕禮物送他是什麼時候的事了？在我和派翠克交往的最後兩年，看他想要哪一種健身器材，他只會寄電子郵件給我，裡面附上那種器材的聯結。*不用費心包裝，寶寶，以免妳買錯我還得去退貨。*我唯一要做的事就是按下按鈕。我不曾跟威爾一起過耶誕節。這會兒我跟其他購物者在薩克斯第五大道百貨裡摩肩接踵，臉貼上一件件喀什米爾毛衣，試著想像我男友穿上的樣子；還有他在院子裡忙的時候喜歡穿的格紋軟質襯衫、REI[37]的戶外厚襪。我幫湯姆買了一些玩具，時代廣場 M&M 商店的香味弄得我陷入高糖效應。我在麥克納利．傑克森書店幫翠娜買了些文具，再到梅西百貨（Macy's）幫爺爺買了一件美麗的晨褸。過去幾個月我好少花錢，現在覺得興奮起來，還買了一個蒂芬妮（Tiffany）的手鐲送媽、爸則是一具手搖式自動充電收音機讓他在小屋裡用。

接著，我又靈機一動，買了一隻長襪給山姆，裡面裝滿小禮物：鬍後水、新奇口味的口香糖、襪子、還有一個牛仔熱褲辣妹造型的啤酒架。最後，我回到幫湯姆買禮物的那間玩具店又買了幾件娃娃屋的家具：一張床、一張桌子、幾張椅子、一個沙發，還有一套衛浴設備。我把它們包起來，在標籤上寫下：直到真實版完成前。我找到一個迷你醫療包，對裡面的細節驚歎不已，所以也把它納入。

突然間，耶誕節感覺好真實、好令人激動，而且可以離開高普尼克家和紐約幾乎十天，光是想到這件事，感覺就像是一件禮物了。

我抵達機場，無聲祈禱著希望禮物的重量不要害我行李超重。報到櫃檯的女人拿走我的護照，要我把行李提到秤上——然後看著螢幕皺起眉。

她瞥了一眼我的護照，然後又看看身後。

「有問題嗎？」我問，一面心算我可能得付多少超重費用。

「噢，沒有，女士。您不該排這排。」

「妳在開玩笑嗎？」我回頭看迂迴的隊伍，心一沉。「好吧，那我該去哪？」

「您是商務艙。」

「商務？」

「是的，女士。您被升等了，所以應該到那裡報到。不過沒關係，我也可以在這裡幫您處理。」

我搖頭。「噢，我不認為。我……」

這時我的手機叮了一聲，我低頭查看。

應該到機場了吧！希望這會讓妳的旅程舒適一些。艾格妮絲的小禮物。

紐約再見囉，同志！麥克 X

我眨眨眼。「沒事。謝謝妳。」我看著我那個超大的行李箱隨著輸送帶遠去，把手機放回包包裡。

機場川流不息，不過飛機上的商務艙平靜又祥和，乘客聚集在這個小綠洲，因為脫離外面的節日騷亂而沾沾自喜。上飛機後，我查看附贈的過夜盥洗包裡有些什麼好東西，我套上免費的襪子，努力不要跟坐隔壁的男人聊太多，他最後戴上眼罩往後躺。途中我只遇到一個躺椅的小麻煩：我的鞋子卡在擱腳板裡，不過空服員非常親切，教我怎麼脫困。我吃了鴨肉淋雪莉酒醬汁和檸檬塔，對每一位送東西過來給我的空服員道謝。我看了兩部電影，才想到我真該試著睡一下才對。不過這整個體驗太快樂了，實在很難睡著。我寫信回家時就是想寫些像這樣的事——只不過，我緊張地想，我現在可以面對面對每個人說了。

這次回家，我化身為不一樣的露薏莎．克拉克。山姆是這麼說的，而我決定要相信他。我變得更自信、更專業，跟六個月前那個悲傷、矛盾、心碎的人天差地遠。就像山姆先前給了我一個驚喜，我想著我給山姆驚喜時他會是什麼表情。他把他接下來兩週的班表傳給我，好讓我安排拜訪我父母的時

注37 全稱 Recreational Equipment, Inc.，創立於一九三八年的美國戶外用品。

間；我算好時間，可以先回我的公寓放東西，跟我妹共度幾個小時，然後去他家迎接他下班。

這次，我心想，我們會把事情做對。我們可以在一起頗長一段時間。而且這次，我們會定下一個模式——沒有創傷和誤解的生存方式。前三個月總是最難熬。我把毯子拉過頭，試著入睡但失敗；已經飛越大西洋太遠，沒辦法再靠它的作用，只能看著閃爍的小飛機緩緩滑過像素化的螢幕，我覺得胃緊縮、腦袋嗡嗡響。

我在午餐後不久回到我的公寓，笨手笨腳摸出鑰匙自己開門進去。翠娜在工作，湯姆也還在學校，光彩奪目的耶誕燈飾和商店播放的耶誕頌歌穿透倫敦的灰；這些歌我都聽過上百萬次。我走上我們那棟老建築的樓梯，吸入廉價空氣清新劑的熟悉味道和倫敦的濕氣，接著打開我家大門，鬆手讓行李箱下墜幾吋落地，吐出一口氣。

家，或某個像家的東西。

我穿過門廳，掛好外套，走進起居室。我有點害怕回到這裡——回想起陷入憂鬱、酗酒的那幾個月；這裡空蕩蕩、不被愛的房間像是在自打嘴巴，指責我沒能拯救送這間公寓給我的那個男人。但這，我立即發現，不再是同樣的公寓了：它在三個月內改頭換面。原本光禿禿的內部現在色彩繽紛，湯姆的畫釘滿每一面牆。沙發上有刺繡靠枕，還有一張新的軟墊椅、窗簾，以及一個塞滿DVD的架子。廚房裡裝滿一包包食物和新杯盤。餐墊上的麥片碗和可可力穀片意味一頓趕時間沒吃完的早餐。

我打開空房間的門——現在是湯姆的房間了——對著足球海報和卡通印花羽絨被微笑。接著我走到我房間——現在翠娜在用——發現一床凌亂的被子、新書架和窗簾。衣服還是不多，但她加了一把椅子、一面鏡子，小梳妝檯上滿是保濕霜、梳子，還有化妝品；由此可見，儘管我只離開短短幾個月，我妹可能已經變得讓我認不出來了。只有從一個地方看得出這是翠娜的房間，那就是床頭的書：《托力的資本免稅額》（Tolley's Capital Allowances）和《薪資帳冊概論》（An introduction to payroll）。

我知道是因為太累，但我還覺得猝不及防。山姆第二次飛去美國看我時就是這種感覺嗎？我讓人覺得如此相同，同時又如此不同嗎？

我的眼睛因為疲倦而乾澀，生理時鐘亂成一團。距離他們回家還有三小時。我洗臉、脫掉鞋子、嘆了口氣躺在沙發上，倫敦交通的聲音慢慢淡去。

一隻濕熱的手貼上我的臉頰把我吵醒。我眨眼，想把那隻手拍開，但胸口沉沉的。那東西移動。一隻手又拍上我的臉。我睜開眼，發現自己和湯姆四目相對。

「小露姨！小露姨！」

我呻吟。「嗨，湯姆。」

「妳幫我買了什麼？」

「至少先讓她睜開眼睛吧。」

「你坐在我的胸部上了，湯姆。啊唷。」

重量解除，我撐坐起來，對著我外甥眨眼，他現在在旁邊跳上跳下。

「妳幫我買了什麼？」

我妹彎腰親吻我的臉頰，一隻手停留在我肩上捏了捏。她身上有昂貴香水的味道，我退開一點好把她看清楚。她臉上有妝。合宜的妝，天衣無縫，不像她在一九九四年買雜誌送的藍色眼線，她收在書桌抽屜裡，接下來的十年裡，每當有需要打扮的場合就拿出來用。

「妳成功了。沒有上錯飛機，最後發現自己跑去卡拉卡斯（Caracas）。我和爸打了一個小賭。」

「無禮。」我伸手握住她的手，握得比我們兩個預期的都要久一點。「哇，妳真美。」是真的。她把頭髮剪到齊肩，吹出波浪披垂著，而非像平常一樣往後抓綁起馬尾。除了髮型之外，還有剪裁精良的襯衫和睫毛膏，真的讓她看起來很美。

「嗯，工作的關係，真的。在城市裡得在這方面下點功夫。」她說這句話時轉到一旁去，所以我不相信她。

「我想我得見見這位艾德。我對妳的衣著就不曾有這麼大影響力。」

她裝滿煮水壺後打開開關。「那是因為妳總是穿得像有人給妳一張舊雜貨義賣的兩英鎊抵用券，而妳決定一毛不留。」

天色轉暗。我時差的腦突然想起這代表什麼。「噢，哇啊。現在什麼時間了？」

「妳把禮物給我的時間？」湯姆缺牙的微笑晃到我面前，雙手祈求地舉起。

「沒問題的。」翠娜說。「山姆還要一小時才下班，時間充裕。湯姆——無論小露姨給你買了什麼，她喝杯茶、找出她的除臭劑後就會給你。還有，妳掛在走廊上那個條紋大衣狀的東西到底是什麼？聞起來像臭掉的魚。」

我回到家了。

「好，湯姆。」我說。「那個藍色袋子裡可能有一點耶誕節前的東西可以給你。拿過來吧。」

沖過澡、重新上妝後我才覺得恢復人形。我穿上銀色迷你裙、黑色高領，還有我在古著百貨買的仿麂皮楔形鞋，再搭配德威特夫人送我的碧芭圍巾，還噴上威爾說服我買的「尋找蝴蝶」（La Chasse aux Papillons）；這香水總是能給我信心。我準備好出門時，湯姆和翠娜正在吃晚餐。她問過我要不要吃番茄乳酪義大利麵，不過我的胃又開始打結，生理時鐘也還是亂七八糟。

「我喜歡妳的眼妝，看起來很性感。」我對她說。

她扮鬼臉。「妳能開車嗎？妳根本連看也看不清楚了吧。」

「不公平，我明明睡過午覺了。」

「大概幾點回來？以免妳好奇，這張新的沙發床超級厲害，恰到好處的彈簧墊，妳那個兩英寸厚的泡棉垃圾根本不能比。」

「我希望這一兩天還不需要用到這張沙發床。」我給她一個假笑。

「那是什麼！」湯姆吞下滿口麵，手指我夾在腋下的包裹。

「啊。這是耶誕襪。耶誕節當天山姆要工作，而我要到晚上才會跟他見面，所以想說給他點什麼讓他起床時可以收到。」

「嗯嗯。別要求看裡面有什麼，湯姆。」

「裡面沒什麼爺爺不能看的東西，只是好玩而已。」

她居然對我眨了眨眼。我無聲對艾德和他對翠娜神蹟般的影響致謝。

「晚點傳訊息給我，好嗎？我才知道要不要掛上門鏈。」

我跟他們吻別，朝大門走去。

「別用妳可怕的半吊子美國口音害他倒胃口！」

我伸出中指，隨即走出大門。

「還有，別忘了開車要靠左！還有，不要穿那件聞起來像青花魚的外套！」

我關上門時聽見她哈哈大笑。

過去三個月以來，我要不走路，要不叫計程車，要不就是讓蓋瑞用黑頭大車載來載去。要讓自己再次習慣坐在我那輛小掀背車的方向盤後需要驚人的專注力，它的離合器很狡猾，乘客座還有餅乾屑。我駛入夜晚尖峰時刻的最後車流中，打開收音機，努力忽略如雷的心跳，不知道那是因為對開車的恐懼，還是對再見到山姆期待。夜色漆黑，街上滿是購物人潮和成串的耶誕燈飾；隨著我一路又是剎車又是踉蹌朝郊區開去，我的肩膀終於緩緩從耳朵附近降下來。人行道縮減為路緣，人群也轉為稀疏，而後消失，只剩我經過時從亮晃晃的窗戶朝外瞥的老人。然後，剛過八點，我減速慢行，越過方向盤查看前方，想確定在這條沒點燈的巷子裡沒找錯地方。火車車廂在黑暗的田地中央發亮，透過窗戶在泥土與草地上灑下金光。我只勉強看得見他的摩托車在柵門的遠端，塞在籬笆後的小小車棚裡。他甚至在前面的山楂樹上裝了一些點點亂灑的耶誕燈飾。他真的在家。

我把車停進會車區，關掉大燈，看著他的車廂。接著，幾乎算是後來才冒出來的想法，我拿出手機。

眞期待見面，我打字。*就快到囉！XXX*

短暫停頓，接著跳出回應。

我也是，一路順風。XX

我竊笑，接著下車，太晚才發現我把車停在水坑上，所以冰冷、泥濘的水直接浸過我的鞋子。

噢，謝囉宇宙，我低語。*厲害的一手。*

我戴上我特意買的耶誕老人帽，從駕駛座拿出他的襪子，輕輕關上車門，手動鎖上車門，車子才不會嗶一聲害我被發現。

我躡手躡腳前進，腳下吧嗒響，回想起第一次來這裡時，我因為一陣驟雨而渾身濕透，最後穿上他的衣服，我自己的衣服則掛在他悶熱的小浴室裡冒著蒸氣晾乾。那是非常特別的一夜，像是他將威爾的死蓋在我身上的殼一層層剝掉。回憶突然倒轉回我們的第一個吻，他的大襪子貼著我冰冷的腳感覺如此柔軟，我渾身一陣熱燙燙的顫抖。

我打開柵門，發現在我上次來之後，他做了一條步道的雛形，用板料一路鋪到車廂旁，我不禁如釋重負。一輛車駛過，在車燈短暫的照明下，我瞥見山姆半完成的房子就在前面，現在已經裝上屋頂和窗戶。藍色防水布在一個還沒裝好的窗洞外輕拍，這房子因此突然驚人地像真的，一個我們有天可能真的會住在裡面的地方。

我又踮腳前進幾步，來到門前才停下。一扇打開的窗飄出味道——某種砂鍋？——濃郁、滿滿的番茄，還有一絲蒜味。我出乎意料地餓。山姆從不吃速食麵或直接從罐頭吃豆子：所有東西都要從頭做，彷彿他從有條理地做事中得到樂趣。然後我看見他，還穿著制服，一條擦杯盤用的抹布披在肩上，他彎腰查看鍋子。有一瞬間，我站在黑暗中、沒人看見，覺得無比平靜。我聽見遠方微風輕拂樹梢，關在近處雞舍裡的母雞輕柔地咕咕叫，朝城市而去的車流遠遠地哼鳴。我感覺到冰冷的空氣，嗅到耶誕節即將到來的濃烈氣氛。

什麼都有可能。這是我過去幾個月學到的。生活可能很複雜，不過到頭來，只有我和我愛的男人，還有他的火車車廂，以及即將到來的歡樂夜晚。我吸口氣，讓自己品味這想法，往前一步，手放上門把。

然後我看見她。

她一面說話一面橫過車廂，玻璃後的聲音顯得模糊，聽不清楚她說了些什麼；她的頭髮剪短了，柔軟的捲髮披散臉旁。她穿著一件男性T恤——他的嗎？——手拿酒瓶，我看見他搖頭。他朝爐子彎下腰，而她走到他後面，雙手放上他的頸部，貼向他，大拇指畫小圓按摩他脖子附近的肌肉；一個似乎由親密而生的舉動。她的拇指指甲搽上深粉紅色指甲油。我站在那兒，呼吸在胸腔裡拋錨，這時他頭往後仰，閉上眼，彷彿臣服於她那雙兇猛的小手。

然後他轉身面對她，微笑，頭歪向一邊。她退後一步，哈哈大笑，對他舉起一個玻璃杯。

我什麼也看不見了。心臟撞擊的聲音太大聲，我覺得我可能會因此而昏倒。我踉蹌後退，轉身沿步道往回跑；我的呼吸太大聲，濕鞋子裡的腳有如冰凍。儘管我的車大概在五十碼外，我還是聽見她突然爆出的笑聲從打開的窗戶溢開，彷彿玻璃破碎。

我把車停在公寓後方的停車場，坐在車上等到確定湯姆已經上床。我隱藏不了我的感覺，也承受不了在他面前對翠娜解釋。我每隔一段時間就抬頭看，看著他的房間燈亮起，半小時後又熄滅。我熄火，過去六個月以來懷抱的所有夢想隨著引擎一一冷卻。

不該感到驚訝的。為什麼要呢？凱蒂．英格姆從一開始就把牌攤在桌上了。令我感到震驚的是，山姆一直都和她串通一氣。他並沒有不理她。他回應了，然後為她下廚、讓她按摩他脖子，接下來準備……做什麼呢？

每次想像他們在一起的畫面，我發現我都緊揪住腹部，彎下腰，彷彿被揍了一拳。我甩不掉他們在我腦中的畫面。他是怎麼在她手指的按壓下頭往後仰。她是怎麼自信地大笑，揶揄地，像是因為他們之間共享的某個笑話。

最怪的是，我哭不出來。我的感覺遠大於悲痛。我失去知覺，一個又一個問題在我腦中嗡嗡作響——*多久了？進展到哪？為什麼？*——然後我會發現自己又折起身子，想要生氣，為了這個新發現，為了這重重的一擊，還有這痛苦，這痛苦。

我不確定自己在那兒坐了多久，等到十點才緩緩上樓走進公寓。我原本希望翠娜已經上床，不過她穿著睡衣在看新聞，筆記型電腦擺在膝蓋上。她正對著螢幕微笑，我打開門時她嚇了一跳。

「天啊，差點被妳嚇死——小露？」她推開筆電。「小露？噢，不……」

最後一根稻草永遠都是善意。我的妹妹，一個覺得肢體接觸比牙醫治療還討厭的女人，她抱住我，而我啜泣了起來，這陣慟哭來自一個意想不到的地方，一個彷彿位在我體內深處的地方；巨大、無法呼吸、滿是鼻涕的淚水滾滾湧出。自從威爾過世，我就沒這樣哭過了，其中包含死去的夢，以及畏懼地知道接下來幾個月都要心碎度過。我們慢慢在沙發坐下，我把頭埋在她肩上，抱著她；這一次，我妹妹的頭也靠著我的頭，她抱著我，不曾放開我。

18.

山姆和爸媽都不知道我提早回來，所以接下來的兩天，躲在公寓裡假裝我不在輕而易舉。

我還沒準備好見任何人，也還沒準備好跟任何人說話。我沒有理會山姆傳來的訊息，推論他應該會以為我正在紐約像隻無頭雞一樣跑來跑去。我發現自己一再注視他傳來的兩則訊息：「妳耶誕夜有甚麼打算？教堂禮拜？還是會太累？」還有「禮節日[38]我們會見面嗎？」並為這個男人感到驚歎；這個最坦白、最高尚的男人，竟然學會對我睜著眼說瞎話的技能。

那兩天裡，只要湯姆在家，我就戴上微笑的面具；他邊吃早餐邊聊天，然後進浴室，我則把沙發床折起來。他一離開，我又躺回沙發，凝視天花板，淚水從眼角淌下，或是冷酷地細細思考我在許多方面是如何大錯特錯。

我當初是不是還在哀悼威爾，因此才會魯莽和山姆交往？我真的了解過他嗎？畢竟，我們只會看見自己想看見的事物，尤其是在被肉體吸引力蒙蔽時。他是因為喬許才這樣嗎？因為艾格妮絲的驗孕棒？甚至，這還需要理由嗎？我不再信任自己的判斷力能夠分辨是非。

就這麼一次，翠娜沒有糾纏著要我起床或做些有建設性的事。她難以置信地搖頭，在湯姆的聽力範圍之外咒罵山姆。就連深埋在悲慘之中，我還是因此思考起艾德顯然有辦法將類似同理心的東西一點一滴灌輸給我妹。

她沒有一次說發生這種事不意外，畢竟我遠在千里之外，或是我一定做了些什麼，才會把他推向凱蒂．英格姆的懷抱，或這一切都不可避免。當我告訴她導致那一夜的相關事件，她聆聽；她確保我有吃東西、有梳洗、有穿上衣服。雖然她不太喝酒，但她買了兩瓶酒，說她覺得應該可以容許我放縱個幾天（但是她補充，要是我吐了，我得自己清理）。

到了耶誕夜這天，我已經長出硬殼，一種甲殼。我感覺像尊冰雕。到了某個時間點，我發現我終究得跟他說話，但我還沒準備好。我不確定會不會有準備好的一天。

「妳要怎麼做？」我洗澡時，翠娜坐在馬桶上問。她要到耶誕節當天才會跟艾德見面，目前準備工事進行中，正在塗淡粉色趾甲油，只不過她自己不會承認。湯姆在起居室把電視開得震耳欲聾，一面在沙發跳上跳下，陷入耶誕節前的狂熱中。

「我在考慮是不是跟他說我沒趕上飛機。這樣的話我們就可以等到耶誕節過完再談。」

她扮鬼臉。「妳不只是想跟他談談而已吧？他不會相信的。」

「我現在不在乎他會相信什麼了。我只想跟我家人一起過耶誕節，不要戲劇化場面。」我沉進水裡，所以聽不見翠娜大吼要湯姆把音量調小。

他不相信我。他回訊息：什麼？妳怎麼可能沒趕上飛機？

就是沒趕上囉。我回覆：禮節日見。

我太慢發現我沒在訊息裡加上任何吻。沉默很長一段時間之後，我收到只有一個字的回應：好。

翠娜開車載我們回斯坦福堡，一個半小時的車程中，湯姆從頭到尾都在後座跳來跳去。我們聽收音機裡的耶誕頌歌，很少交談。我們離開市區一英里後，我感謝她的體貼，她低聲說那並不是為了

注38 Boxing Day，英國節日，耶誕節的隔天。

我：艾德也還沒見過爸媽，所以她一想到耶誕節就覺得想吐。

「不會有事的。」我對她說。她對我閃露的微笑看起來不太有說服力。

「別擔心啦。他們就喜歡今年初跟妳約會的那個會計小子啊。而且說實話，翠娜，妳單身太久了，妳現在只要不是帶匈奴王阿提拉回去，我覺得他們多半都會覺得高興。」

「欸，這個理論很快就會得到驗證。」

我來不及回應車子便已停下。我查看我的眼睛；哭太多了，現在還是只剩豌豆大。然後我下車。媽衝出前門，奔過小徑，活像個衝出起跑線的短跑選手。她的雙手圈住我，把我抱得好緊，我都能感覺到她的心跳了。

「瞧妳！」她大喊，把我拉開一臂的距離，然後又把我拉進懷裡。她撥開我臉上的一綹頭髮，轉身向爸；他站在階梯上，雙手交抱，眉開眼笑。「瞧妳看起來多棒！柏納（Bernard）！瞧她看起來多了不起！噢，我們真的好想妳！妳瘦了嗎？妳看起來變瘦了。妳看起來很累。妳得吃點東西。進來啊。飛機上一定沒給妳吃早餐吧。反正我聽說都是蛋粉而已。」

她擁抱湯姆，爸還來不及走過來，她已經一把拿起我的包包沿小徑往回走，一邊示意我們跟上。

「妳好啊，甜心。」爸輕聲說。我踏進他雙臂間。隨著他擁住我，我終於容許自己吐出一口氣。

爺爺沒辦法走到門外。他又經歷一次小中風，媽低聲告訴我，他現在站立和走路都有困難，所以白天大多數時間都待在起居室的靠背椅上。（「我們不想讓妳擔心。」）他衣著整潔，配合節日穿上襯衫和套頭毛衣，我走進去時他歪嘴對我微笑。他伸出一隻顫抖的手，而我擁抱他，內心一個遙遠的角落注意到他看起來是如此瘦小。

說起來，所有東西都變小了。我父母的房子，壁紙已有二十年歷史，牆上掛的畫不太是出於美感原因，而是因為某個好心人致贈，或是為了蓋住牆上的某些凹痕，三件式沙發都坐凹了，用餐區小得不得了，起身時椅子推太開會撞上牆，天花板的燈低垂，距離我爸的頭只有幾英寸。我發現自己隱隱拿這裡跟高普尼克家的大公寓比較：寬闊、光潔的地板，宏偉、華美的天花板，門外喧囂的曼哈頓。我原以為回到家會感到安慰。

我卻覺得無所適從，彷彿我在這一刻突然發現，兩邊都不是我的歸屬。

我們吃了一頓簡便的晚餐，內容有烤牛肉、馬鈴薯、約克郡布丁，還有乳脂鬆糕，這些都只是我媽在明天的主要活動前「隨便做做」而已。因為冰箱放不下，爸把火雞放在小屋裡，但是每半小時就要去檢查有沒有遭隔壁養的貓胡迪尼毒手。媽為我們扼要概述降臨在鄰居身上的諸多悲劇：「嗯，當然囉，那是在安德魯（Andrew）得帶狀皰疹之前。他給我看他的肚子——我從此戒掉維多麥——我一直叫丁芙娜要趁寶寶出生前多休息。說真的，她的靜脈屈張看起來就像邱特恩斯（Chilterns）的鄉道地圖。我有跟妳們說過坎普太太（Mrs. Kemp）的爸爸過世了嗎？就是因為武裝搶劫坐了四年牢的那位，後來才發現兇手是一個在郵局工作的傢伙，剛好跟他用一樣的植髮片。」媽喋喋不休。

一直到她洗碗時，爸才靠過來對我說：「妳相不相信她是在緊張？」

「緊張什麼？」

「妳啊。妳的所有成就。她有些擔心妳不會想回來這裡。還擔心妳會跟妳男人一起過耶誕節，然後直接回紐約。」

「我為什麼會想這樣？」

他聳肩。「不知道。她覺得妳可能翅膀硬了。我跟她說她在犯傻。別誤會噢，寶貝。她為妳驕傲得要命。她把妳的照片全部印出來，貼在剪貼簿裡，拿去跟鄰居炫耀，把他們無聊死了。說老實話，連我都覺得無聊死了，而妳還是我女兒呢。」他咧嘴笑，捏捏我的肩膀。

想到我原本計劃花多少時間跟山姆在一起，我一時感到羞愧。我原本打算讓媽自己處理所有耶誕節的事，還有我的家人、爺爺；我向來如此。

我讓翠娜和湯姆陪爸，把剩下的盤子拿進去廚房，和媽一起在氣氛和諧的沉默中安靜地洗了一陣子碗，然後她轉向我。「妳看起來確實很累，寶貝。時差嗎？」

「有點。」

「妳去跟其他人一起坐著吧，我來洗就好。」

我強迫自己挺起胸。「不要啦，媽。我好幾個月沒見到妳了。跟我說說都發生了些什麼事吧？夜校怎麼樣？醫生說爺爺怎麼樣？」

這個夜晚繼續，電視在起居室角落嘟囔，溫度升高，弄得我們陷入半昏迷狀態，而且都像懷胎九月的女人一樣抱著肚子；享受過我媽的簡便晚餐就會這樣。想到明天還要再來一回，我的胃就抗議地輕扭。爺爺坐在椅子上打盹，於是我們讓他待在家裡，其他人去參加午夜彌撒。我站在教堂裡，身旁都是從小就認識的人；他們用手肘輕推我、對我微笑。我跟著唱我還記得的頌歌，不記得的就張口假裝跟上，同時努力不要再一天裡大概第一百一十八次想著山姆此時此刻在做什麼。長椅另一邊的翠娜偶爾跟我對上眼，對我露出小小的、鼓勵的微笑，我也回以微笑，像是在說「我很好，完全沒問題」，儘管我實際上不好，而且問題多多。我們回家後，我離開其他人自己回到小儲藏間，覺得鬆一口氣。或許是因為回到童年的家，也或許是因為經過情緒高亢的三天而筋疲力竭，我回英國後第一次睡了場好覺。

我模模糊糊聽到翠娜在清晨五點被吵醒，有些興奮的碰撞聲，然後爸對湯姆大吼，說現在還是該死的半夜，要是他再不回床上，爸就要請該死的耶誕老公公來把所有該死的禮物收回去。下次醒來時，媽正把一杯茶放在我的床頭桌，跟我說如果我穿好衣服，我們差不多要開始拆禮物了。居然已經十一點十五分了。

我拿起小時鐘瞇起眼看了看，然後搖晃一番。

「妳需要的。」她摸摸我的頭，然後出去照料小朋友們。

二十分鐘後，我穿著卡通馴鹿套頭毛衣下樓；馴鹿的鼻子會發光，因為知道湯姆會喜歡，我才在梅西百貨買下它。所有人都在樓下了，而且全部穿好衣服、吃完早餐。我吻每個人、祝他們耶誕節快樂，把馴鹿鼻子點亮又關掉，然後發送禮物，從頭到尾努力不去想著那個男人；他該收到一件喀什米爾毛衣和一件真的好柔軟的法蘭絨格紋襯衫，但這兩件衣服卻死氣沉沉地躺在我的行李箱底。

我今天不想他，我堅定地對自己說。跟家人團聚的時間很珍貴，我不要因為感覺悲傷而糟蹋這一天。

我的禮物大受歡迎，來自紐約顯然讓它們更加令人渴望，儘管我相當確定在Argos[39]也可以買到一樣的東西。「大老遠從紐約來的耶！」每一個禮物打開時，媽媽都敬畏地這麼說著，直到翠娜翻白眼，湯姆也開始模仿她。當然囉，最便宜的禮物最受歡迎：我在時代廣場的觀光客小賣店買的塑膠雪球。我頗確定在這週結束前，球裡的液體就會悄悄漏進湯姆的衣櫃抽屜裡。

我收到的禮物有：

注39　英國排名居首的零售商，除了食品之外幾乎無所不賣。

爺爺送的襪子（九成九是媽媽買的）

爸送的香皂（同上）

已經放入我們全家福的銀製小相框（「這樣妳才能隨身帶著我們」——媽。「她怎麼可能想這麼做？她去該死的紐約就是想逃離我們」——爸。）

翠娜送的除鼻毛器（「別這樣看我。妳差不多到那年紀了。」）

湯姆畫的一幅耶誕樹，下面還有一首詩。經過一番緊密審問，結果這根本不是他的作品。「我們老師說我們的裝飾都貼錯位置，所以她幫我們做了，我們只是寫上名字。」

我還收到莉莉送的禮物；她和崔諾太太前一天去滑雪前順道過來——「她看起來很好，小露。不過聽起來她把崔諾太太弄得筋疲力竭。」她送的禮物是一個古董戒指，綠色大寶石嵌在銀鑲爪上，我的小指戴上天衣無縫。我送給她一副看起來像手銬的銀耳環，潮得嚇人的蘇活區店員向我保證絕對適合青少女。尤其是現在顯然傾向在你想不到的位置打洞的女孩。

我對每個人道謝，然後看著爺爺打盹。我微笑，自以為成功裝出很享受這一天的樣子。但是媽媽明察秋毫。

「沒事吧，寶貝？妳看起來很沒精神。」她用杓子舀鵝油淋在馬鈴薯上，怒氣騰騰的蒸氣衝開時退後一步。「可以請妳看著嗎？等一下會變得又脆又漂亮。」

「我沒事。」

「時差還沒退？住在這邊數過去第三家的羅尼（Ronnie）說，他去佛羅里達時，過三週後才沒有再走路撞上牆。」

「那也太久了。」

「真不敢相信我有一個有時差的女兒。俱樂部裡人人都嫉妒我，妳知道吧。」

我抬頭。「你們又去了嗎？」

威爾自我了結之後，爸媽被他們去了好幾年的俱樂部排擠，大家越俎代庖地責怪我竟然附和他的計畫。我對許多事感到罪惡感，這是其中之一。

「嗯，那個瑪喬麗（Marjorie）搬去賽倫賽斯特了（Cirencester）。妳知道當初就是她講得最難聽。後來汽車修理廠的史都華（Stuart）跟妳爸說他應該找個時間去打場撞球。跟平常一樣。然後就都沒事了。」她聳肩。「而且，妳也知道，那都是好幾年前的事了，大家還有其他事要考慮。」大家還有其他事要考慮。這句無害的話不知道為什麼害我喉嚨一哽，但確實就是這樣。我正努力嚥下這股突如其來的哀傷，媽媽又把裝馬鈴薯的托盤推進烤箱。她關上烤箱門，發出令人心滿意足的一聲咚，然後轉身面對我，一面脫下隔熱手套。

「我都忘了——有件最奇怪的事。妳男人今天早上打電話來，問說我們打算怎麼應付妳禮節日的班機、我們介不介意讓他去接妳就好？」

我凍結。「什麼？」

她打開一個鍋蓋，放出一股蒸氣，然後又蓋上鍋蓋。「嗯，我跟他說他一定弄錯了，妳已經到家，所以他說他晚點會過來。說真的，他排的那些班肯定讓他累壞了。我聽收音機說，晚上工作對大腦非常不好。妳可能會想跟他說一聲。」

「什麼——他什麼時候要來？」

媽瞥一眼時鐘。「嗯……我想他是說他三點左右下班，然後就過來。耶誕節當天跑這麼一趟呢！來，妳見過翠娜的男朋友了嗎？妳有沒有注意到她最近的穿著打扮？」她回頭朝門的方向看了一眼，聲音滿是驚奇。「幾乎就像她變成正常人了。」

我提心吊膽地吃完午餐，外表平靜，但只要有人經過我們家門，我都忍不住一縮。媽的料理一口一口在我嘴裡化為粉末；爸朗讀的每個耶誕拉炮爛笑話都右耳進左耳出。我沒辦法吃、沒辦法聽、沒辦法感覺。我困在一個悲慘期望的鐘形玻璃罩中。我瞥了翠娜一眼，但她看起來也心不在焉，我領悟她在等艾德到來。會有多難？我冷酷地想。至少她的男朋友沒有出軌。至少他想跟她在一起。

下雨了，雨滴壞心地敲打窗戶，天空也配合我的心情轉為陰暗。我們掛滿金箔和亮粉卡片的小房子縮小了，我一下覺得在屋裡沒辦法呼吸，一下又害怕屋外的所有東西。我不時看見媽的視線掃向我，彷彿在納悶我怎麼了，但她沒問，我也沒主動開口。

我幫忙洗碗，一面聊紐約雜貨配送有多棒——我想應該頗具說服力，這時門鈴終於響起，我的雙腿也化為果凍。

媽轉身看我。「妳還好嗎，露薏莎？妳的臉好蒼白。」

「晚點告訴妳，媽。」

媽牢牢地盯著我，接著表情軟化。「我在這。」她伸手幫我把一綹頭髮塞到耳後。「無論發生什麼事，我都在這。」

山姆穿著一件我沒見過的鈷色柔軟套頭毛衣站在前階上。不知道是誰送他的。他對我淺淺微笑，但沒有像之前見面時那樣彎腰吻我，或伸手擁抱我。我們謹慎地注視對方。

「你要進來嗎？」我的聲音聽起來古怪地正式。

「謝謝。」

我帶著他走過窄窄的走廊，等他站在起居室門外對裡面的爸媽打招呼，再帶他進廚房，關上門。我深切地感覺到他的存在，彷彿我們都微微通電。

「要喝茶嗎？」
「好啊……不錯的毛衣。」
「噢……謝謝。」
「妳的……妳的鼻子亮著。」
「對。」我伸手關掉電源，不願縱容任何可能軟化我們之間氛圍的事物。
他坐下，體型對我們的廚房椅來說不知怎地太大了。他還是注視著我，雙手在桌上交握，一副等待面試工作的樣子。起居室傳來爸被電影逗得哈哈大笑的聲音，湯姆用尖銳的聲音追問到底哪裡好笑。我埋首泡茶，不過從頭到尾都感覺得到他的視線燒灼我的背。
「所以，」我把馬克杯交給山姆，坐下後，他開口了，「妳回來了。」
我差點讓步。我看著桌子對面那張英俊的臉、寬闊的肩膀、輕輕握住馬克杯的雙手，腦中冒出一個想法：**我承受不了他離開我**。但是我發現自己又回到冰冷的門階上，她纖細的手指貼著他的脖子，我的腳在溼透的鞋裡凍結成冰，於是我又變得冷酷。
「兩天前回來的。」我說。
最短促的停頓。「好。」
「我想說可以給你一個驚喜，週四晚上。」我刮著桌巾上的汙漬。「結果驚喜的是我。」我看著理解的神色緩緩爬上他的臉：輕輕蹙眉、眼神變得疏離，還有想通我可能看見些什麼後眼睛微微一眨。「小露，我不知道妳看見了些什麼，但——」
「但什麼？不是我想的那樣？」
「欸，是也不是。」
有如重擊。

「我們別這樣了吧，山姆。」

他抬頭。

「我很清楚我看見了什麼。如果你試著說服我事情並非如我所想，我可能會因為太想相信你而真的相信。但是過去這兩天來我發現……這樣對我不好。對我們兩個都不好。」

山姆放下馬克杯，一手耙過臉，轉開頭。「我不愛她，小露。」

「我不是真的在乎你對她是什麼感覺。」

「好吧，但我還是想讓妳知道。對，妳對凱蒂的看法是對的。我可能誤判了。她確實喜歡我。」

我苦笑。「你也喜歡她。」

「我不知道我對她是什麼感覺。在我腦海中的人是妳。我每天起床時想的人是妳。但問題是，妳——」

「不在你身邊。你別想怪到我頭上。你竟敢怪到我頭上。你要我去的。你要我去。」

我們沉默了幾分鐘。我發現自己注視著他的手——強壯、傷痕累累的指節，看起來這麼堅硬、這麼有力，卻又能夠如此溫柔。我決然地把視線轉向桌巾上的汙漬。

「妳知道嗎，小露，我以為我自己一個人也沒問題。畢竟我長久以來都是自己一個人。但是妳敲開了我內心的某個部分。」

「噢，所以是我的錯。」

「我不是那個意思！」他衝口而出。「我只是想解釋。我的意思是——我的意思是我不再像我自以為的那樣擅長獨處。我姊過世後，我不想再為任何人有任何感覺，好嗎？我在心裡留了個空間給傑克，除此之外再沒其他人。我有我的工作和蓋到一半的房子，還有我的雞，我心滿意足。我就只是……開始過日子。直到妳出現，從那棟該死的房子摔下來，而且照字面上的意義第一次抓住我的手；

我覺得我心裡的某個東西崩塌了。突然有了一個我期待和她說話的人。一個了解我感覺的人。真的，真正了解。我可能開車經過妳家，知道經歷糟糕的一天後，我可以對樓上的妳大喊，或晚點去找妳，而我會感覺好一點。沒錯，我知道我們之間有些問題，但感覺就是——內心深處——像是裡面有什麼是對的，妳懂嗎？」

他的頭垂在茶上方，咬緊牙關。

「然後就當我們開始親近——我不曾感覺跟另外一個活生生的靈魂那麼親近過——妳卻……妳卻就這麼離開。我感覺像——像有人一隻手給我這份禮物、一把能打開一切的鑰匙，另一手卻又把它搶走。」

「那你為什麼要讓我離開？」

他的聲音在廚房裡爆開。「因為——因為我不是那種男人，小露！我不是那種堅持要妳留下的男人。我不是那種阻止妳冒險、成長、在外面做那所有事的男人。我不是那種傢伙！」

「對——你是我一離開就勾搭上別人的那種傢伙！勾搭上的還是住在同個郵碼範圍裡的人！」

「是郵遞區號！妳可是在英國，天啊。」

「對，而你不知道我有多希望我不在這。」

山姆轉身背對我，明顯正努力控制住自己。廚房門外，儘管電視還開著，我還是隱約察覺到起居室裡的安靜。

幾分鐘後，我輕輕開口。「我沒辦法這樣，山姆。」

「沒辦法怎樣？」

「我沒辦法一直擔心凱蒂．英格姆和她引誘你的企圖——因為無論那晚發生什麼事，我看得出她想要什麼；雖然我不清楚你要什麼。那令我發狂，也令我悲傷。更糟的是，」——我用力吞了口口水

「我也因此而恨你。我無法想像我怎麼會短短三個月就走到這個地步。」

「露薏莎——」

一陣謹慎的敲門聲。我媽的臉探進門。「很抱歉打擾你們，不過你們是不是可以讓我快速泡杯茶？爺爺在喘氣。」

「當然。」我的頭一直轉向一旁。

她急匆匆進來，背對著我們裝滿煮水壺。「我們在看一部有關外星人的電影。不太有耶誕節氣氛對吧。我記得以前耶誕節當天播的都是《綠野仙蹤》和《真善美》，或是其他可以闔家觀賞的電影。現在卻是咻—碰—射來射去的胡鬧戲碼，爺爺和我一個字都聽不懂。」

媽絮絮叨叨，明顯因為必須待在這裡而感到窘迫，一面等水煮開，手指一面輕敲流理檯面。「你們知道我們甚至還沒看女王演講？妳爸用舊錄放影機播放，但如果是後來才看，那就不一樣了，對吧？我喜歡跟大家同時看。可憐的老太太，被塞進錄放影機等所有人看完外星人和卡通。你會以為，服務了六十幾年——她到底在位多久啊？——我們至少可以在她做她的工作時看著她做。唉，妳爸說我很可笑，因為她多半幾週前就錄好這段演講了。山姆，要來點蛋糕嗎？」

「不用了，謝謝妳，喬絲（Josie）。」

「小露呢？」

「我也不用，謝謝妳，媽。」

「那我出去囉。」她尷尬地微笑，把一塊牽引車輪胎那麼大的水果蛋糕放上托盤後火速離開。

山姆起身關上門。

我們沉默地坐在那兒，聽著廚房的時鐘滴答響，氣氛沉重。我覺得我們之間沒說出口的話就要把我壓垮。

山姆緩緩喝一大口茶。我想要他離開。他離開的話我覺得我會死。

「我很抱歉。」他終於開口。「對於那一晚的事。我沒想過要……唉，總之是我判斷失準。」

我搖頭，無法再說什麼。

「我沒跟她上床。就算妳不想再聽我說，我還是希望妳知道這件事。」

「你說過——」

他抬起頭。

「你說過……再也不會有人傷害我。你來紐約時說的。」我的聲音從胸腔的某處發出。「我沒想過傷害我的人會是你。」

「露薏莎——」

「我想你該走了。」

他沉重地起身，猶豫了片刻，雙手撐在面前的桌上。我沒辦法看他。我沒辦法看著那張我愛的臉從此永遠消失在我生命中。他站直，重重吐出一口氣，轉過身。

他從內側口袋拿出一包東西放在桌上。「耶誕快樂。」他說完走向門。

我跟著他又回到走廊上，漫長的十一步。我們來到前廊。我沒辦法看他，不然我又會迷惘。我會求他留下來、答應辭職、求他換工作、再也不跟凱蒂．英格姆見面。我會變得可悲，變成他憐憫的那種女人。他永遠不會想要的那種女人。

我站在那兒，肩膀僵硬，但除了他那雙超人的呆腳，我拒絕看他的任何其他部分。街上某處傳來門甩上的聲音，鳥兒鳴唱。我站在那兒，困在專屬於我的悲慘中，這個片刻頑強地拒絕消逝。

接著他突然一步跨過來抱住我，把我拉向他。在這個擁抱中，我感覺到過去我們對彼此的所有意義：愛、痛苦，還有其中所有要命的不可能性。他看不到我的臉皺了起來。

我不知道我們在那裡站了多久。可能只有幾秒。但時間短暫停止、延伸、消失。只剩下他和我和這股糟糕的麻木感，從我的頭爬向我的腳，彷彿我正慢慢石化。

「不，別碰我。」我覺得再也承受不了。我的聲音哽咽，聽起來不像我自己，我推開他。

「小露——」

但是說話的並不是他，而是我妹。

「小露，能不能麻煩妳——不好意思——讓個路？我需要過去。」

我眨眼，轉過頭。我妹舉起雙手，正想擠過狹窄的門口。「不好意思，」她說，「我只是需要……」

山姆頗突兀地放開我，接著大步走開，他的肩膀僵硬地拱起，只在柵門打開時稍微停步。他沒回頭。

「是不是我們翠娜的新男人到了？」媽在我身後問。她扭擰她的圍裙，接著流暢地整順頭髮。

「我以為他四點才來。我還沒搽口紅呢……妳還好嗎？」

翠娜轉身；我淚眼矇矓，只能勉強看見她露出一個微小、滿懷希望地微笑。「媽，爸，這是艾德。」她說。

一個穿短花洋裝的纖細黑女人遲疑地對我們揮手。

19.

事實證明，若想在失去人生中的第二個最愛時分散一下注意力，我高度推薦有個妹妹在耶誕節出櫃，尤其對象還是一個名叫艾德維娜（Edwina）的有色年輕女性。媽用慌亂又過度熱情的迎接和說要去泡茶掩蓋她剛開始的震驚，她帶著艾德和翠娜進起居室後又沒入走廊朝廚房而去，中間稍微停下來看了我一眼；如果我媽是會說粗話的人，她那一眼說的是「搞什麼鬼」。湯姆從起居室跑出來，大喊「艾德！」一面給我們的客人一個大大的擁抱，跳著腳等對方把禮物交給他後立刻扯開包裝紙，隨即帶著新樂高組跑開。

爸徹底沉默，只是瞪著眼看眼前發生的事，像個被丟進迷幻夢境中的人。我看著翠娜露出一點也不像她的焦慮表情，感覺空氣中的恐慌感漸漸升高，知道我得做點什麼。我附耳要爸合上嘴，接著伸出手走上前。「艾德！」我說，「我是露薏莎。我妹應該把我的所有醜事都跟妳說了吧？」

「事實上，」艾德說，「她只告訴我好事。妳住在紐約對吧？」

「主要是。」我感覺到自己笑得很勉強，但希望看不出來。

「我大學畢業後在布魯克林住了兩年，到現在還是覺得很想念。」

她脫下青銅色大衣，在旁邊等翠娜幫她把大衣掛上已經塞爆的掛衣鉤。她很瘦小，像尊瓷娃娃，五官比我見過的任何人都還要勻稱，一雙鳳眼、稱得上奢侈的黑色睫毛。我們一面走進起居室一面閒聊——她可能太有禮貌，沒有提起我爸媽幾乎毫無遮掩的震驚，然後她彎腰跟爺爺握手；爺爺對她拉開歪向一邊的微笑後繼續盯著電視。

我沒看過我妹像這個樣子。就像她剛剛介紹我們認識了兩個人，而非一個人。一個是艾德：無可挑剔的禮貌、有趣、熱忱，優雅地帶領我們航過這片波浪起伏的對話之海；另一個是新翠娜：表情不太確定、微笑有點脆弱，手不時橫過沙發捏捏女友的手，彷彿想讓自己安心。她第一次這麼做時，爸的下巴掉下來整整三吋，媽一再用手肘戳他肋骨直到他合上嘴。

「好！艾德維娜！」媽一邊倒茶一邊說。「翠娜──呃──很少聊起妳。妳們──妳們怎麼認識的？」

艾德微笑。「我開的家飾店在卡翠娜家附近，她來過幾次買靠枕和織品，於是我們開始聊天。我們先去喝一杯，後來去看電影……然後，就這樣，結果我們有好多共通點。」

我發現自己在點頭，努力想弄清楚我妹怎麼可能和眼前這個精雕細琢、優雅的女人有任何共通點。

「共通點！真可愛。共通點最棒了。對。那──妳從哪裡──噢，天啊。我不是有意……」

「我從哪裡來的嗎？布萊克希斯（Blackheath）。我知道──很少人從倫敦南邊搬到北邊。我父母三年前退休後搬到伯翰伍（Borehamwood）。所以我是珍禽異獸──身兼南北倫敦人。」她對翠娜展露笑顏，彷彿這是她們之間的一個笑話，然後才回身轉向媽。「你們一直都住在這附近嗎？」

「媽和爸會在斯坦福堡入土。」翠娜說。

「希望別太早囉。」我說。

「這裡看起來是個美麗的小鎮。看得出你們為什麼想待在這裡。」艾德端起碟子。「這蛋糕太美味了，克拉克太太。妳自己做的嗎？我母親會做一種加蘭姆酒的蛋糕，她發誓一定要把水果浸泡三個月，風味才能完整呈現。」

「卡翠娜是同性戀？」爸問。

「很好吃，媽。」翠娜說。「葡萄乾很……非常……濕潤。」

爸一一注視我們。「我們的翠娜喜歡女孩？沒人想說點什麼嗎？妳們只是對要命的靠枕和蛋糕高談闊論？」

「柏納。」媽說。

「我或許該讓你們獨處一下。」艾德說。

「不，妳留下，艾德。」翠娜瞄一眼湯姆，他正全神貫注地看電視。她接著說：「對，爸。我喜歡女人。或至少喜歡艾德。」

「翠娜可能是流性人。」媽緊張地說。「是這樣說嗎？夜校的年輕人跟我說，最近他們有好多人都非男非女。有一個光譜。還是樂譜。我不記得是哪一個了。」

爸眨眼。

媽好大聲地灌下一口茶，聽著都覺得痛了。

「嗯，就我個人來說，」翠娜停止幫媽拍背時我開口，「我覺得有人願意跟翠娜在一起真是太棒了。什麼樣的人都好。你們知道吧，只要有眼睛、有耳朵、有心跳那些的就好。」翠娜滿懷真誠感激地瞥了我一眼。

「妳成長的過程中確實總是穿牛仔褲。」媽一面擦嘴一面若有所思地說。「或許我該多逼妳穿洋裝才對。」

「跟牛仔褲一點關係也沒有，媽。應該是基因吧。」

「哎呀，我們家肯定沒有這種基因。」爸說。「無意冒犯，艾德維娜。」

「沒關係，克拉克先生。」

「我是同性戀，爸。我是同性戀，但我這輩子不曾這麼快樂，而且我選擇怎麼快樂真的跟任何人都沒關係。但是我真心希望你和媽能因為我快樂而感到快樂，而且，更重要的是，我希望艾德能夠在我和湯姆的生命中長長久久。」她的視線掃向艾德，而艾德回以寬慰的微笑。

接下來很長一段時間沒人說話。

「妳什麼也沒說過，」爸控訴地說，「也沒表現出同性戀的樣子。」

「同性戀應該是什麼樣子？」翠娜問。

「就是。同性戀。像是……妳沒帶過女孩子回家。」

「我沒帶過任何人回家。除了桑迪（Sundeep），那個會計師。但是你因為他不喜歡足球就討厭他。」

「我喜歡足球。」艾德滿懷希望地說。

爸坐在那兒瞪著他的盤子，最後嘆口氣，用雙掌揉眼睛。揉完後一臉茫然，像是從睡夢中被突然叫醒。媽專注地看著他，焦慮的神色清楚可見。

「艾德。艾德維娜。我很抱歉我表現得像個老混蛋。我不討厭同性戀，真的，但是……」

「天啊，」翠娜說，「總是有個但是。」

爸搖頭。「但是我多半會說錯話、造成各種冒犯，因為我只是個老傢伙，完全不懂新的語言和做事方式——我妻子也會這麼說。無論如何，就連我也知道，長遠看來，重要的是我兩個女兒的幸福。如果妳能讓她幸福，艾德，就像山姆讓我們小露幸福，那妳就幹得好。我很高興能認識妳。」

他起身，伸手橫過咖啡桌；幾秒後，艾德靠過來跟他握手。

「好啦。我們再來吃點蛋糕吧。」

媽放鬆地微微嘆口氣，伸手拿刀。

我盡我所能微笑，接著飛速離開。

心碎有明確的等級。我想通了。最高級是你愛的人死去。沒有任何情況可能引發更大的震撼與毫無保留的同情：垮下臉，一隻關愛的手伸過來捏捏你的肩膀。噢，天啊，我好遺憾。接下來多半是因為第三者而被分手——兩方當事人的背叛和邪惡引發同仇敵愾。噢，你一定大受震撼吧。還可以加上被迫分手、宗教阻礙、重病。但是我們因為住在不同的大陸而漸行漸遠，這種情況儘管真實，但聽者除了點頭，以及理解但務實地聳肩，不太可能會有其他反應。是啊，總是會發生這種事。

我在媽回應我的新聞時看見那種反應，爸也一樣，只不過包裝在父母的關心中。欸，太遺憾了，但我想也不是太意外。我感覺到一陣難以言喻的微弱刺痛——什麼叫不是太意外？我愛他耶。

禮節日拖拖拉拉地過去，時間顯得又浮腫又悲傷。我睡得斷斷續續，感謝艾德轉移大家注意力，我才免於成為注意力焦點。我躺在浴缸裡，還有小儲藏間的床上，抹掉偶爾留下的眼淚，希望沒人發現。媽送茶來給我，努力不說太多我妹是多麼幸福洋溢。

那是很美好的畫面。或說，要不是我這麼心碎，那畫面應該很美好才對。我看著她們兩個趁媽把晚餐端上桌時偷偷在桌下牽手，她們討論雜誌裡的某個東西時頭靠著頭，看電視時腳碰著腳，湯姆懷抱著徹底被愛的自信，卡進她們之間，不在乎給出愛的是哪一個。大驚喜過後，我覺得一切完全說得通：翠娜好幸福，以一種我沒見過的方式在這女人的陪伴下放鬆。翠娜偶爾飛快朝我瞥一眼，那眼神又害羞，又帶著無聲的勝利，我會回以微笑，暗自希望這笑容只是我自己感覺起來假，看起來應該還好。

因為我只覺得心臟原本的位置破了第二個巨大的洞。少了過去四十八小時為我添加燃料的怒氣，我只剩空洞。山姆走了，送走他的，基本上就是我。對其他人來說，這段關係的結束或許不難理解，對我來說，卻一點道理也沒有。

禮節日的下午，我家人們在沙發上打盹（我都忘記我們家花多少時間在討論吃和消化食物了），我起身朝城堡走去。那裡空蕩蕩的，只有一個帶著狗、身穿防風外套、生氣勃勃的女人。她對我點頭打招呼，不過顯然沒有要進一步交談的意思。我爬上堡壘，在一張長椅坐下，從這裡可以遠眺迷宮和斯坦福堡的南半部。我讓猛烈的寒風刺痛我的耳朵，腳漸漸冰冷，然後告訴自己我不會永遠都這麼悲傷。我讓自己想念威爾，還有我們有多少午後待在這座城堡附近，還有我是怎麼撐過他的死；我告訴自己，這次的痛苦比較不痛：我不會面對好幾個月深沉得令人作嘔的悲傷。我不要想山姆。我不要想他跟那女人在一起。我不要上臉書。我要回到我那刺激、行程滿滿、豐富的紐約新生活，而我一旦遠離他，我那些感覺燒焦、毀滅的部分終究會痊癒。或許我們從來就不是我以為的那種關係。或許我們初次見面的強烈情感——說到底誰抗拒得了急救員？——讓我們相信那種情感屬於我們。或許我只是需要有個人來止住我的哀悼。或許這只是一段失意時的戀情，我會恢復得比想像中快。

我一再這麼對自己說，但有一部分的我頑強地拒絕聆聽。最後，我終於厭倦假裝一切都會沒事，我閉上眼，頭埋進雙掌中哭了起來。在每個人都待在家的這一天，在這座空蕩蕩的城堡，我讓悲痛席捲我，毫無顧忌、不怕被人看見地哭泣。我在倫福路上的小房子裡不能像這樣哭，回到高普尼克家後也不能再這樣哭，夾帶憤怒與悲傷，一種情緒上的放血。

「你這爛人。」我對著膝蓋啜泣。「我才去三個月耶……」

我的聲音聽起來很怪，像是哽住了。然後就跟湯姆一樣，他哭的時候會故意看鏡子，然後哭得更用力；我說出那句話的聲音是如此悲傷、如此決絕，弄得我哭得更加劇烈。「你該死，山姆，你居然讓我覺得值得冒險，你該死。」

「我也可以坐下嗎，還是說這是，像，某種私人悲傷大會？」

我猛抬起頭。莉莉站在我面前，身上穿著一件超大的黑色大外套和紅色圍巾，雙手交抱胸前，看起來像站在那邊打量我一段時間了。她咧嘴而笑，彷彿看見處於最悲慘時刻中的我其實頗有趣。她等我恢復鎮定。

「嗯，我猜我不用問妳過得怎麼樣。」她朝我的手臂用力打一拳。

「妳怎麼知道我在這？」

「因為我滑雪回來都兩天了，妳居然都沒打電話給我，所以我走去妳家打招呼。」

「我很抱歉。」我說。「這段時間很……」

「很難熬，因為妳被性感的山姆甩了。是那個金髮女巫嗎？」

我擤鼻涕，瞪著她。

「耶誕節前我在倫敦待了幾天，所以我去急救站打招呼，她也在，活像人體黴菌一樣掛在他身上。」

我抽了抽鼻子。「妳看得出來。」

「天啊，當然囉。我原本想警告妳，但又想，有什麼用？妳在紐約根本鞭長莫及。呸，男人真夠蠢的。她都那樣了他還看不出來？」

「噢，莉莉，我好想妳。」我到這一刻才發現我真的想念她。威爾的女兒，帶著她那反覆無常、青少女的光輝。她在我身旁坐下，而我把她當成大人般靠著她。我們凝視遠方。我只隱約看得見威爾的家，格蘭卻斯特宅邸（Grantchester House）。

「我是說，只因為她很美、奶大，還有看起來一張色情的嘴，活像主要工作就是口交——」

「好了，說到這裡就好。」

「總之，如果我是妳，我就不會再哭。」她睿智地說。「第一，男人都不值得。就連凱蒂·佩芮（Kate Perry）也會這樣告訴妳。而且，妳哭的時候眼睛真的變有夠小。超微粒的那種小。」

我忍不住大笑。

她起身，伸出一隻手。「走吧，我們走去妳家。禮節日什麼店也沒開，而爺爺和黛拉（Della）和『不可能做錯任何事』的寶寶煩死人了。我還得設法撐過整整二十四小時奶奶才會來接我。噁。妳是不是把鼻涕擦在我外套上？妳真的擦了！立刻給我弄乾淨。」

在我家喝茶時，莉莉告訴我她沒在電子郵件裡提起的事：她很喜歡新學校，但課業應付起來比她想像中困難。（「結果顯示缺一大堆課確實有影響。當大人擺出『早跟妳說過了吧』的姿態，跟不上課業就更煩人了。」）她非常喜歡跟奶奶住在一起；她總愛抱怨那些她真正喜愛的人，而她喜歡奶奶到覺得也能夠用同樣的方式抱怨奶奶——帶著幽默和某種愉快的嘲諷。奶奶對於她把她房間的牆漆成黑色超不講理的。而且奶奶不讓她開車，就算她完全知道怎麼開、只是想在能夠開始上駕訓班前先超前部署。談到她自己的母親時，她歡樂的態度才消失。莉莉的母親終於離開她繼父——「廢話」——她原本鎖定要讓住同一條路上的建築師成為她的下一任丈夫，但他並不配合，拒絕離開他妻子。她母親的人生現在陷入歇斯底里的慘境，跟雙胞胎一起在荷蘭公園（Holland Park）租房子住，並在一連串菲律賓籍保母間輪轉；她們儘管具備驚人的容忍力，但幾乎沒人能在譚雅・霍頓—米勒（Tanya Houghton-Miller）的淫威下撐超過兩週。

「沒想過我居然會為那兩個男孩感到抱歉，但我確實感到抱歉。」她說。「呸，真想抽根菸。我只有講到我媽的時候才會想抽。妳不用是佛洛依德也料想得到，對吧？」

「我很抱歉，莉莉。」

「不必。我沒事。我跟奶奶住，而且有去上學。我媽的戲劇性事件再也不會真的碰到我。欸，她在我的語音信箱留下冗長的訊息，要不哭，要不說我很自私，居然不願意搬回去跟她一起住，但我不在乎。」她短促地聳肩。「我有時候會想，要是我還跟她住在一起，我應該會徹底發瘋。」我回想起好幾個月前出現在我家門口的女孩——喝醉、不快樂、孤立——感覺到心裡爆出一小陣無聲的喜悅：藉由收留她，我幫助威爾的女孩跟她奶奶建立起幸福的關係。

媽進來又出去，用切塊的火腿、乳酪和加熱過的百果派重新填滿托盤；她似乎很高興莉莉來，尤其嘴巴塞滿食物的莉莉還幫她快速更新大房子裡的近況。莉莉不認為崔諾先生有多快樂。他的新老婆黛拉慢慢發現當母親有多難，不停對寶寶的事大驚小怪；只要寶寶哭叫，她就退縮、哭泣。

「爺爺大部分時間都待在他的書房，但這只是弄得她更加生氣。但是他想幫忙時，她又只會對他大吼、說他都做錯了。**史蒂芬！不要那樣抱她！史蒂芬！你把那件嬰兒外套完全穿反了！**要是我的話就會叫她滾開，但爺爺就是人太好。」

「他那代的男人不太碰寶寶的。」媽仁慈地說。「你爸就不曾換過一次尿片。」

「他老是問起奶奶，所以我告訴他奶奶有新男人了。」

「崔諾太太有男朋友了？」媽的眼睛瞪得像茶碟那麼大。

「沒啦，當然沒有。奶奶說她很享受她的自由，但爺爺沒必要知道，對吧？我跟他說，有個開奧斯頓．馬丁（Aston Martin）[40]的迷人老男人，他頭髮都還健在，每週來帶奶奶出去兩次；我不知道他的名字，不過看見奶奶再次快樂起來真的很不錯。我看得出來，他真的很想問問題，不過黛拉在，他不敢問，只能點頭、露出假得要命的微笑，說『非常好』，然後又躲回書房。」

「莉莉！」媽說。「妳不能說這種謊！」

「為什麼？」

「因為，呃，那不是真的！」

注40　英國一家豪華汽車生產商，品牌創始於一九一三年，以生產敞篷車、賽車及豪華跑車而聞名。

「人生裡有好多事都不是真的。耶誕老人不是真的，不過我打賭妳一定還是會跟湯姆說有這號人物吧。爺爺自己都有別人了，讓他以為奶奶和某個性感有錢、領養老金的人偶爾去巴黎逍遙個兩三天，對他和對奶奶都好。而且他們從不和對方說話，所以會有什麼傷害？」

就邏輯的角度來說，這論點頗具說服力。我之所以知道，是因為媽的嘴巴像有人在用舌頭頂搖晃的牙齒一樣，但她說不出莉莉是哪裡說得不對。

「總之，」莉莉說，「我該回去了。家庭晚餐，呵—呵—呵。」

翠娜和艾德在這個時候走進來，她們剛剛陪湯姆去公園玩了。我看見媽突然露出幾乎完全沒加以掩飾的焦慮表情，心想，噢，莉莉，千萬別說什麼糟糕的話。我指了指她們兩個。「艾德，這是莉莉。莉莉，這是艾德。莉莉是我前雇主威爾的女兒。艾德是——」

「我女朋友。」翠娜說。

「噢，真棒。」莉莉跟艾德握手，然後轉身面對我。「所以，我還在計畫說服奶奶帶我去紐約。她說這麼冷她不要，春天就可以。所以準備好放幾天假囉。四月完全算春天，對吧？怎麼樣？」

「等不及了。」我說。我旁邊的媽無聲鬆一口氣。

莉莉擁抱我，接著從前階跑走。我看著她離開，嫉妒起年輕人的強健。

20.

寄件者：BusyBee@gmail.com
收件者：KatrinaClark@scottsherwinbarker.com

很棒的照片，翠！眞的很可愛。我喜歡這張照片的程度幾乎就跟喜歡妳昨天寄來的那四張一樣。不對，我最愛的還是妳週二寄來，你們三個一起在公園那張。對，艾德的眼睛眞的很美。你們看起來眞的很快樂。我眞心爲你們高興。

回應妳的另一個想法：我確實覺得現在把其中一張照片裱框寄給爸媽有點太早，不過，嘿，妳才是最了解的人。

幫我跟湯姆說我愛他。

露 X

PS 我很好，謝謝關心。

我在一般會從新聞上看到的那種暴風雪中回到紐約。車子只剩車頂露出來，小孩坐在雪橇上滑過一般來說滿滿都是車的街道，就連氣象播報員都不太能隱藏他們孩子氣的歡欣。寬闊的大道在市長的命令下淨空，城市的大型除雪機軋軋軋盡責地在路上來回，有如巨大的馱獸。

一般來說，看到這樣的雪我應該會很興奮才對，不過我個人的鋒面是又灰又濕；這道鋒面像冷冰冰的重物一樣懸在我上方，吸走所有歡樂。

我不曾心碎過，至少沒為活人。離開派翠克時，我內心深處知道那段感情對我們兩個來說已經變成一種習慣，一雙你不見得很愛但還是繼續穿的鞋，只因為沒費心找雙新鞋。威爾過世時，我以為我再也不會有任何感覺。事實證明，知道你愛過但已失去的人還在呼吸並不會帶來多大安慰，而大腦這個虐待狂卻堅持成天一再想起山姆。他現在在做什麼？他在想什麼？他跟她在一起嗎？他為我們之間逝去的一切而感到遺憾嗎？他到底有沒有想起我？我一天裡會無聲跟他吵上十幾次架，有幾次我甚至還吵贏了。理性的我會跳進來，告訴我想著他一點用也沒有。逝者已逝。我已經回到一塊不同的大陸。我們的未來相隔千里。

然後，一個稍微有點瘋狂的我會帶著一種硬擠出來的樂觀硬插進來——*隨我想當什麼樣的人都可以！我無牽無掛！我可以去任何地方，都不會覺得綁手綁腳！*這三個我會有幾分鐘的時間爭奪起我腦中的空間，而且很常這樣。這是一種精神分裂的生活方式，有夠累人。

我壓過它們。我清晨跟喬治和艾格妮絲一起跑步，就算胸腔發痛、小腿感覺像熱燙燙的火鉗也不減速。我風一般在公寓裡打轉，預先為艾格妮絲的需求做好準備、麥克看起來特別過勞時主動幫忙、在伊拉莉雅身旁削馬鈴薯，忽略她不認同的哼聲。我甚至還主動幫忙阿榭克剷掉走道上的雪——只要能避免我坐著思索我自己的人生，做什麼都好。他扮鬼臉，叫我不要發瘋了：我想害他丟掉工作嗎？

我到家的第三天，喬許傳訊息來，當時艾格妮絲正在一家兒童用品店拿起一隻隻鞋子，一面用波蘭語跟他母親通電話，顯然想弄清楚到底該買什麼尺寸，以及她妹會不會讚許。我感覺到手機震動，低頭查看。

——嘿，露薏莎·克拉克一世，好久沒妳的消息。希望妳過了一個愉快的耶誕節。要不要找個時間

喝杯咖啡呀？

我瞪著手機。沒理由拒絕，但不知怎地感覺就是不對。我嚴重適應不良，那個遠在三千英里之外的男人還充斥我的感官。

—嘿，喬許。現在有點忙（艾格妮絲弄得我疲於奔命！）不過應該很快就能約了。希望你一切都好。露 X

他沒回應，我有種莫名的糟糕感覺。

蓋瑞把艾格妮絲買的東西放上車，這時她的電話響起。她從包包拿出手機凝神查看。她朝窗外看了一會兒，接著轉向我，「我忘記今天要上藝術課，我們現在得去東威廉斯堡。」

明顯說謊。我突然回想起那頓糟糕的感恩節晚餐，也想起那晚揭露多少真相；我努力不動聲色。

「那我來取消鋼琴課。」我平穩地說。

「好。蓋瑞，我要上藝術課。我忘記了。」

蓋瑞一言不發把黑頭車開上路。

蓋瑞和我安靜地坐在停車場裡，引擎低聲運轉，幫我們擋去外面的酷寒。我暗地裡對艾格妮絲感到無比憤怒，氣她選這天上她的「藝術課」，這代表我得和我的思緒一起困在這，我腦中有一大堆不速之客賴著不走。我戴上耳機，播放一些愉快的音樂。我用 iPad 規劃艾格妮絲這週接下來的行程。我跟媽一起玩了三場線上拼字遊戲。我回翠娜電子郵件，她問我覺得她該不該帶艾德參加工作上的聚餐，還是說現在太早。（我覺得她應該做就對了。）我凝視窗外陰沉、大雪紛飛的天空，納悶著是否還會下更多雪。蓋瑞用平板電腦看喜劇節目，跟罐頭笑聲一起哼笑，下巴靠在胸口。

「要不要喝咖啡？」我把指甲都啃光後開口問道。「她還要在上面待一百年，對吧？」

「不了。醫生叫我少吃甜甜圈。而妳也知道如果我們去那家好甜甜圈店會發生什麼事。」我挑弄褲子上的線頭。「要不要玩『我是小間諜』？」

「妳在開玩笑嗎？」

我嘆了口氣，靠向椅背，跟著聽剩下的喜劇節目，然後聽著蓋瑞沉重的呼吸聲愈來愈慢，最後變成偶爾的鼾聲。天色轉暗，變成一種不友善的鐵灰色。開車回去要花好幾個小時。這時我的手機響起。

「露薏莎嗎？妳有沒有跟艾格妮絲在一起？她的手機好像關機了，可以請她聽電話嗎？」

我瞟向車外，看著史蒂芬．里考特工作室的燈光在下面漸漸轉灰的雪地投下一個黃色四方形。

「呃……她在……她正在試穿，高普尼克先生。我現在跑去試衣間，然後請她立刻回你電話。」

樓下的門用兩罐油漆撐開，彷彿正在送什麼貨。我奔上水混凝土階梯，沿走廊一直跑到工作室，氣喘吁吁地在緊閉的門外停下。我低頭注視手機，再抬頭看天。我不想進去。我不想為感恩節那天暗示的事找到確鑿的證據。我把耳朵貼上門，想確認敲門安不安全，感覺自己鬼鬼祟祟的，彷彿犯錯的是我。但我只聽見音樂和模糊的說話聲。

我的信心提高不少，伸手敲了敲門。幾秒後，我自己打開門。史蒂芬．里考特和艾格妮絲背對我站在工作室深處看著牆邊的一大堆畫布。他一隻手放在她肩上，另一隻手拿著菸朝一幅較小的畫布比畫。工作室裡有菸味、松節油的味道，還有淡淡的香水味。

「嗳，妳為什麼不多帶幾張她的照片給我？」他正說著，「如果妳不覺得這一幅真能代表她，那我們應該——」

「露薏莎！」艾格妮思旋過身，舉起一隻手，彷彿想擋住我。

「不好意思。」我拿起我的手機。「是——是高普尼克先生。他要找妳。」

「妳不該進來這裡！妳為什麼不敲門？」她的臉血色盡失。

「我敲了。對不起。我沒其他辦法……」我倒退離開時瞥見那些畫布。一個孩子，金髮大眼，半轉過身，彷彿正要跳開。一陣突然且必然的清晰感，我都懂了：她的沮喪、沒完沒了和她母親通電話、買個沒完的玩具和鞋……

史蒂芬彎腰拿起那幅畫。「聽著，如果妳想，那就帶走這幅，回去思考一下——」

「閉嘴！史蒂芬！」他畏縮，一副不知道是招誰惹誰的樣子。不過他的反應最終證實了我的想法。

「我樓下等妳。」我走出去後輕輕關上門。

我們在無聲中開車回上東區。艾格妮絲打電話給高普尼克先生並道歉，她沒注意到手機關機了，設計不良——她明明沒動，這東西卻老是自己關機——她真的需要換一隻手機。對，親愛的。我們要回去了。對。我知道……

她沒看我。事實上，我幾乎沒辦法看她。我的腦袋嗡嗡作響，忙著把上個月發生的事和我剛剛領悟的事連接起來。

終於到家後，我跟在她幾步之後穿過大廳，不過等我們進電梯，她旋過身子盯著地板，然後又掉頭面對門。「好吧，跟我來。」

我們坐在黑暗、鍍金的旅館酒吧裡；我先前都幻想有錢的中東商人會在像這樣的地方娛樂他們的客戶，看也不看就揮手付掉酒吧帳單。幾乎沒其他客人。艾格妮絲和我坐在一個燈光微弱的角落雅座，等著侍者浮誇地放下兩杯伏特加通寧和一罐油亮的綠橄欖；我努力想和艾格妮絲對上眼，但都被她躲開。

「她是我的。」侍者走開後，艾格妮絲說道。

我啜飲一小口酒。這酒非常烈，但我覺得很剛好。有個能夠專注的目標感覺很有幫助。

「我的女兒。」她的聲音很緊繃，夾帶莫名的怒氣。「她跟我妹妹一起住在波蘭。她很好——我離開時她還好小，所以她幾乎不記得和媽媽一起生活的日子——我妹妹也很高興，因為她不孕，但是我母親對我非常生氣。」

「但是——」

「我認識他時沒有告訴他，好嗎？我好……好高興像他這樣的人居然喜歡我。壓根沒想過我們會在一起。那就像一個夢，妳知道嗎？我以為我會擁有一場小小的冒險，然後我的工作簽證到期，我會回波蘭，把這段經歷永遠放在心裡。後來事情發生得好快，他為了我離開他妻子。我不知道該怎麼告訴他。每次跟他見面，我都想*就是這一次，就是這一次*……但是我們在一起時，他說他不想再要其他小孩。他說他受夠了。他覺得他把自己的家庭搞得一團亂，不想再因為繼母、同父異母的兄弟姊妹而亂上加亂。他愛我，但不生小孩就是他的底線。這樣我是要怎麼告訴他？」

我往前靠，不讓其他人聽見。「但是……但這要命地瘋狂，艾格妮絲。妳居然有個女兒！」

「現在又過了兩年，我更不知道該怎麼告訴他了。妳以為他不會認為我是個壞女人？妳以為他不會把這看作一個非常、非常惡劣的騙局？我給自己挖了一個大坑，露薏莎。我很清楚。」她灌下一大口酒。

「我無時無刻都在想——無時無刻——我要怎麼補救？但不可能補救。我騙了他。對他來說，信任就是一切。他不會原諒我。所以很簡單，這樣他快樂，我也快樂。我可以供養所有人。我想說服我妹妹有天來紐約生活，這樣我就可以每天見到柔菲亞（Zofia）。」

「妳一定想她想得要命吧？」

她咬牙。「我在為她的未來作準備。」她彷彿在朗讀一份排練已久的內心清單。「以前我們家沒那麼多。我妹妹現在住在非常好的房子裡——四間臥室、什麼都是新的。非常好的區域。柔菲亞會去念波蘭最好的學校、彈最好的琴，她會擁有一切。」

「但是沒有母親。」

她突然熱淚盈眶。「對。我必須離開李奧納，不然就得放下她。所以這是我離開她的……的……噢，那個詞是什麼？贖罪。」她略為哽咽。

我抿了抿我的酒，不知道還能做什麼。我們盯著各自的酒杯。

「我不是壞人，露薏莎。我愛李奧納，非常愛。」

「我知道。」

「我原本想，或許等我們結婚之後，我們在一起一陣子了，我可以告訴他。他會有一點不高興，但或許他會釋懷。或者我可以在波蘭和這裡之間來回，妳知道嗎？或者她可以來住一陣子。但事情變得好——好複雜。他的家人這麼恨我。妳知道如果她們現在發現她會怎麼樣嗎？妳知道如果塔碧莎知道我的這個祕密會怎麼樣嗎？」

料想得到。

「我愛他。我知道妳對我有很多想法。但是我愛他。他是個好男人。但是我有時候覺得好難捱，因為他好拚命工作，也因為他的世界裡沒人關心我……我覺得好孤單，或許……我的行為並不總是完美，但一想到離開他，我實在無法承受。他真的是我的靈魂伴侶。從第一天開始我就知道了。」

她一根纖細的手指在桌上畫出圖形。「但我又想到我的女兒繼續長大，十年、十五年，我都不在她身邊，我……我……」

她顫巍巍地嘆口氣；好長的一口氣，酒保都往這邊看了。我伸手進包包裡，但找不到手帕，只好把酒杯下的紙巾拿給她。她再抬起頭時，臉龐有一種柔軟的感覺。我沒看過她露出這樣的表情，洋溢著愛與溫柔。

「她好美，露薏莎。現在快滿四歲了，而且好聰明、好開朗。她知道一週有哪幾天，也會在地球儀指出不同國家，還會唱歌。她知道紐約在哪裡。不用任何人教她，她就會在地圖上的克拉科夫和紐約之間畫出一條線。每次我回去，她都會緊緊抱著我，對我說：『妳為什麼要走，媽媽？我不想要妳走。』每次我的心都會碎掉一小塊……噢，天啊，心碎啊……我現在有時候甚至不想見到她，因為不得不離開時真是……真是……」艾格妮絲趴在她的酒杯上，一隻手機械地抬起抹掉無聲滑落光滑桌面的淚水。

我把另一張紙巾拿給她。「艾格妮絲，」我柔聲說，「我不知道妳還能像這樣撐多久。」

她低著頭，用紙巾輕壓眼睛，再抬起頭時，完全看不出她哭過。「我們是朋友，對吧？好朋友。」

「當然。」

她朝身後瞟一眼，接著身體往前橫過桌面。「妳和我，我們都是外來者。我們都知道在這世界找到自己的地方有多難。妳想要改善妳的生活，在別人的國家努力工作——妳創造新人生、交新朋友、找到新的愛。妳就變成新的人了！但這從來就不是簡單的事，永遠都有代價。」

我吞嚥了一下，推開山姆在他那個火車車廂裡熱燙燙、憤怒的影像。

「我都懂——人不可能得到一切，而我們外來者比任何人都懂。妳總是一腳踩在兩個地方。妳永遠不可能真正快樂，因為從妳離開的那一刻起，妳就分裂成兩個妳，而無論妳在哪，其中一個妳總是在呼喚著另一個妳。這就是我們要付出的代價，露薏莎。這就是我們這身分所要付出的成本。」

她啜飲一口酒，又一口，接著深吸一口氣，把手伸到桌子上方揮動，彷彿想透過指尖甩掉過量的情感。再開口時，她的聲音轉為鋼鐵般冷硬。「妳不能告訴他，妳不能把妳今天看見的事告訴他。」

「艾格妮絲，我不知道妳要怎麼繼續隱瞞下去。茲事體大，這——」

她伸出一隻手放在我的手臂上，手指牢牢圈住我的手腕。「求妳。我們是朋友，不是嗎？」我又吞了口口水。

事實證明，有錢人之間沒有真正的祕密，只是有人付錢掩蓋而已。我走上樓，這個新的重擔沉甸甸地壓在我心上。我想著世界的另一端有個小女孩，她擁有一切，唯獨少了她最渴望的那一樣，還有一個多半也有相同感覺的女人，雖然她才剛開始了解。我想要打電話給我妹——她現在是我唯一能討論的對象了——但不要跟她聊就知道她會如何判斷。就像她不會切掉自己的一隻手臂，她也絕不可能丟下湯姆遠走他國。

我想著山姆，還有為了為我們的選擇辯護，我們都跟自己做了什麼交易。那晚我坐在房間裡，直到思緒低落陰暗地懸在我腦袋邊。我拿出手機。

—嘿，喬許，你提出的邀約還有效嗎？只是別喝咖啡，改「喝一杯」？

不到三十秒，手機跳出回應。

—時間地點？

21.

結果我和喬許在時代廣場旁一家他認識的小酒吧碰面。這裡又長又窄，貼滿拳擊手的簽名照，照片裡都是輕量級拳擊手和脖子寬度比頭還寬的男人；地板踩起來黏黏的。我穿著黑色牛仔褲，頭髮往後綁成馬尾。我從中年男子和拳擊手照片之間擠過去時沒人抬頭。

他坐在酒吧最裡面一張超小的桌子旁，身上穿著深棕色油布夾克——你會買這種外套好讓自己看起來應該置身鄉間。看到我時，他露出一個突然、具感染力的微笑，我一時覺得慶幸，在這個感覺亂得不可思議的世界裡，還有個單純的人很高興看到我。

「最近好嗎？」他起身，一副想走過來擁抱我的樣子，但因為某種原因而打住，或許是我們最後一次見面時的狀況吧。他改為輕碰我的手臂。

「今天過得不太好。事實上，整週都不太好。所以我真的很需要跟個友善的人喝上一兩杯。結果——你猜怎麼著——我從我的紐約帽裡撈出的第一個名字就是你的名字！」

「想喝什麼？先跟妳說一聲，他們只有大概六種酒。」

「伏特加通寧？」

「我很確定這是其中一種。」

他幾分鐘後帶著他自己的啤酒和我的伏特加通寧回來。我剛剛已經把外套脫下來掛好，對於坐在他對面感到莫名緊張。

「所以……妳的這一週，發生什麼事了呀？」

我啜了一口酒。跟下午喝的那杯比起來，這次入口後的感覺舒服太多了。「我……我今天發現了一些事，有點吃驚。我不能跟你說是什麼事，不是因為我不信任你，而是事情太大條、牽連太廣。而且我不知道該怎麼辦才好。」我在椅子上扭動。「我猜我只需要自己吞下去，學著不要因此而消化不良。這樣說得通嗎？所以我想跟你見面、喝幾杯、聽你說說你過得怎麼樣——沒有黑暗大祕密的好人生，我們先假設你沒有黑暗大祕密——然後幫助我想起人生可以是多正常、多美好，不過我真的不希望你試著要我開口談我的部分。假設我不小心放下防備之類的。」

他一隻手放到心臟的位置。「露薏莎，我不想知道妳的任何事，看到妳就夠我開心的了。」

「如果能說，我真的會告訴你。」

「我對這個扭轉人生的超大祕密一點也不好奇。妳跟我在一起很安全。」他大口喝一口啤酒，對我露出他的完美微笑；兩週以來，我第一次覺得不那麼孤單。

兩小時後，酒吧變得太熱，層層疊疊擠滿筋疲力竭的觀光客，他們對三美元的啤酒嘖嘖稱奇，硬擠過窄長的酒吧，大多數人都聚精會神看著角落電視上的拳擊賽。他們對一記快速的上鉤拳同聲驚呼；他們支持的選手臉被打得稀巴爛，當他靠著繩索倒下時，他們也齊聲吼叫。整間酒吧的男人中，只有喬許沒在看；他身體越過啤酒瓶往前靠，安靜地注視著我。

我呢，則是癱在桌上，鉅細靡遺地對他描述翠娜和艾德維娜耶誕節那天發生的事；這是少數幾件我能正正當當與人分享的事之一，另外還有爺爺的中風，以及那架高貴的鋼琴（我說是要送給艾格妮絲外甥女的）。為了避免聽起來太陰鬱，我也說了我從紐約飛到倫敦時得到美好的升等。到了這個時候，我已經數不清自己喝了幾杯伏特加——喬許總在我發現自己喝完一杯前又變出一杯——不過我腦中遙遠的角落注意到我的聲音多了一絲古怪、歌唱般的調調，飄上飄下的，並不總是符合我所說的內容。

「嗯，那很棒，對吧？」我說到爸關於幸福的那番言論時，喬許這麼說道。我或許把這故事說得比實際更灑狗血一點。在我最新的版本中，爸變得活像《梅岡城故事》裡對法庭發表結尾演說的亞惕．芬鶺（Atticus Finch）。

「真好。」喬許接著說。「他只是想要她幸福。我堂弟提姆對我叔叔出櫃時，叔叔大概一年沒再跟他說話。」

「她們好快樂。」我在桌上伸展雙臂，好讓皮膚感覺到一點冰涼，同時努力忽略黏黏的感覺。

「很棒，真的很棒。」我又喝一口酒。「感覺就像你看著她們倆在一起，你會覺得好高興，因為，你知道的，翠娜單身一百萬年了，不過說真的……如果她們在彼此身旁時可以稍微不要那麼容光煥發一點點就好。像是不要總是凝視對方的眼睛。或是因為只有她們知道的笑話而露出那種祕密微笑。或是因為她們剛做過一場非常非常棒的愛。或許翠娜可以不要再寄她們兩個合照的照片給我。或是只要艾德說或做了什麼了不起的事就傳訊息跟我說；顯然幾乎就是她說或做的每一件事。」

「啊，還好啦。她們畢竟剛陷入愛河，不是嗎？大家都這樣的。」

「我就沒有。你這樣過嗎？說真的，我不曾寄我跟某人親吻的照片給任何人。要是我寄了我依偎在男友懷中的照片給翠娜，她的反應會像我寄給她的是屌照。我是說，這可是那個覺得所有情感的展現都很噁心的女人耶。」

「那就是她第一次陷入愛河了。她接下來要是再收到妳跟妳男友快樂得很噁心的照片，她就會也覺得開心了。」他看起來就是在嘲笑我。「多半還是不要屌照比較好。」

「你覺得我很糟糕。」

「我不覺得妳很糟糕。只是頗……耳目一新。」

我呻吟。「我知道。我很糟糕。我不是在要求她們不要幸福快樂，只是希望她們稍微多替我們想想，我們這些可能不是……就是……」我詞窮了。

喬許剛剛往後靠著椅背，聽到這裡注視著我。

「前男友。」我的聲音有點模糊。「他現在是前男友了。」

他挑眉。「哇嗚。前兩週真是不得了。」

「噢，天啊。」我把額頭靠在桌上。「你才知道。」

我意識到一陣沉默輕輕降臨在我們之間，一時納悶我剛剛是不是就在這裡打了個小盹。感覺好棒。拳擊賽的聲音短暫退去。我的額頭只有一點點濕掉。接著我感覺到他的手放到我手上。「好了，露薏莎，我想該帶妳離開這裡了。」

我跟沿途經過的所有好人道別，盡可能跟每個人擊掌（有些人好像沒拍到我的手——白癡）。不知道為什麼，喬許一直大聲道歉。我想他應該是在我們走動時撞到人了。我們走到門邊時，他幫我穿上外套，但沒辦法把我的手臂塞進袖子裡，逗得我咯咯笑，好不容易套進去了，才發現穿錯手，變成好像約束衣一樣。「我投降。」他最後說，「就這樣穿著吧。」我聽見有人吼「摻點水吧，小姐。」

「我就是個小姐！」我大喊。「一個英國小姐！我是露薏莎‧克拉克一世，對不對啊，喬書亞？」我轉身面對他們，對空揮拳。我靠在照片牆上，幾張照片稀哩嘩啦掉在我頭上。

「我們要走了，我們要走了。」喬許說，一面對酒保舉起雙手。有人又吼叫起來。他繼續對所有人道歉。我跟他說道歉不好——威爾教我的。你必須抬頭挺胸。

接著我們突然就來到清爽的冷空氣中，而我什麼都還不知道就絆到某個東西，轉瞬跌倒在冰凍的人行道上，膝蓋撞上堅硬的混凝土。我咒罵。

「噢，要命。」喬許伸出一隻手牢牢環住我的腰，拉我站直。「我想我們得弄點咖啡給妳喝。」

他笑得真好。他聞起來像威爾——昂貴，像某家時髦百貨公司的男性用品部門。我們沿人行道踉蹌前進，我把鼻子塞到他頸間吸入那味道。「你聞起來真不錯。」

「非常感謝。」

「非常貴。」

「很高興知道。」

「我可能會舔你。」

「妳高興就好。」

我舔了他。他的鬍後水嘗起來不比聞起來好，不過舔人感覺還算不錯。「我真的覺得高興了。」我有點驚訝地說。「真的有用！」

「好——喔。在這裡攔計程車最好。」他調整他自己的位置，好讓他能夠面對我、雙手放在我肩上。我們身旁的時代廣場閃閃發光，令人眼花撩亂，像個閃爍的霓虹馬戲團，龐然的影像夾帶不可思議的亮度籠罩著我。我緩緩轉身，抬頭凝望燈光，感覺像要摔倒。我轉了又轉，直到眼前一片模糊，踉蹌了一下。我感覺喬許抱住我。

「我可以送妳上計程車讓妳回家，因為我覺得妳可能需要睡一覺才能恢復。不然我們也可以走去我家，我弄點咖啡給妳喝。讓妳選。」已經超過午夜一點了，他還是得用喊的才能壓過周遭人群的喧噪。他穿著這件襯衫和夾克看起來真的好帥，乾淨俐落。我好喜歡他。我在他懷中轉過身，對他眨眼。他要是能不要繼續擺動，那就幫大忙了。

「謝謝妳的稱讚。」他說。

「我剛剛都大聲說出來了嗎？」

「對。」

「不好意思，不過你受之無愧。帥得要命噢。美國人那種帥，像真正的電影明星。喬許？」

「怎麼了？」

「我想我可能需要坐下。我腦袋不清楚了。」我往下坐到一半，感覺到喬許又拉我站直。

「那我們走吧。」

「我真的想告訴你那件事，但是我不能告訴你那件事。」

「那就不要告訴我那件事。」

「你會了解。我知道你會。你知道嗎……你長的好像我愛過的一個人。真心愛。你知道嗎？你長得跟他一模一樣。」

「很……高興知道。」

「真好。他也帥得要命，跟你一樣。電影明星那種帥……我說過了嗎？他死了。我有沒有跟你說過他已經死了？」

「我很遺憾。不過我覺得我們得先帶妳離開這裡。」

他帶著我走過兩個街口，攔下一輛計程車，接著花了番力氣把我弄上車。我在後座努力坐直，緊緊揪住他的袖子。他一半在車內、一半在車外。

「請問要去哪裡，小姐？」司機回頭看。

我看著喬許。「你可以陪我嗎？」

「當然。我們上哪？」

我看見後照鏡反射出司機警惕的目光。他椅背的電視發出刺耳的聲音，節目現場觀眾一陣掌聲。外面的所有人同時揿下喇叭。燈光太亮。紐約突然變得太吵，什麼都太過。「我不知道。你家吧。」我說。「我現在不能回去。還不能。」我看著他，突然熱淚盈眶。「你知道我有兩條腿在兩個不同的地方嗎？」

他的頭歪向我，表情好寬容。「露薏莎．克拉克，我一點也不意外。」

我把頭靠在他肩上，感覺到他的手臂輕輕環住我。

我被電話鈴聲吵醒：尖銳又堅持。鈴聲停止時感到一陣感恩的解脫，然後聽見男人低語的聲音，聞到咖啡令人愉快的苦味。我動了動，試著把頭從枕頭上抬起，結果引發太陽穴一陣無情的劇痛，我發出一點點動物的聲音，像是尾巴被門夾到的狗。我閉上眼，吸口氣，再張開眼。

這不是我的床。

第三次睜開眼，這依然不是我的床。

這個無可爭辯的事實足以促使我再次試著抬起頭，這次忽略劇痛夠長的時間，我才來得及聚焦。對，這絕對不是我的床，也不是我房間。事實上，我根本沒見過這房間。我看清楚衣服——男人的衣服——整齊地疊在椅背上、角落的電視、書桌和衣櫃，也察覺說話聲愈來愈靠近。接著房門打開，喬許走進來，衣著完好，一手拿馬克杯，另一隻手握手機貼在耳邊。他跟我對上眼，挑眉，把馬克杯放在床頭桌，繼續講電話。

「對，地鐵出了點問題。我改搭計程車，二十分鐘內會到……當然。沒問題……不，她已經在處理了。」

我撐坐起來，同時發現自己身上穿著男人的T恤。衍生的意義花了幾分鐘才緩緩滲入我腦中，我感覺紅潮從胸口附近開始蔓延。

「不，我們昨天討論過了。他已經把所有文件都準備好。」

他轉過身，而我扭動身子躺回去，好讓羽絨被蓋到我的脖子。我穿著內褲。太好了。

「對。那就太棒了。對——午餐聽起來不錯。」喬許掛掉電話，把手機放進口袋。「早安！我正想再幫妳追加一點止痛藥。需要幫妳找幾顆嗎？恐怕我得走了。」

「走？」我嘴裡一股怪味，乾得像稍微撒上了一層粉。我把嘴開開合合幾次，注意到發出有點噁心的啪啪聲。

「上班啊。今天週五？」

「噢，天啊。幾點了？」

「六點四十五分。我已經遲到，得跑起來了。妳自己出去沒問題吧？」他在一個抽屜裡摸索一番，拿出一個泡殼包放在我旁邊。「來，這應該有點幫助。」我撥開臉上的頭髮，摸起來微微汗濕，而且纏結得亂七八糟。「發——發生什麼事？」

「晚點再聊。喝咖啡吧。」

我聽話地喝一小口。咖啡很濃、很提振精神。我覺得我可能需要再喝六杯。「我為什麼穿著你的T恤？」

他咧嘴笑。「跳舞的關係囉。」

「跳舞？」我的胃一扭。

他彎腰親吻我的臉頰，身上有香皂、乾淨、柑橘等所有身心健康的味道。我意識到自己散發出一股臭汗、酒精和羞恥的熱浪。「昨晚很有意思。嘿，確定妳離開時用力把門關上，好嗎？門有時候會沒卡好。晚點打電話給妳。」他站在門口行禮，接著轉身離開，一面輕拍各個口袋，彷彿在確認些什麼。

「等等——我在哪？」我一分鐘後才喊出聲，但他早已離去。

結果我在蘇活區，與我該去的地方相隔一大團憤怒的車陣。我從春街搭地鐵到第五十九街，極力避免不讓更多汗水和緩滲進昨天壓皺的襯衫，一面為我的小小幸運心懷感激：幸好不是穿著平常那些閃閃發光的夜晚服裝。在這個早晨之前，我不曾真正理解「航髒」這個詞。我對前一晚幾乎一點印象也沒有，而確實記得的部分又以熱燙燙的倒敘襲向我。

我坐在時代廣場中央。

我舔喬許的脖子。我真舔了他的脖子。

跳舞又是怎麼回事？

要不是拚命抓緊地鐵的扶手桿，我就會把頭埋進雙手間了。我反倒閉上眼，蹣跚穿梭車站間，閃避背包和耳機塞緊緊、暴躁的通勤者，努力不吐出來。

撐過這天就好，我告訴自己。要是生命真有教會我什麼，那就是答案總會很快浮現。

我正要打開房門時，高普尼克先生冒了出來。他還穿著運動服——都超過七點了，對他來說不太尋常——看見我時舉起一隻手，彷彿找我找一陣子了。「啊，露薏莎。」

「對不起，我——」

「請到書房來談談。現在。」

當然囉，我心想。當然。他轉身沿走廊離開。我痛苦不堪地朝房間瞥一眼，裡面有我的乾淨衣物、除臭劑和牙膏。我渴望第二杯咖啡，不過高普尼克先生不是那種妳能讓他等待的男人。

我瞄一眼手機，小跑步跟上他。

走進書房時，我發現他已經坐定。「很抱歉我遲到了十分鐘。我通常不會遲到的，我只是需要……」

高普尼克先生坐在書桌後，表情高深莫測。艾格妮絲穿著運動服坐在咖啡桌旁的軟墊椅上。他們沒人請我坐下。空氣中有點什麼令我感覺突然清醒至極。

「一……一切都還好吧？」

「我正希望妳能告訴我。今天早上我的私人會計經理打電話給我。」

「你的什麼？」

「負責處理我銀行帳務的人。不知道妳能不能解釋這個。」

他把一張紙推向我。那是一份結餘被槓掉的銀行對帳單。我的視線還有點模糊，不過有個部分還看得清楚，那是一連串數字，每天五百美元的「現金提款」。

此時我注意到艾格妮絲的表情。她定定地看著自己雙手，嘴抿成一條細線，視線朝我一瞥後又調開。我站在那兒，一道細細的汗水沿我的背淌下。

「他跟我說了一件很有趣的事。顯然在逼近耶誕節的這段時間，一大筆錢被挪出我們的共同帳戶。每天從附近的提款機提出一筆錢，金額──或許──的用意是不想被注意到。他之所以會提出這件事，是因為他們安裝了反詐騙軟體，藉此注意我們的所有銀行卡是否有異常的使用模式，而這一系列提款就是被識別為異常模式。這明顯有點問題，因此我問艾格妮絲，她說跟她一點關係也沒有。所以我請阿榭克給我那幾天的監視器畫面，我的保全人員再拿去跟提款的時間比對，結果，露薏莎，」他說到這轉而直視著我，「那些時間進出這棟大樓的人只有妳。」

我瞪大眼。

「現在，我可以去那家銀行請他們提供錢被領走時的提款機監視器畫面，不過我不想那麼麻煩他們。所以我真的很想知道，妳能不能解釋一下這到底是怎麼回事。還有，為什麼我們的共同帳戶被領出將近一萬美元。」

我看著艾格妮絲，但她還是不看我。我的嘴變得比剛剛還要乾。

「我必須為艾格妮絲……採買一些耶誕節的東西。」

「妳有信用卡可用，可以清楚顯示出妳去了哪些店，每次購物妳也都提交收據。根據麥克，妳到目前為止都是這樣。但現金……現金非常不透明。妳買這些東西有收據嗎？」

「沒有。」

「可以告訴我妳買了些什麼嗎？」

「我……沒辦法。」

「所以那些錢去哪了，露薏莎？」

我說不出話來，吞嚥了一下才開口：「我不知道。」

「妳不知道？」

「我──我沒偷東西。」我感覺到我的臉漸漸漲紅。

「所以是艾格妮絲說謊囉？」

「不是。」

「露薏莎──艾格妮絲知道無論她要什麼我都會給她。坦白說，她可以一天花掉十倍的錢，我眨也不會眨眼。所以她沒理由偷偷摸摸從最近的提款機領錢。因此我再問妳一次，那些錢去哪了？」

我感覺自己滿臉通紅，驚慌失措。這時艾格妮絲抬頭看我，一臉無聲的乞求。

「露薏莎？」

「或許我──我可能拿了。」

「妳可能拿了？」

「拿去買東西。不是為我自己。你可以檢查我的房間和銀行帳戶。」

「妳花了一萬美元『買東西』。買了什麼？」

「就是……一些小東西。」

他略一低頭，彷彿想控制住脾氣。

「小東西。」他緩緩重複。「露薏莎，妳應該知道，我們是因為信任才讓妳住進這個家。」

「我知道，高普尼克先生。而我很認真看待這份信任。」

「妳能夠接觸這個家最核心的事物。妳有鑰匙、信用卡，也熟知我們的日常作息。我們為此支付妳高額酬勞——因為我們知道這是個講求責任感的工作，我們信賴妳不會背叛這份責任感。」

「高普尼克先生，我熱愛這份工作。我不會……」我痛苦至極地朝艾格妮絲瞥一眼，但她依然視線低垂。我看見她的一隻手緊抓住另一隻手，指甲深深嵌入拇指腹。

「妳真的無法說明那些錢是怎麼回事？」

「我——我沒偷錢。」

他目光灼灼地盯著我看了幾分鐘，彷彿在等待什麼，最後沒等到，他的表情轉為嚴厲。「太令人失望了，露薏莎。我知道艾格妮絲很喜歡妳，覺得妳對她大有助益。但我不能容許家裡有個我無法信任的人。」

「李奧納——」艾格妮絲開口，但他舉起一隻手。

「不，親愛的。我遇過這種事。我很抱歉，露薏莎，不過我們的雇庸關係結束，立即生效。」

「什、什麼？」

「妳有一個小時的時間可以清空妳的房間。妳要告訴麥克妳的轉遞地址，無論該給妳什麼，都會由他接洽。我要趁此機會提醒妳合約中的保密條款。這段對話的細節將不會外流。我希望妳能了解，這對妳和對我們來說都一樣有利。」

艾格妮絲血色盡失。「不，李奧納。你不能這樣做。」

「我不打算繼續談這件事。我得去工作了。露薏莎，妳的一小時開始倒數。」

他起身，等著我離開書房。

我頭昏腦脹地走出書房。麥克在等我，而我花了幾秒才領悟，他不是來安慰我的，只是要陪同我回房。我也領悟，從這一刻開始，我在這個家裡已不再受信任。

我安靜地走過走廊，隱約意識到伊拉莉雅在廚房門口探頭探腦，公寓另一邊傳來激昂的談話聲。我沒看見納森。麥克站在我房門口，而我從床底下拉出行李箱開始打包，雜亂無章地拉開一格格抽屜，盡可能快速把東西掃進行李箱，清楚知道我是依循著某個反覆無常的時鐘工作。我的腦嗡嗡響——震驚和憤怒的情緒因為腦子同時要記住所有事而緩和：*有沒有衣服落在洗衣室？我的運動鞋呢？*二十分鐘後，我收拾完了，所有個人物品都放進一個行李箱、一個大手提包，還有一個格紋大購物袋。

「來，我幫妳拿這個。」麥克看見我艱難地要把三個行李弄出房門，伸手接過我的附輪行李箱。我花了一秒才領悟，這舉動說是出於善意，其實更是為了效率。

「iPad？」他說，「工作用手機？信用卡。」我把東西連同房間鑰匙一起交給他，而他收進口袋。

我沿走廊往外走，還在努力相信這件事真的正在發生。伊拉莉雅站在廚房門口，穿著圍裙，豐滿的手交握。經過她時，我瞥向一旁，預期她會用西班牙語咒罵我，或露出她這年齡的女人遇上小偷嫌疑犯時會露出的輕蔑表情。但她只是往前一步，無聲碰了碰我的手。麥克別開頭，一副沒看見的樣子。接著我們便來到大門。

他把行李箱的握把遞給我。

「再見，露薏莎。」他的表情看不出情緒。「祝妳好運。」

我踏出去，巨大的桃花心木門在我身後緊緊關上。

我在快餐店裡坐了兩個小時。我大受衝擊，哭不出來，也氣不起來，只覺得麻痺。我剛開始以為艾格妮絲會解決這件事；她會找出方法讓她丈夫知道他錯了。畢竟我們是朋友啊。於是我坐在那兒等麥克出現，臉上帶著有點尷尬的表情，準備好把我的行李再拖回雷維瑞大樓。我凝視我的手機，等著收到訊息：露薏莎，剛剛是一場天大的誤會。但什麼也沒收到。

當我領悟多半不會有人傳訊息來，我想過直接回英國，但這會對翠娜的生活造成天大的混亂——她和湯姆最不需要的就是我把他們趕出公寓。我也不能回去媽和爸那裡——不止因為想到要搬回斯坦福堡就有一種靈魂毀滅的感覺，如果我得夾著尾巴逃回家兩次，我覺得我可能會死掉；第一次是喝醉墜樓摔得亂七八糟，第二次是我愛的工作被炒魷魚了。

然後，當然囉，我也不可能再去山姆那兒。

我用還在顫抖的手指圈住咖啡杯，發現我真真切切把自己孤立起來了。我想過打電話給喬許，但考量我甚至不確定我們算不算約過會，又覺得問他能不能搬去他家不是很妥當。

而且就算找到住處，我又該做什麼？我沒有工作，也不知道高普尼克先生會不會撤銷我的工作簽證，那應該只有在我為他工作時才有效吧。

更糟的是，我無法忘懷他看我的眼神；當我無法提出令人滿意的答案，他表情中的徹底失望和微弱輕視。我在這裡的日常生活中，他的無聲讚賞是我的諸多小快樂之一——像他這種高度的人認為我工作可圈可點，這提高了我的信心，讓我覺得自己是有能力的、專業的，而我自從照顧威爾之後就不曾有這樣的感覺。我極度渴望向他解釋清楚，重新獲得他的善意，但我怎麼能呢？我看見艾格妮絲的表情了：雙眼圓睜、懇求。她會打電話來，對吧？她為什麼還沒打來？

「要續杯嗎，甜心？」我抬頭看著手拿咖啡壺、橘紅色頭髮的中年女服務生。她打量我的行李，一副司空見慣的樣子。「剛到嗎？」

「不算是。」我試著微笑，結果只擠出一個怪表情。

她幫我倒咖啡，彎腰壓低音量。「如果妳沒地方住，我表姊在本森赫斯特（Bensonhurst）經營一家旅館。收銀檯那邊有名片。旅館不漂亮，不過乾淨又便宜。電話早打比晚打好，懂我的意思吧？旅館總是客滿。」她一隻手短暫停留在我肩上，接著便走去服務其他顧客。

這小小的善意之舉幾乎讓我平靜下來。我第一次覺得無法承受，因為知道我獨自置身於這個不再歡迎我的城市而覺得被壓垮。這會兒我的橋在兩塊大陸都噴出濃密黑煙，我不知道該怎麼辦才好。我試著想像對爸媽解釋發生的事，但發現自己又一頭撞上艾格妮絲那堵巨大的祕密之牆。就算只告訴一個人，真相有可能不慢慢滲漏出去嗎？爸媽會代替我大發雷霆，要是爸打電話給高普尼克先生，但不只是讓他認清他那說謊的妻子，我也不會覺得太意外。而且要是艾格妮絲否認到底呢？我想起納森說的話：我們終究是員工，不是朋友。要是她說謊，說我偷了那些錢呢？是不是會讓事情變得更糟？

這大概是我來紐約後第一次希望自己沒來過。我還穿著昨晚的衣服，又臭又皺，弄得我感覺更糟了。我無聲聞嗅，用紙巾抹抹鼻子，一面盯著面前的馬克杯。快餐店外，曼哈頓的生活繼續前進，不以為意、步調匆匆、忽視水溝裡堆積的殘渣。*我現在怎麼辦，威爾？*我心想。感覺喉嚨裡隆起一個大腫塊。

就在這個時候，我的手機響起。

*該死的是怎麼回事啊？*納森寫道。*打給我，克拉克。*

我不禁露出微笑。

納森說該死的不可能讓我去住在天知道在哪的該死旅館，這些地方都是些強暴犯和藥頭子和誰知道還有什麼。我要等到七點半，到時候該死的高普尼克夫婦出去吃他們該死的晚餐，我就在員工出入口跟他碰面，我們再想清楚接下來該怎麼辦。就三則簡訊而言，這樣的髒話含量還真高。

我到的時候，他餘怒未消，很不像平常的他。「我不懂耶。好像他們就這樣跟妳斷絕往來。就像可惡的黑手黨緘默守則。麥克什麼也不透露，只說是『不誠實的問題』。我跟他說我該死的這輩子沒遇過更誠實的人了，他們都需要去檢查一下腦袋。到底發生什麼事？」

他帶我從員工走廊來到他房間，我們進去後他關上門。見到他真的讓我放鬆許多，我忍不住想擁抱他。但我沒有。過去這二十四小時以來，我想我已經巴住夠多男人了。

「天啊，人就是這樣。要啤酒嗎？」

「當然。」

他打開兩罐啤酒，給我一罐，在他的安樂椅坐下。我坐在床邊，喝了一小口啤酒。

「所以……怎麼樣？」

我扮鬼臉。「我不能告訴你，納森。」

他的眉毛直衝天花板。「妳也是嗎？噢，夥伴。別告訴我妳——」

「當然不是。我沒偷過高普尼克家一個茶包。但若我告訴你實際上發生什麼事……會引發災難的。這家裡其他人的災難……很複雜啦。」

他皺眉。「什麼？妳是說，妳因為妳沒做的事而受責難？」

「算是。」

納森雙肘撐在膝蓋上，不停搖頭。「這樣不對。」

「我知道。」

「有人得出來說話。妳知道他想過打電話報警嗎？」

我的下巴可能掉下來了。

「對。她阻止了他，不過麥克說，他氣得想這麼做了。跟提款機有關嗎？」

「我沒做，納森。」

「我知道，克拉克。妳的話一定會是個很爛的罪犯。沒見過比妳更不會裝出撲克臉的人了。」他大口喝啤酒。「要命。妳知道嗎，我愛我的工作。我喜歡為這些家庭工作。我也喜歡高普尼克老傢伙。但就像他們時不時提醒妳，妳懂嗎？妳基本上只是消耗品。他們多常說妳是他們的夥伴、妳有多棒、他們有多依賴妳、巴拉巴拉巴拉，那些都沒用。一旦他們不再需要妳，或是妳做了什麼他們不喜歡的事，碰。妳被趕出去。完全不會有人提到公正。」

我來紐約之後，這是第一次聽見納森說這麼長一串話。

「真討厭這樣，小露。就算所知不多，我也很清楚妳被虧待了。糟糕透頂。」

「事情很複雜。」

「複雜？」他定定注視我，再次搖頭，長飲一口啤酒。「夥伴，妳是個比我更好的人。」

我們打算去買點外賣，不過就在納森套上外套，準備出發去中國餐廳時，有人敲門。我們驚恐地面面相覷，他示意我進浴室。我滑進去後隨手關上門。正當我卡在他的毛巾架下，我聽見熟悉的聲音。

「克拉克，沒問題了，是伊拉莉雅。」幾分鐘後納森說道。

她穿著圍裙，手捧一個蓋著鍋蓋的鍋子。「給妳的。我聽見你們說話。」她把鍋子遞給我。「我幫妳做的，妳需要吃點東西，是妳喜歡的胡椒醬雞肉。」

「哇，夥伴。」納森一掌拍在伊拉莉雅背上。她踉蹌向前，站穩後把鍋子小心地放在納森桌上。

「妳幫我做的？」

伊拉莉雅正在戳納森的胸口。「我知道她沒做他們說的這件事。我知道很多事。這間公寓裡發生的很多事。」她輕扣自己的鼻子。「啊，沒錯。」

我稍微掀開鍋蓋——可口的味道滲出。我這才想起我整天幾乎什麼也沒吃。「謝謝妳，伊拉莉雅。我不知道該說什麼。」

「妳現在要去哪？」

「一點頭緒也沒有。」

「嗯，妳不會住在該死的本森赫斯特小旅舍。」納森說。「妳可以在我這住一、兩晚把自己整頓好。我會鎖上房門。妳不會說出去吧，伊拉莉雅？」她擺出難以置信的表情，一副納森問這問題也太愚蠢的樣子。

「她整個下午都在咒罵妳那女人，妳不會相信罵得多慘。說她出賣妳。她晚餐幫他們弄了一道她分明知道他們都很討厭的魚料理。告訴妳，夥伴，我今天可是學到一大堆新的髒話。」

伊拉莉雅幾乎無聲地咕噥了些什麼。我勉強認出 puta 這個詞。

安樂椅太小，納森沒辦法睡在上面，而且他也太老派，不能讓我睡那，於是我們同意一起睡在他的雙人床上，中間用抱枕排成一條線，以免我們睡夢中不小心碰到對方。我不確定我們是誰比較不自在。納森大張旗鼓地護送我先進浴室，確定我有鎖上門，然後等我上床他才結束他的沐浴儀式出來。他穿著T恤和條紋棉睡褲，不過就算這樣，我還是不知道該把視線擺哪。

「有點怪，對吧？」他爬上床。

「嗯，對吧。」不知道是因為震驚還是疲累，或只是因為這些超現實的轉折，總之我傻笑了起來。接著傻笑化為眼淚，然後我自己都還沒發現，我已經啜泣了起來，趴在這張陌生的床上，頭埋在雙手中。

「噢，夥伴。」納森明顯覺得，我們已經一起躺在床上了，這時他還擁抱我，那也太尷尬了，於是他持續輕拍我的肩膀，靠向我。「會沒事的。」

「怎麼可能？我失去工作、住處和我愛的男人。我不會有推薦函，因為高普尼克先生認為我是小偷，而且我甚至不知道我該待在哪個國家。」我用袖子抹鼻子。「我又把所有事都搞砸了，我不知道我到底幹嘛努力讓自己更上一層樓，因為我每次努力都以災難收場。」

「妳只是累了。會沒事的。一定會。」

「像威爾那樣嗎？」

「噢……完全不同。好了……」這時納森擁抱我，把我拉進他懷中，一隻大手臂環住我。我一直哭到再也哭不出來，然後，正如他所說，因為這一天——還有一夜——而筋疲力竭，我一定睡著了。

我八小時後醒來，發現自己獨自在納森房裡。我花了幾分鐘才弄清楚自己在哪，前一天發生的事隨即朝我襲來。我在羽絨被下躺了幾分鐘，像胚胎一樣蜷起身子，懶懶地想著不知道能不能在這裡待個一、兩年，直到我的人生自己理出頭緒。

我查看手機：兩通未接來電，還有喬許傳來的一連串訊息，看起來是昨天深夜接連傳來的。

——嘿，露薏莎——希望妳覺得好一點了。一直想起妳跳的舞，忍不住一邊工作一邊爆笑！真棒的一夜！喬 X

—妳還好嗎？只是想確認妳有回到家，沒有又跑去時代廣場睡覺😛喬 X

—好吧。現在剛過十點半，我只能猜妳應該上床補眠了。希望我沒有冒犯妳。我只是開玩笑的。打電話給我 X

那一夜，連同拳擊賽和時代廣場閃爍的燈光，已經感覺像上一輩子的事了。我爬下床，淋浴、著裝，把我的個人用品擺進浴室的角落。空間多少因而變得侷促，不過我覺得這樣比較安全，只是以防高普尼克家的哪個人晃到這裡剛好探頭進納森房裡。

我傳訊息問他我什麼時間出去才安全，他回傳現在。兩個都在書房。我溜出高普尼克家，從員工出口出去，低著頭快步從阿榭克前面走過。他正在跟送貨員交談，我看見他頭一扭，也聽見他喊「嘿！露薏莎！」不過我已然離開。

曼哈頓又凍又灰，就是冰粒懸浮空中的那種嚴寒天，寒意刺骨，只看得見路人的眼睛，偶爾才看得見鼻子。我壓低帽沿低著頭走，不確定該往哪去，最後回到快餐店，想說吃過早餐一切都會看起來比較好。我獨自坐進一個雅座，看著窗外那些有目的地的通勤者，硬吞下一個瑪芬，努力忽略它吃起來是多麼難以下嚥又無味，因為這是菜單上最便宜、最有飽足感的東西。

我在九點四十分時收到一則訊息。麥克。我心跳加速。

嗨，露薏莎。高普尼克先生會支付妳這個月到月底的薪資，以補償預告期間的工資。妳的所有醫療福利也都將於同一時間終止，不過妳的綠卡未受影響。考量是妳違約，我相信妳應該了解這明顯超出他應負的責任了，但艾格妮絲還是爲妳爭取。

麥克 敬上

「真是多謝她了。」我咕噥。感謝通知，我回訊。但他沒有再回應。

這時我的手機又叮了一聲。

—好吧，露薏莎。現在我真的擔心起我惹妳不高興了。還是說妳回中央公園的路上迷路了？請打電話給我。喬 X

我在喬許辦公室附近跟他碰面。那是中城的其中一棟大樓。那些大樓都好高，如果你站在人行道上抬頭看，你腦中會有一小部分建議你乾脆翻倒算了。他大步朝我走來，脖子上裹著一條柔軟的灰色圍巾。我爬下剛剛坐在上面的矮牆，而他直接走上前擁抱我。

「真不敢相信。走吧。噢，天啊，妳好冷。我們找點熱食給妳吃。」

我們坐在兩個街口外一家冒著蒸汽、吵吵嚷嚷的墨西哥塔可餅店；上班族川流湧入、服務員叫喊點餐。就跟對納森說的那一套一樣，我告訴他故事梗概。「我真的不能再透露更多，只能說我沒偷任何東西。我不會這麼做。我這輩子沒偷過東西。呃，除了八歲那次。每當媽需要一個例子指出我有多接近犯罪這條路，她不時還是會提起。」我試著微笑。

他皺眉。「這是不是表示妳得離開紐約了？」

「我不太知道接下來要怎麼辦。不過高普尼克家應該是不會幫我寫推薦函，我又不知道該怎麼在這裡謀生。我是說，我沒有工作，而曼哈頓的旅館有點超出我的預算……」我上網查過附近的租金，差點沒把咖啡吐出來。剛到高普尼克家時，我對那個小房間的感覺是如此矛盾，現在才知道居然要領主管階級的薪水才住得起。難怪那隻蟑螂不願意搬走。

「住在我家有幫助嗎？」

我的視線從塔可餅往上移。

「只是暫時的。沒必要往男女朋友那方面想。我有張沙發床在前面的房間。妳多半不記得吧。」

他露出淺淺的微笑。我都忘記美國人實際上都怎麼真誠地邀請別人住進他們家。不像英國人，他們會發出邀請函，不過如果你說你接受邀請，他們又會臨時說要移民。

「你真的很好心。不過喬許，那樣會把事情變複雜。至少就目前而言，我想我或許該回家。待到出現其他職缺為止。」

喬許盯著他的盤子。「真糟糕的時機，對吧？」

「對。」

「我還期盼跳更多舞呢。」

我扮鬼臉。「噢，天啊。說到跳舞。我……我是不是……我會想問你那晚發生什麼事嗎？」

「妳真的不記得。」

「只記得時代廣場的部分，可能還有坐上計程車時。」

他挑眉。「啊哈！噢，露薏莎．克拉克。我真的很想在這裡就開始逗妳，不過什麼也沒發生。總之就是那樣。除非舔脖子真的是妳的癖好。」

「但是我醒來時身上穿的不是我的衣服。」

「因為妳堅持跳舞時要脫掉。妳當時宣告，一到我家，妳想以自由式舞蹈為媒介表達妳過去幾天發生的事，我跟在妳後面，妳從大廳到我家客廳一路脫下衣物亂丟。」

「我脫掉我自己的衣服？」

「而且也非常迷人。有一些……花式的動作。」

我腦中突然冒出一個畫面：我在旋轉，一條忸怩作態的腿從窗簾後探出，窗玻璃貼著背感覺涼涼的。我不知道該哭還該笑，雙頰漲得通紅，我用雙手遮住臉。

「不得不說，妳是個娛樂性很高的醉鬼。」

「那……我們進你房間後呢？」

「噢，到這個階段，妳已經脫得只剩內衣了，還唱起一首瘋狂的歌——有關一隻猴子，還是莫拉宏奇之類的？然後一眨眼就在地板上的一小堆衣服上睡著，所以我幫妳穿上一件T恤，再把妳搬上我的床。我睡在外面的沙發床。」

「真的很抱歉，還有，謝謝你。」

「我的榮幸。」他微笑，眼睛閃閃發光。「我大多數的約會都沒這次一半好玩。」

我把頭埋進馬克杯裡。「你知道的，這幾天我感覺像總是哭笑不得，不過現在我有點想同時又哭又笑。」

「妳今晚要睡在納森那裡嗎？」

「應該吧。」

「好吧。欸，不要倉促做任何事。先讓我打幾通電話，然後妳再訂妳的機票。我來看看有沒有什麼工作機會。」

「你真的覺得會有嗎？」他總是好有自信。這是最讓我想起威爾的部分。

「總是會有的。我晚點打電話給妳。」

然後他吻了我。他如此隨意，我幾乎沒意識到他在做什麼。他往前親吻我的嘴脣，像是他已經這樣做過上百萬次了，像是我們的午餐約會自然而然就是這樣收尾。接著，我還沒來得及吃驚，他已經放開我的手指，把圍巾圍上脖子。「好啦，我得走了。今天下午好幾場大會議。保持樂觀喔。」

他微笑，他那高瓦數的完美微笑，然後便朝他的辦公室走去，留下我目瞪口呆地坐在這張塑膠高腳椅上。

我沒跟納森說這件事。我傳訊息問他現在回家安不安全，他說高普尼克夫婦七點又要出去，所以我或許該等到七點十五分。我在寒冷中行走，又坐進快餐店，終於回到家之後，發現伊拉莉雅在膳魔師裡留了些湯和兩個他們稱之為小麵包的柔軟司康給我。納森出去約會，隔天早晨我起床時他又已經離開。他留了張紙條給我，說他希望我一切都好，要我放心住在他這。顯然我只有稍微打呼而已。

過去幾個月以來，我一直祈禱我能有更多自己的時間。現在我有了，卻發現要是沒錢可燒，這城市並不是個友善的地方。我趁安全時離開公寓，在街上走，一直走到腳趾凍得受不了，然後進星巴克喝杯茶，藉此度過幾個小時，並利用咖啡店的免費網路找工作。除非我具備食品加工方面的豐富經驗，否則不需要推薦函的工作機會寥寥可數。

既然我現在的生活不再只有短短幾分鐘暴露於戶外、介於開暖氣的大廳和溫暖的黑頭車之間，我開始洋蔥式穿搭。我穿著一件藍色漁夫毛衣、我的工作褲、厚靴，裡面還穿了內搭褲和襪子。不優雅，但優雅再也不是我的優先考量。

午餐時我去速食店，那裡的漢堡比較便宜，也不會有人注意某個單獨的用餐者勉強靠一個小圓麵包撐過一、兩個小時。因為我不覺得能夠花錢，百貨公司現在成了令人沮喪的禁忌，雖然那裡有美好的女用盥洗室和無線網路。我去了古著百貨兩次，女孩們對我表達同情，不過幾次稍微有點緊張地偷瞄對方；擔心有人請她們幫忙的人才會有那種表情。「如果妳們聽說哪裡有工作——特別是像妳們這裡的工作——可不可以麻煩妳們通知我？」沒辦法再繼續瀏覽貨架時，我這麼對她們說。

「甜心，要不是我們連房租幾乎都付不出來了，我們會立刻請妳上工。」莉迪亞朝天花板吐出一個同情的煙圈，看著她姊姊，而她姊姊把煙揮開。

「妳會把衣服燻臭。聽著，我們會到處問問看。」安潔莉卡說。她說這話時的語氣聽起來像不是第一次有人提出這種要求。

我步履維艱地走出店，覺得好沮喪。我不知道該拿自己怎麼辦。沒有一個安靜的地方能讓我坐幾分鐘就好；沒有一個地方能提供我空間，讓我想出下一步該怎麼辦。如果你身無分文又在紐約，你就是個難民，任何地方都不歡迎你在那裡待太久。或許，我想著，是時候承認失敗、買回家的機票了。

接著我突然冒出一個想法。

我搭地鐵去華盛頓高地，下車後走一小段路到那間圖書館。幾天以來，這是我第一次覺得自己來到一個熟悉的地方、一個歡迎我的地方。這裡會是我的避難所、通往新未來的跳板。我走上石階，在一樓找到一部無人使用的電腦。我重重坐下，深吸口氣，然後，自從高普尼克家的潰敗之後第一次閉上眼，只是讓我的思緒沉澱。

我感覺到長久的緊繃從我肩膀消退，讓自己漂浮在周遭其他人的低語中，一個遠離外界混亂與喧囂的世界。我不知道這喜悅是否只是因為置身安靜的環境與被書本環繞，不過我在這裡感覺自己是個平等的人，不起眼，一部電腦、一個鍵盤，只是另一個搜尋資料的人。

在那兒，我也第一次發現自己問起到底是怎麼回事。艾格妮絲背叛了我。我在高普尼克家的那幾個月突然變得像一場狂熱的夢，一段不合節拍的時光、一團由黑頭車和鍍金裝潢構成，詭異、緊湊的模糊事物、一個簾幕曾短暫拉開又唐突拉上的世界。

相對來說，這裡是真實的。我告訴自己，這裡，是我可以每天來、直到我想清楚策略的地方。我會在這裡找到我的步伐，鍛造出一條向上的新路徑。

知識就是力量，克拉克。

「女士。」

我張開眼，發現一名保全站在我前面。他彎下腰直視著我的臉。「您不能在這裡睡覺。」

「什麼？」

「您不能在這裡睡覺。」

「我沒睡，」我憤慨地說，「只是在思考。」

「那或許睜開眼睛思考，好嗎？否則就得請您離開了。」他轉身離開，一面對對講機咕噥。我花了幾分鐘才理解他剛剛到底想表達什麼。附近桌旁的兩個人抬頭看我，然後又別開視線。我的臉漲紅。我看見周遭其他圖書館使用者尷尬的視線。我低頭看我的衣著：單寧工作褲、羊毛滾邊的工作靴、羊毛帽。不太像波道夫．古德曼，但也稱不上流浪漢吧。

「嘿！我不是街友！」我對著他漸漸走遠的背影喊。「我幫這地方抗議過耶！先生！我不是街友！」原本低聲談話的兩個女人抬頭看我，其中一人挑起眉。接著我突然發現：我就是。

22.

親愛的媽媽，

抱歉這麼久沒聯絡。我們沒日沒夜地在處理這個中國的案子，我常常熬夜應付不同時區。如果我聽起來有點累，那是因爲我確實覺得好累。我領到獎金，很棒（送給喬琪娜一大筆好讓她買她想要的那輛車），不過過去幾週以來，我終究發現我不再覺得這裡令人興奮了。

並不是說我不喜歡這種生活方式——妳也知道，我一向不怕工作辛苦。我只是好想念英國的好多事物。我想念幽默感。我想念週日午餐。我想念聽見英國腔，至少不是裝出來的那種（妳不會相信有多少人的腔調到最後居然聽起來比女王陛下還像上等人）。我喜歡能夠渡過海峽去巴黎或巴塞隆納或羅馬度週末。移居國外這檔事眞的頗單調。在這裡的金融界金魚缸裡，無論妳在南塔克特島（Nantucket）還是曼哈頓，到頭來總是會撞上熟面孔。我知道妳覺得我都喜歡固定類型的人，不過在這裡變得幾乎有點可笑：金髮、穿零號的衣服、千篇一律的衣櫥、上同樣的皮拉提斯課……

所以重點來了：妳記得儒普（Rupe）嗎？我那個邱吉爾（Churchill）的老朋友？他說他們公司有個職缺，他老闆幾週後會飛出國，想跟我碰個面。要是一切順利，我說不定會比妳所想的還快回英國。

我一向喜歡紐約，不過萬物皆有時，我想我也已經擁有過了。

愛妳的威爾 X

接下來幾天，我打了求職網站上的無數電話，但是保母工作那個聲音很好聽的女人一聽我說我沒推薦函就立刻掛斷，幾個餐廳服務生的職缺在我打去時就已經找到人了。鞋店店員的職缺還在，不過跟我通電話的男人說，因為我欠缺零售相關經驗，時薪會比廣告上刊登的低二美元；經過計算，這樣下來我根本連通勤的費用都不太夠。我上午都待在快餐店，下午則到華盛頓高地的圖書館，這裡安靜又溫暖；除了那一位保全之外，沒人用等著我開始醉醺醺地唱歌和在角落尿尿的眼神打量我。

我每兩天就跟喬許在他辦公室附近的麵店共進午餐，告訴他我的求職近況；他總是穿著無懈可擊、上進，我只能努力忽略身處他身旁，我是如何愈來愈覺得自己像個骯髒、到處到別人家借住的魯蛇。「妳會沒事的，露薏莎。撐下去就對了。」他會這麼說，離開時吻我，彷彿我們不知怎地已經同意成為男女朋友。有那麼多事得考慮，我實在無暇思考其中意義，我只能認為這就跟我生命中的許多事一樣，其實並不壞，因此可以暫且擱置。而且他嘗起來總是有種宜人的薄荷味。

我不能再繼續住在納森那兒了。昨天早上我醒來時，他的大手臂甩到我身上，有個硬硬的東西頂著我後腰。靠枕牆顯然已經靠不住，位移後亂七八糟地堆在我們腳邊。我凍結，試圖不著痕跡地鑽出他睡夢中的懷抱，但他睜開眼看著我，接著活像被叮到般跳下床，手上還抓著一個枕頭擋住鼠蹊部。

「夥伴，我不是故意——我沒有要——」

「不知道你在說什麼！」我堅持，抓過一件汗衫蓋住頭。我不能看他，以免——

他急得跳腳。「我只是——我不知道我……啊，夥伴。啊，天啊。」

「沒事！反正我該起床了！」我衝進超小的浴室，在裡面待了十分鐘，雙頰有如火燒，一面聽著他在外面撞來撞去穿衣服。我出來前他就離開了。

試著留在這裡有什麼意義？我頂多只能繼續睡在納森房間一、兩晚。就算能幸運找到一份新工作，看起來我所能期待的最佳狀況也只是領最低薪資、和人分租蟑螂、臭蟲猖獗的公寓。如果我回家，至少還能睡在我自己的沙發上。說不定翠娜和艾德夠相愛，她們會願意一起住，我就能拿回我自己的公寓。我努力不去想那會是什麼感覺——空蕩蕩的房間、回到我六個月前待的地方，更別提距離山姆工作的地方還那麼近；每次有警笛經過都是一種苦澀的提醒，讓我想起我失去了些什麼。

開始下雨了，但是當我接近公寓大樓，我緩下腳步，從毛帽底下瞥了一眼高普尼克家的窗戶，注意到燈還開著，儘管納森跟我說過，他們出去參加某場宴會了。他們的日子平順繼續，彷彿我不曾存在過。伊拉莉雅這會兒說不定就在樓上吸地，或是嘖嘖抱怨艾格妮絲亂丟在沙發坐墊上的雜誌。高普尼克家——以及這座城市——把我吸進去，但又直接吐掉。儘管艾格妮絲說她有多喜歡我，她依然像蜥蜴褪皮一樣全面、徹底地拋棄了我——不曾回頭多看一眼。

如果沒來這，我憤怒地想，我可能還有家可回。還有一份工作。

如果沒來這，山姆還會在我身邊。

想到這，我的心情更加惡劣，我縮起肩膀，用力把冰凍的雙手插進口袋，準備回到我的臨時棲身之地，一個我得偷溜進去的房間，一張我得跟人共享的床，而且那個人還很怕碰到我。我的人生已經變得荒謬，成了一個循環不已的爛笑話。我揉眼睛，感覺到冰冷的雨落在皮膚上。我可以今晚訂機票，一有機位就回家。我會面對現實、重新開始。我並不是真的有其他選擇。

萬物皆有時。

就在這個時候，我看見狄恩馬丁。牠站在通往公寓大樓的地毯上，上方有屋頂；牠沒穿衣服，不停打顫，左右張望，一副正要決定接下來該往哪裡走的樣子。我走近一步，眺望大廳內。夜班管理員正忙著分包裹，沒看見牠。我到處都沒看見德威特夫人。我快速出手，彎腰，趁牠發現我在做什麼前一把撈起牠。我伸直手臂抱著牠扭來扭去的身體，跑進大樓，快速衝上後梯，途中對夜班管理員點了點頭。

以這個理由進入大樓合情合理，然而當我從樓梯踏上通往高普尼克家的走廊，心裡還是忐忑不安：要是他們突然回來看見我，高普尼克先生會不會推斷我圖謀不軌？他會不會控告我擅闖民宅？如果我只是在他們家走廊，那還算擅闖嗎？這些問題在我腦中喊喊喳喳，同時狄恩馬丁暴怒地扭動，一面朝我的手臂猛咬。

「德威特夫人？」我一邊回頭張望一邊輕聲叫喚。她家的門又微微打開，因此我走進去，提高音量：「德威特夫人？妳的狗又跑出去了。」我聽見電視在走廊的另一邊吵鬧，我更往屋裡走幾步。

「德威特夫人？」

沒回應，我輕輕在身後關上門，放下狄恩馬丁，沒必要的話非常不想再多抱牠一秒。牠立即朝起居室小跑過去。

「德威特夫人？」

我是先看見她的腿，橫在地上，從一張高直背椅旁突出來。我花了幾秒才理解我看見了什麼。我跑到椅子前撲到地板上，耳朵貼著她的嘴。「德威特夫人？聽得見我說話嗎？」

她還在呼吸，不過臉是大理石的青白色。不知道她躺在這裡多久了。

「德威特夫人？醒醒！噢，天啊……醒醒！」

我在公寓裡跑來跑去找電話，結果在門廳找到，放在一張上面還有好幾本電話簿的桌子上。我撥打九一一並說明狀況。

「有一組人上路了，女士。」電話裡的人說。「妳可不可以留在病患身邊，幫救護人員開門？」

「好，好，好。但她真的很老又很虛弱，而且看起來失去知覺。請快點來。」我跑去她房間裡拿出一條被子蓋在她身上，試著回想山姆說該怎麼照料倒下的老人。最大的危險是他們因為躺在那兒好幾個小時沒人發現，體溫降得太低。而就算大樓的中央暖氣火力全開，她還是摸起來好冷。我坐在她身旁的地上，握住她冰塊般的手，輕輕拍撫她，想讓她知道有人在她身邊。突然一個想法掃過我腦中：要是她死了，他們會怪到我頭上嗎？畢竟高普尼克先生會指認我是個罪犯。我短暫考慮過逃跑，但我不能丟下她。

就在這一連串折磨人的思考過程中，她睜開一隻眼。

「德威特夫人？」

她對我眨眼，彷彿想弄清楚發生了什麼事。

「我是露薏莎，走廊對面那戶。妳很痛苦嗎？」

「我不知道……我的……我的手腕……」她虛弱地說。

「救護車快到了。妳會沒事的。一切都會沒事的。」

她茫然地看著我，彷彿想拼湊出我是誰、我說的話有沒有道理。接著她皺眉。「牠呢？狄恩馬丁？我的狗在哪？」我掃視四周。那隻小狗仰躺在角落，正吵吵鬧鬧地檢視自己的生殖器。聽見自己的名字，牠抬頭，恢復站姿。

「牠就在這裡。牠沒事。」

她又閉上眼，鬆一口氣。「妳可以照顧牠嗎？如果我得去醫院？我會去醫院，對吧？」

「對。沒問題。」

「妳得把我房間裡的資料夾交給他們。在我的床邊桌上。」

「沒問題，我們會照做。」

我雙手握住她的手，狄恩馬丁在門口警惕地打量我——嗯，打量我和壁爐——我們安靜地等待急救員到來。

我跟著德威特夫人一起去醫院，狄恩馬丁不能上救護車，因此我把牠留在家裡。一處理完德威特夫人的入院手續，她也安頓好，我向她保證我會照顧那隻狗後，我便回到雷維瑞大樓。我早上會再來醫院告訴她狗的狀況。我臨走前，她眼淚盈眶，聲音沙啞地交代牠的飲食、散步、諸多喜好和厭惡的事物，直到急救員要她安靜，堅持她得休息。

我搭地鐵回第五大道，腎上腺素作祟的同時又覺得累到骨子裡了。我用德威特夫人給我的鑰匙開門進屋。狄恩馬丁在門廳等，堅定地站在地板中央，結實的身體輻射出猜疑。

「晚安啊，小夥子！要不要來點晚餐？」我說得好像是牠老朋友一樣，而非某個隱隱預期小腿會被咬掉一大塊的人。我帶著裝出來的自信從牠身旁走去廚房，在那裡面努力破解我潦草寫在手背上的指示；這些密碼關乎熟雞肉和狗飼料的正確數量。

我把食物放進牠的盤子裡，用腳推向牠。

「拿去吧！盡情享受囉！」

牠瞪著我，突出的眼睛惱怒又乖張，額頭擠出關切的皺紋。

「食物！好吃！」

牠還是瞪著我。

「還不餓是吧？」我側身走出廚房。我得看看今晚要睡哪。

德威特夫人公寓的面積大約只有高普尼克家的一半，但這並不代表她家很小。裡面包含寬敞的起居室，落地窗眺望中央公園，裝潢以青銅和煙灰色玻璃為主調，彷彿最後一次整修是在五四俱樂部[41]

注41　Studio 54，七零年代美國紐約市的傳奇俱樂部，也是美國俱樂部文化、夜生活文化等經典代表。

時期。用餐室比較傳統一點，滿是積了一層灰的古董，顯示已經好幾個世代沒用過了。另外還有一個美心板和富美家廚具構成的廚房、一間多功能室、四間臥室，包含主臥室，內附浴室和相連的大更衣室。幾間浴廁都比高普尼克家的更古老，老是放出難以預料的急流和亂噴的水。我帶著怪異的無聲敬畏在公寓內走動；置身某個你不太熟的人家中，但她本人並不在，就是會有像這樣的感覺。

來到主臥室時，我吸了口氣。房裡塞滿滿的，三又二分之一的牆面都是整齊疊在架上、包著塑膠套掛在覆襯墊衣架上的衣服。更衣室是色彩與布料的狂歡，上方和下方插入層架，擺滿一大堆手提包、放在盒中的帽子和搭配的鞋。我緩緩繞著邊緣走，指尖畫過那些衣料，偶爾停下來輕拉一條袖子或把一個衣架推回去，好把每一件衣服看得更清楚。

而且不只這兩個房間。那隻小巴哥猜疑地跟在我身後，我們走過另外兩間臥房，結果找到更多——一排又一排洋裝、褲裝、大衣，還有圍巾，放在附空調的長型櫥櫃裡。有來自紀梵希、碧芭、哈洛德百貨、梅西百貨的牌子，還有薩克斯百貨和香奈兒的鞋。有我完全沒聽過的牌子——法文、義大利文，甚至俄文——來自不同年代的衣服：工整的甘迺迪式方正小套裝、飄逸的寬袍、肩線挺拔的外套。我查看各個盒子，發現圓盒帽、無邊帽、翡翠鏡框的大太陽眼鏡，還有精緻的珍珠串。這些衣物飾品看起來並沒有依任何規則收納，因此我直接投入它們的懷抱，隨意抽東西出來、打開薄紙，感受布料、重量以及陳年香水味，舉起來欣賞剪裁和樣式。

在架子上還有牆面露出來的地方，勉強可以看見裱框的服裝設計圖、五零和六零年代的雜誌封面，上面那些笑容滿面、瘦骨嶙峋的模特兒穿著迷幻的寬鬆直筒連身裙，或是俐落得不可思議的襯衫式洋裝。我一定在屋裡待了一個小時，才發現一直沒看見第二張床，但最後在第四間房間找到，床上滿是不要的衣物。那是一張狹窄的單人床，或許可追溯到五零年代，附華麗的胡桃木床頭板，房裡還有相配的衣櫥和五斗櫃。這裡還有另外四個架子，上面掛的是比較常在一般更衣室看見的基本款，一箱箱配件排在架子旁——人造珠寶、腰帶，還有圍巾。我小心地挪開幾個放在床上的盒子後躺下，感覺床墊就像一般睡塌的床墊那樣立刻下陷，但我不在乎。基本上，要我睡在衣櫥裡也可以。幾天以來，我第一次忘記要沮喪。

至少，這一晚，我置身仙境。

隔天早上我餵狄恩馬丁，也帶牠去散步。牠走在第五大道的一路上都歪著身子，一隻眼永遠對準我，一副等著看我做錯事的樣子；我努力不因此而覺得被冒犯。然後我去醫院，一心想向德威特夫人保證只要準備好跟野蠻長期抗戰，她的寶貝沒事。我決定多半還是不要告訴她，我只能靠把帕馬森乾酪磨碎加在牠的早餐裡，才說服牠吃下東西。

到醫院後，我發現她看起來多了些人類的粉色，這才放下心來；只是少了熟悉的妝容和打理好的頭髮，還是怪怪的，不像平常的她。她確實摔斷手腕，也排好時間做手術；因為他們口中「使情況變棘手的因素」，她要再一週才會完成療程。我表明我不是親屬後，他們拒絕透露更多詳情。

「妳可以照顧狄恩馬丁嗎？」她焦慮地皺起臉。我不在的時候，顯然牠是德威特夫人心中唯一的牽掛。「或許他們會願意讓妳在白天時短暫去我家看看牠？妳覺得阿榭克可以帶牠去散步嗎？牠會非常孤單。牠不習慣我不在。」

不知道告訴她實情是否明智。不過真實在這棟大樓最近頗為短缺，我想把一切都攤開在陽光下。

「德威特夫人，」我開口，「我必須告訴妳一件事。我——我現在不為高普尼克家工作，他們把我解雇了。」

她的頭微微往後抵住枕頭，用口型擠出「解雇」兩個字，彷彿聽都沒聽過。

我吞嚥了一下。「他們覺得我偷了他們的錢。我唯一能告訴妳的是，我沒偷。不過我覺得應該要告訴妳才對，妳可能會決定不要找我幫忙比較好。」

「哎呀，」她虛弱地說，然後又說了一次，「哎呀。」

我們無言地坐了幾分鐘。

然後她瞇起眼。「但是妳說妳沒偷。」

「對，夫人。」

「找到其他工作了嗎？」

「還沒，夫人。正在努力。」

她搖頭。「高普尼克是個傻子。妳住在哪？」

我別開視線。「呃……我……欸，我目前其實住在納森的房間。但這樣並不理想。我們不是——妳知道的——沒在談戀愛。然後顯然高普尼克家並不真的知道……」

「嗯，那看來這樣的安排或許正適合我們兩個。妳願意照顧我的狗嗎？然後或許朝我這一邊的走廊來找工作？直到我回家為止？」

「德威特夫人，我非常樂意。」我藏不住笑意。

「當然，妳必須比妳之前更妥善照顧牠。我會給妳一些筆記。牠一定非常不安。」

「我會聽令行事。」

「我還需要妳每天來回報牠的狀況。這非常重要。」

「當然。」

說定之後，她似乎放下心來，平靜了些。她閉上眼。「老糊塗最糊塗。」她咕噥。我不確定她說的是高普尼克先生、她自己，或者根本就是別人。我在那裡等到她睡著才起身回她家。

我那一整週都忙著照顧那隻突眼、疑心病重、暴躁不安、六歲大的巴哥。我們每天散步四次，我磨帕馬森乾酪加入牠的早餐；無論我在哪個房間，牠總是會站在裡面皺眉瞪著我，彷彿等著我做些說不得的事；幾天後，牠終於戒掉這個習慣，改成在距離我幾英尺的地方躺下，輕輕地喘氣。我還是有點怕牠，但也為牠覺得難過——牠唯一愛的人突然消失，而我沒辦法讓牠安心、相信她會再次回家。

除此之外，待在這棟公寓裡又不用覺得自己像個罪犯，這感覺真不錯。阿榭克前幾天不在，回來後震驚地聽我描述事情的轉折，先是憤慨而後轉為高興。「天啊，妳找到牠真是太幸運了。牠可能就這麼走失，不會有人知道她就躺在地上耶！」他戲劇化地聳肩。「她回來後，我要開始每天去看看她是不是沒事。」

我們看著對方。

「沒什麼會比這更令她生氣吧。」我說。

「對，她一定會很討厭。」說完他便回去工作了。

納森假裝很難過他的房間終於又完全屬於他，以幾乎稱得上不得體的匆忙幫我把東西送過去，說是要「幫我省一趟」大約只有六碼的路。我猜他只是想確認我真的要搬出去了。他放下我的家當，打量這間公寓，驚嘆地凝望牆邊的衣服。「也太多垃圾了！」他驚呼。「活像世界最大的樂施商店。天啊，老太太掛點的時候，我絕對不想在得負責清掉這堆東西的清潔公司工作。」我維持不變、平穩的微笑。

他跟伊拉莉雅說了，而她隔天就來敲門問德威特夫人的近況，並請我帶一些她烤的瑪芬去給德威特夫人。「那些醫院裡的食物會害妳生病。」她輕拍我的手臂，接著在狄恩馬丁來得及咬她之前輕快地小跑步離開。

我聽見走廊對面傳來艾格妮絲彈琴的聲音，有一次是一首優美的曲子，聽起來放鬆、充滿愁思，另一次則是激昂又極度痛苦。我想起德威特夫人有好多次蹣跚過來，憤怒地要求我們停止發出噪音。

這次她沒介入，鋼琴聲卻自己突兀停止，艾格妮絲似乎雙手猛力拍在琴鍵上。我偶爾會聽見提高音量的說話聲，我花了幾天時間才說服自己，我的腎上腺素不需要隨之升起，那些聲音不再跟我有關係。

我只有一次在大廳跟高普尼克先生擦肩而過。他一開始沒看見我，後來才醒悟，顯然原本想針對我出現於此提出抗議。不過我抬高下巴，舉起狄恩馬丁的牽繩尾端。「我在幫德威特夫人照顧她的狗。」我盡可能不失尊嚴地說。他瞄了一眼狄恩馬丁，收緊下巴，接著一副沒聽見我說話的樣子轉身離開。他身旁的麥克看了看我，隨即繼續巴著他的手機。

喬許週五晚上下班後帶著外賣食物和一瓶酒過來。他還穿著西裝——整週都工作到很晚，他說。他跟一個同事在為升遷而競爭，因此他每天都在辦公室待十四個小時，還打算週六也進去。他打量公寓，對裝潢挑起眉。「嗯，我倒是完全沒想過狗保母的工作。」他表示，同時狄恩馬丁猜疑地跟在他後腳跟。他慢慢在起居室裡走了一圈，拿起縞瑪瑙菸灰缸和婀娜多姿的非洲女人雕像又放下，細細審視牆上的鍍金藝品。

「也不是我的首選。」我沿路放一些零食到主臥室，把這隻小狗關進去等牠冷靜下來。「但我真的覺得可以。」

「所以妳最近怎麼樣？」

「好多了！」我朝廚房走去。過去那一週，跟他見面的我是個骯髒、偶爾喝醉的求職者，我想讓他知道我已經有所不同，因此穿上領子和袖口都是白色的香奈兒款黑色洋裝、翠綠色假鱷魚皮瑪莉珍鞋，頭髮柔順，用吹風機吹整成整齊的鮑伯頭。

「嗯，妳看起來很可愛。」他跟在我身後進廚房，把酒瓶和食物袋放在旁邊的檯面上，然後走向我，在距離我只有幾英寸的地方站定，他的臉占滿我的視野。「還有，妳知道的，也不再像遊民。

這樣無論如何總是比較好看。」

「暫時而已。」

「所以這代表妳還會在附近待一陣子囉？」

「誰知道呢？」

他距離我只有幾英寸。我的感覺記憶突然回來了，想起我先前把臉埋進他頸間。

「妳臉紅了，露薏莎．克拉克。」

「因為你靠太近了啦。」

「是我的影響嗎？」他的聲音轉低，挑起眉。他又靠近一步，雙手撐在我髖部兩旁的流理檯上。

「當然囉。」我說，但聽起來幾乎像咳嗽。接著他低頭吻我。他吻我，而我往後靠著流理檯，閉上眼，吸入他口中的薄荷味、感受他貼著我身體有點奇妙的感覺，還有那雙陌生的手握住我的手。我想著不知道在威爾出意外前跟他接吻是否就是這種感覺，又想到我永遠不會再親吻山姆。然後我又想，此時此刻有個完美的男人正在吻我，而我竟然在思考跟其他男人親吻的事，這樣應該算頗失禮。我的頭微微往後，他停下來注視我的雙眼，想弄清楚這動作背後的意義。

「抱歉，」我說，「只是——只是有點太快。我真的喜歡你，但——」

「只是妳剛跟另一個傢伙分手。」

「山姆。」

「喬許……」

「他顯然是個白癡，而且配不上妳。」

他的額頭往前輕輕靠著我的額頭。我沒放開他的手。

「只是整個還是有點複雜。對不起。」

他閉上眼片刻，接著又睜開。「可不可以告訴我，我是不是在浪費時間？」他說。

「你不是在浪費時間。只是……那不過是兩週前的事。」

「這兩週發生許多事。」

「嗯，那誰知道再過兩週我們會怎麼樣。」

「妳剛剛說『我們』。」

「好像是。」

他點頭，一副這答案頗令人滿意的樣子。「知道嗎，」他幾乎像自言自語，「我對我們有一種感覺，露薏莎．克拉克。而我對這種事不曾出過錯。」

接著，我還來不及回應，他已經放開我的手，走到碗櫥前開開關關找起盤子。又轉過來時，他露出開朗的微笑。「來吃東西吧？」

那天晚上，我知道了好多有關喬許的事。我得知他在波士頓長大，還有他一半愛爾蘭血統的生意人爸爸逼迫他放棄棒球生涯，因為認為這工作不會有長久穩定的收入。他母親是個律師，通常都跟同事在一起，在他的整個童年都緊緊抓著自己的事業。雙親退休後，正在適應一起在同個房子裡生活的日子。這顯然把他們兩個都徹底逼瘋。「我們是個動手做事的家庭，妳知道嗎？所以爸已經接受高爾夫球俱樂部的管理職，媽在附近的高中教小孩。只要不用坐在家裡大眼瞪小眼，他們做什麼都好。」他有兩個哥哥，一個在緊鄰麻薩諸塞州威茅斯（Weymouth）的地方經營一家賓士經銷店，另一個跟我妹一樣是會計。他們家的感情很好，但彼此還是會競爭；身為備受折磨的么子，他一直懷著無能為力的憤怒討厭著哥哥們，直到他們離開家，他才發現自己帶著一種不停咬嚙、意料之外的疼痛思念著他們。「媽說那是因為我的碼尺不見了，我靠這東西判斷一切。」

兩位哥哥都已經結婚，各自有兩個孩子。全家人會聚在一起過節、每個夏天都租下南塔克特島的同一棟房子。青春期時，他很討厭這檔事，但現在，他每一年都更加期待這一週的到來。

「真的很棒。孩子們、大家住在一起，還有船……妳應該來看看。」他說，隨興地自己多拿了幾個叉燒包。他毫不扭捏地說著，一個習慣事物依照他想法發展的男人。

「參加家庭聚會嗎？我以為紐約的男人滿腦子只有隨興的約會。」

「是啊，嗯，我一直真的很隨興啊。除此之外，我又不是紐約人。」

他是個似乎對任何事都全心投入的人。他每週工作一百萬小時、渴望升遷、早上六點前就去健身房。他跟辦公室同事組隊打棒球，正考慮跟他母親一樣到當地中學當志工老師，但擔心因為工作行程而無法撥出固定的時間。他全身充斥著美國夢——努力工作就會成功，成功後再貢獻自己的力量。我努力不拿他來跟威爾比較。我聆聽他說話，感覺半是讚賞、半是疲勞。

他在我們之間的空氣中描繪出他未來的景象——曼哈頓的公寓，能把獎金拉到合理層級的話，就在漢普頓另外弄一個度週末的地方。他想要一艘船。他想要孩子。他想早早退休。他想在三十歲前賺到一百萬。他一面說，不時揮舞筷子並加上「妳該來的！」或「妳一定會喜歡！」我有一小部分覺得受寵若驚，不過大部分只覺得感恩，這代表他沒有因為我稍早有所保留而受冒犯。

他隔天早上打算五點起床，因此十點半就離開。我們站在門廊上，狄恩馬丁在幾英尺外警戒。

「那我們還能擠出時間一起吃午餐嗎？妳照顧狗和去醫院的時間都怎麼安排？」

「或許改成找天晚上見面？」

「或許改成找天晚上見面。」他柔聲模仿我說話。「我愛妳的英國口音。」

「我沒有口音。」我說。「你才有。」

「而且妳會逗我笑。沒幾個女孩能讓我笑出來。」

「啊，那就是你還沒遇到對的女孩。」

「噢，我覺得我已經遇到了。」這時他不再說話，抬頭看著上方，彷彿正努力阻止自己做某件事。接著他微笑，彷彿意識到兩個年近三十的成人極力避免在門口親吻其實有點可笑。就是這個笑容讓我棄械投降。

我伸手，輕如蟬翼地碰觸他的後頸，接著踮起腳尖吻他。我告訴自己糾結於過去一點意義也沒有。我告訴自己花兩週的時間做決定肯定夠了，尤其過去幾個月來，跟另一個人原本就很少見面，幾乎稱得上單身。我告訴自己我得繼續前進。

喬許沒有遲疑。他回吻我，雙手輕輕滑上我的脊椎，推著我靠上牆，於是我被他壓制，但是愉悅的壓制。他吻我，而我逼自己停止思考，只臣服於這感覺；臣服於他陌生的軀體，比我熟悉的那具軀體窄一點、稍微結實一點；也臣服於他壓在我唇上的力道。這個英俊的美國人。我們分開喘口氣時，兩個人都有點暈眩。

「現在不走的話……」他退後，用力眨眼，一隻手伸到後頸。

我咧開嘴笑，猜想我的口紅應該抹得我自己半張臉都是了吧。「你還要早起。我明天再打電話給你。」我打開門，他最後又在我臉頰印上一吻，然後才走出去主走廊。

我關上門後，狄恩馬丁還是瞪著我。「怎樣？」我說。「怎樣？我單身耶。」

牠厭惡地垂下頭，轉身，慢條斯理地朝廚房晃去。

23.

寄件者：BusyBee@gmail.com
收件者：MrandMrsBernardClark@yahoo.com

嗨，媽，

很高興聽說瑪莉亞生日那天妳和她在福南梅森（Fortnum & Mason）喝茶喝得這麼開心。不過，對，我同意，一包餅乾這種價錢眞的太超過，我也確定妳和瑪莉亞都可以在家裡做出更好吃的司康。妳們做的卡路里非常低。還有，對，戲院廁所那樣的狀況不好。我很確定瑪莉亞自己身爲服務員，對這種事一定有一雙銳利的眼睛。很高興有人照看妳的所有……衛生需求。

我一切都好。紐約現在挺冷的，但妳知道我，什麼場合的衣服我都有！工作上最近有些事懸而未決，但願等我們通電話時就都已經塵埃落定。還有，對，我已經完全放下山姆了。的確，人生免不了遇到這種事。

很遺憾爺爺發生這種事。希望等他好一點，妳可以重新開始上夜校。

想念大家。很想。

一大堆愛，小露 XX

附註：最近最好寄電子郵件或透過納森寫信給我，我們的郵務系統有些狀況。

德威特夫人十天後出院，右手臂裹上看起來對她單薄的體型來說太重的石膏。她在變得陌生的日光下瞇起眼。我搭計程車送她回家。阿榭克到路邊迎接她，攙扶她緩緩走上階梯。這是她第一次沒發牢騷或揮開他，反倒小心翼翼地走著，彷彿平衡不再是已知的事實。我幫她帶了她指定的衣服——一套七零年代的淡藍色賽琳（Céline）褲裝、淡黃色襯衫、淺粉紅貝雷帽——以及一些放在她梳妝檯上的化妝品，還坐在她病床邊幫著她上妝。她說她試著自己用左手畫，但弄得像她早餐喝了三杯側車[42]一樣。

狄恩馬丁快樂無比，在她腳邊小跑步、聞聞嗅嗅，抬頭看她，然後又意有所指地看著我，彷彿在告訴我我現在可以滾了。我原本和這隻狗已經達成某種停戰協議。牠吃牠的飯，然後每天晚上蜷在我膝上；我覺得牠甚至開始享受步調快一點、距離遠一點的散步，因為每次看見我拿起牽繩，牠都瘋狂搖起牠的小尾巴。

看見狄恩馬丁，德威特夫人欣喜若狂，只不過她的表達方式是連珠炮抱怨起我對牠的照顧有多明顯失職；不過十二個小時內，一下說牠過胖，一下又說牠過瘦；因為把牠交給我這個能力不足的人照顧，她沒完沒了柔情地低聲對牠道歉。「可憐的寶貝。我是不是把你丟給一個陌生人？對不對？她是不是沒有好好照顧你？沒關係。媽媽回來了。沒關係了噢。」

她顯然很高興能回家，但我沒辦法假裝不焦慮。她似乎拿到數量驚人的藥——就算依美國人的標準來看也一樣驚人——不知道她是不是有骨質疏鬆症：只是手腕骨折，這些藥似乎多得有點誇張。我跟翠娜說這件事，她說要是在英國，醫生只會開給你幾顆止痛藥，要你別拿重物；說完哈哈大笑。不過我覺得德威特夫人好像比在醫院時還要虛弱。她很蒼白，還一直咳嗽，穿上訂做的衣服後有幾個地方出現奇怪的空隙。我幫她煮了乾酪通心麵，她只吃四、五小口，說很好吃，卻拒絕再吃。「我覺得我的胃在那個可怕的地方縮小了。可能是想隔絕他們那些糟糕透頂的食物。」

她花了半天的時間重新熟悉她的公寓，蹣跚地緩緩走過每個房間，提醒自己也讓自己安心，一切都還維持該有的樣子——我努力不把這看成她是在檢查我有沒有偷東西。她最後在她的高背軟墊椅坐下，小小嘆一口氣。「我無法告訴妳回到自己家有多好。」她說得好像原本半是預期自己回不來了，然後打起盹來。我第一百次想起爺爺，還有他是多麼幸運有媽照顧他。

德威特夫人顯然太虛弱，不適合獨居，似乎也不急著要我走。於是，儘管沒經過實際討論，我就這麼留了下來。我協助她梳洗、著裝、幫她料理三餐，至少第一週也繼續幫她一天遛狄恩馬丁幾次。那週末，我發現她為我在第四個臥室清出一個小空間，一次搬走幾本書和一些衣物，慢慢露出一張堪用的床頭桌，或是可供我放東西的架子。我強行徵收她的客用盥洗室，徹底刷洗一番，打開水龍頭，直到流出來的水變乾淨。然後，我謹慎地著手打掃她的浴室和廚房，因為她日益衰退的視力慢慢沒辦法應付了。

我陪她去醫院回診，跟狄恩馬丁一起坐在外面等，直到被叫回她身邊。我幫她跟她的髮型師約時間，在一旁等她稀疏、銀白的頭髮恢復以往整齊的波浪；相較於她所接受的所有醫療照護，這個小動作似乎更有助於她恢復健康。我協助她化妝、幫她找出她的諸多眼鏡。她會輕聲但強調地感謝我幫忙，就像面對一位受到優厚待遇的客人一樣。

注42 Sidecar，一種白蘭地調酒。

畢竟她獨居多年，我意識到她或許需要自己的空間，因此白天經常出門幾個小時坐在圖書館裡找工作，但不再感到先前那種迫切，而且，說老實話，沒有我想做的工作。我回去時，她通常在睡覺或靠在電視機前。「好啊，露薏莎，」她撐坐起來，一副我們說話說到一半的樣子，「我還在想妳上哪去了。可不可以發發好心帶狄恩馬丁出去稍微遛達一下？牠看起來很不安……」

週六我持續跟米娜一起參加圖書館遊行。人群稀疏了些，圖書館的未來不只仰賴大眾支持，也得靠群眾募資發起法律挑戰。大家似乎都不抱太大希望。隨著時間一週週過去，氣溫漸漸轉暖，我們站著揮動傷痕累累的標語牌，道謝收下鄰居和當地商店持續提供的熱飲和點心。我學會留意熟面孔——第一次來時遇見的那位奶奶，她名叫瑪婷（Martine），現在都會用擁抱和大大的微笑迎接我。另外還有幾個人揮手或說嗨：警衛、帶帕扣拉來的女人、一頭秀髮的圖書館員。我沒再見那個衣服像破損肩章的老婦。

我在德威特夫人家住了十三天才第一次遇上艾格妮絲。考量我們距離彼此這麼近，我想沒更早遇到才叫人驚訝。那天下大雨，我穿著德威特夫人的一件雨衣——七零年代的黃橘雙色塑膠雨衣，上面滿是圓型亮色花朵——她幫狄恩馬丁穿上一件兜帽撐高的小雨衣，我每次看都忍不住噴笑。我們跑過走廊，我一面因為看見牠塑膠兜帽下那張圓鼓鼓的小臉而咯咯笑；這時電梯門打開、艾格妮絲走出來，我猛然站定。她身後跟著一個手拿 iPad、頭髮往後綁成一束緊密馬尾的女孩。艾格妮絲停下腳步盯著我，臉上閃過一抹不太好判讀的情緒——可能是尷尬、無聲的歉意，或甚至是因為我在這裡而生的隱忍怒意，實在說不準。她與我四目相交，張開嘴彷彿想說話，但又緊緊閉上雙唇，視而不見地從我身旁走過，光滑的金髮甩動，女孩緊跟身後。

我站在那兒看著樓下大門彷彿強調般在她們身後關上，雙頰火燒，有如被拋棄的愛人。

我隱約想起我們一起在麵店裡大笑。

我們是朋友，對吧？

我深吸口氣，把小狗叫過來繫緊牽繩，走入雨中。

最後，是古著百貨的兩個女孩給我一份有薪水的工作。一貨櫃的貨品從佛羅里達運來——好幾個衣櫥的份——她們需要額外一雙手幫忙把每件衣物清理乾淨，然後才能擺出來賣；需要縫上缺失的鈕扣，確保所有衣物蒸氣熨燙過、弄得乾乾淨淨，趕在四月底的古著展前上架。（氣味不清新的商品最常被退貨。）她們只付我最低薪資，但同事很好相處、咖啡免費，而且只要是我想買的東西，我都可享八折員工價。因為沒地方住，我對於買新衣服的胃口已經消失，不過我高高興興地答應；一旦我確定德威特夫人夠穩定，能夠自己帶狄恩馬丁散步至少到街尾再走回來，我每週二上午十點就會到店裡去，整天待在她們後方的房間清洗、縫補、趁女孩們抽菸休息時跟她們閒聊，只是她們似乎大約每十五分鐘就會抽菸休息。

瑪格——她禁止我再叫她德威特夫人：「看在老天份上，妳現在住我家耶」——仔細聽我對她介紹我的新工作，然後問我用什麼修補衣物。我描述那個裝滿舊鈕扣和拉鏈的大塑膠箱，不過補充說明這箱子完全一團亂，我常常找不到相配的東西，而且很少有超過三顆同款的鈕扣。她沉重地起身，示意我跟上。這些日子以來，我總是緊貼著她走——她似乎沒辦法走得很穩，常常歪向一邊，像一艘貨物裝得亂七八糟的船航行在公海上。但她一隻手沿路扶著牆好走得更穩些，終究還是走到了。

「床底下，親愛的。不對，那裡。有兩個箱子。就是那個。」我跪下用力拉出兩個沉重的有蓋木箱。打開後，發現裡面裝滿一排排鈕扣、拉鏈、織帶和緣飾。有扣勾和勾眼、各種扣件，都整整齊齊區分、貼上標籤；黃銅肚臍釘，還有超小的中國風款，包覆亮色絲綢、獸骨和貝殼，整齊地縫在長條紙卡上。附軟墊的箱蓋上遍插大頭針、一排排不同大小的針，還有纏在小衣夾上的各色絲線。我用手指虔誠地劃過它們。

「這是我十四歲生日時收到的禮物。我奶奶讓人從香港運來。要是妳遇上難題，可以來這裡找我。以前只要是不再穿的衣服，我都會把鈕扣和拉鏈拆下來，妳知道的。這樣一來，要是妳有件好衣服掉了一顆扣子，找不到替換的，妳總是可以縫上一整套。」

「但是妳用不到嗎？」

她揮揮沒斷的那隻手。「啊，我的手指現在太不靈活，縫不了了啦。有一半的時間我連扣眼都處理不了。而且，最近太少人還願意費心更換扣子和拉鏈——都直接把衣服丟進垃圾桶，再找家折扣商店買些醜東西。拿去吧，親愛的。能感覺到它們還有用，那真是太好了。」

於是，因為運氣，或許也有一點點命中注定，我現在擁有兩份我愛的工作，而且也從中得到某種滿足感。每週二晚上，我會用方格大洗衣袋或塑膠網袋帶回幾件衣服；瑪格打瞌睡或看電視時，我小心翼翼拆下每件衣服上殘餘的扣子，再縫上一組新的，縫好後拿高給她核可。

「妳縫得很好。」她透過眼鏡檢視我的針腳，這時我們正坐在電視機前看《命運之輪》（Wheel of Fortune）。「我原本以為妳會縫得像妳做其他所有事一樣糟糕。」

「在學校裡，縫紉課算是我唯一擅長的科目吧。」我撫平膝蓋上的皺痕，準備把一件夾克重新折好。

「我也是。從十三歲開始，我穿的所有衣服都是我自己做的。我母親只教我打版而已。我離開家，後來迷上時尚。」

「妳以前是做什麼的，瑪格？」我放下針線。

「我以前是《女子樣》（Ladies' Look）雜誌的編輯。現在收起來了——沒撐到九零年代。不過我們出版了三十多年，其中大多數時候都由我擔任時尚編輯。」

「是妳裱框起來的雜誌嗎？牆上那些？」

「對，那些是我最喜歡的封面。我很懷舊，保留了一些。」她的表情軟化片刻，歪過頭，彷彿要吐露祕密般看著我。「當時那是份很了不起的工作，妳知道吧。雜誌出版社不是很想讓女人升到資深的職位，而且掌管時尚版面的是一個最糟糕的男人；我的總編輯──奧德里奇（Aldridge）先生，一個很好的男人──跟他辯論，說讓一個過時、還用吊襪帶固定襪子的男人為時尚下定義，這對年輕女孩來說就是行不通。他覺得我有眼光，提拔我，於是就這樣。」

「所以妳才有這麼多美麗的衣服。」

「嗯，肯定不是因為我嫁給有錢人。」

「妳有結過婚嗎？」

她低頭挑揀膝蓋上的某個東西。「天啊，妳問題還真多。有，我結過。一個可愛的男人。泰倫斯（Terrence）。他也在出版業工作，不過一九六二年就過世了，那時我們結婚才三年。我之後沒有再婚。」

「妳想過要孩子嗎？」

「我有個兒子，親愛的，但不是跟我丈夫生的。這就是妳想知道的嗎？」

我臉紅。「不。我是說，不是像這樣。我──天啊──有小孩是──我是說我不會假設──」

「不用手足無措，露薏莎。我還在為我丈夫哀悼時，愛上了一個不該愛的人，還懷上孩子。我生下孩子，但引起不小騷動，後來覺得讓我父母在西徹斯特（Westchester）把他養大對大家都好。」

「那他現在在哪？」

「就我所知，應該還在西徹斯特。」

我眨眼。「妳不跟他見面嗎？」

「啊，見啊。他成長的過程中，我每個週末和假期都會去看他。不過他一步入成年，就因為我沒有當他覺得我該當的那種母親而非常氣我。我必須選擇，妳懂吧。以前要是妳結婚或有小孩，妳通常就不會出去工作了。而我選擇工作。我真心覺得自己不工作會死。而且法蘭克（Frank）——我老闆——也支持我。」她嘆氣。「不幸的是，我兒子不曾真正原諒我。」

一陣漫長的沉默。

「我很遺憾。」

「對啊，我也是。不過逝者已逝，緊抓著過去一點意義也沒有。」她咳了起來，所以我倒杯水遞給她。她示意她放在餐具櫃上的一瓶藥丸，而我等她吞下一顆。她平靜下來，像隻剛剛弄亂羽毛的母雞。

「他叫什麼名字？」她恢復後我問道。

「更多問題……小法蘭克。」

「所以他父親是——」

「我在雜誌社的總編輯，對。法蘭克．奧德里奇。他比我年長很多，而且已婚，恐怕那是另一個我兒子大感憤怒的點。他在學校的日子很不好過。當時的人對這些事的態度很不一樣。」

「妳最後一次見他是什麼時候？我是說妳兒子。」

「應該是……一九八七年，他結婚那年。我婚禮後才發現他結婚，然後寫信給他，跟他說他沒把我包括在內，我有多受傷。他回信明確地告訴我，從很久以前開始，我就已經放棄所有權利，不再能被包括在與他人生有關的任何事之中。」

我們無言對坐幾分鐘。她臉上一點表情也沒有，完全看不出她在想什麼，甚至也看不出她此刻是否只是全神貫注於電視。我不知道該對她說些什麼。面對一個承受如此傷痛的心，我找不到任何派得上用場的言詞。然而她轉向我。

「就這樣。我母親幾年後過世，而她是我跟我兒子的最後窗口。我確實有時候會想知道他過得怎麼樣——甚至是不是還活著、有沒有孩子了。我有一陣子會寫信給他。不過一年年過去，我想我對這整件事變得頗豁達。當然，他是對的。確實，對他，還有對跟他人生有關的任何事，我都沒有任何權利。」

「但他是妳兒子。」我低語。

「他是，但我一直沒有真正表現出母親應有的樣子，對吧？」她顫巍巍地吸口氣。「我擁有很美好的人生，露薏莎。我愛我的工作，也曾與一些很棒的人共事。我去過巴黎、米蘭、柏林、倫敦，遠遠多於跟我同齡的女人……我擁有這間美麗的公寓，還有一些優秀的朋友。絕對不要為我擔心。什麼女人可以魚與熊掌兼得的屁話。我們從來就沒辦法也不可能實現。女人總是得做艱難的決定。不過，只是做妳所愛做的事，就能帶來莫大的慰藉。」

我們安靜坐著消化這番話。接著，她把雙手正正地擺在膝蓋上。「說老實話，親愛的女孩，可以請妳扶我去浴室嗎？我覺得好累，我想我該上床了。」

那一晚，我清醒地躺在床上，思考著她對我說的話。我想著艾格妮絲，還有這兩個女人其實就住在相距幾碼的地方，都包裹在非常特定的某一種悲傷中；在另一個世界裡，她們或許會成為彼此的慰藉。我也想著，無論女人對自己的人生有什麼選擇，要付出的代價似乎都如此地高，除非她乾脆降低目標。但我早已知道，不是嗎？我選擇來這裡，結果付出高昂的代價。

凌晨時分，我常幻想威爾的聲音告訴我別這麼可笑又滿腹愁思，應該想想我所達成的一切才對。我躺在黑暗中扳手指計算我到底有哪些成就。我有個家——至少就現階段而言。我有一份領得到薪水的工作。我還在紐約，身旁都是朋友。我有個新對象，儘管我有時候會納悶自己怎麼會落入這段關係。如果重來一次，我真能說我處理的方式會有丁點不同嗎？

然而最後睡著時，我心裡想的是隔壁房的那個老太太。

喬許的架子上有十四個競賽獎盃，其中四個跟我的頭一樣大，包含橄欖球、棒球、稱為田徑的某種項目，還有一個拼字小蜜蜂的青少年獎盃。這不是我第一次來，不過要到這一次，我神智清醒、不慌不忙，才能夠看清楚他家的環境和他有多大成就。有他身穿特定運動服裝的照片，捕捉到他獲得勝利的那一刻，緊緊抱著隊友，拉開完美的笑容，露出完美的牙。我想起派翠克，以及他公寓牆上那一大堆證書，心裡想著男人就是需要展示出他們的成就，就像孔雀永遠都在炫耀牠們的尾羽。

喬許放下手機時我嚇了一跳。「只有外帶。工作太忙，恐怕我現在沒時間做其他東西了。不過這是韓國城以南最棒的韓國菜。」

「我不介意。」我沒吃過韓國菜，所以無從比較。我只是享受著來看他的這個想法。走去搭南向地鐵的途中，我已經品嘗過前往市區不用頂著西伯利亞寒風、踩著深雪、淋著冰冷豪雨的新奇經驗。

喬許的公寓並非真如他所描述的擁擠兔籠，除非你的兔子決定搬進一間重新裝修過的閣樓，而且這閣樓所在的區域顯然曾經容納許多藝術家工作室，現在則成了四種不同版本 Marc Jacobs 的基地，妝點其中的還有珠寶工藝鋪、專業咖啡店，以及聘請戴耳機的男人駐守門口的精品店。整間屋子都是漆上白漆的牆和橡木地板，一張現代主義的大理石桌，一張仿舊皮沙發。幾件謹慎挑選的裝飾品和家具拼湊出的景象顯示出一切都經過審慎考慮、獲取、贏得，有可能是出自室內設計師之手。

他買了花給我，風信子和小蒼蘭的香噴噴組合。「這是為了什麼？」我問。

他聳肩，一面帶我走進屋裡。「只是下班路上看到，覺得妳可能會喜歡。」

「哇。謝謝你。」我深深吸氣。「這是我好幾年以來遇過最美好的事了。」

「花嗎？還是我？」他挑眉。

「欸，我想你還算美好。」

他垮下臉。

「你很棒啦。花我很喜歡。」

他展露微笑，吻了我一下。「嗯，妳是我好幾年以來遇過最美好的事。」他退後時柔聲說道。「感覺像我等妳好久了，露薏莎。」

「我們十月才認識耶。」

「啊。但是我們生活在一個立即得到滿足的年代，而且身處一個無論妳要什麼，都可以在隔天拿到的城市。」

喬許似乎是這麼渴望我；被某個人這麼渴望，讓我湧現一種怪異的力量感。我不太確定我做了什麼才能遇上這種好事。我想問問他在我身上看見了什麼，不過又覺得真問出口的話，會顯得怪怪的，好像太需要別人的關注，所以我試著拐彎找出答案。

「跟我說說你交往過的其他女人吧。」我坐在沙發上說，這時他正在小廚房裡轉來轉去拿出盤子、餐具和玻璃杯。「她們都是怎樣的人？」

「除了交友軟體配對的嗎？聰明、美麗、通常事業有成……」

他彎腰從碗櫥後方拉出一瓶魚露。

「但說真的，都有點自我迷戀。」他說。「像是她們不能被看見沒有畫上完美妝容的樣子，或是她們的髮型如果不對，她們會徹底崩潰。一切都必須打最好的光，上傳 Instagram 或拍照或貼到社群媒體上。跟我約會也一樣。像是她們永遠不能放鬆警惕。」

他拿著幾個瓶子站直。「要辣椒醬嗎？還是醬油？我交往過一個女孩，她會確認我每天幾點要起床，然後調早半小時的鬧鐘，她才能夠先弄好頭髮和化妝。這樣我才不會看見她不完美的樣子。就算這代表她得在凌晨四點半之類起床也一樣。」

「好吧，我現在得警告你一聲。我不是那種女孩。」

「我知道啊，露薏莎。我送妳上床過。」

我踢掉鞋子，盤起腿。「我猜應該要敬佩她們這麼大費周章。」

「對啊。不過有點累人。而且你永遠不會真正覺得……覺得你知道底下到底是什麼。跟妳在一起的話，我得說，所有東西大概都攤在陽光下了。妳表裡如一。」

「這算讚美嗎？」

「當然。妳就像那些跟我一起長大的女孩。妳很真誠。」

「高普尼克家的人可不這麼想。」

「他們去死啦。」他的語氣異於尋常地嚴厲。「知道嗎，我一直在想這件事。妳可以證明妳並沒有做他們說妳有做的那件事——對吧？所以妳應該因為他們不正當解雇、造成妳名譽損失和情感受傷而控告他們，還有——」

我搖頭。

「說真的。商場上大家都說高普尼克正派、守舊，是個好人，而且他總是做些慈善的事，他就靠這名聲營生；不過他毫無理由炒妳魷魚，露薏莎。妳失去工作、失去住處，卻沒有預先得到警告，也沒有得到補償。」

「他認為我偷東西。」

「是啊，不過他一定知道自己做的事不太對勁，不然他就會找警察了。考量他的身分，我打賭一定有哪個律師願意沒打贏官司不收錢。」

「真的。我沒事。訴訟不是我的菜。」

「好吧。妳人太好，用你們英國人的方式面對這件事了。」門鈴響起。喬許舉起一根手指，彷彿在說等一下繼續談。他消失在狹窄的門廊裡，我聽見他付錢給外送的男孩，我則是把小餐桌擺好。

「而且妳知道嗎？」他帶著外賣袋走進廚房。「就算妳沒有證據，我打賭高普尼克也願意付一大筆錢，以避免鬧上法庭。想想這對妳有什麼好處。我是說，幾週前妳還睡在別人家地板耶。」（我沒告訴我跟納森同睡一張床。）

「妳可以有一筆不少的錢當作房租的押金。要命，要是找到夠厲害的律師，說不定還能買下自己的公寓。妳知道高普尼克多有錢嗎？他是出名地有錢耶。而且是在這個一堆人有錢得要命的城市。」

「喬許，我知道你是好意，但我只想忘記這件事。」

「露薏莎，妳——」

「不。」我把雙手放在餐桌上。「我誰也不告。」

他等了幾分鐘，顯然因為無法進一步說服我而感到挫敗，接著他聳肩並微笑。「好——嗯，晚餐時間！妳應沒有對什麼食物過敏吧？來點雞肉。拿去——喜歡茄子嗎？他們的茄子冷盤最棒了。」

我那晚跟喬許睡了。我沒喝醉、不覺得脆弱，也沒有因為需要他而覺得無法呼吸。我想我只是想要我的人生再次感覺正常；我們吃吃喝喝、談天說笑到很晚，他拉下窗簾、把燈調暗，接下來的發展似乎很自然，或至少我想不出理由不這麼做。他好美。他的肌膚一點瑕疵也沒有，顴骨清晰可見；頭髮好柔軟，就算經過漫長的冬天，還是栗子色參雜幾抹金。我們在沙發上親吻，剛開始甜甜的，後來慢慢升溫，他的襯衫不見了，然後是我的；我要自己專注於這個誘人、殷勤的男人，這位紐約的王子，而不是我想像力一直想歪過去的那些亂七八糟的東西。我感覺到對他的渴望愈來愈強烈，那種渴望像是一位遙遠、令人寬慰的朋友，直到我能夠阻隔一切，只留下他靠在我身上的感覺，然後，一段時間後，是他進入我的感覺。

之後，他溫柔地吻我，問我快不快樂，接著喃喃說他得睡一會兒。而我躺在那裡，努力忽略不知為何從眼角流入耳朵的淚水。

威爾是怎麼跟我說的？妳必須把握每一天。機會來時，妳必須擁抱住它們。妳必須成為說「好」的那種人。要是我拒絕喬許，我會不會後悔一輩子？

我無聲地在這張陌生的床上翻身，研究他熟睡時的臉，完美筆直的鼻子、看起來像威爾的嘴。我想像威爾會怎麼贊許他，甚至還能描繪出他們兩個在一起開彼此玩笑的畫面，玩笑中夾帶競爭的機鋒。他們有可能成為朋友。或是敵人。他們真的太像了。

儘管經過一趟奇妙又紛亂的路程才走到這一步，但或許我注定該跟這個男人在一起，我心想。或許這是威爾回到我身邊。我一面這麼想著，一面抹抹眼睛，陷入短暫、斷斷續續的睡眠中。

24.

寄件者：BusyBee@gmail.com
收件者：KatClark!@yahoo.com

親愛的翠，

我知道妳覺得太快，但威爾是怎麼教我的？生命只有一次，對吧？而且妳跟艾德在一起很快樂吧？那我爲什麼不能快樂？妳跟他見面就會懂的，我保證。

所以喬許是這種男人：昨天他帶我去布魯克林最棒的書店，買了一堆他覺得我會喜歡的書給我。接下來到了午餐時間，他帶我去一家位於東四十六街的時髦墨西哥餐廳，逼我嘗試魚塔可——別裝出那種臉，眞的很好吃。然後他跟我說他想讓我看個東西（不，不是那個）。我們走去中央車站（Grand Central Terminal），裡面如常擁擠，而我心想，好啦，這有點怪——我們要去旅行嗎？然後他要我站著，頭埋進這個拱門的角落，位置就在那個牡蠣吧旁邊。我哈哈大笑，還以爲他在開玩笑。不過他堅持，要我相信他。

於是我照做了，頭埋在這個巨大石拱門的角落，身旁都是通勤者來來去去，我努力不覺得自己是個傻子。我抬頭看見他從我身旁走開。他後來在斜對角停下腳步，大約距離五十英尺吧，他也把頭塞進角落，然後，突然間，儘管周遭如此喧囂混亂，還有火車隆隆作響，我卻聽見——對我耳語的聲音，彷彿他就在我身旁——「露薏莎．克拉克，妳是全紐約最可愛的女孩。」

翠，那感覺就像巫術。我抬頭，而他轉身對我微笑，我想不通他是怎麼做到的，但他走回來，直接擁我入懷，在所有人面前吻我，有人對我們吹口哨，這眞是我遇過最浪漫的事了。

所以，對。我要繼續前進，而喬許棒透了。妳能爲我感到高興的話就太好了。

幫我給湯姆一個大大的吻。

小露 X

幾週過去，紐約就跟大多數事物一樣，以每小時一百萬英里的速度朝春天飛馳，幾乎沒任何巧妙之處，而且發出一大堆噪音。交通變得更加繁忙，行人變得更加稠密；附近棋盤般的街區每一天都化為噪音與活動的大亂奏，不到凌晨不會減弱。我去圖書館抗議時不再戴帽子和手套。狄恩馬丁的鋪棉外套洗乾淨收進櫥櫃裡。公園綠了些。沒人要我搬走。

瑪格塞了好多衣物給我作為助手薪水的替代品，逼得我得停止在她面前讚美任何東西，因為我愈來愈害怕她會認為有必要送給我更多。這幾週以來，我觀察到她或許跟高普尼克家住在同一個地址，但他們之間的共通點僅此而已。套句我媽會說的話：她靠襯衫鈕扣存活。

「在健保費和管理費之間，我不知道他們以為我該上哪找出錢餵飽我自己。」我把另一封管理公司派人親手送來的信交給她時，她這麼評論道。信封上寫著「請拆閱——法律行動擱置中」。她皺起鼻子，把它整齊地放在餐具櫃的一疊信上；除非我把它打開，否則它會在這兒再待上幾週。

她常對每個月總計幾千美元的管理費發牢騷，到了某一個點，她似乎決定加以忽略，因為她一籌莫展。

她說她是從她爺爺那兒繼承這間公寓；她爺爺是個富冒險精神的人，家族裡只有他不相信女人的視野應該侷限於丈夫和孩子。「我父親因為被跳過繼承而大發雷霆，好幾年不跟我說話。我母親原本試圖居中協調，但後來……發生其他事。」她嘆氣。

她從附近的一家便利商店買日用品，這家小超市以觀光客的標準訂價，但也是少數她走得到的地方。我擋下這件事，改成每週去兩次東八十六街的菲爾威（Fairway）超市，用她花費的大約三分之一搬回大量日用品。

要是我不下廚，她基本上不吃任何合情理的東西，倒是為狄恩馬丁買肉塊或餵牠水煮白鮭魚加牛奶，「因為對牠消化好」。

我覺得她慢慢習慣有我為伴，而且她走動的時候好不穩，我想我們倆都知道，她再也沒辦法獨居。不知道像她這年齡的人，要花多長的時間才能從手術的打擊中恢復。我也不知道要是我當時不在，她要怎麼度過這一關。

「妳打算怎麼樣？」我示意那疊帳單。

「噢，我打算不管它們。」她一隻手揮了揮。「我最後會裝在盒子裡離開這間公寓。我無處可去，公寓也沒有繼承人，那個壞蛋奧維茲都知道。我想他在我死之前都不會採取行動，之後才會根據未支付管理費條款取得這間公寓，再轉賣給某個搞網路的傢伙或討人厭的CEO，就像走廊對面那個傻瓜，藉此大賺一筆。」

「我說不定可以幫忙？我在高普尼克家工作時存了一點錢。我是說，只能幫助妳撐過幾個月。妳一直對我這麼好。」

她輕蔑地低喊：「親愛的女孩，妳連我客用盥洗室的管理費都付不起呢。」

出於某種原因，她痛痛快快地笑了起來，還不停咳嗽，弄得她不坐下不行。她上床睡覺後我偷看了那封信。看到裡面寫的「延遲繳費罰款」、「直接違反契約條款」，還有「強制驅逐的可能」，我不禁覺得奧維茲先生可能並不如她所想的那麼慈善——或有耐性。

我現在還是一天帶狄恩馬丁去散步四次，在這些公園小旅行的過程中，我努力思考能為瑪格做什麼。想到她被趕出去就覺得駭人。管理的仲介肯定不會對一位大病未癒的老婦人做這種事吧。其他住戶肯定會反對吧。然後我想到高普尼克先生是如何迅雷不及掩耳地把我趕走、大樓裡每一戶住戶對彼此的生活是多麼絕緣。我並不十分確定他們甚至會注意到瑪格的事。

我站在第六大道注視著內衣批發店，這時突然冒出一個想法。古著百貨的女孩們或許不賣香奈兒和聖羅蘭，但她們要是弄得到手，應該還是會賣——或是知道哪家服裝代銷店會賣。瑪格的收藏裡有數不清的設計師品牌，我確定收藏家會願意掏出大把銀子購買。光是手提包，一定就價值幾千美元。

我帶瑪格去見她們，但假裝只是出去走走。我跟她說天氣很好，我們應該走得比平常遠一點，利用新鮮空氣增強她的體力。她叫我別搞笑了，自從一九三七年開始，曼哈頓就沒人吸得到新鮮空氣了，但她沒太多抱怨就爬上計程車，狄恩馬丁抱在她膝上，我們朝東村前進。她對著混凝土的店面皺眉，彷彿有人要她進屠宰場玩玩。

「妳對妳的手臂做了什麼？」瑪格在櫃檯停下腳步，盯著莉迪亞的肌膚。莉迪亞穿著一件鮮綠色的泡泡袖上衣，手臂上露出三條描繪細緻的日本錦鯉，分別是橘色、翠綠色和藍色。

「噢，妳是說我的刺青。喜歡嗎？」莉迪亞把菸換到另一隻手，把手臂抬高到燈光下。

「除非我想看起來像個挖土工人。」

我開始把瑪格帶往店裡的其他區域。「這裡，瑪格。妳看，她們把古著分成不同區——六零年代的在這裡，五零年代的在那裡，跟妳家有點像。」

「跟我家一點也不像。」

「我只是想說，她們買賣像妳家裡的那些衣服。最近這行生意很好。」

瑪格拉了拉一件尼龍女用襯衫的袖子，接著從眼鏡上方檢視標籤。「艾美．雅美斯黛（Amy

Armistead）是個糟糕的牌子，一向受不了那個女人。還有樂廣菲（Les Grandes Folies）。他們的扣子老是脫落。都用便宜的線。」

「後面有一些真的很特別的洋裝，都包著保護套。」我走到晚禮服區，店裡最棒的女裝都展示在這裡。我拿出一件薩克斯第五大道的藍綠色洋裝，洋裝的衣邊和袖口鑲有圓形小金屬片和珠子；我微笑著把洋裝貼在身上比畫。

瑪格注視片刻，接著翻過價格標籤，對上面的數字扮了個鬼臉。「到底誰會買啊？」

「喜歡好衣服的人。」莉迪亞說；她已經來到我們身後。她嘖嘖有聲地嚼口香糖，我看見每次她下頜咬合，瑪格的視線都微微一閃。

「這種衣服真的有市場嗎？」

「很不錯的市場呢。」我說。「尤其是保存良好的東西，就像妳家那些。瑪格的所有衣服都包上塑膠套、放在開空調的地方。她有些東西甚至來自四零年代呢。」

「那些不是我的，是我母親的。」她僵硬地說。

「真的嗎？妳有些什麼？」莉迪亞明目張膽地上下打量瑪格的大衣。瑪格今天穿著一件耶格（Jager）的四分之三長羊毛大衣，搭配形狀像一塊大型維多利亞海綿蛋糕的黑色毛皮帽。儘管天氣幾乎稱得上宜人，她似乎還是覺得冷。

「我有些什麼？沒有我想送到這裡的東西，多謝了。」

「等等，瑪格，妳有些真的很不錯的套裝——再也不適合妳的香奈兒和紀梵希。還有圍巾、包包——妳可以賣給專門的業者，甚至拍賣行。」

「香奈兒可以賣很高的價錢。」莉迪亞睿智地說。「尤其手提包。只要不是太破舊，一個狀態良好的香奈兒荔枝皮雙扣包可以賣到二千五百到四千美元。就算是新的，也貴不了多少，懂我的意思嗎？如果是蛇皮，哇啊，那價格可以頂天了。」

「妳有不只一個香奈兒手提包，瑪格。」我指出。

瑪格把她的愛馬仕鱷魚皮包包往腋下塞得更緊一點。

「妳還有更多？我們可以幫妳賣掉，德威特夫人。我們有張好貨等候名單。艾斯伯里公園（Asbury Park）[43]有位女士願意為狀態良好的愛馬仕付到五千元的價格。」莉迪亞伸出一根手指畫過瑪格的包包側邊，而她閃開，彷彿莉迪亞剛剛襲擊了她。

「這不是貨。我沒有貨。」

「我只是覺得或許值得考慮一下。看起來有不少妳似乎都不會再用到。妳可以賣掉，用這筆錢支付管理費，然後妳就可以，妳知道的，放鬆。」

「我很放鬆。」她叱道。「而且如果妳可以停止在大庭廣眾之下討論我的財務狀況，好像我不在現場一樣，我會因此而感激妳。噢，我不喜歡這地方，聞起來有老人味。走吧，狄恩馬丁。我需要呼吸一點新鮮空氣。」

我跟著她出去，用嘴形跟莉迪亞道歉，而她聳聳肩，沒放在心上。我想，儘管瑪格的衣櫃只是稍微有可能到她這裡來，她就算有絲毫好鬥的天然傾向，也會因此而軟化。

我們無言地搭上計程車。我因自己欠缺外交手腕而惱怒，同時也為瑪格竟然完全反對我原以為頗明智的計畫而氣惱。整趟車程她都拒絕看我。我坐在她身旁，狄恩馬丁在我們之間喘氣，而我在腦中排練吵架，直到她的沉默弄得我不安起來。我斜眼偷覷，看見一個剛出院的老太太。我沒有權力逼她做任何事。

「我不是故意要惹妳不高興，瑪格。」我在公寓前扶她下車時說道。「我只是以為這或許是一個前進的方法。妳也知道，債務那些的。我只是不希望妳失去妳的家。」

瑪格站直，用一隻易碎的手調整毛皮帽。她發牢騷般地說起話來，幾乎泫然欲泣；我這才領悟這整趟穿越大約五十個街口的路程中，她也一直在排練吵架。「妳不懂，露薏莎。那些是我的東西，我的寶貝。對妳來說，它們可能只是舊衣服、潛在的資產，但它們對我來說很珍貴，是我過去人生的美麗殘留物，是我的心肝寶貝。

「對不起。」

「我再落魄也不會把它們送去那間髒兮兮的二手衣店。一想到看見某個徹徹底底的陌生人穿著我愛的衣服在街上迎面走來，我會覺得悲慘至極。不。我知道妳想幫忙，但我不要。」

她轉身，揮開我伸出去的手，反而等著阿榭克扶她進電梯。

儘管偶爾溝通失敗，我和瑪格那個春天過得還算滿意。

四月時，莉莉依約在崔諾太太的陪伴下來到紐約。她們住在幾個街口外的麗思卡爾頓酒店，邀請瑪格和我共進午餐。和她們相聚，我感覺一根穿上線的織補針正悄悄把我生命的不同部分縫在一起。

瑪格很喜歡具備外交官般好禮貌的崔諾太太，她們發現她們在建築和紐約方面有共同話題。午餐時，我看見另外一個瑪格：機敏、博學、因新朋友而顯得生氣勃勃。後來才知道原來崔諾太太一九七八年的時候曾來紐約度蜜月，因此她們討論當時的餐廳、藝廊，以及展覽。崔諾太太像個地方行政官一樣談論她的那段時光，瑪格說起七零年代的辦公室政治；她們用一種暗指我們年輕人絕對不可能懂的方式真心歡笑。我們吃沙拉和裹在帕馬森火腿裡的魚塊。我注意到瑪格每一道菜都只吃一小

注43　位於美國紐澤西州的一個城市。

匙，剩下的則推到一旁；我暗自覺得絕望，似乎沒辦法讓她能夠再次撐起她的任何一件衣服。

同時間，莉莉靠著我問，她上哪才不會再遇上老年人或任何文化提升活動。

「奶奶把這四天塞滿富教育意義的垃圾。我得去現代藝術博物館（Museum of Modern Art）和幾個植物園之類的地方，只要妳喜歡，這些其實都還好，巴拉巴拉巴拉，但我真的好想去夜店、想喝個爛醉，也想購物。我是說，這可是紐約耶！」

「我跟崔諾太太談過了。我明天會帶妳出去，她會去跟幾個表姊妹敘敘舊。」

「真的？感謝天。放長假的時候我要去越南背包旅行，我跟妳說過嗎？我得買一些像樣的裁短短褲。穿個幾週沒洗也不會怎樣的那種。可能還要一件又好又舊的二手騎士外套。」

「妳跟誰去？朋友嗎？」我挑眉。

「妳聽起來跟奶奶一個樣。」

「嗯哼？」

「男朋友啦。」我正要開口，她又接著說：「但是我不想談任何跟他有關的事。」

「為什麼？我很高興妳交男朋友啊。真是個好消息。」我壓低聲音。「妳知道的，上一個像妳這樣三緘其口的人是我妹。她隱瞞她要出櫃的這個事實。」

「我沒有要出櫃。我沒興趣在某人的女性花園裡拱來拱去。噁。」

我努力不笑出來。「莉莉，妳沒必要把所有事都藏在心裡。我們只是希望妳快樂。讓人知道妳的勾當又沒關係。」

「借妳奇妙的選詞來用，奶奶知道我的勾當。」

「那妳為什麼不告訴我？我以為我們之間無話不談！」

莉莉露出被逼到角落的人會有的表情。她戲劇化地嘆氣，放下刀叉，看著我，彷彿準備好來場打鬥。「因為是傑克。」

「傑克？」

「山姆的傑克。」

餐廳緩緩在我身旁停滯。我硬擠出微笑。「好啊！……哇！」

她沉下臉。「就知道妳會這樣。聽著，事情就是發生了。而且我們又不是無時無刻都在談論妳。我只是碰巧遇見他幾次——妳知道我們在『繼續向前』認識，就是妳之前去的那個令人尷尬的悲傷輔導團體；我們還算處得來，而且互相喜歡？總之我們算是了解彼此的狀況，所以夏天要一起背包旅行。沒什麼大不了。」

我頭暈目眩。「崔諾太太見過他嗎？」

「見過。他會來我們家，我也會去他家。」她看起來幾乎有點防備。

「所以妳很常見到——」

「他爸。我是說我當然會見到救護車山姆，但大多是見到傑克的爸爸。他還可以，只不過還是頗消沉，一週吃掉大約一噸蛋糕，這讓傑克非常焦慮。這是我們想逃離一切的部分原因。大概六週而已。」

她繼續說，但我腦袋深處開始嗡嗡作響，不太能夠理解她在說什麼。我不想聽說山姆的消息，就算只是間接的也一樣。我不想聽說我愛過的人上演我不在其中的甜蜜家庭，同時我卻在幾千英里之外。我不想知道山姆的幸福快樂，或是性感嘴唇的凱蒂，或是他們無疑一起住在他家，住在那個新蓋好、充滿熱情、一樣的制服糾結亂丟的小窩。

「妳的新男友怎麼樣？」她問。

「喬許嗎？喬許！他很棒。棒得沒話說。」我把刀叉放在盤子旁。「只是……像作夢一樣。」

「那是怎麼回事？我要看妳跟他的合照。妳真的很討人厭，臉書從來不更新的。妳手機裡沒有他的照片嗎？」

「沒。」我說，而她皺起鼻子，一副這回應一點也說不過去的樣子。

我沒說實話。我有一張我們兩個一週前在一家快閃屋頂餐廳拍的合照。但我不想讓她知道喬許跟她爸是同個模子印出來的。這事實或許會讓她失去平衡，或更糟的是，她要是放聲說出來，會讓我失去平衡。

「那我們什麼時候要離開這個葬禮休息室？一定可以讓老人家自己在這裡吃完午餐吧？」莉莉用手肘頂頂我。兩位老太太還在聊天。「我有沒有跟妳說我一直在戲弄爺爺，騙他奶奶交了個令人心跳的男朋友？我跟他說他們要去馬爾地夫度假，奶奶去瑞格比佩樂（Rigby & Peller）[44]囤了一些新內衣。我發誓他差點崩潰、宣告他還愛她。我差點笑死。」

雖然我很愛莉莉，但我還是很感謝崔諾太太在她接下來幾天的行程裡塞滿文化提升活動，這代表除了一起去購物之外，我們在一起的時間有限。她置身這座城市——帶著她對山姆深入的認識——在空氣中創造出一種我不知該如何消弭的震動。我很慶幸喬許這週工作忙翻了，沒注意到我是不是心情低落或心不在焉。不過瑪格發現了，有一晚，她最愛的《命運之輪》播完了，我起身要帶狄恩馬丁出去今晚最後一次散步，她直接問我是怎麼回事。

我告訴她了。我想不出有什麼理由不跟她說。

「妳還愛另外那個傢伙。」她說。

「妳聽起來跟我妹一個樣。」我說。「我不愛。我只是——我只是愛他的時候真的很愛，到最後又那麼糟糕，我以為回到這裡、過上不同的生活可以把我隔絕開來。我不再用社交媒體，我不想再監視任何人。然而，前任的訊息終究總是會不知怎地自己找上門。像是莉莉在這我就無法專心，因為她現在是他生命中的一部分了。」

「或許妳該跟他聯絡一下，親愛的。聽起來妳還有話想對他說。」

「我對他無話可說。」我的聲音愈來愈激動。「我之前是多麼努力啊，瑪格。我寫信給他、寄電子郵件給他還打電話。妳知道他不曾寫信給我嗎？整整三個月耶？我請他寫信給我，因為我覺得用這種方式保持聯繫很美好，我們可以了解彼此，也會因此而期待通話，還能留下些什麼，好讓我們回味分開的這段時間，但他就是……他就是不寫。」

她坐在那裡看著我，雙手交疊在遙控器上。

我挺直肩膀。「但是沒關係。因為我前進了，而且喬許棒得沒話說。我是說，他很帥、很善良，還有一份好工作，他雄心萬丈——噢，非常雄心萬丈。他真的不斷有所進展，妳知道嗎。他有他渴望的東西——房子、事業，並且回饋社會。他想回饋社會耶！他甚至還不是真正有能力回饋！」

我坐下，狄恩馬丁困惑地站在我前面。「而且他很清楚他想跟我在一起。沒有如果，也沒有但是。他真的從我們第一次約會就稱呼我為他的女朋友。我聽太多這城市裡連環約會的事蹟了。妳知道我因此覺得自己有多幸運嗎？」

她微微點頭。

我又站起來。「所以我一點也不想管山姆。我是說，我來這裡的時候，我們甚至稱不上了解彼此。我猜想，要不是我們當時剛好都需要急救，我們說不定根本不會在一起。事實上，我百分之百確

注44　曾為英國女王伊莉莎白二世的御用奢華內衣品牌。

定。而且對他來說，我明顯不是對的人，不然他應該會等我，對吧？因為大家都這樣。所以總而言之，這樣很棒。最後事情變成這樣，我真的真的很快樂。現在一切都很美好。都很美好。」

一時沒人說話。

「那我懂了。」瑪格輕聲說。

「我真的很快樂。」

「看得出來，親愛的。」她凝視我片刻，接著雙手放上椅子扶手。「好啦。妳大概可以帶這隻可憐的狗出去了。牠的眼睛愈來愈凸。」

25.

我花了兩晚的時間才找出瑪格的孫子。喬許忙於工作，瑪格大多九點就上床，所以一晚我坐在瑪格家門前的地上——只有這裡收得到高普尼克家的無線網路——上網搜尋她兒子，嘗試法蘭克·德威特這個名字，沒結果，改用小法蘭克·奧德里奇。沒一個人像他，除非他已經搬到這國家的另一端，而且就算如此，用這個名字找到的男人年代和國籍也都不對。

第二晚，我一時心血來潮，到我房內的五斗櫃裡翻出幾張舊報紙查瑪格婚後的姓名。我找到一張泰倫斯·韋伯葬禮的卡片，於是又試著搜尋法蘭克·韋伯，有點令人感傷的是，原來她讓她兒子跟她摯愛的丈夫同姓；這男人分明在她兒子出生前幾年就已經過世了。到了更後來的某個時間點，她又改回原生家庭的姓氏——德威特——徹底改頭換面。

小法蘭克·韋伯是位牙醫，住在西徹斯特某個叫塔克侯（Tuckahoe）的地方。我在領英（LinkedIn）找到幾筆提及他的資料，也透過他妻子蕾妮（Laynie）在臉書找到他。重大消息是他生了一個兒子，名叫文森（Vincent），年紀比我稍小。文森在揚克斯（Yonkers）一家非營利的弱勢兒童教育中心工作；是他讓我下定決心。小法蘭克·韋伯或許因為對母親太憤怒而無法重新建立關係，但試試看文森能有什麼害處呢？我找出他的檔案，吸口氣，傳訊息給他，然後等待。

喬許暫停沒完沒了的搶升遷之戰，跟我在麵店吃午餐，宣布他們公司這週六在中央公園的羅布船屋（The Loeb Boathouse）舉辦「家庭日」，他希望我能當他攜伴參加的那個伴。

「但是我打算去圖書館抗議活動耶。」

「妳不會想繼續下去的，露薏莎。跟一堆人一起站在那裡對經過的車叫喊改變不了什麼。」

「我也不是你真正的家人啊。」我有點不高興。

「夠接近了。來嘛！那會是很棒的一天。妳去過羅布船屋嗎？美極了。我們公司真的很懂該怎麼安排派對。妳還在繼續妳那個『說好』的信念，對吧？所以妳必須說好。」他對我露出小狗的眼神。「說好啦，露薏莎，求求妳。說啦。」

他把我吃得死死的，而他也知道。我無可奈何地微笑。「好啦，好。」

「太棒了！去年他們準備充氣相撲裝，大家在草地上摔角，還有家庭賽跑和團隊遊戲。妳會喜歡的。」

「聽起來很棒。」我說。「團隊遊戲」這個詞彙對我的吸引力就跟「強制抹片檢查」差不多。但這是喬許，而他似乎想到我跟他一起出席就滿心歡喜，所以我不忍心拒絕。

「我保證妳不用跟我同事摔角。不過妳之後應該得跟我摔角。」他說完給我一個吻，然後便離開了。

我整週都不時檢查我的收件匣，但什麼也沒有，除了莉莉寄了一封信來，問我知不知道未成年刺青要去哪裡最好；某個顯然跟我念同一所學校的人寫信來友善地打招呼，只是我對這人一點印象也沒有；還有我媽寄了一張看起來是一隻過重的貓在跟一個兩歲孩子談話的動態圖，還附上「農場歡樂鬧」的遊戲連結。

「妳確定妳自己一個人沒問題嗎，瑪格？」我一面把鑰匙和皮夾放進手提包一面問。我穿著附金線織花肩章和滾邊的白色連身褲；她從她八零年代早期的收藏中挑出這件給我，看我穿上後雙手拍合，「噢，妳穿起來真是太美了。妳的尺碼一定跟我在妳這年紀時一模一樣。我以前有胸的，妳知道吧！在六零和七零年代超級不時尚，但現在就對了。」

我不想告訴她，我這會兒正用盡力氣不撐爆縫線，不過她說得對——我搬進她家後體重掉了幾磅，多半是因為我努力幫她料理健康有益的食物。穿上這件連身褲後我感覺心情愉快，在她面前轉了一圈。「藥吃了嗎？」

「當然吃了。別小題大作了，親愛的。這是不是表示妳今天不會回家？」

「不確定耶。不過我走之前會帶狄恩馬丁去快速散步一趟。只是以防萬一。」我伸手拿牽繩時頓了一下。「瑪格，一直沒問妳，妳為什麼要叫牠狄恩馬丁？」

她回答時的語氣告訴我這是個蠢問題。「當然是因為狄恩．馬丁是最帥得沒話說的男人，而牠也是最帥得沒話說的狗。」

那隻小狗聽話地坐著，凸出、不對稱的眼睛在拍動的舌頭上方轉來轉去。

「我問這問題真是太傻了。」我說完便走出前門。

「哎呀，瞧妳！」狄恩馬丁和我跑下最後幾階樓梯來到一樓時，阿榭克對我吹口哨。「迪斯可女伶！」

「你喜歡嗎？」我在他面前擺了個動作。「瑪格的。」

「真的嗎？那女人真是充滿驚喜。」

「留意她一下，好嗎？她今天很虛弱。」

「我留下一封信，六點時就有藉口去敲她家的門了。」

「厲害。」

我們慢跑去公園，狄恩馬丁做狗常做的事，而我拿著小袋子，一面感到一定程度的噁心一面做我該做的事。好幾個路人對我行注目禮；當你看到一個穿金蔥滾邊連身褲的女孩手拿一小袋便便，跟一隻容易興奮的狗一起跑來跑去，你也會這樣看人。正當我們衝回去，狄恩馬丁興高采烈地在我腳邊亂吠，我們在大廳巧遇喬許。「噢，嘿！」我親吻他。「再等我兩分鐘好嗎？我洗洗手、拿包包就好了。」

「拿包包？」

「對！」我注視他。「噢，手提包。你們是說手提包對吧？」

「我的意思是——妳不換衣服嗎？」

我低頭看我的連身褲。「我換好了啊。」

「甜心，要是妳穿這身衣服去我們公司的家庭日，大家會以為妳就是餘興節目。」

我花了幾分鐘才了解他並不是在開玩笑。「你不喜歡嗎？」

「噢，不。妳很美。這件衣服只是有點——像變裝皇后？我們是家人人穿西裝的公司，就像是，其他人的妻子或女朋友會穿直筒連身裙或白褲。就是……正式休閒風？」

「噢。」我努力不覺得失望。「抱歉，我不是很理解美國的衣著標準。好，好。在這裡等一下，我馬上回來。」我兩步作一步奔上樓，衝進瑪格的公寓，把狄恩馬丁的牽繩丟給瑪格；她原本已從椅子起身要拿點什麼，現在跟著我穿過走廊，一隻細瘦的手臂扶著牆。

「為什麼一副火燒房子的樣子？妳聽起來像一群大象衝過公寓。」

「我得換衣服。」

「換衣服？為什麼？」

「顯然我穿得不合宜。」我翻箱倒櫃。直筒連身裙？我唯一乾淨的直筒連身裙是山姆送我的那件迷幻風洋裝，但是穿上那件，我會有一種不忠的感覺。」

「我覺得妳看起來很好啊。」瑪格強調地說。

喬許出現在打開的前門前，他跟在我後面自己上來了。「噢對，她看起來很棒。我只是——只是希望大家因為對的原因而討論她。」他大笑。但瑪格沒笑。

我劫掠我自己的衣櫃，把衣服拿出來丟在床上，直到找到我的海軍藍古馳款西裝外套和條紋絲質襯衫式連身裙。我套上洋裝、腳塞進我的綠色瑪莉珍。

「如何？」我跑到走廊上，一面努力撫平頭髮。

「完美！」他藏不住他的寬心。「好，我們走吧。」

「我不鎖門囉，親愛的。」我聽見瑪格咕噥；這時喬許已經走出去，我追在他身後。「只是以防萬一妳想回來。」

羅布船屋是個很美的地方，因為位置的關係，免去中央公園外的吵鬧與混亂，透過寬大的窗戶，可以一覽湖水在午後陽光下閃閃發光的美景。裡面滿是衣著講究但千篇一律都是斜紋棉布褲的男人、頭髮經過專業吹整的女人；一如喬許預料，這些女人化為一片各種粉色與白色褲子構成的海。

我從服務生的托盤上拿了一杯香檳，安靜看著喬許熱切地在會場走動、跟別人交流，熱情招呼好幾個男人；這些男人看起來都一個樣，頭髮理得又短又整齊、方下巴，甚至也都一口白牙。我一時回想起陪艾格妮絲參加過的活動：我又陷入另一個紐約的世界，遠離我更近期埋首其中的古著店、用樟腦保存的連身褲和廉價咖啡。我長飲一口香檳，決定擁抱它。

喬許出現在我身旁。「真不錯，對吧？」

「這裡很美。」

「比整個下午坐在某個老太太的公寓裡好，嗯？」

「欸，我不覺得我——」

「我老闆來了。好，我來介紹你們認識，跟著我。米契（Michell）！」

喬許舉起一隻手，較年長的男人緩緩走過來，一位莊嚴優雅、深色頭髮、深色肌膚女人在他身旁，她的笑容怪異地茫然。如果你必須無時無刻對每個人友善，你的臉或許最後就會變這樣。

「今天下午玩得開心嗎？」

「非常，先生。」喬許說。「真的非常優美的環境。能否容我介紹我的女朋友？這是露薏莎．克拉克，來自英國。露薏莎，這是米契．督蒙（Dumont），併購部門的主管。」

「英國人嗎？」我感覺到男人寬大的手握住我的手，用力地握了握。

「對，我——」

「好、好。」他回身面對喬許。「好啦，年輕人，我聽說你在你的部門引起轟動。」

喬許藏不住他的喜悅，滿臉微笑，眼神朝我一閃，然後是我身旁的女人，我才知道原來他期望我跟她聊聊。沒人費心為我們引介。米契．督蒙父親般環住喬許的肩膀，帶著他走開幾步。

「那……」我揚起眉，而後又垂下。

她茫然地對我微笑。

「我喜歡您的洋裝。」世界共通潤滑劑，適用於兩個對對方完全無話可說的女人。

「謝謝。可愛的鞋。」她雖然這麼說，但說話的方式顯示她一點也不覺得我的鞋可愛。她掃視四周，明顯在思考不知道能不能找到其他聊天的對象。她只是打量了我的服裝一眼，便認定自己的地位遠高於我的薪資水準。

附近沒有其他人，於是我再次嘗試。「您很常來嗎？我是說落布船屋。」

「羅布才對。」她說。

「落布？」

「妳念成落布了，應該是羅布才對。」

看著她完美妝點、豐滿得很可疑的嘴唇重複說這兩個字，弄得我想發笑。我大口喝一口香檳掩飾。「所以您常奶落布船屋嗎？」我控制不了自己。

「沒有。」她說。「雖然我有個朋友去年在這裡結婚。那真是一場美好的婚禮。」

「肯定的。您在哪高就呢？」

「我是家庭主婦。」

「家頂主婦！我母金也是家頂主婦。」我又喝一大口香檳。「遭慈家務最買好不過了。」我看見喬許，那景象讓我一時回想起湯姆懇求爸給他一點薯片時的樣子。

這女人的表情變得有點不安——或說，就一個不能挑動眉毛的女人所能表現出的不安。一陣笑意在我胸腔裡醞釀，我向某個看不見的神乞求，希望我能把持住。

「瑪雅！」聲音帶著一絲解脫感，督蒙太太（至少我假設剛剛跟我談話的是督蒙太太）對一個朝我們走來的女人揮手；這個女人的完美身形恰到好處地套進一件薄荷綠直筒洋裝裡。我在旁邊等她們隔空親吻。

「妳看起來美極了。」

「妳也是。我喜歡妳的洋裝。」

「噢，這件很舊了啦。妳真討人喜歡。妳的親親老公怎麼樣啊？總是在談公事。」

「噢，妳也知道米契。」督蒙太太顯然沒辦法繼續忽略我的存在。「這是喬書亞．萊恩的女朋友。真抱歉，剛剛沒聽見妳的名字。這裡太吵了。」

「露薏莎。」

「真可愛。我是克莉絲，喬佛瑞的另一半。妳認識行銷部的喬佛瑞吧？」

「噢，大家都認識喬佛瑞。」督蒙太太說。

「喔，傑佛瑞啊……」我搖頭，又點頭，然後又搖頭。

「妳是做什麼的？」

「我做什麼？」

「露薏莎在時尚產業。」喬許出現在我身旁。

「妳確實有獨特的外表。我喜歡英國人，妳呢，梅樂麗？他們的選擇都好有意思。」

現場一陣沉默，大家都在消化我的選擇是多麼有意思。

「露薏莎就要開始在《女裝日報》[45]工作了。」

「真的嗎？」梅樂麗．督蒙說。

「真的嗎？」我說。「對，是真的。」

「嗯，一定很令人興奮吧。真是一份好雜誌。我得去找我丈夫了，請容許我先離開。」她又露出淡而無味的微笑，隨即踩著令人暈眩的鞋跟走開，瑪雅也跟在她身旁。

「你為什麼要那麼說？」我伸手拿另一杯香檳。「聽起來比我在照顧一位老太太好嗎？」

「不是啦。妳——妳看起來就像在時尚產業工作啊。」

「我的穿著還是讓你覺得不自在？」我看著那兩個女人，她們穿著相輔相成的洋裝。我突然想起，艾格妮絲在這樣的場合一定也是這種感覺；女人能找到數不清的隱晦方法讓其他女人知道她們並沒有融入。

「妳看起來很棒。只是如果她們認為妳在時尚產業工作，會比較好解釋妳的——妳的特別……獨特的品味。而妳的品味確實有點獨特。」

「我非常滿意我的工作，喬許。」

「但妳想進入時尚產業，對吧？妳不能永遠照顧一個老太太啊。聽著，我原本打算之後再告訴妳的——我嫂嫂黛比認識一個在《女裝日報》行銷部門工作的女人。她說她會去問問看他們有沒有低階的職缺。她似乎頗有自信能為妳做點什麼。妳覺得怎麼樣？」他笑容滿面，彷彿剛剛把聖杯獻給我。

我大口喝香檳。「當然好。」

「這就對了。太興奮了！」他持續凝視我，眉毛揚起。

「耶！」我終究還是配合他。

他捏捏我的肩膀。「我就知道妳會高興。對。我們出去外面吧，接下來是家庭賽跑。要不要來杯萊姆蘇打？我不覺得我們可以被看見喝超過一杯香檳。來，這給我。」他把我的酒杯交給經過的服務生，我們走入戶外的陽光下。

考量到這場合有多優雅，以及環境有多美輪美奐，我真該享受接下來的幾個小時才對。畢竟我對新體驗說好了。但事實上，身處這些公司夫妻之間，我愈來愈覺得格格不入。談話的節奏把我難倒了，當我被拉進隨便哪一群人，我最後都會看起來像啞巴或傻瓜。喬許在人與人之間流轉，像顆受引導的管理人導彈，每次停下來時都一臉熱切、投入，打磨過的舉止堅定自信。我發現自己看著他，又一次納悶起他到底在我身上看見了什麼。我跟這些女人毫無相似之處；她們蜜桃色的四肢會發光，洋

注45　Women's Wear Daily，美國時尚雜誌，成立於一九一〇年，在時尚界聲譽頗高。

裝完全不會起皺，談論著令人無法忍受的保母和巴哈馬的假期。我緊跟著他，重複他的謊言聊著我初萌芽的時尚職涯，無聲微笑並附和對，對，非常美，謝謝你，噢對，我想再來杯香檳，努力忽視喬許迅速挑起又落下的眉毛。

「今天玩得開心嗎？」

一個紅髮鮑伯頭的女人站在我身旁；她的頭髮好有光澤，幾乎能反射倒影了。一個穿淡藍襯衫搭斜紋棉布褲、較年長的男人說了個笑話，喬許這時正在捧腹大笑。

「噢，很棒。謝謝妳。」

到了這個時候，我已經很擅長微笑並什麼都不說。

「菲麗瑟緹．利伯曼（Felicity Lieberman），我跟喬許隔兩張辦公桌。他的表現好得沒話說。」我跟她握手。「露薏莎．克拉克。確實沒話說。」我退後一步，又喝一口香檳。

「他兩年內就會成為合夥人。我很確定。你們交往很久了嗎？」

「呃，不是很久。我們認識的時間比交往的時間長很多。」

她似乎在等我說更多。

「欸，我們原本算是朋友吧。」我喝太多，發現自己比我預期還多話。「我其實原本跟別人在一起，但是喬許和我，我們一直偶遇。嗯，他說他在等我。或說等我和我男朋友分手。這樣其實有點浪漫。後來發生一大堆事——碰！我們突然就交往了。妳也知道這種事都怎麼走。」

「噢，我知道。他很有說服力，這就是我們的喬許。」

她的笑聲中有點什麼令我坐立不安。「說服力？」我幾分鐘後問。

「所以他也對妳施展迴廊低語那招嗎？」

「什麼招？」

她一定注意到我大受震撼的表情。她靠向我。「菲麗瑟緹．利伯曼，妳是全紐約最可愛的女孩。」她瞄了一眼喬許，退回原位。「噢，別露出這種表情。我們不是認真的，而且喬許是真心喜歡妳。他工作時說了一大堆妳的事，對妳肯定就是認真的了。不過，天啊，這些男人和他們的招數，對吧？」

我試著笑。「對。」

後來督蒙先生發表了一番自鳴得意的演說，夫妻組開始朝各自的家飄去，而我沉在初期的宿醉底下。喬許打開一輛等候的計程車車門等我上車，但我說我想走路。

「妳不想來我家嗎？我們可以買點東西吃。」

「我累了，而且瑪格明天早上要回診。」我的臉頰因為整天的假笑而痠痛。

他在我臉上搜尋蛛絲馬跡。「妳在生我的氣。」

「我沒有生你的氣。」

「妳因為我那樣說妳的工作而生我的氣。」他握住我的手。「露薏莎，我不是故意要惹妳不開心，甜心。」

「但你希望我成為不同的人。你覺得我比不上他們。」

「沒有。我覺得妳很棒。只是妳可以做得更好，因為妳潛能無限，而我——」

「別說那種話，好嗎？潛能那些的。高高在上又侮辱人，而且……欸，我不希望你對我說這種話。永遠都不要。好嗎？」

「哇啊。」喬許回頭看一眼，或許是檢查同事們有沒有在看。他握住我的手肘。「好囉，所以到底是怎麼回事？」

我注視自己的腳。我什麼也不想說，但阻止不了自己。「有幾個？」

「有幾個什麼？」

「你對幾個女人施展過迴廊低語？」

他一時說不出話來。他轉了轉眼珠，稍微轉開。「菲麗瑟緹。」

「對。菲麗瑟緹。」

「所以妳不是第一個，但那還是很美好，不是嗎？我還以為妳喜歡。聽著，我只是想逗妳笑。」

我們站在車門兩邊，計程車里程表持續跳動，司機對著後照鏡挑眉，繼續等待。

「也確實把妳逗笑了，對吧？我們當時很快樂。我們不是度過了一段快樂的時光嗎？」

「但你已經快樂過了，跟別人。」

「別鬧了，露薏莎。妳只對我這個男人說過甜言蜜語嗎？精心打扮？做愛？我們又不是青少年，大家都有過去。」

「還有嘗試過也經過測試的招數。」

「這樣說並不公平。」

我吸口氣。「我很抱歉。不只是迴廊低語這件事。我覺得這些活動有點難應付。我不習慣還得假裝成別人。」

他重拾笑意，表情軟化。「嘿，妳最終一定可以適應的。熟了之後，他們都是很好的人。就連跟我約會過的那些也是。」他試著微笑。

「你說了算。」

「我們會參加其中一天壘球的活動，那比較低調，妳會喜歡的。」

我微笑。

他靠過來吻我。「和好囉？」

「和好。」

「妳確定不想跟我一起回家？」

「我需要確認瑪格的狀況，而且我頭痛。」

「喝太猛就會這樣！多喝點水，多半是脫水吧。我明天再跟妳連絡。」他吻我，然後爬上計程車，關上車門。我站在原地看著，而他揮手，接著輕拍隔板兩下，計程車隨即開走。

回到公寓大樓時，我看了看大廳裡的時鐘，很驚訝地發現居然才六點半而已。這個下午感覺延續了幾十年。我脫下鞋子，感到全然放鬆；只有女人才會了解被擠得發疼的腳趾終於能夠埋進長毛地毯裡是什麼感覺。我光腳走上樓回到瑪格的公寓，鞋子掛在手上。我莫名難以言喻地又累又惱怒，感覺像被要求玩一場我不懂規則的遊戲。說實在的，我覺得我情願今天下午待在哪都好，就是不要去參加這個活動。而且我不斷回想起菲麗瑟緹．利伯曼那句**他也對妳施展迴廊低語那招嗎**？

我進門時彎腰跟狄恩馬丁打招呼，牠從走廊另一端蹦蹦跳跳地跑向我。看到我回來，牠那張扁臉是如此開心，我很難繼續維持壞心情。我在走廊地板坐下，讓牠在我身旁跳來跳去，一面聞嗅一面用粉色舌頭探向我的臉，直到我終於重拾笑容。

「只是我回來了而已，瑪格。」我大喊。

「欸，我也不太會以為是喬治．克隆尼。」瑪格應道。「該感到遺憾的是我。那些超完美嬌妻怎麼樣啊？他讓妳皈依了嗎？」

「今天下午很美好，瑪格。」我說謊。「每個人都很棒。」

「這麼糟糕嗎？如果妳剛好經過廚房，可以幫我拿一點美好的苦艾酒嗎，親愛的？」

「苦艾酒到底是啥？」我對狗咕噥，但牠坐下用後腿搔起一隻耳朵。

「想喝的話，妳也來一杯吧。」她補充。「我想妳應該需要。」

我剛要站起來時，手機響了起來。我一時覺得沮喪——多半是喬許，而我還沒準備好跟他談，不過查看螢幕後發現是我家的號碼。我把手機貼向耳朵。

「爸？」

「露薏莎？噢，感謝天。」

我看了看時間。「還好嗎？家裡現在應該是半夜吧。」

「甜心，我有個壞消息，是妳爺爺。」

26.

謹誌艾伯特・約翰・康普頓（Albert John Compton），「爺爺」

葬禮：

聖瑪莉與諸聖人教區禮拜堂，斯坦福堡綠地

四月二十三日下午十二時三十分

歡迎所有賓客於葬禮後至派恩茅斯街（Pinemouth Street）的歡笑狗（Laughing Dog）酒吧共享小點

謝絕鮮花，但歡迎捐款給受傷騎士基金，金額隨喜。

「或許心已空，但我們因曾愛過你而獲得祝福。」

我三天後飛回家，及時趕上葬禮。我幫瑪格煮了十天份的餐點，放進冷凍庫，留下指示給阿樹克，請他每天至少一次找藉口溜上樓，確認她是否一切安好；要是她不好，我不至於在一週後直接走進對健康有害的地方。我把她的一次回診延後，確定她有乾淨的床單，狄恩馬丁也有足夠的食物，付錢請職業的遛狗人瑪戈達（Magda）每天來兩次。我堅定地跟瑪格說不能第一天就把人家炒魷魚。我告訴古著百貨女孩們我出遠門了。我跟喬許見了兩次面。我讓他輕撫我的頭髮，跟我說他很遺憾，他記得自己的爺爺過世時是什麼感覺。一直要到我終於上了飛機，我才意識到我用諸多方法讓自己忙得不可開交，只是為了逃避承認剛剛發生的事。

爺爺不在了。

另一次中風，爸說。當時他跟媽坐在廚房裡聊天，爺爺在看賽馬，媽過去問他，他的茶要不要回沖，而他那時已經走了，好安靜、好祥和，十五分鐘過去，他們才漸漸明白他不是睡著而已。

「他看起來好放鬆，小露。」他用小貨車載我從機場回家時說。「只是頭歪向一邊，眼睛闔上，彷彿只是打個盹。我是說，老天愛他，我們沒人想失去他，但這樣走最好，對吧？在自己家、坐在自己最愛的椅子上，老電視開著。那場比賽他甚至沒下注，不是說錯失贏錢的機會而傷心失望，因此走向來世。」他試著微笑。

我感覺麻木。一直到我跟著爸進屋，看見那張空椅子，我才能說服我自己這是真的。我再也見不到他，再也感受不到擁抱他時在我手指下拱起的老背脊，再也不能幫他泡茶，或解讀他無聲的話語，或跟他一起開數獨作弊的玩笑。

「噢，小露。」媽媽從走廊走出來，把我拉進她懷中。我擁抱她，感覺她的眼淚滲入我肩膀，爸站在她身後輕拍她的背，一面低聲說：「好了，好了，親愛的。妳沒事的，妳沒事的。」彷彿只要說得夠多次就能成真。

儘管我深愛爺爺，我偶爾還是理論上地想著，如果他真的過世，媽會不會就某些方面而言從照顧他的責任中獲得釋放。好久了，她的人生都緊緊跟爺爺的人生綁在一起，她只能挖出一點點零碎時間給自己；最後這幾個月，他的健康狀況又惡化，表示她再也沒辦法去上她最愛的夜校。

但我錯了。她傷心欲絕，總是泫然欲泣。她嚴厲責備自己在他過世時沒跟他一起待在起居室，一看見他的東西就落淚，持續苦思自己原本是不是能夠改變些什麼。她躁動不安，因為沒人可照顧而失落。她起身又坐下，拍鬆靠墊，為了某個沒寫在行事曆上的代辦事項而查看時間。當她真的覺得痛苦時，她狂躁地打掃，擦掉壁腳板上並不存在的灰塵、刷洗地板，直到她的指節變得又紅又腫。到了晚上，我們坐在餐桌旁，爸去酒吧——應該是去付清葬禮茶點的尾款——她輕輕推開第四杯她不小心為一個已經不在的人泡的茶，接著脫口而出自從他死後就縈繞在她心頭的問題。

「要是我當時能做點什麼呢？要是我們有帶他去醫院做更多檢查呢？他們或許能查出他有再中風的危險。」她的雙手絞扭手帕。

「但你們都做了啊。你們帶他去醫院一百萬次了吧。」

「妳記得他吃了兩包巧克力消化餅的那次嗎？那可能就是肇因。據說現在糖就是惡魔的產品。我早該把那些餅乾放到更高的櫥櫃才對。我不該讓他吃那些要命的蛋糕……」

「他又不是孩子，媽。」

「我應該要逼他吃他的蔬菜才對。但好難噢，妳知道嗎？妳沒辦法用湯匙餵成人吃東西。噢，天啊，我無意冒犯。我當然是指威爾，那並不一樣……」

我伸出一隻手放在她的雙手上，看著她的臉皺起。「沒人比妳更愛他，媽。沒人能比妳把爺爺照顧得更好。」

事實上，她的悲痛令我不自在；太接近我曾經到過的境界了，而且相隔的時間也不是那麼久。我對她的悲傷戒慎恐懼，彷彿那是有傳染性的；我也發現自己找藉口遠離她，努力維持忙碌以避免也承受傷痛。

那一晚，媽和爸一起坐著檢視律師送來的文件，我去了爺爺的房間。這裡還是跟他在世時一樣，床鋪好了，《賽馬郵報》放在椅子上，隔天下午的兩場比賽用藍筆圈起。

我在床邊坐下，食指畫過燈芯紗盤花床單上的紋路。床頭桌上立著一幀奶奶五零年代時拍的照片，她的頭髮捲成波浪，微笑開朗又信任。我對她只有短暫的記憶，爺爺卻是童年時固定出現的角色，剛開始是在街邊的小屋（翠娜和我週六下午會跑過去討糖果，我媽則是站在大門邊），然後，他最近的十五年來都住在我家的房間裡，他和藹、遲疑的微笑為我的一天落下標點，他和他的報紙、裝著茶的馬克杯是起居室裡恆常的存在。

我回想起小時候他跟我們說他在海軍時的故事（跟荒島、猴子、椰子樹有關的那些可能不全然是真的），他用焦黑的鍋子煎沾蛋液的麵包——他唯一會做的一道料理，還有當我還非常小的時候，他會跟奶奶說笑話，逗得她笑到流淚。然後我想起他的最後幾年，我幾乎把他當成家裡的其中一件家具。我沒寫過信給他、沒打過電話給他。我只是想當然地認為只要我希望他在，他就會一直都在。他介意嗎？他是否曾想對我說話？

我甚至沒跟他說再見。

我想起艾格妮絲說過的話：遠離家鄉的人總會把心放在兩個地方。我把手放在燈芯紗盤花床單上，終於哭了出來。

葬禮那天，我下樓，發現媽正為了迎接即將到來的賓客而瘋狂打掃，儘管就我所知，應該是沒人會到家裡來才對。爸坐在桌邊無能為力地看著——這幾天以來，他對媽說話時常常都是這表情。

「妳不需要找工作，喬絲。妳不需要做任何事。」

「欸，我需要打發時間。」媽脫下外套，仔細地疊好披在椅背上。然後跪下清理碗櫥後某片看不見的灰塵。爸無言地把盤子和刀子推給我。

「我只是在說，小露，妳媽沒必要急著跳進任何事裡。她剛剛說葬禮結束後她要直接去求職中心。」

「妳照顧爺爺好幾年了，媽。妳應該享受屬於妳自己的時間就好。」

「不，有些事忙比較好。」

「要是她繼續用這種速度擦洗，我們就要沒碗櫥可用了。」爸咕噥。

「坐下吧，求求妳。妳得吃點東西。」

「我不餓。」

「看在老天分上，女人。妳再這樣下去，就要害我也中風了。」他一說出口就一縮。「對不起，對不起，我不是故意……」

「媽。」她好像沒聽見我叫她，於是我走過去，一隻手放在她肩膀上；她靜止了幾秒。「媽。」

她猛力站起，用手掌抹臉，看著窗外。「我現在還有什麼用處？」

「什麼意思？」

她調整上過漿的白色網眼簾。「再也沒人需要我了。」

「噢，媽，我需要妳。我們都需要妳。」

「但妳不在這裡啊，對吧？妳們都不在。就連湯姆也不在。你們都在千百英里之外。」

爸和我看了看對方。

「那不代表我們不需要妳。」

「家裡只有爺爺仰賴我。就連你，柏納，你只要每天晚上到路上的酒吧吃一塊派、喝一杯就可以了。我現在該做什麼？我五十八歲了，而且一無是處。我這一輩子都在照顧別人，但現在連需要我的人都沒了。」

她熱淚盈眶。在那駭人的一瞬間，我以為她要開始號啕大哭。

「我們永遠需要妳，媽。要是妳不在這裡，我真不知道該怎麼辦才好。妳就像建築的地基。我或許不是時時刻刻看見妳，但我知道妳就在那兒，支持著我，支持著全家人。我跟妳保證翠娜也會說一樣的話。」

她看著我，眼神憂慮，彷彿不知道該相信什麼。

「真的啦。而這——這是一個詭異的時期，需要花一些時間調適。不過還記得妳剛開始上夜校的時候嗎？妳是不是很興奮？像是妳發現了一小部分的自己？嗯，這會再次發生。跟誰需要妳無關——重要的是妳終於能把一些時間投注在妳自己身上。」

「喬絲，」爸柔聲說，「我們會去旅行，做所有原本因為得丟下他，我們覺得不能做的事。我們說不定可以去探望妳，小露。紐約之旅耶！瞧，親愛的，妳的人生沒有結束，只是會變得不一樣而已。」

「紐約？」媽問。

「噢，天啊。我喜歡這點子。」我從架子上拿出一片吐司。「我會幫你們找一間好旅館，我們去所有景點觀光。」

「妳會嗎？」

「說不定我們可以會會妳那個百萬富翁老闆。」爸說。「他會給我們一些小道消息，對吧？」

我沒真的跟他們說過我工作情況的變化。我不動聲色，繼續吃吐司。

「我們嗎？去紐約？」媽問。

爸把面紙盒遞給媽。「嗯，有何不可呢？我們有存款，最後又帶不走。老傢伙至少知道這一點。不過不要期待什麼豐厚的遺產，嗯，露薏莎？我現在很怕經過賽馬賭注登記人，以免他跳出來說爺爺欠他五英鎊。」

媽直起身子，手裡抓著抹布。她看向一旁。「妳和我和爸遊覽紐約。嗯，是不是會很棒？」

「妳想的話，我們今晚可以來查機票。」我短暫思考著不知道能不能說服瑪格說她姓高普尼克。

媽一隻手貼著臉頰。「噢，哎呀，聽聽我在這邊計畫，爺爺屍骨未寒呢。他會怎麼想？」

「他會覺得很棒。爺爺會喜歡妳和爸一起來美國的這個點子。」

「妳真這麼想？」

「我知道會是這樣。」我伸手擁抱她。「他在海軍裡時不也曾去過世界各地嗎？而且我也知道，他會希望妳重新回到成人教育中心。沒道理浪費妳過去這年學到的知識。」

「只是我也頗確定他會希望妳去上課前在爐子上幫我留點晚餐。」爸說。

「好啦，媽。先撐過這天，然後我們可以開始計畫。妳已經做了所有妳能為他做的事了，我知道爺爺會覺得妳的下一階段人生應該是一場冒險才對。」

「冒險。」媽若有所思地說。她從爸那兒抽張面紙輕壓眼角。「我怎麼養得出這麼有智慧的女兒，嗯？」

爸挑眉，靈巧地偷走我盤裡的吐司。

「啊，嗯，那是父親這邊的影響，知道吧。」媽用擦碗用的抹布彈爸後腦，爸喊了一聲；不過媽轉身時，爸對我露出完全放心的微笑。

一如所有葬禮，爺爺的葬禮在不同程度的哀傷中度過，還有一些眼淚，會眾中有可觀比例的人希望自己知道聖歌的曲調。套句牧師禮貌的說詞，到場的人不算太超過。到最後，爺爺非常難得出門，儘管媽在《斯坦福堡觀察報》發了訃聞，似乎還是沒幾個朋友知道他已經過世，不然就是爺爺的朋友大部分也都死了（從幾個來悼念的人看來，這實在說不準）。

來到墓地後，我站在翠娜旁邊，下顎緊繃；當她的手鑽進我掌中捏了捏，我格外感激起有手足相伴。我回頭看牽著湯姆的艾德，湯姆正安靜地踢著草地上的雛菊，或許在忍住哭泣，也或許在想著變形金剛或他塞進喪禮禮車坐墊那塊吃一半的餅乾。

我聽見牧師低聲念誦熟悉的塵歸塵土歸土那些，淚水盈眶，我用手帕抹掉。接著我抬頭，墓穴另一邊，一小群悼念者的後方，山姆就站在那兒。我的心跳亂了起來，感覺到一陣介於恐懼和噁心之間的熱流。我穿過人群短暫與他對上眼，隨即用力眨眼，調開視線。再看過去時，他已經離開了。

後來到了酒吧的自助餐旁，我轉身發現他就在我身邊。我沒看過他穿西裝，而看見他是這麼帥氣，同時又這麼陌生，這景象擊中我，讓我一時無法呼吸。我決定要盡可能成熟地處理這情況，乾脆地拒絕承認他的存在，專注地注視裝三明治的盤子，一副最近才剛認識食物這概念的樣子。

他站在那兒，或許是在等我抬頭，然後柔聲說：「我對妳爺爺的事感到很遺憾。我知道你們家人間的關係有多親近。」

「顯然沒那麼親近，不然我就會在家裡了。」我忙著擺放桌上的餐巾紙，儘管媽付錢請了服務人員。

「對，嗯，生命並不總是那樣運作。」

「我猜也是。」我短暫閉上眼，努力拿掉聲音裡的尖刺。我吸口氣，終於抬起頭，小心露出應該算是中立的表情。「你好嗎？」

「不賴，謝了。妳呢？」

「噢，很好。」

我們站立片刻。

「你家怎麼樣了？」

「有進展，下個月就搬進去了。」

「哇。」我一時被自己不舒服的感覺嚇到。對我來說，我認識的某個人從零開始蓋好一棟自己的房子感覺像天方夜譚。我看過那房子還只是地上一堆混凝土的樣子。然而他完成了。「那真是——那真是了不起。」

「我知道。不過我會想念舊火車車廂。我挺喜歡住在裡面。生活很……單純。」

我們看著對方，然後別開視線。

「凱蒂好嗎？」

最微弱的停頓。「她很好。」

我媽帶著一托盤的香腸捲出現在我身旁。「小露，親愛的，可以幫我看看翠娜在哪嗎？她應該幫我端這個給大家取用才對——噢，不。看到她了。還是說妳可以幫我拿給她。那裡有些人什麼都還沒吃——」她突然發現我原本在跟誰說話，又抽走托盤。「抱歉，真不好意思。不是故意打斷你們。」

「沒打斷。」我說得比我原本預期還更稍微斷然一點。我握住托盤邊緣。

「我來就好，寶貝。」她把托盤朝自己腰間拉。

「我可以幫忙。」我緊緊握住，指節都泛白了。

「小露，放手。」她堅定地說，目光燒進我眼裡。我終於鬆手，而她快步離開。

山姆和我站在桌邊，我們尷尬地對對方一笑，但那微笑消逝得太快。我拿起一個盤子，放了一根胡蘿蔔棒上去。我不太確定自己吃得下任何東西，但拿著空盤站在這裡感覺很怪。

「那，回來久住嗎？」

「待一週而已。」

「在那裡過得好嗎？」

「很有意思，我被解雇了。」

「莉莉跟我說了。因為傑克的關係，我最近挺常跟她見面的。」

「對啊，那件事很……令人訝異。」我短暫納悶起不知道莉莉對於她這趟旅程都跟他說了些什麼。

「我可不。他們初次見面的時候我就看出來了。妳知道的，她很棒。他們很快樂。」

我點頭，彷彿表示認同。

「她很健談。說了妳那厲害的男朋友，還有妳被炒魷魚之後怎麼重振旗鼓，找到其他地方住，還到古著百貨工作。」他顯然跟我一樣對起司脆棒入了迷。「妳把問題都解決了。她很佩服妳。」

「我很懷疑。」

「她說紐約很適合妳。」他聳肩。「不過我想我們本來就知道了。」

趁他看其他地方的時候，我偷瞄了他一眼，心裡還沒死透的那一小部分驚歎著，兩個原本相處得如此自在的人，這會兒竟然連在對話中順暢地你來我往都搞不太定。

「我有東西要拿給你，在我家裡的房間裡。」我突兀地說，不是很確定到底從哪裡冒出來。「上次帶回來的，但是……你知道的。」

「給我的東西嗎？」

「其實不是給你啦。那是，呃，一頂尼克隊的棒球帽。一段時間前買的。你跟我說過你姊的事。她沒來得及去洛克三十，但我想，嗯，說不定傑克會喜歡。」

他凝視我。

這次輪到我低頭注視自己的腳。「不過多半是個蠢想法。」我說。「是可以送別人啦，不是說我在紐約沒辦法幫尼克隊的帽子找到另一個主人。而且我拿東西給你可能也會有點怪。」

「不，不。他會喜歡的。妳真好。」有人在外面按了一下喇叭，山姆朝窗戶張望。不知道凱蒂是不是在車上等他。

我不知道該說什麼。似乎所有問題都沒有正確的答案。我試著壓下喉嚨裡隆起的腫塊。我回想起那場史崔格舞會——我原本以為山姆會討厭那種場合，以為他沒有西裝。我為什麼會有這種想法？他今天穿的西裝看起來就是為他量身打造。

「我再——我再寄給你好了。你猜怎麼著？」我覺得再也承受不了時說道，「我想我最好幫我媽處理——弄那個——有一些香腸……」

山姆後退一步。「當然。我只是想來致意而已。就不妨礙妳了。」

他轉身，而我的臉垮下來。我很慶幸置身守靈的場合，沒人會覺得這表情有什麼大不了。然而，我還沒來得及整頓好我的表情，他又轉回來。

「小露。」他輕聲說。

我無法說話，只能搖頭，然後看著他穿過來悼念的人，走出酒吧大門。

那天晚上，媽把一個小包裹交給我。

「爺爺給我的嗎？」我問。

「別傻了，」媽說，「爺爺生命的最後十年中沒送過任何人禮物。是妳男人給的，山姆。今天看到他才想起來。妳上次回來的時候留在這裡，我不知道妳希望我怎麼處理。」

我拿著那個小盒子，突然想起我們在廚房桌旁的爭執。耶誕快樂，他說，然後把盒子放在桌上才離開。

媽走去洗碗。我小心地拆開包裹，用誇張的謹慎拆掉一層層包裝紙，像是在打開一件古代的藝品。小盒子裡躺著一枚救護車形狀的琺瑯胸針，應該是五零年代的東西，紅色十字以細小寶石鑲成，可能是紅寶石，也有可能是人造寶石。無論如何，胸針在我手中閃爍。一張折疊起來的小紙條塞在盒蓋中。

好讓妳在我們分隔兩地時想起我。
獻上我所有的愛，妳的救護車山姆。XXX

我把紙條握在掌中，媽過來越過我的肩膀查看。我的母親很少選擇不開口，但這次她只是捏捏我的肩膀，在我頭頂印下一個吻，又回頭繼續洗碗。

27

親愛的露薏莎．克拉克，

我是文森．韋伯——瑪格．韋伯的孫子。不過妳認識的她似乎是用她婚前的姓德威特。收到妳的來信我非常驚訝，因爲我爸不太常聊起他媽——說實話，好幾年來他甚至讓我相信她已經不在了，只是我現在才領悟，沒人眞正這樣說過。收到妳的來信後，我問我媽，她說在我出生很久之前發生過一次嚴重爭吵，不過我一直在思考，最後決定那實在跟我沒什麼關係，而我想多認識她。（從妳的字裡行間看來，她似乎狀況不好？）眞不敢相信我還有另外一位奶奶！

請務必回信，也謝謝妳這麼費心。

文森．韋伯（阿文）

他在週三下午我們約好的時間到來，那是五月真正溫暖的第一天，街上滿是突然裸露的肉體與新買的太陽眼鏡。我沒告訴瑪格，因為第一、我知道她會大發雷霆；第二、我強烈覺得她會乾脆出去散步散到他離開才回來。我打開前門，而他就站在那兒——一個高䠷的金髮男子，耳朵打了七個洞，穿著一件四零年代款的垮褲和亮紅色的襯衫，還有擦得晶亮的拷花皮鞋，一件費爾島毛衣披在肩上。

「是露薏莎嗎？」我彎腰抱起動來動去的小狗時，他開口詢問。

「噢，天啊。」我緩緩上下打量他。「你們一定很快就會打成一片。」

我帶他走過走廊，一面壓低音量交談。狄恩馬丁又吠又咆哮地鬧了整整兩分鐘，瑪格才喊道：

「誰來啦，親愛的？如果是那個討人厭的高普尼克家女人，妳可以跟她說她的鋼琴演奏是賣弄又多愁善感的垃圾。說這句話的人可是親眼見過李柏拉斯[46]本人。」她開始咳嗽。

我倒退著走，一面招呼他走進起居室。我推開門。「瑪格，妳有訪客。」

她轉身，微微皺眉，雙手放在椅子的扶手上，打量了他整整十秒。「我不認識你。」她決然地說。

「這是文森，瑪格。」我吸口氣。「妳孫子。」

「嗨，德威特夫人……奶奶。」他走上前，微笑，接著在她前面彎下腰，而她審視他的臉。

她的表情好兇，我原本以為她就要對他大吼了，不過她只發出像打嗝的聲音。她的嘴打開半吋，年邁又瘦骨嶙峋的雙手握住他的袖子。「你來了。」她凝視他，目光在他的五官來回掃動，彷彿已經看見相似之處、歷史，以及早已遺忘又重回的回憶。「噢，但是你真的跟你爸太像了。」她伸出一隻手碰觸他的臉頰。

「我喜歡想成我的品味比他好一點點。」文森微笑，瑪格哈了一聲。

「讓我看看你。噢，天啊。噢，你長得真帥。但你是怎麼找到我的？你父親知道嗎？」她搖頭，彷彿這些問題太雜亂無章。她揪住他袖子的手指節泛白。接著她轉向我，彷彿這才想起我也在場。「嗯，不知道妳是在看什麼看，露薏莎。一般人到這個時候應該會端杯飲料給這可憐的男人才對。天啊，有些日子裡我還真不知道妳到底在這裡做什麼。」

文森一副大受驚嚇的樣子，不過我轉身走向廚房時笑得合不攏嘴。

注46　Liberace，美國著名鋼琴家，多棲發展，是五〇年代到七〇年代全世界收入最高的藝人。

28.

是了，喬許說，一面拍合雙手。他很確定他會得到升遷。康諾・愛爾斯（Connor Ailes）沒被邀請去吃晚餐。查麥・川特（Charmaine Trent）剛從法務部門調來，也沒被邀請去吃晚餐。史考特・麥基（Scott Mackey）在升上會計經理前有被邀請去吃晚餐，而他說他很確定喬許十拿九穩。

「我是說，我不想過度自信，不過一切關乎社交，露薏莎。」他檢視自己的鏡中倒影。「他們只會升他們覺得可以在社交上跟他們往來的人。這妳可不知道，對吧？我還在想我要不要開始打高爾夫球。他們都打高爾夫球。但我自從，大概十三歲吧，就沒打過了。妳覺得這條領帶怎麼樣？」

「很好。」就是一條領帶。我並不真的知道該說什麼，反正看起來都是藍色的。他用快速、熟練的手法打好領帶。

「我昨天打電話給爸，他說關鍵在於看起來像你不依賴他們，對吧？像是——像是我野心勃勃、徹頭徹尾是個以公司為重的員工，但同樣地，我隨時可以換去其他家公司，因為大家都要我。他們必須感覺受威脅，覺得要是他們沒讓你得到你應有的待遇，你可能會另謀高就，妳懂我的意思嗎？」

「噢，我懂。」

過去這週以來，這是第十四次出現同樣對話了。我甚至不確定我這方到底需不需要應聲。他又查看倒影，然後，顯然覺得滿意了，他走來床邊，靠過來一手滑過我身後的頭髮。「快七點的時候去接妳，好嗎？一定要先遛好狗，以免耽誤我們的時間。我不想遲到。」

「我會準備好。」

「祝妳今天順利。嘿，妳為那老太太家做的事很棒，妳知道吧？真的很棒。妳做了一件好事。」他強調地吻我，想到即將展開的這一天就眉開眼笑，然後便出門上班。

我維持他離開時的同樣姿勢待在他床上，套著他的一件T恤抱著膝蓋。然後我起床、著裝，自己走出他家。

我早上帶瑪格回診時還是心不在焉，額頭靠著計程車窗，努力讓自己聽起來像有聽懂她在說什麼。

「送我到這裡就好，親愛的。」我扶瑪格下車後她這麼對我說。她來到雙開門前，而我放開她的手臂；雙開門滑開，彷彿要把她吞下。

現在每次回診都是這個模式。我會跟狄恩馬丁一起待在外面，她慢慢自己走進去，而我一小時後回來，或看她什麼時候打電話給我。

「我不知道妳今天早上是怎麼回事，魂不守舍的。沒用。」她站在門口，把牽繩交給我。

「謝啦，瑪格。」

「欸，這就像跟一個笨蛋同行。妳的腦顯然在其他地方，一點陪伴的功能也沒有。同一件事我得說三次妳才會幫我做。」

「抱歉。」

「嗯，請確定我在裡面時妳會把全部的注意力都放在狄恩馬丁身上。當牠知道牠被忽視，牠會非常難過。」她伸出一根手指。「我是說真的，小姐。我會知道。」

我打算走去有戶外座位和友善服務生的咖啡店，但走到半路才發現她的包包還在我手上。我咒罵了一聲，又沿街道往回跑。

我忽略等候看診的病患射來的尖銳視線，直接衝進接待區；那些病患瞪著狗，彷彿我帶了一顆活生生的手榴彈進來。「嗨！我需要把這個包包——手提包——交給瑪格．德威特女士。可不可以請妳告訴我該到哪裡找她？麻煩了。我是她的照顧者。」

那女人的視線沒有離開面前的螢幕。「妳不能打電話給她嗎？」

「她八十幾歲了，沒在用手機。就算她有手機，那也會在這個手提包裡。麻煩妳了。她會用到她的包包，裡面有她的藥、筆記等東西。」

「她今天有約診嗎？」

「十一點十五分，瑪格．德威特。」以防萬一，我還拼出她的名字。

她瀏覽名單，一根指甲油塗得很誇張的手指畫過螢幕。「好，對，我找到了。腫瘤科在那個方向，穿過左邊的雙開門。」

「不好意思，妳說什麼？」

「腫瘤科。走這條主廊道，穿過左邊的雙開門。要是她已經進去看醫生了，妳可以把她的手提包交給那裡的護士，或是留訊息給他們，告訴她妳會在哪裡等她。」

我瞪著她，等她告訴我她弄錯了。最後她終於抬頭，一臉問號，彷彿在等我解釋我為何還呆呆站在她前面。我從櫃檯上拿起約診卡收好，轉身。「謝謝妳。」我牽著狄恩馬丁走到外面的陽光下。

「妳為什麼不告訴我？」

瑪格坐在計程車上，頑固地別開頭不看我，狄恩馬丁在她腿上喘氣。「因為跟妳無關。妳會告訴文森。而我不希望他覺得因為我長了愚蠢的腫瘤就必須來看我。」

「醫生怎麼說？」

「跟妳無關。」

「妳……妳覺得怎麼樣？」

「跟妳開始問這些問題之前一模一樣。」

一切都說得通了。那些藥、密集回診、消退的胃口。我原本以為那些事都只是證明瑪格老了，也證明美國醫療系統過度關注，結果都是在掩蓋更深層的問題。我覺得想吐。「我不知道該說什麼，瑪格。我感覺像——」

「我對妳的感覺沒興趣。」

「但是——」

「妳別想這時候跟我多愁善感起來。」她叱道。「你們英國人不是很會咬牙忍耐嗎？怎麼，妳的牙是用棉花糖做的嗎？」

「瑪格——」

「我現在拒絕談這件事。沒什麼好談。如果妳堅持要這樣龜龜毛毛的，那妳可以搬去別人的公寓。」

我們回到雷維瑞時，她以罕見的活力下車。我付好車錢時，她已經自己走進大廳。

我想跟喬許談談剛剛發生的事，不過我傳訊息給他，他只說他累慘了，我可以晚上再跟他說細節。納森忙著照料高普尼克先生，伊拉莉雅可能會嚇壞，或更糟的是，她會堅持要時時過來，用她自有品牌的直率照護和重新加熱的豬肉砂鍋讓瑪格窒息。我真的不知道還能找誰談。

瑪格睡午覺時，我無聲地走進浴室，以打掃為藉口打開櫥櫃，查看擺滿層架的藥、記下藥名，直到我得到確認：嗎啡。我上網查櫥櫃裡的其他藥，最後找到我要的答案。

我無比震驚。不知道這麼直接了當地與死亡面對面會是什麼感覺，也不知道她還剩多少時間。我發現我愛這位尖牙利嘴、心思敏銳的老太太，就像我愛我的家人一樣。我心裡非常非常小的一個部分自私地想著這對我來說代表什麼：我在瑪格家過得很快樂。雖然不覺得永遠都能如此，但我原以為我至少可以在這裡待上一年，或甚至更久。現在我必須面對事實，我又要像站在變動不休的沙地上了。

門鈴準時在七點響起，我這時才剛稍微鎮定下來。我應門，是無懈可擊的喬許，一點鬍碴也沒有。

「怎麼做到的？」我問。「經過一整天的工作，你怎麼還能看起來像這樣？」

他靠過來親吻我臉頰。「電動刮鬍刀，而且我在乾洗店那邊留了另一套西裝，在公司裡換好。不想邋遢現身。」

「但你老闆肯定會穿著今天穿整天的同一套西裝吧。」

「或許。不過他不是那個尋求升遷的人。妳覺得我看起來還可以？」

「哈囉，親愛的喬許。」正要去廚房的瑪格從我們旁邊走過。

「晚安，德威特夫人。妳今天好嗎？」

「還在這，親愛的。你只要知道這點就夠了。」

「嗯，妳看起來氣色很好。」

「而你滿嘴廢話。」

他咧嘴笑，回頭面對我。「妳穿什麼呢，小脆餅？」

我低頭。「呃，這個？」

短暫沉默。

「內搭褲？」

我瞄了一眼自己的腿。「噢，那個啊。我今天過得不太好，這是我的提振精神內搭褲，跟從乾洗店拿回來的清新西裝具備相同效果。」我可憐地微笑。「我只在最特別的場合才穿喔，希望可以加點分。」

他又盯著我的腿看了一會兒，一手慢慢爬到嘴邊。「很抱歉，露薏莎，但今晚穿這件內搭褲並不適合。我老闆和他妻子挺傳統的，而且這是一間非常高檔的餐廳，米其林星級那種。」

「這是香奈兒洋裝，德威特夫人借我的。」

「當然，但整體效果有點太」——他扮鬼臉——「瘋狂？」

發現我沒反應，他伸出雙手握住我兩邊上臂。「親愛的，我知道妳喜歡盛裝打扮，但只為我老闆就好，我們可不可以規矩一點？今晚對我真的很重要。」

我低頭看他的手，臉漲得通紅。我突然覺得好荒謬。穿上我的大黃蜂內搭褲跟金融界的大老闆共進晚餐當然是個錯誤。我是在想什麼啊？「沒問題，」我說，「我去換一件。」

「妳不介意嗎？」

「當然。」

他幾乎像洩氣的輪胎一樣放鬆下來。「太棒了。妳有沒有辦法超快換好？我真心不想遲到，但車陣一路塞到第七大道。瑪格，我可以借用妳的浴室嗎？」

她無言點頭。我跑進房間裡開始翻箱倒櫃。一般人跟金融界的人去時髦的餐廳吃飯都穿什麼啊？

「幫幫我，瑪格。」我聽見她來到我身後，於是開口求救。「只要換掉內搭褲就好嗎？我該穿什麼？」

「穿妳現在這樣就好。」她說。

我轉身面對她。「但他說不合適。」

「對誰來說？是有制服嗎？為什麼不能讓妳做妳自己？」

「我——」

「難道這些人這麼蠢，應付不了沒跟他們穿得一模一樣的人嗎？為什麼妳非得假裝成妳根本就不是的那種人？妳想成為『那種』女人嗎？」

我放下手中的衣架。「我——我不知道。」

瑪格一手放到她剛做好的頭髮上。她現在擺給我看的臉色，我媽會稱之為老派。「不管是哪個男人夠幸運能夠跟妳約會，就算妳穿著垃圾袋和橡膠套鞋出來，他也要完全不放在心上。」

「但他——」

瑪格嘆氣，手指壓住嘴脣，一副有很多話想說但不會真說出來的樣子。她等了一會兒才開口。「我想，到了某個時間點，親愛的，妳終究得弄清楚露薏莎．克拉克到底是誰。」她拍拍我的手臂，隨即走出我房間。

我站在那兒瞪著她剛剛站的位置。我低頭看我的條紋腿，再抬頭看架上的衣服。我想起威爾，還有他送我這件內搭褲那天。

幾分鐘後，喬許出現在門口，一面拉直領帶。**你不是他，我突然想著，說真的，你跟他一點也不像。**

「怎麼樣？」他微笑，但隨即垮下臉。「呃，我以為妳準備好了？」

我盯著自己的腳。「事實上……」

29.

瑪格說我該離開幾天讓頭腦清醒一點。我說我不要，她問我到底有什麼理由不要，還說我已經好一陣子都頭腦不清楚了：我需要把自己整頓好。我後來坦承我不想丟下她一個人，她說我是個荒謬的女孩、不知道什麼才對我好。她從眼角打量我片刻，一隻瘦骨嶙峋又老邁的手暴躁地敲著椅子扶手，接著沉重地起身走開，幾分鐘後帶著一杯側車回來；這杯酒好烈，才喝第一小口就弄得我眼睛灼熱。然後她叫我坐下，說我一直抽鼻子愈來愈煩人，我應該跟她一起看《命運之輪》。我乖乖聽話，努力不去聽喬許暴怒又不理解的聲音在我腦中迴盪。妳為了一雙內搭褲甩掉我？

節目結束後，她看著我，大聲咂嘴，跟我說這樣真的行不通，我們應該一起離開。

「但妳沒錢。」

「天啊，露薏莎，談財務相關的事真是有夠粗俗。」她斥責我。「妳們這些女孩到底都怎麼長大的，居然會談這種事，我真是太驚訝了。」她告訴我一家位於長島的旅館名字，要我打電話過去，叫我要特別指出我代表瑪格．德威特，才能拿到優惠的「親屬」價格。她補充說她本來就在考慮這件事了，還有，如果我真的很苦惱，我可以也幫她付錢。好啦，我是不是感覺好一點了？

因此，最後我得付錢讓我自己、瑪格和狄恩馬丁一起去蒙特角（Montauk）旅遊。

我們搭火車出紐約，來到一家位於海岸的木瓦小旅館。好幾十年來，每年夏天瑪格都會來這裡玩，直到最後因為體虛——或財務因素——沒辦法再來。我站在一旁，而他們在門階上迎接她，彷彿她真的是久未謀面的家人。我們午餐吃了一點點乾煎蝦和沙拉，吃飽後我讓她跟經營這間旅館的夫婦聊天，我自己則沿小徑走到寬闊、海風吹拂的沙灘，呼吸著新鮮空氣，看著狄恩馬丁在沙丘間歡快地奔馳。在這兒，在寬闊的天空下，我幾個月以來第一次覺得腦袋裡不再沒完沒了塞滿其他人的需求與期望。

搭火車讓瑪格累壞了，接下來兩天大部分時間都待在小客廳，或者看海，或者跟旅館的老創始人聊天。這個男人名叫查理（Charlie），長得活像飽受風雨摧殘的復活節島雕像，他只會對瑪格的滔滔不絕一路點頭，或者搖頭說不，以前不是這樣的，或是對，那裡當然變化很快。他們兩個會在一小杯一小杯咖啡中把這話題聊乾，接著坐那兒，因一切變得如此糟糕，以及彼此都認同這觀點而心滿意足。我很快發現我的任務只是把她帶來這裡。除了幫她處理細小難纏的衣物和遛狗，她似乎一點也不需要我。她在這裡微笑的次數比我認識她以來加起來的次數還多，這件事本身就能有效轉移注意力了。

於是，接下來的四天，我每天在房裡吃早餐、讀旅館小書櫃裡的書，屈服於長島日常較緩慢的節奏，而且聽令行事。我不停走路，直到胃口恢復，能夠用外在的聲音壓制腦中思緒，像是咆哮的浪潮和海鷗在沒有盡頭的鉛灰色天空中鳴叫，還有過度興奮、不太能夠相信自己怎麼會這麼幸運的小狗不停吠叫。

第三天下午，我坐在床上打電話給媽，告訴她我最後這幾週的真實情況。就這麼一次，她只是聆聽，沒說話。等到我說完，她說她覺得我非常有智慧、非常勇敢。媽的這兩個肯定害我哭了一下下。她換爸來接電話，他說他想踢那些該死的高普尼克家人屁股、我不該跟陌生人說話、瑪格和我一回到曼哈頓要立刻告訴他們。他最後補充說他為我感到驕傲。「妳的人生——永遠不會安安靜靜，對吧，寶貝？」他說。我附和說對，永遠不會。然後我回想起兩年前我認識威爾之前，當時我遇過最刺激的事是有人在我工作的茶鋪要求退費，發現儘管發生這麼多事，我還是挺喜歡現在這樣。

最後一晚，在瑪格的命令下，她和我在旅館的餐廳吃晚餐。我穿上我的深粉紅色天鵝絨上衣、七分褲裙，她則是綴邊綠色花襯衫和搭配的寬褲（我在腰間額外縫上一顆鈕扣，褲子才不會直接從她臀部滑下來），我們被帶到大窗戶旁最棒的位子，一路上安靜地享受其他客人瞪大眼的注目禮。

「好了，親愛的。今天是最後一晚了，所以我想我們應該狂歡一下，對吧？」她帝王般舉起一隻手對依然目瞪口呆的其他客人揮手。我還在思考哪裡應該狂歡，她已經接著說：「我想我要點龍蝦，或許再來點香檳。畢竟我猜這應該是我最後一次來這裡了。」

我剛開口要抗議，她立刻打斷我：「噢，看在老天份上。這是事實，露薏莎。赤裸裸的事實。我以為妳們英國女孩心腸應該更硬一點的呢。」

於是我們點一瓶香檳和兩隻龍蝦。太陽落下，我們小口小口享受美味的蒜香蝦肉；瑪格太虛弱，打不開蝦螯，因此由我代勞後再交還給她。她津津有味地小聲吸吮，還把小塊蝦肉拿到桌下；其他人都圓滑地忽略窩在那兒的狄恩馬丁。我們共享一大盆炸薯條（大部分都是我吃的，她只拿了幾根撒在自己的盤子裡，說這薯條真的很不錯）。

餐廳漸漸空了，我們友好、肥胖地靜靜坐著，最後她拿出一張很少用的信用卡結帳。（「等他們來收錢，我就已經掛了，哈！」）接著查理僵硬地走過來，一隻大手放上她瘦小的肩膀。他說他要就寢了，不過希望她明天早上離開前能夠再見一面，經過這麼多年，真的很高興能夠再見到她。

「該感到高興的是我，查理。謝謝你讓過度過最美好的幾天。」她的眼睛因情感而堆疊出皺紋。他們緊握彼此的雙手，直到他不情願地放開，轉身離開。

「我跟他上過一次床。」他走遠後瑪格說道。「可愛的男人。只是當然了，不適合我。」

我驚訝地咳出我的最後一根薯條。她厭煩地看了我一眼。「那是七零年代，露薏莎。而且我也孤單了很長一段時間。能再次見到他很好。當然，他現在也是鰥夫了。」她嘆氣。「到了我這年紀，每個人都孤家寡人。」

我們靜靜坐一會兒，眺望著無盡的漆黑大海。非常遙遠的距離外，可以勉強看見漁船閃爍的燈光。不知道置身船上是什麼感覺，孤身一人、在一片空無的中央。

接著瑪格開口：「我沒想到還能再回來。」她低聲說。「所以我應該要感謝妳。這……這頗令人精神振奮。」

「對我來說也是，瑪格。我覺得……復原了。」

她對我微笑，然後伸手拍拍狄恩馬丁。他拉長身子睡在她椅子下輕輕打呼。「妳做了對的事，妳知道的，有關喬許。他不適合妳。」

我沒回應。沒什麼好說的。我花了三天時間思考如果繼續跟喬許在一起我可能會變成怎樣的人——富裕、半個美國人、甚至通常都是快樂的，然而卻發現，儘管只經過短短幾週，瑪格遠比我自己還了解我自己。我會把自己塑造成適合他的樣子。我會脫掉我愛的衣服、放棄我最關心的事物。我會改變我的行為、習慣，盲目追隨他魅力非凡的吸引力。我會成為一個企業家妻子，責怪自己那些無法配合的部分、永遠為擁有美國版的威爾而感恩。

我沒想起山姆。我現在很擅長不想起他了。

「妳知道嗎，」她說，「等妳到我這年紀，成堆的悔憾變得如此巨大，會嚴重混淆妳的觀點。」她凝視海平面，而我等待，納悶著她是在對誰說話。

我們從蒙特角回來後又過了平靜無事的三週。我的人生不再感覺擁有任何確定性，於是我決定照威爾跟我說的方式過日子：活在當下，直到又有人拖著我的手前進。到了某個時間點，我心想，瑪格或者病得太重，或者欠下太多債，我們這個知足的小泡泡會破掉，我就得訂回家的機票。

在那之前，像這樣活著並不會太討厭。例行事務為我的每一天落下標點符號，而這些活動令我感到愉快：在中央公園跑步、跟狄恩馬丁散步、為瑪格準備晚餐，雖然她吃得不多；我們現在還每天一起收看《命運之輪》，對著轉盤上的神祕扇形大喊字母。我加碼我的衣櫥遊戲，透過一連串讓莉迪亞和她姊讚嘆得合不攏嘴的造型，我擁抱我在紐約的自我。我有時候穿瑪格借我的東西，有時則是從古著百貨買的。每天我都站在瑪格家空房的鏡子前，並環視可供我取用的那幾架衣物，一部分的我閃耀著歡樂的火花。

我也算有工作，就是當安潔莉卡去一家女裝工廠掃貨時到古著百貨打工。這家工廠位於棕櫚泉（Palm Springs），顯然還留著自從一九五二年來裡面生產過的每一款衣服的樣本。我跟著莉迪亞並肩顧收銀機，協助膚色蒼白的女孩穿上復古高中舞會禮服，一面祈禱拉鏈撐得住；莉迪亞則是重新安排掛衣架的配置，一面發愁，大聲抱怨店裡有多少浪費的空間。「妳知道現在這附近每平方呎的租金有多貴嗎？」她對單獨擺在角落的旋轉吊衣架搖頭。「說真的，要是我們能想出辦法把車子弄進來，我會把那個角落租出去當停車場。」

我向一位剛買下金屬小圓片薄紗短版上衣的顧客道謝，用力關上收銀機。「那為什麼不租出去？租給店家之類的？妳們就有額外收入了。」

「是啊，我們談過這件事。很複雜。一旦有其他零售商進駐，就必須另外隔間、增建區隔的出入口，還要買保險，而且也沒辦法時時刻刻掌握進出的人……會有陌生客進來我們這裡。風險太高了。」她嚼口香糖，吹出一個泡泡，再心不在焉地用一根紫色指甲的手指戳破。「再加上，妳也知道，我們誰也不喜歡。」

「露薏莎！」我到家時，阿榭克站在外面的地毯上，戴手套的雙手合十。「下週六要不要來我家？米娜想知道。」

「抗議還在繼續嗎？」

前兩個週末，我無法不注意到參加的人數大量減少。當地居民幾乎已經放棄希望。隨著城市預算縮緊，喊口號現在變得零零落落，經驗豐富的抗議者緩緩飄走。行動開始幾個月後，只剩下我們這個小小的核心；米娜傳水給大家，堅持在結束之前不會結束。

「還繼續啊。妳也知道我那老婆。」

「那我想去。謝謝你。跟她說我會帶甜點。」

「沒問題。」想到有好料吃，他對著自己發出快樂的嗯嗯聲，我走到電梯時他又大喊，「嘿！」

「怎麼了？」

「衣服很讚噢，小姐。」

那天我的服裝是在對《神祕約會》[47]致敬：背後有彩虹刺繡的紫色絲質短夾克、內搭褲、多層次背心，還有滿手臂的手環；每次我用力關上收銀機抽屜，都會伴隨一陣可愛的叮叮噹噹（那抽屜不用力就關不起來）。

「妳知道嗎，」他搖頭，「真不敢相信妳以前在高普尼克家工作時都穿他們的高爾夫球衫。那根本就不是妳的衣服。」

電梯門打開時我遲疑了一下。最近我都拒絕搭員工電梯。「知道嗎，阿榭克？你說得太對了。」

注47 Desperately Seeking Susan，一九八五年的美國懸疑電影，由瑪丹娜主演。

儘管我已經拿到鑰匙好幾個月了，出於對住家擁有者的尊重，我一向都先敲門才走進瑪格家。第一次敲門時沒回應，我得壓抑住反射性的焦慮，告訴自己她常常把收音機開得震天響；要是有什麼不對，阿榭克也會先告訴我。過好一陣子我才自己開門進去，狄恩馬丁衝過走廊來迎接我，看到我回來，高興得眼睛都歪了。我抱起牠，讓牠皺皺的鼻子把我的臉聞個透澈。

「對，哈囉，你噢。哈囉，你噢。你媽媽在哪呢？」我把牠放下，牠又吠又叫，興奮地打轉。

「瑪格？瑪格，妳在哪？」

她穿著晨褸從起居室走出來。

「瑪格！妳不舒服嗎？」我丟下包包跑向她，但她伸出一隻手。

「露薏莎，神奇的事發生了。」

我來不及阻止自己就脫口而出。「妳好轉了嗎？」

「不不不，進來。進來！來見見我兒子。」我還沒來得及說話她就轉身又走回起居室。我跟在她身後走進去，一個高䠷的男人起身過來跟我握手。他身穿粉彩色毛衣，皮帶扣環上擠出即將成形的肚腩。

「這是小法蘭克，我兒子。法蘭克，這是我的好朋友露薏莎．克拉克，要是沒有她，我應該撐不過過去這幾個月。」

我努力掩飾措手不及的感覺。「噢。呃。彼此彼此啦。」我上前跟他身旁的女人握手。她穿著一件白色高領毛衣，一頭她可能花了一輩子時間試著控制的棉花糖般頭髮。

「我是蕾妮。」她的聲音高亢，就像那種一直沒褪去女孩子氣的女人一樣。「法蘭克的妻子。我相信我們的小家庭團圓要歸功於妳。」她用一條刺繡手帕輕按眼睛，鼻子染上一抹粉紅，就是一副剛剛哭過的樣子。

瑪格朝我伸出一隻手。「結果文森那個愛騙人的小壞蛋跟他爸說了我們見面的事，還有我的——我的狀況。」

「對，就是我這個愛騙人的小壞蛋。」文森端著托盤走進來。他看起來既放鬆又開心。「很高興再次見到妳，露薏莎。」我點頭，一個拉開一半的微笑固定在我臉上。

看到這麼多人出現在這間公寓裡感覺好怪。我習慣安靜，也習慣只有我、瑪格和狄恩馬丁，沒有穿格紋襯衫、繫著保羅．史密斯領帶的文森端著我們的晚餐托盤走過來，也沒有一個雙腿擠在咖啡桌下的高䠷男人，以及不停用稍微有點驚奇的眼神打量起居室、彷彿不曾來過這種地方的女人。

「他們給我一個驚喜，妳知道嗎。」瑪格的聲音有點沙啞，像是已經說太多話。「他打電話來說要順道過來，我以為只有文森，結果門打得更開了一點點，嗯，我沒辦法……你們一定都覺得我大受驚嚇。我一直沒機會穿好衣服，對吧？我到現在才想起來。不過我們度過一個最愉快的下午。真是太美好了。」她伸出一隻手，而她兒子握住捏了捏。他的下巴因為壓抑的情感而微微顫抖。

「噢，完全像魔法一樣。」萊妮說。「我們有好多事要告訴彼此。我真心覺得是上帝讓我們再次相聚。」

「嗯，上帝和臉書。」文森說。「要來點咖啡嗎，露薏莎？壺裡還有一點。我也拿了點餅乾出來，以免瑪格想吃東西。」

「她不吃那些東西的。」我脫口而出。

「噢，她說得沒錯。我不吃餅乾，文森寶貝。那些是狄恩馬丁的。上面的巧克力並不是真的巧克力，看到了嗎？」

瑪格幾乎沒歇口氣。她似乎徹底變了個人，感覺像一夜之間年輕了十歲。她眼神後方那抹尖利的光芒消失了，換上某種柔軟的東西，而且她說個不停，興高采烈又喋喋不休。

我退向門邊。「好，我……不想阻礙你們。你們一定有很多事要談。瑪格，有需要的時候就喊我一聲。」我站在那兒，雙手無用地揮動。「很高興見到你們所有人，真心為你們感到高興。」

「我們覺得媽應該搬回來跟我們住才對。」小法蘭克說。

一時沒人說話。

「搬回去哪裡？」我問。

「塔克侯，」萊妮說，「我們家。」

「多久呢？」我又問。

他們面面相覷。

「我是說搬回去住多久？我才知道怎麼幫她打包。」

小法蘭克依然握著他母親的手。「克拉克小姐，我們錯失了好多時間，我媽和我。我們兩個都覺得，要是我們能盡可能利用我們擁有的一切，那樣會比較好。因此我們需要……安排一下。」他的語氣中有一絲占有感，彷彿已經在告訴我，他對她的所有權更勝於我。

我看著她，她也回看我，眼神清澈平靜。「沒錯。」她說。

「等等。妳想離開……」我說，其他人都沒出聲，於是我接著說：「……這裡？這間公寓？」

文森一臉同情。他轉向他父親。「我們何不先回去呢，爸？」他說。「大家都有好多事要消化，我們當然也有很多事要處理。而且我想露薏莎和奶奶也需要談談。」

他離開時輕輕碰了一下我的肩膀，感覺像在致歉。

「知道嗎，我覺得法蘭克的老婆其實很討喜，只是對穿著一點概念也沒有，可憐的孩子。根據我媽的說法，他年輕時交的女朋友都非常糟糕。她有一陣子會寫信給我描述那些女孩。但是白色高領毛衣。妳想像得出來有多恐怖嗎？白色高領耶。」

回想起這段插曲害瑪格一陣咳嗽——不過也有可能是因為她說話的速度。我倒了杯水，等她恢復過來。文森提起後沒幾分鐘他們就離開了。我覺得他們是在他的催促下才速速離去，他父母其實都不想離開瑪格。

我在椅子坐下。「我不懂。」

「妳一定覺得一切發生得太突然。這真是太離奇了，親愛的露薏莎。我們聊了又聊，可能甚至都掉了些眼淚。他還是一個樣！感覺像我們不曾分離。他還是一樣——好嚴肅又好安靜，不過其實也很溫和，就跟他小時候一樣。他老婆也一樣——不過後來，他們天外飛來一筆請我搬去跟他們一起住。我隱約覺得他們來之前就討論好了。而我說好。」她抬頭看我。「噢，得了，妳和我都知道我們不會永遠像這樣。要是變得太過難捱，距離他們家兩英里還有一個非常棒的地方。」

「難捱？」我低語。

「露薏莎，看在老天分上，不要又開始跟我多愁善感。當我不能再自理的時候。當我真的很不好的時候。說老實話，我覺得我跟我兒子在一起的時間不會超過幾個月了。我想這也是他們能夠這麼自在請我搬過去的原因。」她乾乾地輕笑。

「但是——但是我不懂啊。妳說過妳永遠不會離開這裡。我是說，妳的東西呢？妳不能就這樣離開啊。」

她看了我一眼。「我就是可以。」她吸口氣，瘦巴巴又老邁的胸脯在柔軟的衣料下費力地起伏。「我要死了，露薏莎。我是個老女人，不會再更老多少了，而我兒子，我原本以為已經跟他斷絕關係了，他居然體恤地嚥下他的痛苦和驕傲對我伸出手。妳能想像嗎？妳能想像有人這麼對妳是什麼感覺嗎？」我回想起小法蘭克，他的視線落在他母親身上，他們的椅子緊緊相依，他的手牢牢握住她的手。

「如果有機會跟他共度，我到底為什麼要選擇在這裡多留一刻？有機會睡醒就在吃早餐時看見他，跟他聊所有我錯過的事、看見他的孩子……還有文森……親愛的文森。妳知道他還有個弟弟嗎？我有兩個孫子，兩個耶！我有機會對我兒子說對不起。妳知道這有多重要嗎？有機會道歉。噢，露薏莎，妳可以因為某種莫名其妙的驕傲而死死捉住妳的傷痛，妳也可以乾脆放手，好好品味妳擁有的所有珍貴時光。」

她雙手堅定地放在自己的膝蓋上。「所以我打算這樣做。」

「但妳不能。妳不能就這樣離開。」我哭了起來，只是我不知道自己為何而哭。

「噢，親愛的女孩。希望妳不要小題大作。好了，好了，別哭了，拜託妳。我要請妳幫個忙。」

我抹抹鼻子。

「這是困難的部分了。」她稍微用力吞嚥了一下。「他們不要狄恩馬丁。他們覺得很抱歉，但有人過敏之類的。我是打算叫他們別荒謬了，牠必須跟我一起去，但說老實話，我一直對牠之後會怎麼樣感到頗焦慮，妳知道的，我死掉之後。畢竟牠還有幾年好活，肯定比我長命多了。

「所以……不知道妳願不願意為我繼續照顧牠。牠似乎喜歡妳。妳之前那麼粗魯地把那可憐的小東西搬來搬去的，天知道牠怎麼還會喜歡妳。那動物一定擁有善於原諒的靈魂。」

我淚眼矇矓地凝視她。「妳希望我收養狄恩馬丁？」

「對。」

我低頭看那隻小狗，牠期盼地在她腳邊等待。

「我請求妳，身為我的朋友，妳……妳是否願意考慮一下。就當為了我。」

她熱切地注視著我，淡色的眼睛細細掃描我的雙眼，嘴唇噘起。我皺起臉。我為她高興，但一想到失去她就覺得心碎。我不想又變成獨自一人。

「好。」

「妳願意嗎？」

「當然。」說完我又哭了起來。

瑪格寬心地垮下身子。「噢，我就知道妳會答應。我就知道。我也知道妳會照顧牠。」她微笑，第一次沒斥責我的眼淚。她往前靠，握住我的手。「妳就是那種人。」

他們兩週後來把她帶走。我原本覺得倉促得有點不得體，但又想，我們沒人能確定她還剩多少時間。

小法蘭克付清山那麼高的管理費——一日想通這代表公寓將由他繼承，而非被奧維茲先生搶走，這樣的情況感覺起來就稍微沒那麼利他了——不過瑪格選擇把這想成是愛的表現，而我也沒理由不這麼想。他看起來無疑很高興能找回她。這對夫妻對她呵護備至，不停確定她是不是沒問題、藥是不是都帶了、她是不是太累或頭暈或覺得不舒服或需要水，直到她雙手一拍，翻起白眼假裝生氣。但她真的只是做做樣子而已。自從她告訴我之後，她幾乎時時刻刻都在談他。

根據小法蘭克，為了「可預見的將來」，我要留下來看顧這地方。我想意思就是我可以住到瑪格過世為止，只是沒人大聲說出來。顯然房地產經紀人說，就這間公寓目前的狀況而言，沒人會想租下來，而在「可預見的將來」發生前就把公寓開腸剖肚又有點不適宜，因此我獲得暫時管理人的職位。瑪格也強調了好幾次，狄恩馬丁調適牠的新處境時，這有助於讓牠多少得到一點安定感。在小法蘭克關切的事項中，我不太確定狗的心理健康也會排在這麼高的位置。

她只帶走兩個行李箱，穿上她最愛的其中一套衣服踏上旅程：翠綠花紗外套和裙子，還戴上搭配的藥盒帽。我幫她加上一條午夜藍的聖羅蘭圍巾，在她細瘦的脖子上打了個結，藉此掩飾從領口冒出來的脖子是如此嶙峋，叫人看了就心痛；再挖出一對綠松石耳環當作最後潤飾。我原本擔心她可能會太熱，但她似乎愈來愈瘦小、愈來愈脆弱，就連在最溫暖的日子裡也會抱怨覺得冷。我站在外面的人行道上，懷裡抱著狄恩馬丁，看著她兒子和文森監督行李上車。她檢查他們有沒有帶上她的幾個珠寶盒——她打算把幾件比較珍貴的物件送給小法蘭克的妻子，還有幾件給文森「結婚時用」。最後，她顯然確認東西都好好放上車、覺得滿意了，她沉重地拄著枴杖緩緩走向我。「好了，親愛的。我留了一封信給妳，裡面有我所有的指示。我沒跟阿榭克說我要離開——我不想有人大驚小怪。不過我在廚房裡留了點小東西給他。我們離開後，如果妳能幫我轉交，那就太感謝了。」

我點頭。

「我把所有妳照顧狄恩馬丁需要知道的事都寫在另一封信。一定要維持牠的日常慣例，這非常重要。牠就喜歡這樣。」

「妳不用擔心，我會確保牠開開心心的。」

「不要給牠肝臟點心。牠會求妳給牠，但牠吃了會不舒服。」

「不要肝臟點心。」

或許是因為費力說話，瑪格咳起來，等了幾分鐘好重新掌握自己的呼吸。她靠枴杖穩住身子，接著抬頭注視這棟容她棲身超過半世紀的大樓，伸出一隻脆弱的手遮住刺眼的太陽。然後她僵硬地轉身眺望中央公園，眺望那片好長一段時間以來都屬於她的景觀。

小法蘭克在車裡呼喚，屈身好把我們看得更清楚些。他妻子站在乘客座的車門旁，身上穿著淡藍色的防風外套。她顯然不是那種喜歡大城市的女人。

「媽？」

「再一下，謝謝你，親愛的。」

瑪格移動腳步，站到我正前方。她伸出一隻手，而我還抱著狗，她用細瘦、大理石般的手指輕撫牠的頭三、四次。「你是個好傢伙，是不是啊，狄恩馬丁？」她柔聲說。「非常好的傢伙。」

狗全神貫注地注視她。

「你真是最帥的小夥子。」她的聲音在最後幾個字破碎。

狗舔她的手掌，而她往前親吻牠皺巴巴的額頭，雙眼閉起，嘴唇在牠頭上停留得稍微有點太久，於是牠亂晃的眼睛凸出，腳爪在她身上划動。她短暫垮下臉。

「我──我可以帶牠去看妳。」

她的臉還是貼著牠，眼睛緊閉，渾然不察周遭的噪音、車流與行人。

「有聽見我說話嗎，瑪格？我是說，只要妳安頓好，我們可以搭火車──」

她直起身子，睜開眼，匆匆朝下一瞥。

「不用了。謝謝妳。」

我還來不及說話，她已經轉開。「現在請帶牠去散步，親愛的。我不想讓牠看見我離開。」

她兒子剛剛已經又下車到人行道上等著，朝她伸出手，但她揮手拒絕。我覺得我看見她把眼淚眨回去，但說不準，因為我自己的眼淚彷彿像水龍頭一樣止不住。

「謝謝妳，瑪格。」我喊道。「為了一切。」

她搖頭，緊閉雙唇。「現在就走。拜託妳了，親愛的。」她轉向車，這時她兒子已經走過來，一隻手朝她伸長。我不知道她接下來做了什麼，因為我聽她的話把狄恩馬丁放到人行道上，快速走向中央公園，低著頭，忽略路人好奇的注目；他們似乎都在納悶這個穿華麗熱褲和紫色絲質短版外套的女孩為什麼早上十一點在路上邊走邊哭。

我在狄恩馬丁短腿能容許的程度下盡量走遠。牠在杜鵑池塘附近拒絕繼續前進，粉色小舌頭掛在嘴巴外，一眼稍微下垂，我把牠抱起來擁進懷裡。我淚水盈眶，跟折磨人的啜泣只有一個呼吸的距離。

我向來不是熱愛動物的人，不過突然了解把臉埋進另一個生物柔軟的毛皮可以帶來多大安慰，也了解為了這動物的福祉而情願去做的那些小任務能提供多大的慰藉。

「德威特夫人去度假嗎？」我走進大樓時，阿榭克正在他的桌後；我低著頭，還戴上我的藍色塑膠太陽眼鏡。

我還沒有力氣告訴他真相。「對。」

「她沒要我取消她的報紙，我最好趕快處理。」他搖頭，一面伸手拿帳冊。「知道她什麼時候回來嗎？」

「我晚點告訴你。」

我緩緩走上樓，懷中的小狗動也不動，彷彿擔心一動就會被要求再使用牠的腿。我自己開門走進公寓。

裡面一片死寂，她的缺席已經充斥其中，跟她去醫院時的感覺截然不同；塵埃在溫暖靜止的空氣中落定。再過幾個月，我心想，別人就會搬進這裡，他們會撕掉六零年代的壁紙、拆毀煙灰色玻璃裝潢。這裡將會改頭換面、重新設計，成為別人的避風港，供某個忙碌的主管，或有幾個小小孩、富裕得驚人的家庭棲身。

我拿水給狄恩馬丁，附帶一把狗食當作點心，接著緩緩在滿屋子衣物、充滿回憶的牆面間走動，一面告訴自己不要想悲傷的事，要想這位老太太想到可以跟獨子度過餘生時臉上的歡欣。那樣的歡欣帶來變化，讓她疲憊的五官上揚、眼睛發光。這讓我思考起，她是否就是靠這所有衣物與紀念品阻絕兒子不在身邊的長久痛苦。

瑪格·德威特，造型女王、非凡的時尚編輯，超越自己時代的女人；她打造出一面牆，一面美好、華麗又多彩的牆，藉此告訴自己一切都不是徒勞的。而在他回到她身邊的那一刻，她便推倒這堵牆，沒有絲毫留戀。

一段時間後，當我的眼淚終於緩下來，變成間歇的打嗝，我拿起桌上的第一個信封打開。那是瑪格美麗、纏繞的筆跡，殘留自那個孩童還因字跡而受評斷的年代。一如瑪格所說，裡面詳細寫滿小狗偏愛的飲食、進食的時間、獸醫方面的需求、預防針、跳蚤防範、驅蟲日程等。信中告訴我該上哪找牠的諸多冬季外套——雨天、颳風日和下雪各有不同的外套可穿——還有牠最愛的洗毛精品牌。牠還需要除牙垢、清耳朵，還有——我縮了一下——擠肛門腺。

「她要我收養你的時候可沒提到那部分。」我對牠說，而牠抬起頭哼了哼，又垂下頭。

接下來她交代信件改轉投何處、打包公司的聯絡方式——他們不能動的東西都收進她房間，我必須寫張紙條釘在門上，告訴他們不得入內。所有家具、燈、窗簾都可以送走。她兒子和媳婦的名片在信封裡，我應該會想連絡他們好得到進一步說明。

接下來到了重要的部分了。露薏莎，我沒有爲了妳找到文森而當面跟妳道謝——違抗文明總是帶給我許多超出預期的快樂——但我現在要跟妳說聲謝謝。還有爲了妳照顧狄恩馬丁。沒幾個人能受我信任承擔我請託妳的事，或是像我這麼愛牠，但妳是其中之一。

露薏莎，妳是個寶藏。妳一直都考慮得太周到，不願意告訴我細節，但無論妳跟隔壁那家子蠢貨發生過什麼事，別因爲那些事而讓妳的光芒變得黯淡。妳是個勇敢、美好、無比善良的小傢伙；他們的損失最後卻是我受益，而我將永遠心存感謝。謝謝妳。

為了表達謝意，我要把我的衣櫃送給妳。對其他人來說——或許不包含妳那些經營那家噁心的衣物商店、一心只想賺錢的朋友——這只是垃圾。我很清楚。不過妳看見那些衣物的本質。妳想怎麼處理都可以——保留一些、賣掉一些，隨便。不過我知道妳會從中獲得樂趣。

以下是我的想法——不過我很清楚沒人想知道一個老太太的想法。開一家自己的店吧。把那些衣服出租或賣掉。那兩個女孩似乎認為我的收藏值點錢——嗯，這讓我想到，妳根本天生該吃這行飯。我的衣櫃應該足以供妳創立某種事業了吧。不過當然了，妳對自己的未來應該也有自己的想法，比我好幾百倍的想法。可以告訴我妳最後的決定嗎？

無論如何，親愛的室友，我期盼收到妳的消息。請代替我親親那隻小狗狗。我已經好想牠了。

最深情的問候，

瑪格

我放下信紙，在廚房靜靜坐了好一會兒，接著走到瑪格的房間和隔壁的更衣室，審視塞飽飽的吊衣架，一件看過一件。

古著店？我對經商一點概念也沒有，也不懂營業場所、作帳和跟人打交道。我生活在一個我對它的規則還不太了解的城市裡，沒有固定住所，幾乎做過的每一份工作都失敗收場。到底為什麼瑪格會相信我可以開創一個全新的事業？

我的手指滑過一隻午夜藍的絲絨袖子，拉出那件衣服：霍斯頓（Halston），一件連身衣，領口幾乎一路開到腰間，中間有網眼布。我謹慎地把它放回去，拿出另一件洋裝——白色英國刺繡，裙子的部分有繁複的褶襉飾邊。我沿第一排吊衣架往前走，驚歎又膽怯。我才剛開始消化擁有一隻狗的責任呢，該拿滿滿三房間的衣物怎麼辦？

那一晚，我坐在瑪格的公寓裡打開《命運之輪》。我吃了昨天晚餐幫她烤的雞肉（我猜她自己盤裡的應該大部分都偷渡到桌子下給狗了）。我沒聽見主持人說了什麼，也沒對神祕扇形喊出字母。我坐著思考瑪格對我說的話，納悶著她眼中的我是什麼樣的人。

說到底，露薏莎．克拉克是誰？

我是個女兒、姊姊，還當過某種代理母親一陣子。我是個照顧他人的女人，但似乎不太知道怎麼照顧自己，就算到現在也一樣。閃閃發光的命運之輪在我眼前轉動，我試著思考我真正想要什麼，而非其他人想要我怎樣。我思考威爾一直在跟我說的究竟是什麼——不要一輩子都在別人的想法下而活，而是要活出我自己的夢想。問題是，我不覺得我曾真正明白我的夢想是什麼。

我想著住在對面的艾格妮絲，這個女人努力說服所有人她能把自己硬塞進一個新的人生，然而她某個根本的部分卻拒絕停止為她已經拋下的那個角色而哀悼。我想著我妹，想著她一開始了解自己真正是誰後新發現的滿足；她一容許自己步入愛情，便輕易地找到愛。我想著我媽，長久照顧他人將她定了型，到後來她獲得自由了，卻再也不知道該做什麼。

我想著我愛過的三個男人，想著他們是如何改變我，或試圖改變我。威爾在我身上留下不容置疑的印記。我過去一直受他希望我怎麼做影響，一直透過這樣的稜鏡看待事物。*我也會為你而改變，威爾。而我現在懂了——你多半從頭到尾都知道這件事。*

勇敢地活，克拉克。

「祝你好運！」《命運之輪》的主持人大喊，輪盤轉動。

我知道我真正想做什麼了。

接下來的三天，我都在整理瑪格的衣櫃，把衣物分門別類：六個十年，各自包含日裝、夜裝，以及特別場合服裝。我取出有任何小地方需要修理的所有衣物——掉了扣子、蕾絲有裂口、破了小洞——驚歎著她是怎麼成功避開蛾，還有有多少縫線毫無拉扯痕跡，都還完美對齊。我拿起一件件衣服在自己身上比畫、試穿、揭開塑膠套、發出喜悅敬畏的小小呼喊，弄得狄恩馬丁立起耳朵，最後厭煩地走開。我去公立圖書館花了半天時間查詢開創小事業、稅務規定、財產轉讓等所有相關知識，列印出一份比一份厚的檔案。我帶著狄恩馬丁去了一趟古著百貨，跟兩個女孩一起坐下，問她們嬌弱的品項拿去哪裡乾洗最好、去哪個布料行找修補用的絲質襯裡布最好。

她們聽見瑪格送我的禮物都激動了起來。「我們可以跟妳買下全部。」莉迪亞朝上吐出一個煙圈。「我是說，為了這樣的東西，我們可以去跟銀行貸款，對吧？我們會給妳個好價錢。夠妳支付租下一個真正好地方的押金了！有家德國電視公司對我們很有興趣，他們有一個二十四集的跨世代影集，他們想要——」

「謝了，但是我還沒決定要怎麼處理所有東西。」我努力不去注意她們垮掉的臉。我對這些衣服已經產生一點點保護欲了。我往前橫過櫃檯。「不過我有其他想法……」

隔天早上，我正在試穿一套七零年代的綠色「茱蒂」．奧西．克拉克（"Judy" Ossie Clark）褲裝，檢查有沒有腐朽的縫線或小破洞，這時門鈴響起。「等一下，阿榭克。等等！我拉一下狗。」我大喊，一面撈起對著門怒吼的狗。

麥克站在我面前。

「哈囉。」我從震驚中恢復後冷淡地打招呼。「有什麼問題嗎？」

他努力壓抑對我的穿著挑眉的衝動。「高普尼克先生想見妳。」

「我是合法待在這裡的。德威特夫人邀請我住下來。」

「跟這個沒關係。說老實話，我不知道是什麼事，但他想跟妳談談。」

「我不是很想跟他談，麥克。不過還是謝謝你。」我動手關門，不過他把一隻腳塞進門縫阻止我。我低頭看他的腳。狄恩馬丁發出低沉的咆哮。

「露薏莎，妳知道他的。他說妳答應前我不能離開。」

「那就叫他自己走過來啊，距離又不遠。」

他壓低音量。「他不是想在這裡跟妳見面。他想跟妳私下在他辦公室談談。」他看起來異於尋常地侷促；當有人原本一副你最好朋友的樣子，後來又把你像燙手山芋一樣丟開，看起來就會像這樣。

「那就跟他說我可能今天早上稍晚可以過去一趟。等狄恩馬丁和我散完步。」

他還是沒動。

「怎樣？」

他看起來幾乎要懇求起來了。「車子在外面等了。」

我帶上狄恩馬丁。我隱約感到焦慮，而靠牠分散注意力很有效。麥克和我並肩坐在黑頭車後座，狄恩馬丁同時對著他和駕駛座後背怒目而視。我靜靜坐著，猜不透高普尼克這會兒到底想做什麼。要是他決定提出告訴，那來的肯定會是警察，而非他的車。他是不是故意等到瑪格離開才行動？他是不是又發現其他可以怪到我身上的事？我想起史蒂芬·里考特、驗孕棒，思考著要是他直接了當地問起我知道些什麼，我該怎麼回應。威爾總是說我最不會扮撲克臉。我在腦中練習，我什麼也不知道，直到麥克尖銳地瞥了我一眼，我才發現我說出口了。

我們在一棟龐大的玻璃帷幕建築前下車。麥克快步走過洞穴般的大理石大廳，但我拒絕跟著趕路，儘管看得出來麥克滿腹怒火，我還是讓狄恩馬丁依牠自己的速度從容漫步。他從警衛那兒拿了一份通行證交給我，接著帶我朝大廳後方一座獨立的升降梯走去——高普尼克先生顯然太過重要，不能跟他的員工一起上下樓。

我們搭電梯到四十六樓，電梯的速度好快，害我的眼睛幾乎像狄恩馬丁一樣鼓出來；踏上寂靜無聲的辦公室時，我努力隱藏雙腿隱隱的晃動。一位祕書一絲不苟地穿著訂製的套裝，腳踩鞋跟尖細的高跟鞋，她多看了我兩眼——我猜他們不太常有訪客穿七零年代的奧西．克拉克紅錦緞滾邊翠綠色褲裝，而且懷中還抱著一隻憤怒的小狗狗。我跟著麥克穿過走廊來到另一間辦公室，裡面坐著另一個女人，身上的辦公室制服一樣一絲不苟。

麥克手指門。「狗要不要給我？」他顯然百般不希望我帶著狗。

「不用了，謝謝。」我把狄恩馬丁抱得更緊一點。

門打開，只穿襯衫的李奧納．高普尼克就站在那兒。

「謝謝妳答應跟我見面。」他在身後關上門，朝桌子對面的一張椅子指了指，自己則緩緩繞到另一邊。我注意到他跛得頗明顯，不知道納森的療程怎麼樣。他總是太貼心，不願提起這些事。

我沒說話。

他重重坐下。我發現他看起來很累，昂貴的日曬膚色隱藏不了眼睛下方的陰影和角落緊繃的線條。

「妳很認真看待妳的責任。」他示意我懷中的狗。

「向來如此。」我說，而他點頭，彷彿這是一記巧妙的反擊。

他往前俯靠在桌上，十指搭成尖塔。「露薏莎，我通常不是那種說不出話來的人，但……我承認我現在就是。我兩天前發現一些事。一些讓我頗受震驚的事。」

他看著我。我平穩回看他，表情波瀾不興。

「我女兒塔碧莎……對她聽說的某些事起了疑心，因此去私家偵探加以調查。我並不特別樂見這種事——身為家人，我們通常不調查彼此。然而當她告訴我那位先生調查的結果，我沒有辦法不予理會。我問了艾格妮絲，而她對我全盤托出。」

我等待。

「孩子。」

「噢。」

他嘆氣。「在幾次頗……廣泛的討論過程中，她也解釋了鋼琴的事，我得知妳在她的指示下一天天從附近的提款機領錢，累積到支付鋼琴的款項。」

「對，高普尼克先生。」我說。

他低頭，彷彿原本還抱一線希望，或許我會反駁，告訴他那些都是胡扯、私家偵探滿嘴胡說八道。

他終於沉重地往後靠。「看來我們嚴重錯待妳了，露薏莎。」

「我不是小偷，高普尼克先生。」

「顯然如此。然而，出於對我妻子的忠誠，妳原本卻打算讓我相信妳是小偷。」

聽不太出來這是不是批評。「我不覺得我有其他選擇。」

「噢，妳有。妳當然有。」

我們無言地在涼爽的辦公室裡坐了幾分鐘。他用手指輕敲辦公桌。

「露薏莎，我昨天幾乎整夜都在努力思考該怎麼改正這情況。我有一個提議。」

我等待。

「我想請妳復職。當然，會是更好的條件——更長的假期、加薪、明顯更優越的福利。如果妳不想住在公寓裡，我們也可以另外安排附近的住所。」

「你要給我一份工作？」

「艾格妮絲找不到哪個人比得上她對妳的一半喜歡。妳大力地證明了妳自己，而我非常感謝妳的……忠誠，還有妳持續的保密。我們在妳之後用的那個女孩……欸，她不夠格。艾格妮絲不喜歡她。她覺得妳更像……朋友。」

我低頭看狗，狗也抬頭看我。牠看起來明顯不為所動。「高普尼克先生，我受寵若驚。但我覺得回去為艾格妮絲工作會不自在。」

「還有其他職缺，我公司裡的職缺。我知道妳還沒找到其他工作。」

「誰告訴你的？」

「自家公寓裡發生的事我大概都知道，露薏莎。至少通常都知道。」他露出一個歪扭的微笑。「聽著，我們的行銷部和行政部都有職缺。我可以請人資略過某些基本條件，也可以給妳職業訓練。或是，如果妳對慈善有興趣，我也有打算為妳在我的慈善部門找個位置。妳覺得呢？」他往後靠，一隻手放在桌上，黑檀木筆鬆鬆握在手裡。

另一種人生的畫面湧過我眼前——我身穿套裝，每天到這些寬敞的玻璃辦公室裡上班。露薏莎．克拉克，領可觀的薪水，住在我負擔得起的地方。一個紐約客。就這一次，不是照顧他人，只是力爭上游，頭頂的天空無限開闊。那會是全新的人生，真正一嘗美國夢的滋味。

我想著如果我說好，我的家人會多驕傲。

我想著位於市中心的破舊倉庫，裡面滿滿都是別人的舊衣物。「高普尼克先生，跟剛剛一樣，我真心覺得受寵若驚。不過我覺得不妥。」
他的表情轉為嚴厲。「所以妳確實要錢。」
我眨眼。
「我們生活在一個好興訟的社會，露薏莎。我知道妳掌握有關我家的高度敏感資訊。妳要的是一大筆錢，我們可以談。我可以找我的律師來一起討論。」他往前靠，手指按下電話內線。「戴安，麻煩妳——」
就在這個時候，我起身，輕輕把狄恩馬丁放到地板上。「高普尼克先生，我不要你的錢。如果我想告你或——或利用你的祕密賺錢——我幾週前沒工作也沒地方住的時候就會動手了。對於我，你現在就跟你當時一樣判斷錯誤。因此我想離開了。」
聽到這，他的手指離開電話。「請……先坐下。我無意冒犯妳。」他示意椅子。「麻煩妳，露薏莎。我需要解決這件事。」
他不信任我。我現在懂了，高普尼克先生生活在一個金錢和地位受珍視的程度遠高於一切的世界，因此他無法相信，現在機會明明就在眼前，竟會有人不想撈點好處。
「你想要我簽個什麼東西。」我冷冰冰地說。
「我想知道妳的價碼。」
這時我突然冒出一個想法。說到底，我或許確實有個價碼。我坐下，幾分鐘後把我的想法告訴他；我們認識九個月以來，他第一次露出徹底大吃一驚的表情。
「這就是妳要的？」
「這就是我要的。我不在意你怎麼做到。」
他靠向椅背，雙手置於腦後。他看著一旁，思考了一會兒，接著回頭看我。「我寧願妳答應回來為我工作，露薏莎．克拉克。」說完他首次露出微笑，橫過桌面跟我握手。

「有妳的信。」我走進公寓大廳時，阿榭克對我說道。高普尼克先生原本交代車子送我回家，不過我請司機提早兩個路口放我下車，好讓狄恩馬丁伸伸腿。我還沒從剛剛那番遭遇的震驚中恢復。我覺得頭昏眼花，也覺得得意揚揚，彷彿我無所不能。阿榭克喊了兩次我才聽見他說話。

「我的嗎？」我低頭瞪著地址——想不出誰會知道我這會兒住在德威特夫人的公寓，而非我父母家，而我媽總是喜歡寫電子郵件跟我說她寄了信給我，這樣我才會特別留意。

我跑上樓，幫狄恩馬丁倒點水，然後坐下拆信。這筆跡很陌生，於是我把信紙翻到背面。這封信寫在便宜的影印紙上，黑色墨水，有幾個劃掉的地方，彷彿寫信的人苦苦思考該如何下筆。

山姆。

親愛的小露，

我們上次見面時我沒有完全坦白。所以我現在寫信給妳，不是因爲我覺得這會改變任何事，而是因爲我騙過妳一次，而我不想讓妳覺得我故態復萌，這對我來說很重要。

我沒跟凱蒂在一起。上次跟妳見面時也沒跟她在一起。我不想說太多，但我很快就發現，我們是非常不一樣的人，我犯了一個天大的錯誤。如果我誠實面對，我想我從一開始就知道了。她申請調職，總部雖然不太高興，但看來他們會開始安排。

我最後落得覺得自己像個傻瓜一樣，是我活該。我每天都希望要是我有每天寫幾句話給妳就好，就像妳要求的那樣，或是偶爾寄張明信片。我應該要更堅持才對。我應該要把我當下的感覺告訴妳才對。我應該要更努力才對，而不是一想起所有離我而去的人就找別人討拍。

就像剛剛說的，我寫信給妳並不是要妳回心轉意。我知道妳已經繼續前進了。我只是想告訴妳，我很抱歉、我永遠都會對發生的事感到懊悔、我眞心希望妳快樂（這在葬禮上很難看得出來）。

好好照顧自己，露薏莎。

永遠愛妳的山姆

我覺得暈眩，然後有點想吐，接著大口吸氣；一股我不太能辨認是怎麼回事的情緒上湧，我嚥下一陣劇烈嗚咽。我把信紙揉成球，怒吼一聲，用力投入垃圾桶中。

我寄了一張狄恩馬丁的照片給瑪格，寫封短信告訴她小狗的近況，只是想藉此平緩我的焦躁。我在空蕩蕩的公寓裡走來走去，咒罵了一陣子。雖然連午餐時間都還沒到，我還是從瑪格滿覆灰塵的酒櫃拿出一瓶雪莉酒給自己倒了一杯，三大口喝光。然後我從垃圾桶裡撈出那張信紙，打開筆電，背靠著瑪格家大門坐在走廊地板上，這樣才收得到高普尼克家的無線網路。我寫了封電子郵件給山姆。

——這是什麼狗屁信？都過這麼久了，你幹麼現在寄那東西給我？

他沒幾分鐘就回信，彷彿一直坐在電腦前面等。

——我懂妳的憤怒。要是我的話多半也會生氣。但是莉莉說妳考慮結婚，再加上妳已經在小義大利（Little Italy）看公寓的這整件事，我只是覺得再不告訴妳就太遲了。

我皺眉瞪著螢幕。我重讀他回覆的訊息，還讀了兩次。接著打字：

——莉莉這樣跟你說？

——對。還說妳覺得有點太快，不想讓他覺得妳是爲了居留才答應。但他的求婚讓妳無法抗拒。

我等了幾分鐘，接著字字斟酌地寫下：

——山姆，她是怎麼跟你說求婚的事？

我閉上眼。

——她說喬許在帝國大廈頂樓單膝下跪？還說他請了一位歌劇家？小露，不要生她的氣。我知道我不該要她跟我說這些。我知道這些都不干我的事。不過我只是問她妳另外一天過得怎麼樣而已。我想知道妳生活中發生的事。她算是用這些消息弄得我措手不及吧。我告訴自己只要爲妳高興就好。只是我忍不住一直想：要是我是那個人呢？要是我——我不知道——有把握住那個片刻呢？

——所以你是因爲莉莉跟你說我要結婚才寫信給我？

——不是。我本來就想寫信給妳。自從在斯坦福堡見到妳之後。我只是不知道該說什麼。但是後來我想到一旦妳結婚——尤其妳這麼快就要結——之後我就什麼也不可能再說了。我可能有點老派吧。聽著，我基本上只是想讓妳知道我很抱歉，小露。就這樣。如果不恰當，那我先道歉。

我過了幾分鐘才又寫下：

——好吧。嗯，謝謝你告訴我。

我蓋上筆電，往後靠著門，閉上眼，很長一段時間都沒睜開。

我決定不要再想這件事。我很擅長不想事情。我做家事，帶狄恩馬丁出去散步，然後頂著悶熱的天氣搭地鐵去東村，跟女孩們討論平方英尺、隔間、租約和保險。我沒想著山姆。

我牽狗走過總是在那兒、令人作嘔的垃圾車，或閃避喇叭按個不停的快遞貨車，或是在蘇活區的人行道上拐到腳踝，或是拖著裝滿衣服的行李箱穿過地鐵十字轉門，完全沒想著山姆。我複誦瑪格的字句、做我愛的事；這件事原本只是一個小小的點子胚芽，現在已經長成一顆充飽氧氣的巨大泡泡；這顆泡泡在我體內充氣，穩定把其他的一切都推出去。

我沒想著山姆。

他的下一封信在三天後送到。這次我認出筆跡了，潦草地橫過阿榭克從門縫推進來的信封上。

於是我想起我們往來的電子郵件，我只是想再多跟妳聊幾件事。（妳沒說不可以，所以我希望妳不會把這封信撕爛。）

小露，我甚至不知道妳想結婚。我居然沒問過妳這件事，現在想想覺得我還眞蠢。我也沒發現妳是那種偷偷想要大浪漫動作的女孩。但是莉莉說了好多喬許爲妳做的事——每週玫瑰、昂貴晚餐那些的——而我坐在這裡思考……我眞的都這麼停滯嗎？如果我連試也沒試，我怎麼能夠只是坐在這裡，期待一切都會沒事？

小露，我弄錯了嗎？我只是需要知道在我們交往的過程中，妳是不是一直在等我有什麼重大的表示、我是不是誤解妳了。如果眞是這樣，我要再說一次對不起。

這麼深入思考自己挺怪的，尤其我不是那種特別常內省的人。我喜歡動手做，不喜歡動腦子想。不過我猜我需要學點教訓，而我想請妳好心告訴我。

我拿出瑪格一張上面印有地址的便箋，劃掉她的名字，寫道：

我不想要你的任何重大表示。什麼也不要。

露薏莎

我跑下樓把便箋交給阿榭克郵寄，然後用同樣的快速跑走，假裝聽不到他問我是不是一切都好。

下一封信在幾天內送達。每次都是快遞，一定花了他不少錢。

不過妳想要啊。妳想要我寫信，而我沒做到。我總是太累，或是，老實說，我覺得彆扭。只是在信紙上自顧自喋喋不休感覺不像在跟妳說話。感覺很假。然後我愈是不寫，妳愈是慢慢適應妳在那邊的生活並改變，我感覺像——欸，我到底還有什麼可以對她說？她去這些厲害的舞會、鄉村俱樂部，搭著黑頭車到處跑，過得開開心心，我則是搭著救護車在東倫敦晃，拯救醉漢和跌下床的孤單老人。

好啦，我現在要來告訴妳另外一件事，小露。如果妳知道後不想再跟我有任何往來，我會理解，但既然我們恢復通話，我非說不可：我並不為妳高興。我不覺得妳該嫁給他。我知道他聰明英俊又有錢，妳到他家屋頂露臺吃晚餐時他還請了弦樂四重奏那些的，不過總有點什麼我覺得無法信任。我不覺得他適合妳。

啊，要命。甚至不只是妳的事而已。我要發瘋了。我痛恨想到妳跟他在一起。就算只是想到他抱著妳，我都會想揍個什麼東西。我再也沒辦法好好睡，因爲我現在變成一個吃醋的蠢貨，得用力逼自己想些其他事。而妳知道我的——我可是那種哪裡都能睡的人耶。

妳現在多半一邊讀信一邊想，很好，你這笨蛋，活該。妳完全有資格罵。

不要太倉促就對了，好嗎？先確定他眞的配得上妳。不然就，妳知道的，不要嫁給他。

山姆 X

這次我過了幾天都沒回信。我隨身帶著信，在古著百貨的安靜時刻或在哥倫布廣場附近的狗狗友善快餐店停下來買咖啡時拿出來讀。晚上爬上下陷的床後也拿出來重讀，泡在瑪格那個鮭魚色小浴缸裡時則是在腦中回味。

最後我終於回信：

親愛的山姆，

我沒跟喬許在一起了。套句你說過的話，後來才發現我們是非常不一樣的人。

小露。

附註：僅供參考，吃東西時有小提琴手在旁邊晃來晃去，我一想到那畫面就覺得尷尬。

31.

親愛的露薏莎，

幾週以來我終於第一次睡了場好覺。我值完夜班六點到家時收到妳的信，我必須告訴妳，我高興得要命，我想像個瘋子一樣大吼大叫、跳舞，只不過我舞跳得很爛，也沒人可以說話，於是我去把母雞放出來，坐在臺階上跟牠們說這件事。（牠們看起來並不十分在意，但牠們懂屁？）

所以我可以寫信囉？

我現在有事情可以寫在信裡了。我上班時有八成的時間裡臉上都帶著蠢到家的傻笑。我的新夥伴（戴夫，四十五歲，絕對不會給我法國小說）說我嚇到病患了。

跟我說說妳發生什麼事吧。妳好嗎？妳難過嗎？妳聽起來不難過。或許我只是希望妳不難過。

跟我聊吧。

愛妳的山姆 X

幾乎每天都有信。有些是長篇漫談，有些只有幾句話，潦草寫幾行，或是幾張照片，展示他剛蓋好的新家不同部分，或是母雞。有些是探究的熱烈長信。

我們當時進展得太快，露薏莎．克拉克。或許我的受傷加速了一切。畢竟，在一個人就字面意義來說用赤裸的雙手碰觸妳的內在之後，妳不能假裝對他不感興趣。所以這樣或許是好的。或許我們現在才有機會好好聊聊。

耶誕節後我過得很糟。我現在可以告訴妳了。我想要覺得我做了正確的事，但我並沒有做正確的事。我傷害了妳，這件事在我腦中揮之不去。有好幾個夜晚我乾脆放棄入睡，反倒起來蓋房子。如果有人想蓋好一棟房子，那我眞心推薦他當個混蛋。

我很常想起我姊。大多是她會對我說什麼。妳不必認識她也能想像她現在會怎麼罵我。

信一天天來，有時候二十四小時內就收到兩封，有時候還有電子郵件補充，不過大多都只是手寫的長篇大論，一扇扇通往山姆腦中與心裡的窗。有時候我幾乎不想讀——害怕跟這個讓我徹底傷透心的男人恢復親密。有時候我發現自己早上赤腳跑下樓，狄恩馬丁跟在腳邊；我站在阿榭克面前，踮著腳尖跳啊跳等他掃過他桌上排成扇形的信件。他會假裝沒我的信，然後從外套拿出來，笑著交給我，我拿到後立刻衝上樓獨自享用。

我讀了又讀，在每一封信中發現我們在我離開前對彼此的認識是多麼稀少，也慢慢為這個安靜、複雜的男人描繪出一幅新的畫像。他的信有時令我悲傷：

眞抱歉，今天沒時間。在一場交通意外失去兩個孩子。需要上床休息。X

附註：希望妳的每一天都充滿美好事物。

不過大多數時候不悲傷。他聊傑克，說傑克告訴他這世界上只有莉莉了解他的感受，也聊到山姆每週帶傑克的爸爸沿運河步道散長長的步，或要他幫忙漆新房子的牆，只為了試著讓他開朗一點（並停止吃蛋糕）。他說起兩隻被狐狸吃掉的母雞，還有菜園裡生長的胡蘿蔔和甜菜根。還聊到耶誕節那天他離開我爸媽家之後，在絕望與狂怒中狠踹了他那輛摩托車的排氣管，但一直沒修復凹下去的地方，因為用這來提醒自己我們不再對話後他有多悲慘很有用。他一天天更打開一點點，而我一天天覺得更了解他一點點。

我有沒有跟妳說莉莉今天來過？我終於告訴她我們恢復通話，她的臉滾成亮粉紅色，還咳出一坨口香糖。說真的，我還以爲要幫她做哈姆立克了呢。

我利用沒在工作也不用遛狄恩馬丁的時間回信。我為他簡潔描繪我生活中的小片段，像是我小心地修復瑪格的衣物並分類，如果遇到像為我量身打造的衣服，我也會寄照片給他（他說他把這些照片釘在廚房裡）。我告訴他瑪格有關二手服飾店的想法是怎麼在我的想像中生根，我又是怎麼無法放手。我跟他說我的其他通信狀況——瑪格寄來的小卡寫著蜘蛛般的字，依然洋溢著獲得兒子原諒的喜悅；還有她媳婦蕾妮寄來芳香的花朵卡片，告訴我瑪格退化的最新狀況，感謝我為她丈夫帶來某種解脫，還說她為拖這麼久才走到這一步而感到悲傷。

我告訴山姆我開始找新公寓，帶著狄恩馬丁走進陌生的新社區——傑克森高地（Jackson Heights）、皇后區、公園坡（Park Slope）、布魯克林——一面努力評估在床上被謀殺的風險，一面努力不因為面積和租金之間驚人的差異而猶豫。

我對他描述我現在每週到阿樹克家吃晚餐，他們總是隨意辱罵對方，同時又展現出確確實實的愛，這令我想念我自己的家人。我告訴他我一再想起爺爺，次數遠多過他還在世的時候，還有媽雖然已從所有責任中解脫，卻還是無法停止為他哀悼。我告訴他，儘管我好幾年來都不曾像現在這麼常獨處，也儘管自己住在這間空蕩蕩的大公寓，說來奇怪，我卻一點也不覺得孤單。

慢慢地，我也讓他知道，他重新回到我的生命、能在午夜過後聽見他的聲音在我耳中呢喃、知道我對他來說是重要的，還有意識到儘管相隔千里，他仍是實體存在的，我讓他知道這些對我來說是什麼意義。

最後我終於跟他說我想念他。然後幾乎就在我按下「寄出」的那一刻，我也發現這樣根本一點幫助也沒有。

納森和伊拉莉雅來吃晚餐，納森帶了幾瓶啤酒，伊拉莉雅帶了沒人想吃的辣豬肉燉豆子。我思考過伊拉莉雅似乎很常煮沒人想吃的料理。上週她帶的是蝦子咖哩，而我分明記得艾格妮絲叫她再也別端這盤上桌。

我們並肩坐在瑪格的沙發上，碗放在各自膝上，用大塊玉米麵包掃蕩濃郁的番茄醬汁，一面看電視一面聊天，努力不把食物噴到其他人身上。伊拉莉雅問起瑪格，我告訴她蕾妮跟我說的新狀況；她在胸口畫十字，悲傷地搖頭。作為交換，她告訴我艾格妮絲現在禁止塔碧莎回公寓，這造成高普尼克先生的壓力，而他選擇以花更多時間在工作上應對這異常的家庭破裂。

「持平來說，公司確實發生很多事。」納森說。

「走廊另一邊也發生很多事。」伊拉莉雅對我挑眉。

「那個 puta 有個女兒。」納森去上廁所時，伊拉莉雅一面用紙巾擦手一面低聲說。

「我知道。」我說。

「她要來訪，跟那 puta 的姊姊一起。」她哼了一聲，挑起褲子上的線頭。「可憐的小孩。要來拜訪一家子瘋子不是她的錯。」

「妳會照顧她的。」我說。「妳很擅長。」

「浴室的顏色！」納森回到起居室。「沒想到居然有人會用薄荷綠色的衛浴設備。妳知道嗎，裡面有一瓶身體乳液上面寫的日期是一九七四年耶？」

伊拉莉雅雙眉挑高，抿起雙唇。

納森在九點十五分離開，門一在他身後關上，伊拉莉雅就壓低音量，一副他還聽得見的樣子；她說納森在跟一位來自布希維克（Bushwick）的個人教練約會，對方無時無刻都希望他去她家。最近，在那女孩和高普尼克先生之間，他幾乎沒時間跟任何人聊天。妳能怎樣？

不能怎樣，我說。每個人都我行我素。

她點頭，一副我剛剛說了什麼至理名言的樣子，然後便沿走廊走回去。

「可以問妳一個問題嗎？」

「可以啊！娜迪亞，寶貝，可以麻煩妳把這個拿去給外婆嗎？」米娜彎腰把一小塑膠杯的冰水交給孩子。這是一個悶熱的夜晚，阿榭克和米娜公寓裡的每一扇窗戶都敞開。儘管有兩臺電風扇懶洋洋地呼呼轉動，空氣依舊頑強地拒絕流動。我們正在超小的廚房裡準備晚餐，每個動作似乎都讓我的一小部分黏附在某個物品上。

「阿榭克傷害過妳嗎？」

米娜飛快地從爐子轉身面對我。

「我不是指身體上的傷害啦，就是……」

「我的情感嗎？像是傷我的心？說真的，不太常。他真的不是那種人。我懷拉琪娜到四十二週的時候，他確實曾經開玩笑說我看起來像隻鯨魚，不過一旦荷爾蒙那些的退掉，我還有點認同他的說法。還有，天啊，他也付出代價啦！」回想起這件事，她忍不住高聲哈哈大笑，接著伸手到櫥櫃裡拿了些米。「又是妳那個倫敦男友嗎?」

「他寫信給我。每天。但是我……」

「妳怎樣?」

我聳肩。「我害怕。我好愛他，分手時太恐怖了。我猜我只是擔心要是我又讓自己陷進去，我會讓自己再次面對更多傷害。很複雜啦。」

「總是很複雜啊。」她雙手在圍裙上抹了抹。「人生就是這樣，露薏莎。給我看看吧。」

「看什麼?」

「信啊。少來了，別假裝妳沒有整天帶在身上。阿榭克說，每次他把信交給妳，妳的表情都會變得有點柔軟。」

「我以為管理員應該要保密的!」

「那男人對我一點祕密也沒有。妳知道的。我們非常投入於你們那棟大樓裡的各種轉折。」她又大笑，伸出一隻手，手指不耐煩地扭動。我只猶豫一下下，便從包包拿出信。米娜無視身旁來來去去的小孩，忽略她母親在隔壁房間看電視上的喜劇，傳來模糊的笑聲，也忽視噪音、汗水，還有頭頂風扇規律的喀喀聲，她低頭讀起我的信。

最怪異的事，小露。所以我花了三年的時間蓋這棟該死的房子。執迷於對的窗框、哪種淋浴間、要選擇白色塑膠插座還是拋光鍍鎳插座。現在房子蓋好了，或說再也沒有其他能做的了。我獨自坐在我這個完美的客廳裡，這裡的牆上漆著色調完美的淡灰色油漆，火爐也翻新了，還有我媽幫我挑的三褶附襯窗簾，而我納悶著，欸，這到底有什麼意義?我爲什麼要蓋這棟房子?

我想我是需要找件事做好轉移失去姊姊的悲傷。我蓋棟房子，這樣就不用思考。我蓋棟房子，因爲我需要相信未來。然而現在蓋好了，我環顧這些空蕩蕩的房間，我卻一點感覺也沒有。或許有一點因爲我確實完成這工作而生的驕傲，但除此之外呢？什麼也沒有。

米娜盯著最後幾行字看了好久，然後折好信，仔細地放在那疊信上，再一起還給我。「噢，露薏莎。」她歪頭。「少來了喔，女孩。」

一〇七〇七紐約，塔克侯燈籠道一四四二號

親愛的露薏莎，

希望妳一切都好，公寓也沒給妳帶來太多麻煩。法蘭克說承包商兩週後會過去——可否麻煩妳待在那裡替他們開門？等時間更近一點，我們會告訴妳更確認的細節。

瑪格最近不太常寫信——她覺得很多事都很累人，藥物也令她頭昏——不過我覺得妳會想知道她一直受到妥善的照顧。無論如何，我們已經決定我們受不了把她送去安養中心，所以她會留在家裡，非常好心的醫護人員會給我們一點協助。她還是有好多話要對法蘭克和我說，噢，沒錯！她大多數時間都弄得我們像無頭蒼蠅一樣團團轉！我不介意啦。我挺喜歡有個人可以照顧，而且當她狀況比較好的時候，聽她說法蘭克小時候的故事眞的很有趣。雖然他不會承認，但我覺得他也喜歡聽。他們兩個眞是一個模子印出來的！

瑪格要我問問妳可否再寄其他小狗的照片來？她好喜歡妳之前寄來的那張。法蘭克把那張照片放進一個可愛的銀色相框裡擺在她床頭。她現在大部分時間都臥床休息，我知道這張照片對她來說是很大的安慰。我不能說我覺得那小傢伙看起來有像她表現得那樣討人喜歡，但人各有愛囉。

她獻上她的愛，還說她希望妳還有在穿那件美麗的條紋內搭褲。我不確定這是不是吃藥後的胡言亂語，但我知道她心存好意！

最溫暖的祝福

蕾妮・韋伯

「妳聽說了嗎？」

我正要帶著狄恩馬丁出門去工作。夏季開始猛力主張它的存在，天氣一天比一天溫暖、潮濕，走去地鐵站的這段短短路程總是弄得我的襯衫黏在後腰，騎腳踏車的快遞小弟也露出蒼白、晒傷的皮膚，對著任意穿越馬路的觀光客咒罵。不過我今天穿著山姆送我的六零年代迷幻洋裝，搭配鞋帶上有粉紅色花朵的軟木楔形鞋；經歷剛剛度過的這個冬季，灑在手臂上的陽光有如香膏。

「聽說什麼？」

「圖書館！得救了！接下來的十年都安全無虞！」阿榭克把手機朝我戳來。我在地毯上停下腳步，抬起太陽眼鏡讀米娜傳來的訊息。「真不敢相信。為了紀念某個死人的無名捐款。那個——等等，這裡有。」他一根手指掃過訊息。「威廉・崔諾紀念圖書館。不過誰在乎那是誰啊！十年的資金哪，露薏莎！市議會也同意了！十年！噢，天啊。米娜高興得要飛上天了。她原本很確定我們會輸。」

我凝視手機，接著交還給他。「這是好事，對吧？」

「棒透啦！誰知道呢，露薏莎？嗯？誰知道？one for the little people。噢喔喔，太好啦！」阿榭克露出開懷的笑容。

我感覺到體內某個東西上湧，欣喜混雜期盼的感覺如此龐大，彷彿世界短暫停止轉動，像是只剩下我和宇宙，以及只要你撐住不放棄就有可能發生的一百萬件好事。

我低頭看狄恩馬丁，然後抬頭。我對阿榭克揮揮手，調整我的太陽眼鏡，沿第五大道往前走，笑容隨著我踏出去的每一步拉得愈來愈開。

我只要求五年。

所以，我想我們終究得討論妳的一年即將結束這件事。妳想好哪一天回家了嗎？我猜妳應該不能永遠住在那位老太太家吧？

我一直在思考妳的二手衣店——小露，如果妳想，妳可以把我家當成基地；我家有好多空房，完全免費。有興趣的話妳也可以住下。

如果妳覺得這樣太快，但又不想搬回妳自己的公寓打擾妳妹的生活，妳可以住在火車車廂？順帶一提，我不喜歡這個選項，但妳向來喜歡車廂，妳就住在庭院對面這想法又莫名吸引人……

當然，還有其他選項，也就是這一切對妳來說都太多了，妳不想跟我有任何瓜葛。這個選項非常糟糕，我不太喜歡。希望妳也這麼覺得。

妳怎麼想呢？

山姆 X

附註：今天接了一對已經結婚五十六年的夫妻。他呼吸困難——不太嚴重；她不願意放開他的手，一路焦慮到醫院。我通常不會注意這樣的事，但今晚？我不知道。

我想妳，露薏莎．克拉克。

我沿第五大道走了很長一段路，路上塞得亂七八糟，衣著明亮繽紛的觀光客阻礙人行道，而我想著要多幸運才能找到不只一個，而是兩個非凡的男人來愛——他們剛好也愛我，那更是無比僥倖。我想著周遭的人會如何大大地形塑你，而正是為了這個原因，你得多麼小心地選擇讓什麼人出現在你周遭，然後我又想，儘管如此，到頭來你說不定還是得失去這些人，你才能真正找到自己。

我想著山姆和一對結婚五十六年、我永遠也不會與他們相遇的夫妻；山姆的名字在我腦中化為我腳步拍擊地面的聲音，伴我走過洛克斐勒中心，經過川普大廈（Trump Tower）的華麗炫目，再經過聖派翠克教堂（St. Patrick's Cathedral），再經過巨大發光、像素化螢幕閃爍耀眼的優衣庫（Uniqlo），再經過布萊恩特公園（Bryant Park），裡面的紐約公共圖書館高大華美，還有兩隻警戒的石獅，商店、廣告板、觀光客、路邊攤以及街友——這所有日常景象都屬於我所熱愛的生活與他不在其中的這座城市，然而，在噪音、警笛與震天價響的喇叭聲之上，我發現他在我的每一步之中。

山姆。

山姆。

山姆。

然後我思考回家會是什麼感覺。

二〇〇六年十月二十八日

媽，

倉促下寫這封信，不過我要回英國了！我得到儒普他們公司的工作了，所以我明天會遞辭呈，無疑幾分鐘後就會把個人用品裝箱走人——如果這些華爾街的公司認爲你有可能侵吞客户名單，他們就不會想緊抓著你不放。

所以接下來新的一年，我就要回倫敦當併購公司的執行董事了。眞的很期待迎接新挑戰，只是我要先放個假——可能去我說了好久的巴塔哥尼亞健行一個月吧——然後就得找地方住了。如果妳有機會，可不可以幫我找個房屋仲介？熱門的地點，緊鄰市中心，二到三房。最好附地下摩托車停車場（對，我知道妳討厭我騎摩托車）。

噢，妳會喜歡接下來這部分。我遇見了一個女孩。愛麗西亞．督威爾（Alicia Deware）。她其實是英國人，只是來拜訪朋友；我們在一場糟糕透頂的晚宴相遇，在她回諾丁丘（Notting Hill）之前又出去了幾次。認眞的約會，不是紐約那種。現在說還太早，不過她很有趣。回去後我還會繼續跟她見面。不過還不用開始選購婚禮上要戴的帽子。妳知道我的。

所以就這樣囉！幫我跟爸說我愛他——很快就會幫他買一兩品脫皇家橡樹（Royal Oak）回去。

敬新開始，嗯？

愛妳的兒子

威爾 X

我把威爾的信讀了又讀，他的信有一種平行宇宙的感覺，「可能會怎麼樣」像落雪一樣輕輕飄落我身旁。我在字裡行間讀到他和愛麗西亞可能的未來——或甚至是他和我的未來。威廉．約翰．崔諾不只一次把我的人生推出常軌——不是輕推而已，而是重重猛撞。透過把他的信件寄給我，卡蜜拉．崔諾不經意地確保他又做了同樣的事。

敬新開始，嗯？

我又讀了一次他的字句，接著把這封信跟其他信一起折好，坐在那兒思考。我把瑪格剩下的苦艾酒都倒進杯裡，發了一會兒呆，然後嘆口氣帶著筆電走到公寓門邊，在地板坐下開始寫信：

親愛的山姆，

我還沒準備好。

我知道快一年了，我原本也說一年就好——但是這樣的：我還沒準備好要回家。

我這輩子到頭來都在照顧別人，調整自己配合他們所需、所想。我很擅長這樣做，而且甚至還沒發現自己這麼做就已經做了。遇上你我多半也會這樣。你不知道我現在有多想立刻訂機票，就只為了能跟你在一起。

但最近這幾個月我有了些改變——讓我不再像以前那樣的改變。

我要在這裡開一家自己的服飾店，店名是「蜂雲人物」（The Bee's Knees），位置在古著百貨的角落，顧客可以跟女孩們買二手衣，也可以跟我租。我們正在彙整人脈、湊錢打廣告。我希望我們雙方可以魚幫水、水幫魚。我的店這週五開張，我一直在寫信給我能想到的每一個人。已經有一些電影製作人、時尚雜誌，甚至只是想租借厲害衣服的女人都表現出強烈的興趣（你不會相信曼哈頓有多少以《廣告狂人》[48]為主題的派對）。

經營一家店很艱難，而且我會破產；每天晚上回家，我多半會直接站著睡著，不過山姆，這是我人生中第一次睡醒時是興奮的。我喜歡跟顧客會面，思考他們怎麼穿才好看。我喜歡縫補這些美麗的舊衣服，把它們變得跟新的一樣好。我喜歡每天都能重新想像我想成為什麼樣的人。

你跟我說過，你從小就希望成為急救員。欸，我花了將近三十年的時間才想通我應該成為什麼樣

注48 Mad Men，美國電視連續劇。背景為六零年代一家位於麥迪遜大道的廣告公司。根據首播集，五〇年代一群任職於麥迪遜大道的廣告人即以「廣告狂人」（Mad Men）自稱。

的人。我的這場夢可能只會維持一週，或是一年，但是我每天帶著裝滿衣服的大旅行袋到東村，手臂痠痛，感覺像永遠也不會準備好，但，我也覺得好想引吭高歌。

我常常想起你姊。我也想起威爾。當我們愛的人早逝，就像有人用手肘輕輕推我們，提醒我們不該把任何事視爲理所當然、我們有責任充分利用我們擁有的一切。我想我終於懂了。

所以結論如下：我不曾要求任何人任何事。不過如果你愛我，山姆，我想要你加入我——至少在我嘗試讓這件事成功的這段期間。我查過了，你需要通過一個考試，顯然紐約這裡是每季招考一次，不過他們確實有急救員的需求。

你可以把你的房子租出去賺點錢，我們可以在皇后區找間小公寓，或甚至布魯克林區較便宜的地帶；我們每天早上可以一起醒來，而我，嗯，我會快樂無比。我會盡我所能——在我沒滿身灰塵、蛀蟲和飛散的圓形小金屬片時——讓你覺得很高興跟我一起待在紐約。

我猜我就是想魚與熊掌兼得。

人生只有一次，對吧？

你問過我是不是想要什麼重大的表示。嗯，這就是了：七月二十五日晚上七點，我會在你姊姊一直想去的那個地方。如果你的答案是好，那你知道該到哪找我。如果是不好，我會在那裡站一會兒，從長計議一下，但還是會慶幸就算只能這樣，我們還是重新找到彼此了。

永遠愛你

露薏莎 XXX

33.

終於離開雷維瑞之前，我遇見過艾格妮絲一次。我當時兩手抱滿帶回家整理的衣服，塑膠套在暑意之下不舒服地黏在我的皮膚上；我搖搖晃晃地從大廳櫃檯前走過，這時兩件洋裝滑到地上。阿榭克跳上前準備幫我撿起來，而我努力抱好其他衣服。

「妳安排好今晚的工作了呢。」他說。

「沒錯。搭地鐵運這些東西回來真是一場惡夢。」

「可以想像。噢，不好意思，高普尼克太太。我把這些擋路的東西挪開。」

我抬頭，阿榭克俐落地抱著我的洋裝從地毯上盪開，退後一步讓艾格妮絲不受阻礙地通過。她經過時，我抱著滿懷的衣服盡可能站直。她穿著一件簡單的大圓領直筒連身裙，腳踩平底便鞋，彷彿一般的天氣狀況——無論極熱或極冷——對她就是起不了作用。她牽著一個四、五歲小女孩的手。小女孩身穿無袖連身裙，在我面前停下腳步，抬頭看我那些繽紛的衣服。她一頭蜂蜜色頭髮，可愛的捲子在髮尾轉為稀疏，往後梳後用兩個天鵝絨蝴蝶結紮起；她還有一雙跟她母親一樣的鳳眼，抬頭看我時，對我危險的處境露出一抹淘氣的小小微笑。

我忍不住回以微笑，就在這個時候，艾格妮絲轉過來看孩子在看什麼，我們四目相交。我短暫凍結，正打算板起臉，但她的嘴角搶先一步跟她女兒一樣微微一扯，彷彿她也忍俊不住。她對我點頭，那動作微乎其微，很可能只有我看見。接著她從阿榭克為她撐開的大門走出去，小孩也蹦蹦跳跳跟上，她們隨即消失，被陽光和第五大道川流不息的人潮淹沒。

34.

寄件者：MrandMrsBernardClark@yahoo.com
收件者：BusyBee@gmail.com

親愛的小露，

嗯，我得讀兩次好確認我有沒有弄錯。我看著報紙上那幾張照片裡的女孩，心想這眞有可能是我的小女孩登上紐約的報紙嗎？

妳和妳那所有衣服的照片眞的很美好，妳和妳的朋友們一起盛裝打扮起來太有魅力了。我有沒有跟妳說妳爸和我有多驕傲？我們剪下免費報紙上的照片，妳爸還把我們在網路上找到的所有圖片都截圖存起來（我有沒有跟妳說他開始上成人教育中心的電腦課？他會是斯坦福堡的下一個比爾．蓋茲）。我們寄上我們的愛，我知道妳一定會成功的，小露。妳在電話中聽起來好樂觀、好勇敢——妳掛斷後，我坐在那兒盯著電話，不敢相信這是我的小女孩；胸有成竹，從大西洋另一端自己的店裡打電話回家。（是大西洋對吧？我老是跟太平洋搞混。）

所以接下來是我們的大新聞。我們夏天稍晚的時候要去探望妳了！我們會等氣溫下降一點再去——你們那邊的熱浪聽起來不太妙：妳知道妳爸的，他某些不幸的地方會磨破皮。旅行社的蒂兒崔（Deirdre）讓我們用她的員工折扣，我們這週末就會訂機票。我們可以跟妳一起住在老太太的公寓嗎？如果不行，那我們該住哪呢？絕對不要有臭蟲的地方。

再跟我說妳哪幾天比較方便吧。我好興奮噢！

愛妳的媽 ＸＸＸ

附註：我有沒有跟妳說翠娜升遷了？她一向是個聰明的女孩。妳知道的，我能了解艾德爲什麼這麼愛她。

七月二十五日

「智慧與知識應為汝時代之磐石。」

我站在曼哈頓中心這棟聳立的建築前，緩緩吐息，注視著洛克斐勒中心大門上方的鍍金標牌。周遭的紐約在夜晚的燠熱中顯得熱鬧滾滾，人行道上滿是漫步的遊客，空氣中充斥震耳欲聾的喇叭聲，以及總是存在的汽車廢氣與過熱橡膠味。我身後一個女人身上穿著洛克三十的高爾夫球衫，正努力壓過喧噪，對一群日本觀光客發表一場排練得宜的導覽。這個建築案於一九三三年落成，出自知名建築師雷蒙．胡德（Raymond Hood）之手，採用裝飾藝術風格──先生，請不要脫隊，先生。女士？女士？──原本稱爲 RCA 大樓，後來才改名爲奇異大樓（GE Building），在──女士？請過來這裡……我仰望這棟六十七層樓的建築，深吸一口氣。

現在時間六點四十五分。

我原本希望為這一刻端出完美的一面，原本打算在五點回雷維瑞，留點時間沖個澡，挑選恰當的衣服（心裡想的是《金玉盟》[49]裡的黛博拉．蔻兒）。不過命運捉弄之下，一位義大利時裝雜誌的造型師在四點三十分來到古著百貨；她正在規劃一個特別報導，想看看所有兩件式套裝，還需要她的同事試穿好讓她拍照，之後再回來找我。我回過神來時已經五點四十分，我幾乎來不及帶狄恩馬丁趕回家、餵飽牠再來這裡。於是就變成這樣：我滿身是汗，有點疲憊，還穿著工作服，正要揭曉我的人生將走向哪個方向。

好，女士先生們，瞭望臺請往這裡。

我幾分鐘前就停止跑步，不過穿過廣場時還是覺得上氣不接下氣。我推開煙灰色玻璃門，看見買票的隊伍很短，鬆了一口氣。昨晚上貓途鷹（Tripadvisor）查過，上面警告說可能會大排長龍，但事先買票不知怎地又感覺有點太迷信。於是我排隊等待，一面查看粉盒中自己的倒影，一面偷偷掃視四周，以免他有微乎其微的機會提早出現，接著買了一張六點五十到七點十分之間入場的票，沿天鵝絨繩前進等待，跟著一群觀光客被引導走向一部電梯。

他們說有六十七層樓。搭電梯到這麼高樓層，代表你的耳朵會被壓力弄得啵啵響。

他會來。他當然會來。

要是他沒來呢？

自從他用「好，了解。」一句話回答我那封電子郵件之後，這道思緒就不時橫過我腦海。這句話可能代表任何意義。我等著看他會不會針對我的計畫提問，或是說點什麼暗示他將如何決定。我重讀我自己寫的電子郵件，納悶著無論我是否表達了我自己感覺的強度，我的語氣是不是太令人倒胃口，太厚臉皮，太獨斷。我愛山姆。我想要他跟我在一起。他了解我有多想嗎？然而才剛發出這麼重大的最後通牒，卻又回頭跟他確認他有沒有正確理解，這樣似乎很怪，所以我只是等待。

傍晚六點五十五分。電梯門打開。我交出票，走進電梯。六十七層樓。我的胃緊縮。

電梯開始緩緩向上，我突然焦慮了起來。要是他沒來呢？要是他懂我的意思，但改變了心意呢？

我要怎麼辦？經過這一切，他肯定不會這樣對我。我發現自己咕嚕一聲吞了一口空氣，一隻手緊壓胸口，努力平撫緊繃的心情。

「高度的關係，對吧？」旁邊一個親切的女人伸手碰碰我的手臂。「七十層樓還真高。」

我試著微笑。「大概吧。」

如果你無法離開你的工作、你的家，和所有讓你快樂的事物，我能理解。我會傷心，但也會理解。無論如何，你總是會跟我在一起。

我說謊。我當然是在說謊。噢，山姆，拜託請說好。門再打開時，請你在另一邊等著我。然後電梯停下。

「欸，七十樓還沒到。」某個人說。幾個人尷尬地笑了。一個躺在嬰兒車裡的嬰兒用棕色的大眼睛凝視我。我們在原地站了幾秒，有個人率先走出去。

「噢，這不是主電梯。」我身旁的女人伸出手指。「那一個才是。」

在那兒，一道無盡蜿蜒的馬蹄形人龍另一端。

我驚恐地目瞪口呆。一定有一百名觀光客，兩百都有可能，他們安靜地亂逛，抬頭觀賞博物館陳列品、牆面描繪在層壓板上的歷史。我低頭看表；再一分鐘就七點了。我傳訊息給山姆，驚惶地看著傳送不出去的訊息。我開始擠過人群，一面咕噥著「不好意思，不好意思」，其他人嘖嘖抱怨，喊著「嘿，小姐，這裡的人都在排隊耶」。我低頭經過訴說洛克斐勒大樓故事、耶誕樹的牆板，以及NBC

注49 An Affair to Remember，一九五七年上映的電影，後文的黛博拉．蔻兒（Deborah Kerr）為女主角。美國電影學院將這部影片評價為史上最受歡迎的浪漫影片之一。

電視臺的導覽影片，迂迴穿行，一面喃喃道歉。有幾個人比其他過熱的觀光客更加暴躁了點，因為他們發現自己排錯隊伍了。其中一人抓住我的袖子。「嘿！妳！我們都在排隊耶！」

「我跟人約了要見面。」我說。「真的很抱歉。我是英國人。一般來說我們非常擅長排隊，但我要是遲到，我就會錯過他。」

「妳可以像我們其他人一樣在這裡等。」

「讓她過去吧，寶貝。」他身旁的女人說。我用嘴型跟她道謝，擠過擠成一團的晒傷肩膀、扭動的身體、發牢騷的小孩和「我愛紐約」的T恤，慢慢接近電梯門。然而隊伍在距離剩不到二十英尺時死死卡住。我跳起來試著從人群頭頂眺望，迎面看見的卻是一根假鐵梁。這根鐵梁擺在一幅巨大的紐約天際線黑白攝影背景幕前。遊客成群坐在鐵梁上，模仿工人在大樓建造過程中吃午餐時拍下的代表性照片，照相機後的一個女孩對他們大喊：「雙手舉起來，對，現在對紐約比讚，對，現在假裝把對方推下去，現在親一個。好了。你們離開時照片就會沖印好。下一組！」我們漸漸靠近，同時她一次又一次重複她的四個步驟。通過的唯一方法是毀掉某人可能一生僅此一次的洛克三十新奇照片。已經七點四分了。我正想擠上前，看看能否貼著她身後繞過去，卻發現自己被一群背帆布包的青少年擋住。有人從我背後推了一把，我們往前移動。

「請上鐵梁。女士？」過去的路被一群堅定不移的人擋住。攝影師揮手示意。只要能快點過去，要我做什麼都可以。我聽話地把自己撐上鐵梁，低聲咕噥著「快啊，快啊，我得過去才行」。

「雙手舉起來，對，現在對紐約比讚！」我舉起雙手，逼自己比讚。「現在假裝把對方推下去，對……現在親一個。」一個戴眼鏡的男孩轉向我，吃了一驚，接著笑逐顏開。

我搖頭。「不是我，小朋友。抱歉啦。」我跳下鐵梁，擠過男孩身旁，奔向電梯前的最後一條排隊隊伍。已經七點九分了。

就在這個時候，我突然想哭。我站在那兒，擠在又熱又抱怨不休的排隊人龍中，不同左右腳交換重心，看著另一部電梯吐出人，咒罵著自己為什麼不先做功課。我領悟重大表示就是有這種麻煩，總是傾向以某種驚人的方式事與願違。警衛就像所有看盡人類百態的服務人員一樣，漠不關心地看著我的心煩意亂。七點十二分，電梯門終於打開，警衛一面計算人數一面把人趕進去。到我的時候他又拉上繩子。「下一班電梯。」

「噢，別這樣。」

「規定就是規定，小姐。」

「求求你。我必須和一個人見面。我嚴重遲到。讓我擠進去好嗎？拜託，求求你。」

「沒辦法。嚴格控管人數。」

我痛苦至極地小小呻吟了一聲，這時幾碼外一個女人朝我揮手。「來，」她走出電梯，「妳先吧。我搭下一班。」

「真的嗎？」

「最喜歡浪漫相會了。」

「噢，謝謝妳！」我溜過去。我很不想告訴她，浪漫或甚至相會的機會隨著時間一秒一秒過去而愈來愈渺茫。我擠進電梯，清楚意識到其他乘客投過來的好奇眼神，在電梯開始移動時握緊拳頭。

這一次，電梯以曲速向上，逗得小孩咯咯笑，手指洩漏我們速度有多快的玻璃天花板。燈光在頭頂閃爍。我的胃在翻攪。我身旁一位頭戴花帽的老太太用手肘輕推我。「要不要來點口香糖？」她對我眨眼。「見到他時才有好口氣？」

我拿了一顆，緊張地微笑。

「我想知道結果怎麼樣。」她把口香糖塞回包包裡。「再來找我喔。」我的耳朵開始啵啵響，電梯減速，最後停了下來。

很久很久以前，一個小鎮女孩住在一個小小世界裡。她快樂無比，或至少她是這麼告訴自己。就像許多女孩一樣，她喜歡嘗試不同打扮、裝扮成別人。然而，也像許多女孩一樣，她的人生一小塊一小塊剝落，最後她沒找到真正適合自己的事物，反倒偽裝了起來，隱藏起自己與眾不同的部分。她曾一度讓世界碰傷她，直到她決定乾脆不要再作自己比較安全。

我們可以選擇成為好多不同版本的自己。我的人生曾經注定要以最平凡的步伐計量。然而，有個男人只剩下一種版本的自己可選，他卻拒絕接受；相反地，另一位老太太已經到了許多人會說沒剩多少事可做的年紀，她卻發現她能夠改變自己；他們兩個給了我不同的體認。

我有一個選擇。我是紐約的露薏莎．克拉克或斯坦福堡的露薏莎．克拉克。或者可能還有另一個我從來不曾遇過的露薏莎。關鍵在於，無論你容許誰與你並肩而行，要確保那個人不會開始想決定你是哪一個、把你像隻蝴蝶一樣釘在標本盒裡。關鍵在於知道你總是可以找到某種方法重新創造自己。

我讓自己放心，就算他不在，我也能撐過去。畢竟，更糟的事我也都撐過去了。只要再來一次重新創造就好。等待電梯門打開的過程中，我這樣對自己說了好幾次。現在是七點十七分。

我快速走向玻璃門，告訴自己要是他都大老遠跑這一趟了，肯定會願意多等二十分鐘。接著我跑過瞭望臺，在遊客、閒聊的觀光客和自拍者間穿梭打轉，到處看他在不在。我回頭又走進玻璃門，穿過寬敞的內廳，來到第二個瞭望臺。他一定在這一邊。我快速走動，進進出出，不斷轉身察看陌生人的臉，目光搜尋著一個稍微比身旁的人都高一點的男人；他的髮色深沉，肩膀魁梧。我交叉奔過鋪地磚的地板，傍晚的太陽曝晒我的頭，我滿身是汗，找了又找，最後湧起一陣想嘔吐的感覺：他不在這裡。

「找到他了嗎？」那位老太太抓住我的手臂。

我搖頭。

「去樓上啊，親愛的。」她手指大樓的側邊。

「樓上？還有樓上？」

我跑了起來，盡量不朝下看，一直跑到一座小電扶梯前。電扶梯通往另一個瞭望臺，這裡的遊客比樓下更多。我覺得好絕望，腦中突然出現他剛好就在我們說話時從另一邊下樓的畫面，而我不可能會知道。

「山姆！」我大喊，心跳如擂鼓。「山姆！」

幾個人看了看我，不過大多數遊客繼續朝外眺望，自拍或在綠色玻璃前擺姿勢。

我站在瞭望臺中央大喊，聲音粗啞。「山姆？」

我猛戳手機，一次又一次試著送出訊息。

「是啊，上面的手機訊號不太穩定。跟人走散了嗎？」一名穿制服的警衛出現在我身旁。「小孩走丟了？」

「不，是個男人。我們應該在這裡碰面才對。我不知道這裡有兩層，也太多層了。噢，天啊。噢，天啊。我不認為他在任何一層。」

「我來用無線電跟我同事聯絡，看看他能不能喊一下妳的山姆。」他把對講機拿到耳邊。「不過妳應該知道這裡實際上有三層吧，小姐？」他手往上指。聽到這句話，我發出模糊的嗚咽聲。現在已經七點二十三分了。我永遠找不到他。他應該已經離開了。不過前提是他真的來過。

「上去找找看吧。」警衛扶著我的手肘，指出另一道階梯的方向，隨即轉身對對講機說話。

「就這樣了，對吧？」我說。「沒有更多層？」

他咧嘴而笑。「沒有更多層。」

洛克三十第二層瞭望臺的門和最終、最高的觀景臺之間有六十七階；如果妳穿著真的不適於跑步的淺蓮紅色復古緞面高跟舞鞋，彈性鞋帶還切掉了，尤其又處於暑氣蒸人的熱浪中，階梯的數量感覺還要更多。這次我緩步而上，爬上這段狹窄的階梯，走到一半時，我覺得體內的某個東西可能真的就要因為焦慮而爆炸，我轉身眺望身後的風景。橘紅色的太陽照耀曼哈頓，閃閃發亮的無窮摩天大樓之海映照出一片桃色光芒；這是世界的中心，正忙於它的日常事務。下面是一百萬個生命，或大或小的一百萬種心碎，歡喜或失去或存活的故事，每天一百萬場小勝利。

只是做妳所愛做的事，就能帶來莫大的慰藉。

走上最後幾階時，我想著我的人生就各方面而言都還是會相當美好。我穩住呼吸，想著我的新服飾店、我的朋友，還有我那隻意料之外的小狗，牠總是眼睛亂晃、滿臉快樂。我想著還不到十二個月的時間，我已經在地表最艱困的城市之一撐過無家可歸和失業。我想著威廉．崔諾紀念圖書館。

當我轉過身抬頭看，他就在那兒，正靠著欄杆眺望城市，背對著我，頭髮略微被風吹亂。我在原地靜靜站了一會兒，最後幾名遊客從我旁邊擠過。我細看他的寬肩、他低頭的樣子，還有衣領邊柔軟的深色頭髮，我體內有什麼改變了——只是看見他，我內心深處某個東西便重新校準，於是我冷靜下來。

我站在那兒凝神注視，嘆出好大一口氣。

接著，或許是感覺到我的目光，這時他緩緩轉身，挺直身子，緩緩橫過他臉龐的笑容跟我不相上下。

「哈囉，露薏莎．克拉克。」

致謝
Acknowledgments

衷心感謝妮可・貝克・庫柏（Nicole Baker Cooper）和諾爾・柏克（Noel Berk）的慷慨和智慧，為我介紹中央公園和上東城，為我打開一扇明窗，得以一窺這些非常特別的世界。若與事實有任何違背，完全都是我個人的責任，目的是為配合劇情而做的調整。

同樣衷心感謝紐約公立圖書館服務處的瓦妮拉・瑞瓦斯（Vianela Rivas）花時間帶我認識華盛頓高地圖書館。小說中虛構的圖書館並非完全複製，但其生成無疑受真實版本和其中員工珍貴的公益服務所影響。願它長存。

還是要謝謝我的經紀人席拉・克洛利（Sheila Crowley），以及我美國的編輯潘蜜拉・朵曼（Pamela Dorman）。感謝潘蜜拉・朵曼圖書和企鵝出版集團所有才華洋溢的員工，尤其是傑拉米・歐頓（Jeramie Orton）、路易斯・貝佛曼（Louise Braverman）、布萊恩・塔特（Brian Tart）、凱特・史塔克（Kate Stark）、琳賽・佩維特（Lindsay Prevette）、莉迪亞・赫特（Lydia Hirt）、凱瑟琳・柯特（Kathryn Court）、凱特・貴格斯（Kate Griggs）、碧安娜・林登（Brianna Linden），除此之外還有所有在書店和媒體公司工作的無名英雄，是他們幫助我們這些作者走出去（有時候真的就是字面上的意思！）。

大大感謝所有和席拉在柯蒂斯布朗（Curtis Brown）並肩工作的人，感謝他們長久以來的支持，尤其是克萊兒・諾其爾（Claire Nozieres）、凱蒂・麥克戈旺（Katie McGowan）、英睿其塔・費薩托（Enrichetta Frezzato）、馬里・費森─埃斯康戴（Mairi Friesen-Escandell）、艾比・圭維斯（Abbie Greaves）、菲莉瑟蒂・布朗特（Felicity Blunt）、瑪莎・庫克（Martha Cooke）、尼克・馬斯頓（Nick Marston）、羅尼特・阿胡佳（Raneet Ahuja）、艾莉絲・盧提恩（Alice Lutyens），當然少不了莊尼・蓋勒（Jonny Geller）。還要再次感謝美國的巴柏・布克曼（Bob Bookman）。

凱西・若西曼（Cathy Runciman）、莫妮卡・立文斯基（Monica Lewinsky）、麥蒂・威克罕（Maddy Wickham）、莎拉・米立肯（Sarah Millican）、歐爾・帕克（Ol Parker）、波麗・山森（Polly Samson）、大衛・吉爾摩（David Gilmour）、戴米恩・巴爾（Damian Barr）、艾利克斯・黑明斯利（Alex Heminsley）、溫蒂・拜恩（Wendy Byrne）、蘇・麥狄克斯（Sue Maddix）、西亞・夏若克（Thea Sharrock）、傑斯・羅斯頓（Jess Ruston）、麗莎・傑威爾（Lisa Jewell）、珍妮・克爾根（Jenny Colgan），以及「作家障礙」（Writersblock）的所有人，感謝你們不離不棄的友誼、專業的建議、午餐、茶，以及不合時宜的酒。

更靠近家一點，感謝傑奇・提爾尼（Jackie Tearne）、克萊兒・羅威斯（Claire Roweth）、克里斯・路可立（Chris Luckley）、朱・黑賽爾（Drew Hazell）、自行車棧（Bicycletta）的員工，還有所有幫助我完成這本書的人。

獻上愛與感謝給我的父母——吉姆・莫伊絲（Jim Moyes）與麗姿・山德斯（Lizzie Sanders），

以及蓋（Guy）、碧兒（Bea）和克雷米（Clemmie），最重要還有查爾斯（Charles）、莎絲琪亞（Saskia）、哈利（Harry）、洛基（Lockie），以及大狗（BigDog）（沒人會對我把牠納入「家人」感到意外）。

最後要謝謝吉兒．曼賽爾（Jill Mansell）和她的女兒莉迪亞（Lydia），因為她們在葛蘭菲爾作家募款活動（Authors for Grenfell Tower）中慷慨捐款，莉迪亞現在化為一個嚼著口香糖、抽菸的二手衣店老闆，永恆存在。

PL00089

我依然是我 Still Me

作者—喬喬・莫伊絲 Jojo Moyes
譯者—歸也光
編輯—黃煜智
校對—魏秋綢
封面設計—兒日
內頁排版—陳姿伃

總編輯—龔橞甄
董事長—趙政岷
出版者—時報文化出版企業股份有限公司
一〇八〇一九台北市和平西路三段二四〇號七樓
發行專線—（〇二）二三〇六六八四二
讀者服務專線—〇八〇〇二三一七〇五・（〇二）二三〇四七一〇三
讀者服務傳真—（〇二）二三〇四六八五八
郵撥—一九三四四七二四時報文化出版公司
信箱—一〇八九九臺北華江橋郵局第九九信箱

時報悅讀網—http://www.readingtimes.com.tw
法律顧問—理律法律事務所 陳長文律師、李念祖律師
印刷—紘億印刷有限公司
初版一刷—二〇二二年二月十八日
定價—新台幣四九九元
（缺頁或破損的書，請寄回更換）

時報文化出版公司成立於一九七五年，
並於一九九九年股票上櫃公開發行，於二〇〇八年脫離中時集團非屬旺中，
以「尊重智慧與創意的文化事業」爲信念。

我依然是我 / 喬喬 . 莫伊絲 (Jojo Moyes) 著 ; 歸也光譯 . -- 初版 . -- 臺北市 : 時報文化出版企業股份有限公司 , 2022.02
面 ; 公分 .
譯自 : Still me
ISBN 978-957-13-9835-8(平裝)

873.57 110020997

ISBN 978-957-13-9835-8
Printed in Taiwan